SUSAN ELIZABETH PHILLIPS

Am besten für immer

Susan Elizabeth Phillips

Am besten für immer

Roman

Deutsch von Claudia Geng

blanvalet

Die Originalausgabe erschien 2024
unter dem Titel »Simply the Best« bei Avon Books,
an imprint of HaperCollins Publishers, New York.

MIX
Papier | Fördert gute Waldnutzung
FSC® C014496

Penguin Random House FSC® N001967

1. Auflage

in der Penguin Random House Verlagsgruppe GmbH,
Neumarkter Str. 28, 81673 München
Redaktion: René Stein
Umschlaggestaltung: www.buerosued.de
Umschlagmotiv: © Rosie Hardy / Trevillion Images;
www.buerosued.de
Satz: Buch-Werkstatt GmbH, Bad Aibling
Druck und Bindung: GGP Media GmbH, Pößneck
LH · Herstellung: DiMo
Printed in Germany
ISBN: 978-3-7341-1141-9

www.blanvalet.de

Für Vicky Joseph, geschätzte Freundin und Lichtgestalt, die mit ihrer Vision und harten Arbeit das Leben von unzähligen Familien bereichert hat.

PROLOG

Rory streckte ihr Bündel vor. »Hallo, Lady, möchtest du einen kleinen Jungen? Du kannst ihn umsonst haben.«

»Kind, woher hast du dieses Baby?«

»Ich hab es gefunden in einem … in einem Gebüsch. Es schreit ganz wenig. Er ist wirklich brav, und du musst nichts dafür bezahlen. Du kannst es einfach mitnehmen.«

Aber statt Rorys kleinen Bruder zu nehmen, rief die Frau die Polizei.

KAPITEL 1

Rory war schon etwas betrunken, denn es war ihr gutes Recht, sich zu betrinken, und jeder, der sie dafür verurteilen wollte, konnte zur Hölle fahren. Nicht dass jemand auf dieser Party sich ein Urteil erlauben sollte. »Julia«, sagte sie zu dem Mann, der sich auf dem Hotelbalkon zu ihr gesellt hatte, und streckte ihre Hand vor. »Wie in Capulet.«

»Darth«, erwiderte er. »Wie in Vader.«

Seine Stimme war herrlich rau, sein Lächeln seidig, und zu ihrer Überraschung hörte Rory sich lachen. »Sagen Sie, Mr. Vader, sind Sie wirklich böse?«

Sein linker Mundwinkel zuckte nach oben, ein Mund mit schmalen, fein geschwungenen Lippen. »Es kommt darauf an, wen Sie fragen.«

»Ich frage Sie.« Sie hatte bereits drei hochprozentige Fruchtcocktails in sich hineingeschüttet, um ihren Unmut darüber zu tilgen, dass sie an einer Party teilnehmen musste, auf die sie nicht hingehörte. Ihr Schwips machte es ihr leicht, mit diesem arroganten, von sich selbst überzeugten, aber sehr verführerischen Mann zu flirten, der Footballerreichtum ausstrahlte, angefangen von seiner glänzenden Gelfrisur über seinen athletischen Körper bis zu seiner luxuriösen Armbanduhr.

»Ich beuge hin und wieder die Regeln.« Er berührte mit seiner Fingerspitze die rote Samtblüte in ihrem Haar. »Sagen Sie mir, dass Sie nicht wirklich dreizehn sind, Miss Capulet.« Sein Finger wanderte zu ihrer Wange.

Sie ließ ihn für einen Moment dort ruhen, bevor sie einen großen Schluck von ihrem vierten Cocktail trank. »Was denken Sie?«

»Ich denke, Sie haben die Dreizehn vor einer Weile hinter sich gelassen.«

Sie hatte die Dreizehn vor einundzwanzig Jahren hinter sich gelassen, darum konnte sie ihm die Bemerkung nicht übel nehmen. Sie schüttelte ihre honigblonde Lockenmähne wie ein Profi vor diesem supermaskulinen Mann. »Korrekt. Und was machen Sie so, Mr. Vader? Das heißt, wenn Sie nicht gerade die Jedi ausrotten.«

»Ich verdiene gutes Geld.«

»Wirklich?« Sein Blick war forsch und gefährlich, genau, was sie im Moment brauchte, und ihr alkoholbenebelter Verstand ließ es völlig angemessen erscheinen, dass sie über die Vorderseite seines Hemds streichelte. »Irgendwelche Tipps für mich, wie ich gutes Geld verdienen kann?«

Er schenkte ihr ein süffisantes Grinsen, das Knochen zum Schmelzen brachte. »Ich hätte da ein paar Ideen.«

Als Rory wieder zu sich kam, war sie allein, verkatert und nackt, abgesehen von der roten Samtblüte, die schief über ihrem Ohr hing, ihrem schwarzen Strapsgürtel und den Netzstrümpfen. Sie blinzelte in das trübe Straßenlicht draußen vor dem Fenster des Hotelzimmers, das sich, wie ihr noch schwach in Erinnerung war, im selben Flur befand wie die Partysuite. Nach zwei Jahren sexueller Besonnenheit war sie rückfällig geworden.

Sie glaubte, sich an ein Kondom zu erinnern, aber vielleicht auch nicht, und was, wenn er irgendeine schreckliche Krankheit hatte, die sich um Kondome nicht scherte? Das Zimmer drehte sich, genau wie ihr Magen. Sie hatte einen One-Night-Stand – etwas, das sie von ihrer Bucketlist streichen konnte, bloß dass er nie auf ihrer Bucketlist gestanden hatte –, aber sie war mies drauf gewesen und dumm, nicht sie selbst, und dieser aufgeblasene reiche Schnösel, dem der Ruhm offenbar zu Kopf gestiegen war, hatte die perfekte Ablenkung geboten. Nicht nur hatte sie eingewilligt – sie hatte ihn dazu noch ermutigt.

Auf der Party hatte es von schönen Frauen nur so gewimmelt, alle deutlich jünger als Rory, alle herausgeputzt in knappen Outfits und High Heels, mit seidig glatten langen Haaren, und jede von ihnen versuchte, die Aufmerksamkeit der versammelten Profisportler auf sich zu ziehen. Rory mit ihren vierunddreißig Jahren, ihren unbändigen Locken und dem klassischen knielangen Cocktailkleid, das nun in einer schwarzen Tüllpfütze auf dem Boden des Hotelzimmers lag, bildete eine Ausnahme, und doch hatte Vader sie aus der Menge herausgepickt.

Sie erinnerte sich vage, dass er wie ein Quarterback gebaut war, athletisch und breitschultrig. Seine Überheblichkeit und die Gelfrisur hätten sie in die Flucht schlagen müssen, stattdessen hatten sie ihrem beeinträchtigten

Verstand irgendwie das Gegenteil signalisiert. Nun war sie hier, allein in einem fremden Hotelzimmer um drei Uhr nachts, und ihr Magen zog sich vor Selbstekel zusammen, weil sie mit einem Fremden geschlafen hatte, der sämtliche Eigenschaften besaß, die sie am meisten verabscheute – und der ziemlich sicher verheiratet war.

Stöhnend wankte sie ins Bad, hielt ihre Haare aus ihrem Gesicht und übergab sich ins Waschbecken. Sie spülte ihren Mund aus und spritzte sich Wasser ins Gesicht, während sie versuchte, nicht in den Spiegel zu schauen. Doch sie tat es trotzdem, sah die verschmierte Wimperntusche um ihre Augen, den ebenfalls verschmierten Lippenstift um ihren Mund und den Ausbruch von entfesselten Locken um ihren Kopf. Wenigstens war es draußen noch dunkel. Sie konnte sich heimlich aus dem Hotel schleichen und hoffen, dass ihr auf dem Weg niemand begegnete.

Ihre Hände waren mit einem Mal ungeschickt, ihr Kopf hämmerte, und sie brauchte eine Ewigkeit, um sich anzuziehen. Sie schnappte sich ihre Clutch aus rotem Satin, das Einzige, was sie von ihrer Mutter noch besaß – *Bist du stolz auf mich, Mom?* – und wandte sich zur Tür, aber auf dem Weg dorthin entdeckte sie etwas auf dem Tisch. Etwas, das dort nicht sein sollte.

Fünf Hundertdollarscheine.

Er hatte sie für eine Prostituierte gehalten.

Die Party neigte sich allmählich dem Ende zu. Die Kellner und der Barkeeper waren bereits gegangen, aber drei Paare und ein paar Einzelgäste hielten sich noch in der

Suite auf. Clint Garrett, Brett Rivers' wichtigster Klient, saß allein auf der Couch, den Kopf in seine Hände gestützt.

Brett hatte die Party heute Abend vorgeblich ausgerichtet, um Clints Geburtstag zu feiern, aber in Wirklichkeit wollte er das alte Verhältnis zwischen ihnen wiederherstellen, das unerwartet eine Delle bekommen hatte, weil Brett ein kleiner Irrtum unterlaufen war. Brett war es nicht gewohnt, Fehler zu machen. Fehler waren was für Verlierer. Aber Gewissensbisse genauso. Sieger brachten ihre Fehler in Ordnung und kamen gestärkt daraus hervor.

Brett überlegte, wie er das Gespräch mit Clint angehen sollte. Garrett war normalerweise ein Traumklient – gescheit und talentiert, mit einem untadeligen Charakter und einem Wurfarm, der ihn in eine Reihe stellte mit Robillard, Tucker, Brady und Manning. Der Vertrag mit dem Quarterback hatte Brett in eine aussichtsreiche Position gebracht, um zum Senior Vice President aufzusteigen, dem stellvertretenden Geschäftsführer von Champion Sports Management. Alles lief bestens, bis Brett versucht hatte, Clint zu warnen, dass seine aktuelle Freundin nur auf sein Geld aus war.

Brett besaß eine sehr gute Menschenkenntnis, sie war Teil seiner DNA. Aber in diesem Fall hatte er danebengelegen. Nicht nur hatte er Ashley Hart falsch eingeschätzt, er hatte außerdem *unter*schätzt, wie weit Clints Gefühle für sie gingen. Er hatte versucht zurückzurudern, aber seine Anschuldigung war ausgesprochen, und Clint wollte ihm nicht verzeihen, nicht einmal nachdem

Ashley ihn verlassen hatte. Brett hatte die Frau verleumdet, der Clints Herz gehörte.

Brett hasste es, im Unrecht zu sein. Es widersprach allem, was er von sich kannte. Allem, worauf er seine Karriere aufgebaut hatte. Nun musste er den Schaden beheben.

Die Balkontür wurde von außen geöffnet, und Darius Beale, ein langjähriger Offensive Lineman der Chicago Stars, kam herein, seinen Arm um eine brünette Schönheit mit ellenlangen Beinen geschlungen. »Was geht ab, Mann?« Darius zeigte mit seinem Daumen auf Brett. »Laila, das ist Brett Rivers, mein persönlicher Barrakuda. Der beste Sportagent in der NFL.«

Brett schenkte Laila ein Lächeln, ziemlich sicher, dass es sich nicht um dieselbe Frau handelte, mit der der Footballer ursprünglich gekommen war. »Mit einem Klienten wie dem großartigen Darius Beale geht einem die Arbeit leicht von der Hand.«

Darius grinste. »Habe ich es dir nicht gesagt? Der River, Mann. Ein rasender, wilder Strom, schnell und tief. Erbarmungslos. Der Mann kennt keine Gnade. Wo hast du dich den ganzen Abend versteckt, Alter?«

»Ich musste mich um was Geschäftliches kümmern.« Sein Klient brauchte nicht zu wissen, dass mit »was Geschäftliches« eine unkonventionelle Frau mit einem pausbäckigen runden Gesicht und einer wilden honigblonden Lockenmähne gemeint war. Die exklusiven Escortagenturen in der Stadt bemühten sich offenbar darum, ihren Kunden mehr Vielfalt zu bieten.

Die Lady passte nicht in die Escort-Schublade, abgesehen von ihren knallrot geschminkten Lippen und ihrer Reizwäsche aus schwarzer Spitze. Sie war keine Zwanzigjährige, die sich als Begleitdame ihr Studium finanzierte, was ein dicker Pluspunkt war. Wahrscheinlich hatte er sie übers Ohr gehauen, weil er ihr lediglich fünfhundert Dollar dagelassen hatte, aber mehr Bargeld hatte er nicht bei sich.

Er hatte nie begreifen können, dass man für Sex bezahlte, aber es war eine harte Woche gewesen und schon lange her, dass er eine Frau in seinem Terminkalender unterbringen konnte. Und irgendetwas an Lockenköpfchen hatte seine zugegebenermaßen abgestumpfte Aufmerksamkeit geweckt.

Darius' Freundin Laila entpuppte sich als eine angehende Wirtschaftswissenschaftlerin, die an der University of Chicago studierte. Während Brett mit den beiden plauderte, hatte er nebenher ein Auge auf Clint. Trotz der vielen schönen Frauen, die anwesend waren, hatte die Party seinen Schützling nicht aufgemuntert. Wenn überhaupt, wirkte er noch deprimierter, und Brett musste das in Ordnung bringen.

Er entschuldigte sich bei Darius und Laila und ging hinüber zur Couch, wo Clint immer noch gekrümmt dasaß und seinen Kopf in den Händen hielt. Brett versuchte, das Eis zu brechen. »Morgen sieht alles schon viel besser aus.«

Clint streckte sein leeres Glas vor, ohne seinen Kopf zu heben. »Hol mir noch einen.«

Brett gefiel Clints aggressiver Ton nicht. Ganz und gar nicht. Aber er schluckte seine Würde hinunter. »Sicher.«

Garrett war bereits betrunken, aber Brett war sein Berater, nicht seine Mutter, etwas, das er hätte bedenken sollen, bevor er Clint offenbarte, dass seine Freundin ziemlich sicher mehr an seinem Geld interessiert war als an seiner Person. Aber die Freundin hatte alles abgestritten und sich von Clint getrennt, wofür dieser Brett verantwortlich machte. Der Verlust seiner Glaubwürdigkeit gegenüber einem Klienten verursachte Brett kalte Schweißausbrüche. Bis jetzt wusste sein Chef noch nichts von dem Problem, und Brett war fest entschlossen, dafür zu sorgen, dass er nie davon erfahren würde.

Er nahm ein Mineralwasser für sich selbst und goss einen Schuss Glenlivet in Clints Glas, das er anschließend mit ein paar Eiswürfeln und einer großzügigen Menge Wasser auffüllte. Als er den Drink umrührte, musste er an »Julia« denken, und er hoffte, dass sie inzwischen das Hotel verlassen hatte und nicht zurückgekehrt war, auf der Suche nach dem nächsten Kunden.

Brett hatte zusätzliche Zimmer gebucht für Partygäste, die zu betrunken waren, um nach Hause zu fahren, aber er hätte niemals erwartet, dass er selbst eins davon nutzen würde. Er war fünfunddreißig und zu diszipliniert für flüchtige Abenteuer. Seine Begegnung mit Julia war völlig untypisch für ihn. Aber sie versprach, eine nette Abwechslung zu sein, und er stand unter enorm viel Druck. In seiner Branche kam man nicht an die Spitze, indem man alles hinterfragte. Er würde sich ganz bestimmt keine Vorwürfe machen.

Brett kannte seine Stärken. Vielleicht war das arrogant, aber wer hatte jemals behauptet, dass Arroganz etwas Schlechtes sei? Er war klug, ehrgeizig und, wie Darius gesagt hatte, erbarmungslos, wenn er wusste, dass er im Recht war. Er besaß einen messerscharfen Instinkt, und er ging intelligenter vor und arbeitete härter als jeder andere. Nichts würde ihm in die Quere kommen. Bevor der Sommer vorüber war, würde er der neue Vizepräsident und Thronanwärter bei Champion Sports Management sein. Er musste nur das angeknackste Verhältnis zwischen ihm und einem der wichtigsten Klienten der Agentur reparieren.

Er trug den verwässerten Whisky zurück zur Couch. Clint nahm das Glas brummend entgegen. »Jetzt zufrieden?«

»Ich bin überhaupt nicht zufrieden. Ich weiß, wie sehr du sie geliebt hast.« Etwas, das er verdammt gern früher erkannt hätte.

»Ich liebe sie noch immer.« Clint starrte in sein Glas. »Sie ist schön und klug. Sie kennt sich mit Sport aus, sie ist witzig, und sie hat sich für meine Person interessiert, nicht nur für den berühmten Quarterback.« Seine Augen verdunkelten sich vor Zorn. »Mein Geld war ihr scheißegal!«

Touché. Dass Ashley Clint den Laufpass gegeben hatte, bewies, dass Brett sie falsch eingeschätzt hatte. Er hätte sich davor hüten sollen, sich in das Liebesleben eines Klienten einzumischen. Ashley war heiß, eine der schönsten Frauen, die ihm jemals begegnet waren, aber sie strahlte etwas Habgieriges aus, eine Anspruchshaltung, die ihn beunruhigte. Trotzdem, hätte er seinen Mund gehalten, wäre er jetzt nicht in dieser Situation.

»Ich habe mich geirrt.« Die Worte waren Gift in seinem Mund.

»Verdammt richtig. Jetzt ist sie mit Karloh Cousins zusammen, der nicht halb so viel verdient wie ich.« Garretts blutunterlaufene Augen bekamen einen verschlagenen Ausdruck, eine Eigenschaft, die Brett niemals mit seinem gutmütigen Klienten in Verbindung gebracht hätte. »Hast du die beiden miteinander verkuppelt?«

Brett verlor nie seine Coolness, ganz gleich, wie sehr er provoziert wurde, aber er konnte sich kaum beherrschen. »Das würde mir niemals einfallen.« Cousins war ein Basketballprofi, der als Power Forward bei den Chicago Bulls spielte, ein toller Typ, aber, wie Clint betont hatte, nicht annähernd in derselben finanziellen Liga. Brett setzte sich auf die Couch und traute sich, seine Hand auf Clints robuste Schulter zu legen. »Ich will nur das Beste für dich. Das weißt du.«

»Du hast keine Ahnung, was das Beste für mich ist. Du glaubst es nur zu wissen.« Garrett schüttelte seine Hand ab. »Sie hat mich geliebt, aber sie konnte dem Druck nicht standhalten, als die Presse anfing, ihr auf Schritt und Tritt zu folgen, und sie von den Leuten ständig fotografiert wurde. Das hat sie wahnsinnig gemacht.« Seine Miene wurde bitter. »Du hättest dich um die Presse kümmern sollen. Du hättest Ashley den Rücken freihalten müssen.«

Brett wurde dafür bezahlt, das Leben seiner Klienten einfacher zu machen, aber seine Macht war begrenzt, was die Medien betraf. Trotzdem, hätte er von diesem Problem gewusst, hätte er etwas dagegen unternommen.

Clint rieb sich über den Bart, der im Gegensatz zu sonst ungepflegt wirkte. »Du kanntest sie nicht im Geringsten. Das dachtest du nur. Ich wollte mit ihr nach Las Vegas fliegen und ihr einen Heiratsantrag machen. Ich hatte schon den Ring besorgt und alles. So sicher war ich mir. Hat mich eine Viertelmillion gekostet.« Er rollte das Whiskyglas über seine Stirn. »An dem einen Tag war zwischen mir und Ashley noch alles gut. Am nächsten nicht mehr.«

»Ich hasse es, dich leiden zu sehen.«

Clint trank einen langen, bedächtigen Schluck von seinem Whisky. »Wenn du dich in ihr so krass getäuscht hast, worin hast du dich noch getäuscht?« Ohne Vorwarnung zog er seinen Vierunddreißig-Millionen-Dollar-Wurfarm zurück und schleuderte sein Glas quer durch den Raum, wo es an der Wand zerschellte, sodass die anderen Gäste erschrocken zu ihnen herüberblickten. »Du und ich. Wenn das Vertrauen einmal beschädigt ist, was bleibt dann noch übrig?«

Bretts gewöhnlich eiserner Magen zog sich zusammen. Das hier lief schlecht, viel schlechter, als er erwartet hatte.

Garrett stemmte sich schwankend von der Couch hoch und wandte sich in Richtung Bar. Im Vorbeigehen bemerkte er Darius. »Hast du gesehen, ob sie schon gegangen ist?«

Darius löste seine Aufmerksamkeit von dem zerbrochenen Glas. »Wer, sie?«

»Meine Schwester.«

Ein eiskalter Finger bohrte sich in Bretts Rücken. »Schwester?«

Garrett nahm sich ein neues Glas und goss sich Scotch ein, wobei er einen Teil verschüttete. Er starrte Brett voller Feindseligkeit an. »Ich hab gesehen, dass du dich vorhin mit ihr unterhalten hast. Wo ist sie danach hingegangen?«

Das Schicksal konnte ihn nicht derart in den Arsch kneifen. Nicht ihn. Er war der River. Schnell und tief, rasant und erbarmungslos. Er baute keine Scheiße. Nie. »Ich habe mich mit einigen Frauen unterhalten. Ich weiß nicht genau, welche du meinst …« Tatsächlich wusste er es sehr wohl, und der eiskalte Finger verwandelte sich in eine harte Faust.

»Blonde Locken. Komisches schwarzes Kleid.« Clint nahm einen großen Schluck von seinem Scotch. »Sie hat sich seltsam verhalten. Normalerweise trinkt sie nicht so viel, sie hasst Partys wie diese. Sie kann auch mich nicht besonders gut leiden. Sie ist nur gekommen, weil heute mein Geburtstag ist und ich sie förmlich dazu gezwungen habe.«

Kalte Angst durchzuckte Brett. Er stand von der Couch auf, darauf bedacht, dass es nicht überstürzt aussah, und wandte sich in Richtung Ausgang. Niemals Schwäche zeigen. Immer kontrolliert wirken. »Ich schau mal nach, ob sie noch im Hotel ist.« Ob sie noch in dem Zimmer war, wo er ihr fünfhundert Dollar hinterlassen hatte.

Er eilte durch den Hotelflur und bog um die Ecke. Wenn Garrett rausbekam, dass er was mit ihr gehabt hatte, würde er ihn ganz sicher feuern. Und Bretts Boss … Wenn er erfuhr, dass sein designierter Vizepräsident die Schwester eines der größten Klienten seiner Agentur flachgelegt hatte, konnte Brett sich von seiner Karriere verabschieden.

Ihm brach der Schweiß aus. Er war immer vorsichtig. Immer besonnen. Immer vorausschauend. Immer vorbereitet. So etwas konnte nicht passieren. Nicht ihm. Nicht dem River.

Er beschleunigte seine Schritte, bis er praktisch rannte. Er war nicht lange weg gewesen. Wahrscheinlich schlief sie noch. Es würde alles gut ausgehen. Er würde das Geld leise einstecken und verschwinden, ohne sie zu wecken.

Aber was, wenn sie aufwachte? Was dann?

Er würde sich was einfallen lassen. Ihm fiel immer etwas ein. Er würde tun, was auch immer er tun musste. Was auch immer nötig sein würde. Scheitern war keine Option. Er hatte noch nie einen Klienten verloren, und er hatte nicht vor, jetzt damit anzufangen.

Er fummelte mit der Schlüsselkarte herum, bis die Tür schließlich aufging.

Das Bett war leer, aber das Geld war noch da – jeder Schein säuberlich in zwei Hälften zerrissen.

Rory stürmte die Treppe hinunter in dem Vierparteienhaus in Ravenswood, wo sie seit einem knappen halben Jahr wohnte. In ihrer Hand hielt sie den neuesten Bußgeldbescheid der Stadt Chicago. Sie bog um den Treppenabsatz in der ersten Etage, vorbei an Ashleys Wohnungstür, und eilte die letzten Stufen hinab ins Erdgeschoss, wo ihr Vermieter wohnte. Sie wandte sich zum Hinterausgang und stieß die Fliegengittertür auf.

Obwohl es erst Anfang Juni war, herrschte draußen bereits eine brütende Hitze, kein guter Vorbote für den Sommer. Rorys Sneaker erzeugten ein dumpfes Klopfen auf dem Holzboden der Veranda. Sie nahm die drei Stufen in den Garten mit einem Sprung über den hässlichen grünen Keramikfrosch am unteren Ende hinweg und lief an Mr. Reynolds Gemüsebeeten vorbei zu der alten Holzgarage, die sie gezwungen gewesen war, für hundert Dollar extra im Monat zu mieten.

Hundert Dollar mal fünf machte fünfhundert Dollar, genau die Summe, die dieser widerliche Mistkerl vor drei Tagen im Hotelzimmer für sie hinterlassen hatte.

Gerade als sie geglaubt hatte, ihr Leben könnte nicht noch beschissener werden, lernte sie auf einer Party einen heißen Mann kennen und beschloss – in einem von Alkohol und Frust befeuerten Moment der Unzurechnungsfähigkeit –, dass es eine großartige Idee wäre, mit diesem Fremden ins Bett zu hüpfen. Rory war in letzter Zeit an zu viele Mistkerle geraten, und sie konnte nur ihr mangelhaftes Urteilsvermögen dafür verantwortlich machen.

Sie entriegelte die verzogene Seitentür der Garage und gab ihr einen kräftigen Stoß. Die Tür schwang knarrend auf und gab den Blick frei auf den *Königspalast für Schleckermäuler*, einen uralten Foodtruck. Wenigstens hatte dieser Scheißkerl Jon sich nicht mit ihrem Truck davongemacht.

In dem trüben Licht, das durch das mit Spinnweben verzierte Garagenfenster drang, starrte sie auf das amtliche Schreiben in ihrer Hand. Ihr sogenannter Geschäftspartner hatte auf der Vorderseite eine Botschaft hinterlassen. *Ich verschwinde aus Chicago. Zu viele verschissene Vorschriften.*

Im Umschlag selbst steckte ein Bußgeldbescheid, weil Jon und sie gegen die strengen Auflagen verstoßen hatten, die für Foodtrucks in Chicago galten. Der erste Verstoß hatte sie tausend Dollar gekostet. Für den zweiten, der doppelt so teuer war, musste Rory nun allein aufkommen.

Vor ihrem Umzug von New York nach Chicago – bevor sie ihre Ersparnisse in diesen Foodtruck investierte, den Jon auf Ebay entdeckt hatte – hätte sie berücksichtigen müssen, dass ihr ehemaliger Mitbewohner die Angewohnheit hatte, sich mit Feuereifer in neue Projekte zu stürzen, nur um sie rasch wieder aufzugeben, wenn er das Interesse verlor.

Sie öffnete schwungvoll die Beifahrertür, stieg in den Kleinbus und schwang sich auf den verschlissenen, durchgesessenen Fahrersitz. Wo, um Himmels willen, sollte sie zweitausend Dollar hernehmen? Sie schuftete bereits zwölf Stunden am Tag, sechs Tage in der Woche. Jetzt, wo Jon sich abgesetzt hatte, würde sie die ganze Woche durcharbeiten müssen.

Auf der anderen Seite der Windschutzscheibe leuchtete die Glühbirne an der Decke auf, und Ashley Hart schwebte in die dämmrige Garage wie eine Königin in eine Bauernhütte. Die ausnehmend schöne, charismatische und ichbezogene Ashley, sechsundzwanzig Jahre alt, mit ihren seidigen roten Haaren, ihren herrlichen Brüsten, ihren endlos langen Beinen und ihrem heiseren

Lachen. Es war kein Wunder, dass jeder Mann, den sie traf, ihr zu Füßen lag, selbst Rorys Halbbruder.

Rory hätte sich am liebsten versteckt. Ashley ahnte nichts von dem schlimmen Verrat, den Rory an ihrer Freundschaft begangen hatte, und Rory hatte keine Lust auf diese Begegnung. Ashley und sie konnten nicht unterschiedlicher sein, und Rory bezweifelte, dass sie sich jemals angefreundet hätten, wenn es in Ashleys Leben andere Freundinnen gäbe und wenn Rory nach ihrem Umzug nicht so ausgehungert nach weiblicher Gesellschaft gewesen wäre. Ashley war oberflächlich und narzisstisch, aber sie war in Chicago aufgewachsen, und sie hatte sich großzügig zur Verfügung gestellt, um Rory die Stadt zu zeigen und ihr zu helfen, sich einzugewöhnen.

»Da bist du ja«, sagte Ashley mit ihrer kehligen Schlafzimmerstimme. Sie blieb vor der offenen Beifahrertür stehen, kletterte aber nicht ins Fahrerhäuschen. Königinnen stiegen nur in Kutschen, nicht in heruntergekommene Foodtrucks. Ashley musterte Rorys altes Scooby-Doo-T-Shirt und die hoch taillierten kanariengelben Shorts mit ihrem üblichen Befremden. Rory mochte ihren eigenen Kleidungsstil, selbst wenn ihre Stiefmutter und Ashley ihn schrecklich fanden. Mit Fundstücken aus Secondhandshops – manches davon Vintage, manches bloße Schnäppchen – konnte sie interessante Outfits zusammenstellen, ohne dass sie dafür ein Vermögen ausgeben musste.

Ashley warf ihre lange rote Shampoo-Reklamemähne nach hinten. »Warum sitzt du hier rum, Süße?« Alles, was Ashley sagte, klang verführerisch, selbst wenn sie Rory bat, die Katze zu füttern.

»Jon ist abgehauen«, antwortete Rory. »Ich hatte Angst, dass er den Foodtruck mitgenommen hat.«

Ashleys perfekte Lippen verzogen sich zu einem kleinen Schmollmund. »Sein Abgang ist ein Segen. Du hast viel bessere Möglichkeiten, als billiges Naschzeug aus einem Foodtruck zu verkaufen. Jon war ein Loser.«

Ein Umstand, den Ashley von Anfang an erkannt hatte und den Rory sich hätte eingestehen müssen, bevor sie ihren letzten Notgroschen opferte, um den Vorrat an Schokolade, Kaugummis und Fruchtgummis wieder aufzufüllen. Sie würde mit ihrem Foodtruck mehr Little-League-Spiele abklappern müssen, mehr Straßenfeste und Freibäder. Sie würde länger arbeiten müssen. Vielleicht konnte sie Mr. Reynolds, ihren Vermieter, überzeugen, ihr einen Zahlungsaufschub zu geben, aber was dann?

Ashley, die immer noch auf dem rissigen Zementboden stand, stützte ihre elegante Hand auf den Türrahmen und neigte ihren Kopf zur Seite, sodass ihre Haare sich perfekt über ihre Schulter ergossen. »Ich war gestern Abend mit Karloh Cousins aus.«

Die Leichtigkeit, mit der Ashley von Clint, Rorys Halbbruder, zum nächsten Mann gewechselt war, sollte Rorys Tat rechtfertigen, aber Clint war am Boden zerstört, und Rory machte sich allmählich Sorgen um ihn. Seit drei Tagen reagierte er nicht auf ihre Anrufe, seit seiner Geburtstagsfeier, als Rory mit diesem Fremden in die Kiste gesprungen war.

»Karloh war ganz begeistert von den Schokotrüffeln,

die du mir gegeben hast«, sagte Ashley mit ihrem mühelosen, verführerischen Charme. »Kannst du bitte, bitte mehr davon machen?«

Wie konnte jemand dieser Frau widerstehen, wenn sie einen mit großen Augen begeistert anstrahlte, als wäre man die faszinierendste Person auf der Welt? »Und vielleicht könntest du sie mit dem Bulls-Logo verzieren?«

Rory hatte keine Lust, ein weiteres Blech von ihren Chili-Kakaotrüffeln zu verschenken, geschweige denn, sie mit dem Stierkopf der Chicago Bulls zu verzieren, aber der Umstand, dass sie der einzigen Freundin, die sie hier in Chicago hatte, in den Rücken gefallen war, erforderte eine Art von Strafe. »Ich mach nächste Woche welche.«

»Du bist die Beste!« Ashleys glatte Stirn zerknitterte sich zu einem reizenden kleinen Runzeln. »Ich frage nur ungern, aber ich werde dich für immer lieben, wenn ich sie ihm morgen geben kann.«

»Klar.« Mit Schuldgefühlen zu leben, war Mist.

Ashley sah sie verschmitzt an. »Deine Wohnungstür war nicht abgesperrt, und ich wusste, es würde dir nichts ausmachen, also habe ich mir deine coole rote Retro-Clutch ausgeliehen, passend zu meinem schwarzen Schlauchkleid. Karloh steht auf alles, was figurbetont ist. Clint mochte das auch.« Für den Bruchteil einer Sekunde schien Ashley emotional zu werden. Vielleicht hatte sie Clint aufrichtig geliebt, aber so etwas wie Liebe war nicht die treibende Kraft für sie. Oder vielleicht hatte Rory einen großen Fehler gemacht, indem sie sich einmischte.

Fehler waren Rorys Spezialität – Jon zu vertrauen, Ashley zu belügen und sich selbst zu verraten, indem sie mit einem reichen Schnösel eine schnelle Nummer schob, der dafür Geld auf den Tisch legte. Über diesen letzten Fehler würde sie irgendwann hinwegkommen, weil sie dem Mann nie wieder begegnen musste, aber die anderen Verfehlungen konnte sie nicht so leicht abtun. Wer war sie, dass sie Gott spielte mit dem Leben anderer Menschen, wenn ihr eigenes immer weiter auseinanderfiel?

Ashley riss sich rasch wieder zusammen. »Ich muss los. Danke für die Tasche, Süße.« Mit einem kurzen Winken, einem strahlenden Lächeln und einem Schwingen ihrer herrlichen Haare verließ sie die Garage.

Wieder einmal war sie von Ashley manipuliert worden. Ashley wusste, dass Rory die Handtasche ihrer Mutter niemals freiwillig herausrücken würde, also war sie einfach in Rorys Wohnung marschiert und hatte sich das kostbare Stück geholt. Immer, wenn Rory die rote Satintasche öffnete, stellte sie sich vor, sie könnte das Parfüm ihrer Mutter noch riechen. Aber Ashley machte Jagd auf alles, was sie haben wollte, sei es die Handtasche, eine kostenlose Ladung handgefertigter Kakaotrüffel oder ein reicher Profisportler.

Rory starrte blind durch die schmutzige Windschutzscheibe. Sie war damals erst fünf, als sie ihre Mutter verloren hatte, und sie konnte nicht mehr mit Sicherheit sagen, welche von ihren Erinnerungen echt waren und welche sie im Laufe der Zeit heraufbeschworen hatte. Es war paradox. Sie war schockiert und traurig gewesen, als ihr Vater vor zwei Jahren an einer plötzlichen Herzattacke starb, aber er war zeit ihres Lebens eine emotional distanzierte Gestalt geblieben; die Trauer um ihre Mutter hingegen ging viel tiefer.

Sie konnte nicht länger hier rumsitzen und sich selbst bemitleiden, denn das brachte sie keinen Schritt weiter. Sie musste Clint finden. Mit ihm reden. Sich vergewissern, dass es ihm gut ging, weil er beim letzten Mal gar nicht gut ausgesehen hatte. Sie musste sich an die Arbeit machen.

Als sie sich zur Seite drehte, um sich aus dem Sitz zu stemmen, sah sie, was sie vorhin beim Einsteigen in ihrer Aufregung übersehen hatte.

Die Regale, die sie frisch mit Süßigkeiten aufgefüllt hatte, waren komplett leer geräumt. Jon hatte alles mitgenommen, außer den Wagen, und dann das Weite gesucht.

KAPITEL 2

Clints Haus war ein alberner Prunkbau aus weißem Kalkstein, im Stil eines Châteaus mit mehreren Schornsteinen, Balkonen, schrägen Schieferdächern und sogar einem Turm. Nichts war zu gut für Gregg und Kristin Garretts Goldstück. Das weiße Märchenschloss könnte sich nicht mehr unterscheiden von dem klassischen Backsteinhaus am Lake Harriet in Minneapolis, wo Rory und Clint aufgewachsen waren.

Rory parkte den Foodtruck auf der Rückseite des Gebäudes, sodass er von den angrenzenden Luxusanwesen hier im wohlhabenden Burr Ridge nicht zu sehen war. Auf der rechten Spur der Interstate 55 in einem uralten Kleinbus entlangzutuckern, der schwarze Rußwolken aus dem Auspuff hustete, war demütigend gewesen, aber wegen der Entscheidungen, die Rory getroffen hatte, war diese qualmende Rostlaube ihr einziges Transportmittel.

Sie krümmte ihre Finger um das Lenkrad und lehnte ihre Stirn dagegen. Sie war vierunddreißig Jahre alt, kein Kind mehr, und das Foodtruck-Geschäft, in das sie nur eingestiegen war, weil sie es fälschlicherweise als ein Sprungbrett für die Verwirklichung ihrer wahren Leidenschaft betrachtet hatte, hatte sich als Fehlschlag entpuppt. Seit sie in ihrem zweiten Studienjahr das Psychologieseminar geschwänzt hatte, um an einem Pralinenworkshop teilzunehmen, träumte sie von einer Karriere als Chocolatière.

Im Laufe der Jahre hatte sie in Restaurants und für Cateringfirmen gekellnert, um sich über Wasser zu halten, während sie nebenher unbezahlte Praktika bei jedem Edelchocolatier machte, der sie nahm. Sie lernte, wie man die Kakaomasse richtig temperierte und dafür auch die Raumtemperatur und die Luftfeuchtigkeit berücksichtigte. Sie studierte Formguss und Verzierungstechniken und fand heraus, dass sie die Herkunft einer Kakaobohne einfach am Geruch erkennen konnte. Mit der Zeit begriff sie, dass kunstvoll gemachte, feinste Schokolade sämtliche Sinne ansprach: sehen und riechen, schmecken und fühlen mit dem Mund, selbst den Hörsinn durch das charakteristische Knacken beim Brechen einer Tafel. Im Gegensatz zu den Menschen enttäuschte perfekt veredelte Schokolade nie.

Rory zwang sich, aus dem Foodtruck zu steigen. Das breite Ausgabefenster war geschlossen, Markise auf der leeren Ladefläche verstaut. Sie schlug die Tür zweimal zu, bevor das Schloss einrastete. Obwohl sie so hart gearbeitet hatte, war sie der Verwirklichung ihres Traums, sich ihren Lebensunterhalt als Chocolatière zu verdienen, kein Stück näher gekommen. Sie trat auf der Stelle – konnte nicht vor und nicht zurück –, ohne einen Plan für die Zukunft und ohne eine Idee, wie es weitergehen sollte.

Sie umrundete das Haus und wandte sich zum Eingang. Auf Form geschnittene Bäume zu beiden Seiten flankierten die massive Doppeltür des Palais. In den Glaseinsätzen der Tür erhaschte Rory einen Blick auf ihr Spiegelbild: honigblonde Locken, die sich auf ihrem Kopf durcheinanderringelten, eine ärmellose rot-weiß karierte Bluse mit einem Bubikragen, eine blaue Caprihose im Stile der Fünfziger, Walmart-Flipflops und herzförmige rote Bakelitohrringe, die sie nicht wie erhofft aufgemuntert hatten.

Sie drückte auf die Klingel der modernen Videotürsprechanlage und hörte gedämpft die Melodie von »Hail to the Victors«, die altehrwürdige Kampfhymne der University of Michigan. *Ernsthaft*? Die Boston University, an der Rory zumindest für vier Semester eingeschrieben gewesen war, hatte auch eine Kampfhymne, aber kein Footballprogramm – der Hauptgrund, warum Rory sich für Boston entschieden hatte, neben der geografischen Distanz zu ihrer Heimat in Minnesota.

Keine Reaktion. Die Türsprechanlage war funkgesteuert, Clint müsste sie also auf seinem Handy sehen. Sie winkte in die Kamera. Versuchte zu lächeln. Nichts passierte. Sollte er nicht einen Butler haben oder so?

Sie tat sich zwei weitere Runden »Hail to the Victors« an, aber niemand öffnete die Tür. Sie musste daran denken, wie oft sie sich gewünscht hatte, dass Clint sie in Ruhe ließ, und daran, dass sich alles irgendwann rächte.

Sie kramte in ihrer Patchworktasche aus Lederflicken, eins ihrer besten Secondhandfundstücke, und nahm den Schlüssel heraus, den Clint ihr gegeben hatte, trotz ihres Einwands, dass sie dafür keine Verwendung habe. Aber wie immer sollte Clint recht behalten. Er war der Goldjunge mit einer langen Liste von Errungenschaften, die ihr Kuddelmuddel von Leben im direkten Vergleich noch erbärmlicher erscheinen ließ. Rory Meadows Garrett, Studienabbrecherin, gescheiterte Unternehmerin, Versagerin auf ganzer Linie. Clint Garrett, amerikanischer Erfolgsjunge und millionenschwerer NFL-Quarterback, den die Leute bewunderten.

Sie betrat das große Marmorfoyer und musterte die griechischen Säulen, funkelnden Kronleuchter und den vergoldeten Wandtisch. »Clint! Clint, ich bin's, Rory!«

Ihre Stimme hallte durch das Haus. Sie warf einen kurzen Blick in den opulent ausgestatteten, riesigen Wohnbereich und das elegante Esszimmer – alles kostspielig und überladen, aber wer war sie, um eine fremde Einrichtung zu kritisieren? Sie kehrte zurück ins Foyer und rief wieder, aber das Haus fühlte sich leer an.

Ihr Blick wanderte hoch zu der gewölbten Decke. Ein Fresko von herumtollenden Engeln, die um die Kronleuchter tanzten, verspottete sie. Diese Engel waren vielleicht Ausdruck für die empfindsame Seite ihres Halbbruders, oder für seine ironische. Bei Clint konnte man das nie wissen, und Rory zeigte der geflügelten Schar den Mittelfinger.

Am Ende des langen Marmorfoyers lag die Küche, wo über der zentralen Insel zwei weitere Kronleuchter mit Engeln hingen. Natürlich hatte er in seiner Küche Kronleuchter. Welcher superreiche Footballprofi mit flinken Beinen und einem goldenen Wurfarm hatte die nicht? Rory musterte den edlen Steinboden, die schneeweißen

Hochglanzschränke und die kalten schwarzen Granitoberflächen, von denen jede einen tollen Seziertisch abgeben würde. Oder einen perfekten Ort, um Schokolade manuell herzustellen. Würde sie doch nur im Moment Schokolade temperieren.

Sie stellte ihre Tasche ab. Die Küche verfügte über eine richtige Kaffeebar mit einem professionellen Vollautomaten für Espresso und andere Spezialitäten. Keine einfache Filtermaschine für Clint Garrett.

Plötzlich schallte »Hail to the Victors« bis in die Küche. Ihr Bruder? Vielleicht war er betrunken und hatte seinen Schlüssel verloren. Rory ignorierte die verspielten Engel über ihrem Kopf und eilte über den spiegelglatten schwarzen Marmorboden zurück zum Eingang. Das war ihre Chance, die Dinge in Ordnung zu bringen. Sie riss schwungvoll die Tür auf.

Ihr gegenüber stand Darth Vader.

Rory knallte Vader die Tür vor der Nase zu und marschierte durch das Foyer zurück in die Küche.

Wie lange hatte es eigentlich gedauert, als Vader sie vor vier Tagen auf der Party abgeschleppt hatte? Zwanzig Minuten? Dreißig?

Oder genauer gesagt, als sie *ihn* abgeschleppt hatte.

»Wo können wir hin?«

Sie fröstelte bei der Erinnerung daran, dass sie genau diese Worte gesagt hatte.

Er war ein Footballspieler in Designerklamotten – ziemlich sicher ein *verheirateter* Footballspieler –, und diese heisere, betrunkene Stimme hätte nicht ihr gehören dürfen. Aber der Mann war gewieft und erfahren und ach so verführerisch gewesen, und sie war benommen und betrunken und ach so bedürftig.

»Ich habe ein Zimmer«, hatte er geflüstert.

»Zeig es mir.«

Alkohol und Selbstmitleid waren eine tödliche Kombination.

Brett starrte auf die Eingangstür, die ihm vor der Nase zugeschlagen worden war, und überlegte rasch seinen nächsten Schritt. Dieser Schlamassel würde nicht von allein weggehen, und vor Schwierigkeiten davonzulaufen, war nicht seine Art. Er musste seine Gegnerin näher unter die Lupe nehmen, ihre Schwächen ausloten und zu seinem Vorteil nutzen. Je nachdem, wie sie reagierte, musste er sie in die Defensive drängen oder sie umgarnen. Schlimmstenfalls musste er Liebe auf den ersten Blick vortäuschen, obwohl ihm das widerstrebte. Er handelte aggressiv und gelegentlich erbarmungslos, aber niemals unmoralisch.

Diese »Julia« würde eine Herausforderung werden.

Die nächste Runde »Hail to the Victors« schallte durch das Haus. Rory presste ihre Hände auf die Ohren und warf sich auf einen Barhocker aus weißem Leder. Der Anblick dieser fünf Hundertdollarscheine hatte sich für immer in ihr Gedächtnis eingebrannt – die Bezahlung für geleistete Dienste.

Plötzlich öffnete sich die Hintertür mit einem Klicken. Ihr Kopf fuhr hoch.

Vader betrat die Küche und nahm den ganzen Raum ein, einfach indem er den vorhandenen Sauerstoff atmete.

Rory sprang von ihrem Barhocker auf. »Raus!«

Er blieb, wo er war, und musterte sie mit stahlgrauen Mörderaugen. Auf der Party war der Balkon nur schwach beleuchtet gewesen und das Hotelzimmer dunkel, und Vader jetzt bei Tageslicht zu sehen, war, als hätte man jemanden vor sich, an den man sich zwar nur vage erinnerte, aber dem man auf keinen Fall erneut begegnen wollte. Klassisches weißes Oxford-Hemd ohne eine Falte, dunkle Hose mit perfekt gebügelten Falten, burgunderrote Slipper mit der charakteristischen Gucci-Trense – alles an diesem Mann stand für verdrehte Werte und einen verschlagenen Charakter.

»Julia«, sagte er mit einem Nicken. »Wo ist Clint?«

»Sagen Sie es mir«, erwiderte sie.

Er war groß und schlank, vermutlich ungefähr in ihrem Alter, mit nach hinten gegelter Strippenzieherfrisur in genau demselben Farbton wie ihre Irish-Cream-Pralinen. Sein Kiefer war zu breit, seine Wangenknochen waren zu kantig, sein Blick war zu abwägend, um ihn zu einem hübschen Jungen zu machen. Diesem Mann ging es allein um Dominanz und Kontrolle.

Sie starrte ihn böse an. »Weiß Ihre Frau von Ihrer schmutzigen kleinen Angewohnheit, betrunkene Zufallsbekanntschaften flachzulegen?«

»Meine Frau?« Die leichte Krümmung seiner Nasenspitze verlieh ihm irgendwie etwas Raubtierhaftes.

»Es ist leicht, die kleine Frau zu vergessen, die zu

Hause auf Sie wartet, nicht wahr? Diejenige, die auf die Uhr schaut, während die Kinder oben schlafen und Sie unterwegs sind, um die männliche Hure zu spielen.« Plötzlich kam ihr ein neuer schrecklicher Gedanke. »Ich wette, sie ist schwanger! Ich bin es hoffentlich nicht, denn falls doch, schwöre ich bei Gott, ich werde Sie persönlich umbringen und Ihre Frau überzeugen, dass sie mir hilft, Ihre Leiche verschwinden zu lassen.«

Seine Oberlippe kräuselte sich. »Schalten Sie mal einen Gang runter, ja? Wenn ein Mann vier Kinder hat, benötigt er zwischendurch eine Pause.«

»Vier!« Grinste er sie gerade spöttisch an?

»Fünf. Ich habe Ronald vergessen. Wir haben ihn weggegeben, weil er zu viel Lärm gemacht hat. Und offen gesagt, Ambrose steht auf der Abschussliste. Wegen seinem Asthma.«

Sie seufzte unbeabsichtigt vor Erleichterung auf. »Sie haben keine Kinder.«

»Nein.«

»Eine Frau?«

»Nein.«

»Eine Verlobte?« Sie nahm wieder Fahrt auf. »Lügen Sie mich nicht an! Ich weiß, es gibt jemanden, dem Sie untreu geworden sind.«

Er zögerte einen Moment, bevor er antwortete. »Meinen Prinzipien.«

»*Ihren* Prinzipien? Was ist mit meinen?«

»Ich habe keine Ahnung, wie Ihre Prinzipien lauten«, erwiderte er gleichmütig. »Wir kennen uns kaum, schon vergessen?«

»Ganz richtig!« Sie nahm sich einen Moment, um sich neu aufzustellen. »Wie sind Sie reingekommen?«

»Ich habe einen Schlüssel.«

Wie vielen Leuten hatte Clint eigentlich einen Schlüssel gegeben?

»Wer sind Sie?«, fragte sie. »Abgesehen von einem Gesicht, das ich niemals wiedersehen wollte?«

Wenn überhaupt, wurden diese kalten stahlharten Augen nur noch kälter und härter. »Ich bin Clints Agent. Brett Rivers. Und Sie sind Rory Garrett, seine Schwester, eine Information, die ich gerne vor unserem ... Zusammentreffen von Ihnen bekommen hätte.«

Gab er wirklich ihr die Schuld? »Ich heiße Rory *Meadows*. Und warum hätte ich Ihnen das sagen sollen? Damit Sie mir in den Arsch kriechen können?«

»Bis zu Ihrem Arsch bin ich nicht gekom ...« Sein Mundwinkel zuckte. »Entschuldigung. Manchmal geht mein Plappermaul mit mir durch.«

Sie starrte ihn fassungslos an.

Seine schrecklich unangemessene Bemerkung schien ihm nicht einmal peinlich zu sein. »Ist Ihr Bruder in der Nähe?«

»Mein Halbbruder, und er ist nicht hier, also verschwinden Sie.«

»Wo ist er?«

»Ich weiß es nicht.«

Er zog sein Handy heraus, checkte es kurz und steckte es wieder ein, bevor er einen Blick auf die Kaffeebar warf. »Gibt es einen Kaffee?«

»Wozu? Müssen Sie nüchtern werden? Wieder einmal.«

»Bei allem gebührenden Respekt, Miss Garrett …«

»Noch mal, ich heiße Meadows. Ich benutze den Mädchennamen meiner Mutter.«

»Miss Meadows. Ich war nicht der Einzige, der an diesem Abend zu tief ins Glas geschaut hat.« Der Konter saß, und er war noch nicht fertig. »Ich habe ein Kondom benutzt. Falls Sie schwanger sind, kann ich es nicht gewesen sein.«

Sie versuchte, sich den nackten Brett Rivers in Erinnerung zu rufen. Er hatte ein kleines dunkles Haarbüschel auf seiner sehr muskulösen Brust und einen schmalen knackigen Po, in den sie ziemlich sicher ihre Finger gekrallt hatte. An mehr konnte sie sich nicht erinnern, auch nicht an das Kondom. Allerdings vertraute sie ihm in diesem Punkt. Er war zu kühl und berechnend, um ein Risiko einzugehen. »Natürlich. Sie gehören zu den Männern, die sich die Taschen mit Kondomen vollstopfen für den Fall, dass Sie auf eine … auf eine … auf ein Flittchen treffen.« Der Begriff fiel ihr spontan ein, als das Bild von einem alten Flapper-Poster aus den Zwanzigern des letzten Jahrhunderts in ihr aufkam, das in ihrer Wohnung über dem Bücherregal hing.

»Flittchen?« Er zog seine dunkle Augenbraue hoch. »Ihre Einstellung zu Ihrem eigenen Geschlecht ist veraltet und beleidigend.« Mit einem enttäuschten Gesicht, als wäre sie in seinem persönlichen Charaktertest auf politische Korrektheit durchgefallen, marschierte er zur Kaffeebar.

Sie konnte nicht glauben, dass es ihm gelungen war, sie in die Defensive zu drängen. Sie schob eine unwillkommene Erinnerung an einen langen, innigen Kuss von diesem schlagfertigen, hinterlistigen Mund beiseite. »Hey, ich bin nicht diejenige, die immer einen Großvorrat an Kondomen bei sich hat, und außerdem gibt es hier in der Nähe bestimmt einen Starbucks, wenn Sie so scharf auf Koffein sind.«

»Bestimmt, und die Kondome lagen bereits im Hotelzimmer.« Er nahm den Deckel von der Kaffeedose und schüttete Bohnen in die Maschine. Als das Mahlwerk lossurrte, musterte er Rory, als müsste er ihren Anblick verarbeiten – eine kuriose Frau mit einem Lockenkopf, die wenig Ähnlichkeit hatte mit ihrem erfolgreichen und berühmten Bruder, abgesehen von der Augenfarbe, und ziemlich sicher keinerlei Ähnlichkeit mit den Frauen, die in Rivers' Kontaktliste standen, wahrscheinlich sortiert nach Körbchengröße.

Er befüllte die Glaskanne in der Spüle, goss das Wasser in die Maschine und startete den Brühvorgang. Während er wartete, checkte er wieder sein Handy.

Das Schweigen machte Rory nervös, und das Zwicken in ihrem Magen wurde stärker. »Wann haben Sie Clint das letzte Mal gesehen?«, fragte sie.

»Auf der Party. Vor vier Tagen. Und Sie?«

»Auch. Und er ist nicht hier, also können Sie jetzt wieder gehen.«

Er lehnte sich an den Rand der Kaffeebar, sein Telefon in der Hand. »Wohin verzieht er sich immer, wenn er Kummer hat? Sie sind seine Schwester. Sie haben bestimmt eine Idee.«

»Halbschwester«, wiederholte sie. Sie und Clint hatten

sich nie nahegestanden, und ganz gleich, wie rein Rorys Absichten gewesen waren, sie hätte sich aus dieser Geschichte mit Ashley heraushalten sollen. Früher oder später wäre Clint zur Vernunft gekommen. Aber höchstwahrscheinlich erst nach einer Blitzhochzeit in Las Vegas ohne Ehevertrag.

Sie schob ihre Fingerspitzen in die Taschen ihrer Caprihose. »Ich weiß nicht, wohin er sich verzieht.«

Er musterte sie. »Warum nicht? Soweit ich weiß, hat er außer Ihnen keine weiteren Geschwister.«

»Er ist sechs Jahre jünger. Wir stehen uns nicht besonders nahe.«

»Ja, ich erinnere mich, dass Sie ihn als Arschloch bezeichnet haben an dem Abend, als wir uns kennenlernten.«

»Niemals.« Bloß dass das in ihrem betrunkenen Zustand durchaus möglich war.

Er deutete mit seinem Handy auf sie. »Zuerst dachte ich, dass Sie einfach nichts für Sport übrighaben, aber offenbar steckt mehr dahinter. Interessanterweise hat Clint sich auf der Party Sorgen um Sie gemacht, als Sie verschwunden waren.«

»Ich war mit *Ihnen* verschwunden!« Sie konnte sich nicht länger zurückhalten. »Und Sie haben mir *Geld* dagelassen!«

Er hob seine freie Hand. Sie war groß und breit, mit stumpfen Fingerspitzen in der perfekten Größe, um die Schnürung auf einem Football zu finden. »Eine Fehleinschätzung, die ich zutiefst bedaure.«

»Wer tut so was? Wer legt einfach ein Bündel Geld hin? Was sind Sie für ein Mann, außer ein ehemaliger

Footballspieler, der es sportlich nicht weit gebracht hat, weshalb Sie beschlossen haben, sich als Spielerberater zu verkleiden?«

»Das ist jetzt aber hart.« Nun war er an der Reihe, in die Offensive zu gehen. »Um Ihrer Erinnerung auf die Sprünge zu helfen, wir haben übers Geldverdienen gesprochen.«

»Und?«

»Sie haben mich nach Tipps gefragt, wie Sie gutes Geld verdienen können.«

»Und da haben Sie angenommen, dass ich mich verkaufe?«

»Es war die Art, wie Sie mich gefragt haben.« Er wandte sich von dem Kaffee ab, den er sich gerade eingießen wollte. »Sie waren kokett.«

»Kokett? Ich war in meinem ganzen Leben noch nie kokett.«

»Sie waren kokett. Und ein paar von den Jungs, die an der Party teilnahmen, sind dafür bekannt, dass sie immer mit schönen, bezahlten Escorts auftauchen.«

Sie stemmte ihre Hände in die Hüften ihrer blauen Caprihose. »Wenn Sie denken, dass ich wie eine schöne, bezahlte Escort aussehe, sollten Sie Ihre Augen überprüfen lassen.« Sie bremste sich, bevor sie ihre Makel aufzählte: zu lockige Haare, zu große Augen, zu rundes Gesicht, zu kleiner Mund, zu kurze Beine.

»Jetzt bei Tageslicht erkenne ich meinen Fehler. Sie sind schön, aber es ist keine oberflächliche Schönheit. Dafür sind Sie viel zu faszinierend. Aus diesem Grund haben Sie mein Interesse geweckt.«

Sie verzog ihren Mund. »Sie reden einen Haufen Blech.«

Statt es zu leugnen, lächelte er. »Ich bin ein Sportagent. Wir müssen flexibel sein.«

Sein glatter, routinierter Charme funktionierte vielleicht bei eitlen Spitzenathleten, aber nicht bei ihr. »Haben Sie eine Vorstellung davon, wie beleidigend es war, mir Geld hinzulegen?«

»Die Art, wie Sie die Scheine zerrissen haben, war ein subtiler Hinweis darauf.«

»Und dabei hätte ich das Geld gut gebrauchen können!«

Er starrte sie über den Rand seiner Kaffeetasse hinweg an, doch sie hatte keine Lust, das Gespräch fortzuführen. »Ich denke, wir sind hier fertig.«

Er trank einen bedächtigen Schluck von seinem Kaffee, der verführerisch duftete, aber sie würde sich unter keinen Umständen selbst eine Tasse davon nehmen. Zu einer Natter wie ihm hielt sie lieber Distanz.

Er legte seinen Kopf schief. »Dieser Foodtruck, der hinter dem Haus parkt … Der *Königspalast für Schleckermäuler*? Ich nehme an, der gehört Ihnen. So etwas sieht man hier nämlich nicht alle Tage.«

»Mein Privatwagen ist gerade in der Werkstatt.« Ihr alter Nissan brauchte neue Bremsen, als sie ihn verscherbelt hatte, um neue Ware einzukaufen, also stimmte das vielleicht sogar. »Ich bin eine Chocolatière. Ich stelle Schokolade und Pralinen her.« Eine Chocolatière ohne Geschäft und Umsatz. Eines Tages würde ihr eine Lösung einfallen. Bloß, dass sie sich das seit Jahren einredete.

»Anscheinend haben Sie nicht viel zu verkaufen«, sagte er.

»Sie haben einen Blick in den Truck geworfen?«

»Er war nicht abgeschlossen.« Statt das Thema weiterzuverfolgen, nahm er seine Kaffeetasse und ging durch eine Tür neben dem Anrichtezimmer.

Sie stürmte ihm hinterher. »Wo gehen Sie hin?«

»Ich will schauen, ob es hier irgendeinen Hinweis gibt, wo Clint sein könnte.«

»Sie können nicht unerlaubt sein Haus durchsuchen.«

»Begleiten Sie mich, um sicherzustellen, dass ich nichts mitgehen lasse.«

Sie glaubte nicht wirklich, dass er etwas stehlen würde, aber sie stapfte ihm trotzdem hinterher – oder zumindest so gut man in Flipflops stapfen konnte – und blieb gleich darauf abrupt stehen.

Sie hatte zuvor nur ein einziges Mal Clints Haus betreten, aber sie war damals nicht bis zu seinem Arbeitszimmer gekommen. Ein dreistöckiger Kristallleuchter hing von der hohen Decke, die, genau wie der aufwendig gearbeitete Marmorkamin, mit wuchernden Weinreben und Akanthusblättern aus Stuck verziert war. Ein Perserteppich bedeckte den Steinboden, und zwei hohe Einbauregale mit zahlreichen Rankenornamenten enthielten eine Sammlung von Büchern, die ihr Bruder wahrscheinlich komplett gelesen hatte. Das Beeindruckendste an dem Raum war jedoch der ausladende, eckige Erker mit seinem Venezianischen Fenster, das auf den französischen Barockgarten hinter dem Haus zeigte. Der Raum war eigenartig, aber auf eine merkwürdige Art faszinierend, falls man auf Prunk und Protz stand.

Der Schreibtisch, ein massiver Louis-Irgendwas mit gewellten Zierkanten, geschwungenen Beinen und Messingintarsien, stand in der Mitte des Erkers und war zum Garten hin ausgerichtet. Es war ein alberner Schreibtisch für einen Footballspieler, und Rivers zog gerade die Schubladen auf.

Plötzlich öffnete sich wie aus dem Nichts die Tischoberfläche, und aus dem Innern stieg ein sehr moderner Laptop empor wie der Geist von Trainerlegende Vince Lombardi. Rivers schaltete das Gerät ein. »Schauen wir mal, was wir hier haben.«

»Versuchen Sie es mit ICHBINDERBESTE als Passwort. Ein Wort, alles großgeschrieben.«

Er sah nicht vom Bildschirm auf. »Sie wirken mehr als nur ein bisschen feindselig gegenüber Ihrem Bruder.«

»Normale Rivalität zwischen Geschwistern.« Nicht ganz so normal. Im Schatten eines jüngeren Bruders aufzuwachsen, der in allem überragend war, während Rory nur darin überragend war, sich Schwierigkeiten einzuhandeln, hatte Wunden hinterlassen, die längst verheilt sein sollten. Immerhin, Clint war ihr wichtig genug, um Ashley aus seinem Leben zu vertreiben, stimmt's?

Und seht, was dabei herausgekommen war.

Sie zupfte an einem ihrer Herzohrringe. »Vielleicht braucht er etwas Zeit für sich.« Aber Clint war ein geselliger Mensch, und er musste schon eine schlimme Krise haben, um sich allein irgendwo zu verkriechen.

Rivers tat ganz geschäftsmäßig. »Nein, ich kenne ihn besser.«

Hatte sie wirklich Sex mit diesem arroganten Blödmann, der ihr so fremd war wie eine NFL-Umkleidekabine? »Wir haben Anfang Juni«, sagte sie. »Das Trainingslager beginnt erst nächsten Monat, wozu also die Eile?«

Offenbar funktionierte ICHBINDERBESTE nicht, genauso wenig wie die anderen Passwörter, die Rivers ausprobiert hatte, weil er sich nun von dem Laptop abwandte. »Ich muss ihn finden, das ist alles.«

»Ich muss ihn auch finden.« Sie schenkte ihm den gleichen sturen Blick wie er ihr gerade.

Er verließ das Zimmer, sodass ihr nichts anderes übrig blieb, als in der Duftwolke seines luxuriösen Aftershaves zu folgen, die er hinter sich herzog. Sie wollte Clint sagen können, dass sie ihr Bestes versucht hatte, um seinen wild gewordenen Berater davon abzuhalten, unerlaubt das Haus zu durchsuchen. »Halt!«

Rivers ignorierte sie, was ganz gut war, denn auch sie wollte unbedingt herausfinden, ob Clint irgendeinen Hinweis auf seinen Aufenthaltsort hinterlassen hatte.

Sie gingen von einem Raum zum nächsten, und Rivers blieb immer mal wieder stehen, um eine Nachricht abzufeuern. Sie überprüften den Kraftraum und die Sauna. Das Haus verfügte über repräsentative Bereiche, zwanglose Bereiche, ein großes Heimkino, einen Fitnessraum und fünf Schlafzimmer. Niemand sollte so reich sein.

Clint hatte ihr mehr als einmal Geld angeboten, und jedes Angebot war eine greifbare Erinnerung an die

Kluft zwischen ihnen beiden. Rory hatte sich zähneknirschend für seine Großzügigkeit bedankt und ihm versichert, dass sie ganz gut allein zurechtkäme. Falls er die Lüge durchschaute, fragte er nicht nach. Lieber würde sie für den Rest ihres Lebens kellnern gehen, als von ihrem kleinen Bruder Geld anzunehmen.

»Haben Sie mit Ihrer Mutter gesprochen?«, fragte Rivers, als sie sich Clints Schlafzimmer näherten.

»Meine Mutter ist gestorben, als ich fünf war.«

»Ich bitte um Verzeihung. Und ich weiß, dass Sie vor zwei Jahren Ihren Vater verloren haben. Haben Sie mit Clints Mutter gesprochen?«

»Kristin und ich gehen uns möglichst aus dem Weg.«

»Ihr Bruder, Ihre Stiefmutter, ich. Das ist eine beeindruckende Liste von Feinden, die Sie da haben, trotzdem müssen Sie Kristin anrufen. Wenn ich das mache, wird sie das nur beunruhigen.«

Wohl wahr. Kristin war eine Meisterin im Sich-Sorgen-Machen, wenn es um ihren geliebten Jungen ging. »Clint ist nicht nach Minneapolis zu seiner Mutter gefahren.«

»Sind Sie sicher?«

»Er ist total neben der Spur wegen der Trennung von Ashley, und die letzte Person, die er in diesem Zustand aufsuchen würde, ist seine Mutter. Sind Sie Kristin schon mal persönlich begegnet?«

»Sicher. Eine tolle Frau.«

Nicht das Adjektiv, mit dem Rory ihre voreingenommene Stiefmutter beschreiben würde. »Clint weiß, wenn er sich bei seiner Mutter verkriecht, wird sie darauf bestehen, ihn zu einem Eis einzuladen und ihm ein neues Videospiel zu kaufen.«

Rivers hatte keine beklemmenden Erinnerungen daran, wie sehr Clint von Kristin verhätschelt wurde, und er schmunzelte. »Das kann gut sein.« Er öffnete die Tür von Clints Schlafzimmer.

Alle Schlafzimmer waren üppig ausgestattet, aber dieses hier war, als würde man das Boudoir von Marie Antoinette persönlich betreten. Die rechteckig vertiefte himmelblaue Decke präsentierte ein Fresko aus flauschigen Wolken, blühenden Bäumen und rosigwangigen Schäferinnen. Ein kunstvoll gestalteter Kamin nahm den Großteil einer Wand ein, und eine hohe, schmale Doppeltür führte hinaus auf einen der französischen Balkone, die Rory von der Rückseite aus gesehen hatte.

»Mir ist schleierhaft, wie man hier schlafen kann.« Aber noch während sie es aussprach, kam ihr in den Sinn, dass es vielleicht tröstlich war, mit diesen rosigwangigen Schäferinnen einzuschlafen, die über den Schlummernden wachten.

Sie näherte sich der Balkontür, während Rivers zur Decke hochschaute. »Ich bin sicher, Clint kommt nicht nur zum Schlafen hierher.« Er ging zum Nachttisch und zögerte. »Vielleicht wäre es besser, wenn Sie einen Blick hier reinwerfen.«

»Nicht in einer Million Jahre.« Wer wusste schon, ob die Schublade nicht mit Sexspielzeug angefüllt war? Rory schauderte, öffnete einen der Türflügel und ging hinaus auf den kleinen Balkon mit der schmiedeeisernen Brüstung. Von hier aus konnte man den Garten auf der

Rückseite und den Pool überblicken, der in der Nachmittagssonne glitzerte.

Etwas anderes erregte ihre Aufmerksamkeit. Etwas, das so fehl am Platz war, dass sie einen Moment brauchte, um zu begreifen, was es war.

Eine Frau lag auf der Steinterrasse unterhalb des Balkons, mit verdrehtem Rumpf, die langen Beine gespreizt, die seidigen roten Haare in einer Blutlache gefangen.

KAPITEL 3

Ashley trug ein luftiges Sommerkleid, silberne Armreifen und dieselben Riemchensandalen, die sie gestern in der Garage bei ihrem letzten Gespräch mit Rory anhatte. Selbst im Tod sah sie wunderschön aus … solange man nicht auf ihren Kopf schaute.

Rory konnte nicht aufhören zu zittern, obwohl die Junisonne auf sic herunterbrannte. Vor ihr auf der Terrasse lag Ashleys Leiche. »Sie muss wohl … vom Balkon gestürzt sein.«

Rivers reagierte cool und souverän, als würde er ständig auf Leichen stoßen, obwohl das vielleicht nur zu seiner Rolle als Superschurke gehörte, weil er nämlich beinahe sein Handy fallen ließ, als er es wegsteckte, nachdem er die Polizei verständigt hatte. Nun schaute er zum Balkon hoch. »Die Balkontür war geschlossen, bevor Sie sie geöffnet haben.«

Ein Umstand, den Rory bereits realisiert hatte, aber nicht verarbeiten konnte. Ihr Blick huschte fieberhaft über den Pool und den Garten. »Vielleicht ist sie gar nicht runtergefallen. Vielleicht war sie hier draußen, ist unglücklich gestolpert und mit dem Kopf auf den Steinboden geknallt.«

»Glauben Sie das wirklich?«

Nein, tat sie nicht. Der Boden der Terrasse war gleichmäßig verlegt, und selbst für Rorys ungeschultes Auge deutete die Art, wie Ashleys Arme ausgebreitet waren und ihre Haare lagen, darauf hin, dass sie aus einer gewissen Höhe heruntergestürzt war. »Es muss eine logische Erklärung geben.«

»Die gibt es bestimmt«, sagte er grimmig. »Aber sie wird uns wahrscheinlich nicht gefallen.«

»Was meinen Sie damit?« Sie wusste, was er damit meinte. Wäre Ashley auf den Balkon hinausgegangen und versehentlich gestürzt, wäre die Balkontür offen gewesen, als Rory und Rivers das Schlafzimmer betraten.

Rivers hatte durch das Fenster einen Blick in die Großraumgarage geworfen und festgestellt, dass Clints Range Rover fehlte. Rory hatte nicht einmal gewusst, dass Clint einen Range Rover besaß, ganz zu schweigen von den drei anderen Fahrzeugen, die laut Rivers noch in der Garage standen. Wo war Clint?

»Gehen Sie ins Haus und warten Sie auf die Polizei«, sagte er. »Ich bleibe hier draußen.«

Sie wollte sich nicht drinnen verkriechen, während er hier Wache hielt, aber sie konnte den Anblick von Ashleys Leiche nicht ertragen. Sie wandte sich ab und musste an den albernen Spruch auf einem T-Shirt denken, das ein paar Freunde ihr vor ihrem Umzug geschenkt hatten. *Schokolade ist für Frauen das, was für Männer Gaffa-Tape ist. Damit lässt sich alles reparieren.*

Aber nicht einmal Schokolade konnte das hier reparieren.

Rivers ging mit dem jüngeren Polizisten davon, während der ältere Detective, ein Mann namens Strothers, der Rory an einen sehr unlustigen Eddie Murphy erinnerte mit seinen hohen Geheimratsecken, der schwarzen Hornbrille und dem ordentlich gestutzten Schnurrbart, sie in der Küche befragte. »Sie und Mr. Rivers waren in Mr. Garretts Schlafzimmer, weil Sie sich beide Sorgen um ihn machten?«

Sie hatten das bereits durchgekaut. »Clint hat auf meine Anrufe nicht reagiert, und ich musste dringend mit ihm reden.«

»Erklären Sie mir noch mal, warum es so dringend war.«

Sie war keine hinterlistige Person, aber sie würde nicht offenbaren, welchen Anteil sie daran hatte, dass ihr Bruder ein gebrochenes Herz hatte. »Seine Mutter und ich haben ein schwieriges Verhältnis. Darüber wollte ich mit ihm reden.«

Der Detective strich mit seinem Daumen durch seinen Schnurrbart. »Wie lange waren Ihr Bruder und Miss Hart ein Paar?«

»Ein paar Monate. Mein Bruder trifft sich mit vielen Frauen, und Ashley war eine davon.« Sie würde ihm nicht sagen, dass Clint sich in Ashley verliebt hatte.

»Aber Sie sagten, die beiden hatten sich getrennt, also warum ist sie hierhergekommen, was denken Sie?«

Eine Frage, die Rory sich bereits selbst gestellt hatte. Die einzige Antwort, die ihr darauf einfiel, war zu schrecklich, um darüber nachzudenken. Was, wenn Ashley dahintergekommen war, dass Rory sie belogen hatte, und in der Hoffnung hierhergefahren war, sich mit Clint zu versöhnen? »Ich habe keine Ahnung.«

Sie erwartete, dass der Detective nachhakte, aber er ging zum nächsten Punkt über. »Die Glastür, die auf den Balkon hinausführt. Sie haben gesagt, dass sie geschlossen war. War sie verriegelt?«

»Nein, nur geschlossen, darum ist es möglich, dass der Wind sie zugeschlagen hat.« Es wehte schon den ganzen Morgen nicht der Hauch eines Lüftchens.

»Warum haben Sie die Balkontür geöffnet?«

Weil sie etwas tun musste, das sie davon abhielt, Rivers anzusehen und sich die Details ihrer verlorenen Nacht in Erinnerung zu rufen. »Ich wollte mir den Ausblick ansehen.«

Er schob die Brille auf seiner Nase ein Stück höher. »Sie haben Miss Hart an dem Tag kennengelernt, als Sie in Ihre neue Wohnung eingezogen sind. Das war vor knapp sechs Monaten, richtig? Warum sind Sie nach Chicago gezogen?«

Das hatte er sie bereits gefragt. »Mein ehemaliger Mitbewohner hat mir vorgeschlagen, mit ihm gemeinsam ins Foodtruck-Geschäft einzusteigen und Süßwaren zu verkaufen.«

Da Chicago Clints Stadt war, hatte Rory zunächst gezögert, aber Jon hatte fälschlicherweise darauf bestanden, dass Chicago der beste Ort sei, um ihr Geschäft aufzuziehen. Außerdem war sie bereit gewesen für eine Veränderung, und ihr Verstand hatte ihr vorgegaukelt, dass der Verkauf von Süßigkeiten aus einem Foodtruck der nächste Schritt war auf dem Weg zu einer Vollzeit-Chocolatière.

Detective Strothers strich wieder durch seinen gepflegten Bart. »Der Kleinbus, der hinter dem Haus parkt. Sie sind damit von Ihrer Wohnung in Ravenswoood hierhergefahren. Das müssen um die dreißig Meilen sein.«

»Der Truck ist momentan mein einziges Transportmittel.«

»Dabei ist Ihr Bruder ein wohlhabender Mann.«

Es war keine gute Idee, die Geduld mit der Polizei zu verlieren, und sie zwang sich, in einem ruhigen Ton zu antworten. »Clint ist wohlhabend. Ich nicht.«

»Ich verstehe.« Der Detective strich über den Aufschlag seines Jacketts. »War einer von Ihnen in dem Bad, das direkt an Mr. Garretts Schlafzimmer angrenzt?«

»Nein. Dort hatten wir noch nicht nachgeschaut.«

»Aber überall anders offenbar schon.« Er fuhr fort, bevor sie etwas sagen konnte. »Hat Miss Hart jemals über die anderen Männer gesprochen, mit denen sie sich traf?«

»Sie war gerade ganz frisch mit Karloh Cousins, dem Basketballspieler, zusammen. Sie hat mir auch von dem Mann erzählt, den sie verlassen hat, als sie meinen Bruder kennenlernte. Sie nannte ihn immer nur ›den Immobilienmann‹ und erwähnte mal, dass er die Trennung nicht gut verkraften würde, aber ich habe ihn nie persönlich getroffen.«

Der Detective schrieb in sein Notizbuch. »Sie hat nie seinen richtigen Namen genannt oder gesagt, wo er arbeitet?«

»Nein.«

Er klappte sein Notizbuch zu. »Würde es Ihnen etwas ausmachen, mir Ihren Foodtruck zu zeigen?«

Seine Frage überraschte sie. »Okay«, antwortete sie zögernd.

Im Truck war es heiß, und Rory schwitzte bereits vor Nervosität, als sie mit dem Detective einstieg. Strothers musterte die leeren Regale. Da waren keine Skittles für die Grundschüler, keine KitKats für die Jugendlichen oder M&M's für die Eltern. Die Milky Ways waren verschwunden, die Starburst-Kaubonbons, die Schokotaler mit Erdnussbutterfüllung und die Gummibärchentüten. Jon hatte alles eingesackt.

»Trug Miss Hart ihr Handy gewöhnlich bei sich?«, fragte der Detective.

»Immer.«

»Interessant.« Ihm war sicher warm in seinem Anzug, aber im Gegensatz zu ihr schwitzte er nicht. »Wir haben Miss Harts Handtasche in Mr. Garretts Bad gefunden, aber nicht ihr Handy.«

Das erklärte seine Frage von vorhin, ob sie im Bad waren. Er deutete auf Rorys Patchworktasche. »Könnten Sie Ihre Tasche für mich ausräumen?«

Ihr Bemühen, ruhig zu bleiben, verflüchtigte sich. »Denken Sie etwa, ich habe Ashleys Handy?«

»Reine Routine«, erwiderte er geschmeidig. »Damit ich meinen Bericht vervollständigen kann.«

Wenn sie sich weigerte, würde sie damit nur den Eindruck erwecken, dass sie etwas zu verbergen hatte. Ein Schweißtropfen rann zwischen ihren Brüsten hinab, als sie den Inhalt ihrer Tasche auf dem Fahrersitz ausleerte: Portemonnaie, Schlüssel, Kaugummi, Tampons, Kleingeld, eine kleine Tüte Mandeln und ihr Handy.

Er deutete auf das Handy. »Bitte entsperren.«

Ihre Finger wollten nicht funktionieren, und sie benötigte zwei Versuche, um die PIN-Nummer richtig einzugeben. Das Hintergrundbild war ein Foto von einem matten antiken Löffel, beträufelt mit Schokolade, das ihr schon immer gefallen hatte. Sie gab dem Detective das Telefon.

Nachdem er sich davon überzeugt hatte, dass es Rorys Handy war, gab er es ihr zurück und bedeutete ihr, aus dem Wagen zu steigen.

Neben ihrem Foodtruck parkte ein metallicroter Mercedes, der aussah, als hätte er ein Schweinegeld gekostet. Er konnte nur Brett Rivers gehören. Im Garten durchkämmten uniformierte Polizisten die Büsche und Hecken.

»Eins noch.« Zum ersten Mal seit dem Beginn der Befragung sah der Detective sie freundlich an. Hätte sie mehr Erfahrung im Umgang mit der Polizei, hätte sie diesen freundlichen Blick richtig interpretiert. Nämlich als ein Zeichen für einen Angriff. »Wie lange waren Sie allein im Haus, bevor Mr. Rivers auftauchte?«

Rorys Magen krampfte sich zusammen. Sie würde sich nie wieder einen Film mit Eddie Murphy ansehen. »Ich … ich kann es nicht genau sagen. Vielleicht zehn Minuten?«

»Ich verstehe.« Er nickte, aber nichts an diesem Nicken wirkte freundlich. »Vielen Dank, Miss Garrett. Ich melde mich bei Ihnen.«

Sie war eine Tatverdächtige! Sie hatte kein Alibi für die zehn Minuten oder so, die sie allein im Haus verbracht hatte, bevor Rivers kam und während Ashley draußen tot auf den Steinfliesen lag.

Die Sanitäter verfrachteten die Bahre mit Ashleys Leichnam in einen Krankenwagen. Rory schluckte hart angesichts der hässlichen Realität, dass Ashley sich nie wieder Sachen von ihr borgen oder ihr einen schmutzigen Witz erzählen oder sie daran erinnern würde, dass sie zu Höherem bestimmt war als dazu, saure Bonbons aus dem Fenster eines Foodtrucks zu verkaufen.

Sie durchforstete ihr Gedächtnis nach allem, was sie aus Krimiserien wusste, und stieß auf einen verstörenden Umstand. Die Gerichtsmedizin konnte nur den ungefähren Todeszeitpunkt bestimmen, und wenn Ashley nicht bereits Stunden vor Rorys Ankunft gestorben war, machte Rory das zu einer Tatverdächtigen.

Sie musste von hier verschwinden, also stieg sie eilig in ihren Truck und bahnte sich vorsichtig einen Weg durch die vielen Einsatzfahrzeuge zur Vorderseite. Detective Strothers stand auf der Veranda und unterhielt sich mit einer schmalen Frau in einem dunklen T-Shirt, Jeans und Sneakern. Den Einkaufstüten vor ihren Füßen nach zu urteilen, musste es sich um Clints Haushälterin handeln und um eine weitere Person, die einen Schlüssel hatte.

Ein muskulöser Kerl, der einen aufgerollten Schlauch trug, stand neben dem Fahrzeug einer Wartungsfirma für Swimmingpools, das hinter dem Pritschenwagen eines Gartenbetriebs parkte. In diesem Haushalt ging es lebhaft zu. Die einzige Person, die fehlte, war der Eigentümer.

Der *Königspalast für Schleckermäuler* war verschwunden. Brett stieg in seinen Mercedes, stöpselte sein Handy ans Ladekabel und fuhr vom Grundstück. Er mochte keine Fragen ohne Antworten, und es gab so viele Fragen. Wo war Clint? Warum war Ashley hierhergekommen? Und warum sagte ihm sein Instinkt deutlich, dass Rory Meadows Garrett mehr wusste, als sie offenbarte?

Rory parkte den Foodtruck in der Garage. Als sie hinausging, um das launische Garagentor zu schließen, entdeckte sie Rivers, der an der Seite der roten Mercedes-Limousine lehnte, die sie vorhin gesehen hatte. Mit seinen zurückgegelten Haaren und dem maßgeschneiderten Anzug hätte er nicht deplatzierter wirken können. »Ich habe Sie auf dem Highway überholt.« Er steckte sein Handy weg. »Ihr Wagen verbrennt Öl.«

Etwas, das ihr sehr wohl bekannt war. »Was tun Sie hier?«

»Was für einen Wagen fuhr Ashley?«

Er hatte sich dasselbe gefragt wie sie.

»So einen.« Sie zeigte auf das blaue Toyota-Sportcoupé, das einen der drei schmalen Stellplätze hinter dem Haus belegte. »Genauer gesagt, das ist Ashleys Wagen.«

»Und wie ist sie dann zu Clints Haus gekommen?«

»Eine weitere Frage, die ich nicht beantworten kann, *Detective.*« Das Garagentor kreischte, als sie es mit einem Ruck zuzog. »Ich bin eine Tatverdächtige!«

»Darauf kommen Sie jetzt erst?«

»Lassen Sie mich in Ruhe.« Sie ließ ihn stehen und stolzierte seitlich an der Garage vorbei in Richtung Haus.

Die Hintertür öffnete sich, und ihr Vermieter erschien. Mr. Reynolds war groß und dünn, abgesehen von einem kleinen Bauch über seinem Gürtel, der um seine kurze Hose geschnallt war. Seine weißen Haare waren streng gescheitelt, und wie Detective Strothers trug er einen Schnurrbart, aber seiner war grau und struppig.

Sie folgte dem rissigen Weg, der an Mr. Reynolds' Gemüsebeeten vorbeiführte, in dem unbehaglichen Bewusstsein, dass Rivers nicht weit hinter ihr war. Mr. Reynolds schenkte ihr sein übliches schroffes Nicken. Sein Vorname war Oscar, aber sie konnte sich nicht vorstellen, ihn so zu nennen. »Morgen kommt die Müllabfuhr«, brummte er. »Wenn Sie diesen Toby sehen, erinnern Sie ihn daran.«

»Mach ich.« Toby war ihr Nachbar in der zweiten Etage, ein dreiundzwanzig Jahre alter IT-ler, der den Zorn ihres Vermieters auf sich gezogen hatte, indem er den Feueralarm auslöste, als er auf Ashleys Bitten Pommes frites gemacht hatte. Wie jeder andere Mann war Toby von ihr hingerissen.

Die Realität, dass Ashley tot war, holte Rory wieder ein. Ashley war oberflächlich, selbstverliebt und manipulativ gewesen, aber kein schlechter Mensch, und sie hatte es nicht verdient, so zu sterben.

Rory konnte sich nicht überwinden, Mr. Reynolds darüber zu informieren, was passiert war, nicht, wenn Brett Rivers ihr auf den Fersen folgte. Sie würde es ihm später sagen.

Der alte Mann musterte Rivers von oben bis unten, aber Rory machte die beiden nicht miteinander bekannt.

Als sie die Fliegengittertür öffnete, um ins Haus zu gehen, hielt Rivers den Rahmen oben fest, damit sie ihm das Ding nicht vor der Nase zuschlagen konnte, und folgte ihr hinein. Der Herrscher des Universums konnte offenbar überallhin gehen, wo er wollte.

Mr. Reynolds' klassisches Greystone-Haus war ein Grundpfeiler der historischen Stadtarchitektur von Chicago. Mit ihren überdachten Hauseingängen und den gebäudehohen Erkertürmen prägten diese zwei-, drei- und vierstöckigen schmalen Altbauten in bestimmten Stadtteilen noch immer ganze Straßenzüge. Die meisten waren im frühen zwanzigsten Jahrhundert von den Nachfahren europäischer Einwanderer erbaut worden, um als Mehrfamilienhäuser genutzt zu werden. Inzwischen waren viele dieser alten Gebäude abgerissen oder in teure Einfamilienresidenzen umgewandelt worden, aber ältere Einheimische wie Mr. Reynolds ließen sich nicht aus ihren Häusern vertreiben.

Mr. Reynolds bewohnte das Erdgeschoss und Ashley die erste Etage, während Rory und Toby die zwei kleineren und leicht heruntergekommenen Apartments in der zweiten Etage belegten, die früher einmal eine Wohneinheit bildeten. Als Rory den Treppenabsatz in der ersten Etage erreichte, konnte sie nicht auf Ashleys Tür sehen. Sie fragte sich, ob die Polizei Ashleys Schwester verständigt hatte. Die beiden hatten sich zwar nicht nahegestanden, aber Rory wusste, dass Ashleys Schwester die einzige direkte Verwandte war.

Rorys Apartment sah noch genauso aus, wie sie es verlassen hatte, aber nichts fühlte sich an wie zuvor.

Rivers kam hinter ihr herein. Sie stellte sich vor, wie er Rückschlüsse auf sie zog anhand dessen, was er sah – ehemals weiße Wände, ein unebener Holzboden und vergilbte hohe Decken. Aber die Wohnung war sauber, und das Haus hatte eine tolle Lage.

Er schloss die Tür, und sie drehte sich zu ihm um. »Was wollen Sie?«

Er musterte ihre zusammengewürfelte Einrichtung und die Leinenespadrilles, die sie vor der Couch abgestreift hatte. »Erzählen Sie mir von Ashley. Sie waren mit ihr befreundet?«

»Ich erzähle Ihnen gar nichts.«

Er schien sich hier wohlzufühlen, obwohl er unerwünscht war. »Ich weiß, wir hatten beide einen harten Tag, aber es gibt ein paar Fragen, die mir keine Ruhe lassen, und im Gegensatz zur Polizei können Sie mir alles anvertrauen.«

Sein stur vorgeschobenes Kinn ließ vermuten, dass er sich nicht verziehen würde, außerdem hatte sie auch Fragen. Seine zu beantworten, war einfacher, als sich dagegen zu sträuben. »Wir waren keine engen Freundinnen, aber Ashley war sehr hilfsbereit, als ich hier eingezogen bin.« Sie schnappte nach Luft. »Ich kann nicht glauben, dass ich verdächtigt werde.«

»Sie haben kein Motiv.« Er hielt kurz inne. »Oder doch?«

»Natürlich nicht!« Bloß dass die Polizei das vielleicht anders sieht. Aufgebrachte Schwester rächt ihren geliebten Bruder und stößt seine Ex vom Balkon.

Sein Blick fiel auf das gerahmte Flapper-Poster aus den 1920er-Jahren, das über dem Bücherregal hing, mit der Aufschrift »Freches Flittchen« in Dunkelblau auf pfirsichfarbenem Hintergrund. »Clint hat ein stärkeres Tatmotiv als Sie.«

»Sagen Sie das nicht!« Obwohl die Polizei das wahrscheinlich genauso sah. Entweder Clint oder sie.

»Was kümmert es Sie? Ihr Bruder ist ein Arschloch, schon vergessen?« Er schlenderte zu einem der beiden Fenster an der Seitenfassade.

»Er ist nur in meinen Augen ein Arschloch«, sagte sie. »Er wäre niemals fähig, jemanden umzubringen.«

Rivers schaute hinaus auf die Ziegelmauer des dicht angrenzenden Nachbarhauses, das fünf Parteien beherbergte. »Clint ist groß. Er ist stark. Er ist heißblütig. Das zeigt er immer wieder auf dem Platz.«

»Sie sollten doch eigentlich auf seiner Seite sein«, erwiderte sie.

»Das bin ich auch, darum wollen wir hoffen, dass er, wo auch immer er steckt, ein gutes Alibi hat.«

Rorys Mund fühlte sich trocken an, ihr Hals kratzig. Sie musste was trinken, und sie machte sich auf den Weg in die Küche.

Mit dem welligen Linoleumboden, den schiefen weißen Metallschränken und dem einfachen Fenster, das auf den Garten und den Hinterhof hinauszeigte, stellte ihre Küche ein Relikt aus der Vergangenheit dar. Natürlich folgte er ihr – sein Recht als Herrscher der Welten. »Sie wissen wirklich, wie man ein Luxusleben führt«, bemerkte er. »Nur aus Neugier, und mir ist bewusst, dass das ein wunder Punkt ist, aber ist Ihrem superreichen Bruder klar, dass Sie so … rustikal leben?«

»Ich bin noch nicht dazu gekommen, ihn zu mir einzuladen.« Sie öffnete den Kühlschrank und nahm eine Kanne Wasser heraus, in der Orangen- und Gurkenscheiben schwammen. Clint war auch nie in Ashleys luxuriöser ausgestatteten Wohnung eine Etage tiefer gewesen, weil Ashley immer darauf bestanden hatte, sich woanders mit ihm zu treffen. »*Image ist alles*«, hatte sie Rory mit ihrem spitzbübischen Lächeln erklärt. »*Unnötig, dass er mich in einem Mehrfamilienhaus in Ravenswood besucht.*«

»Was ist das?«

Sie drehte sich um und sah Rivers vor ihrem ausklappbaren Küchentisch stehen. Er hatte das Backgitter entdeckt, auf dem zwei Dutzend Kakaotrüffel lagen, um die Ashley sie gestern per Eilauftrag für ihren neuen Freund gebeten hatte. Rory schluckte hart. »Das sind meine Chili-Schokotrüffel.«

Als sie ein Glas aus dem Schrank nahm, fiel ihr Blick auf das langstielige Scherzglas, das sie auf einem Garagenflohmarkt entdeckt hatte. In den Kelch waren eine Krone und das Wort »Queen« eingraviert. Ashley hatte immer darauf bestanden, aus diesem Glas zu trinken, wenn sie hier aß. Rorys Augen brannten. Ashley hatte Rorys Auberginencurry mit Kurkuma und Kokosmilch geliebt.

»Ist das obendrauf das Logo der Bulls?«, fragte er.

»Ja.« Weil sie die Rezeptur leicht abgewandelt hatte, wollte sie eine zweite Meinung hören, selbst wenn sie von Rivers kam. »Bedienen Sie sich.«

Statt sich wie die meisten Leute die ganze Praline in den Mund zu stecken, biss er die Hälfte davon ab und kostete den Geschmack aus. Rory konnte sich nicht vorstellen, dass er das komplexe Aroma überhaupt zu würdigen wusste – die Vermählung von süß und herb, die Andeutung von Limone und den fast nicht wahrnehmbaren Hauch von Zimt.

Er musterte die noch nicht verzehrte Hälfte. »Das ist wahrscheinlich die beste Praline, die ich jemals probiert habe.«

Er war immer noch ein arroganter Blödmann, aber er erkannte gute Schokolade. Rory füllte ihr Glas mit dem Wasser aus der Kanne. »Paradox, nicht wahr, für jemanden, der bis vor Kurzem seinen Lebensunterhalt damit verdient hat, sich eine Plastikkrone aufzusetzen und Karamellbonbons zu verkaufen.«

»Bis vor Kurzem?«

»Ich bin nicht in der Stimmung, die traurige Geschichte meines Untergangs mit einem Mann zu teilen, der einen fetten Mercedes fährt und den Rest der Menschheit als Dreck unter den Sohlen seiner Gucci-Schuhe betrachtet.«

Er lächelte. »Unfair, aber ich habe tatsächlich Spaß an meinen Luxusgütern.«

Sie trank einen großen Schluck von ihrem Wasser. Er betrachtete noch immer die Pralinenhälfte, als würde er versuchen, die einzelnen Geschmackskomponenten zu entschlüsseln. Nach jahrelangem Experimentieren hatte sie die glänzende umhüllende Schicht schließlich perfektioniert – weder so bitter wie minderwertige dunkle Schokolade noch so süß wie minderwertige Milchschokolade. Rorys kleine Temperiermaschine stand auf der Anrichte. Ihre Schränke und Schubladen waren vollgestopft mit Schüsseln und Gießformen, Spateln und Spritzbeuteln, mit dem ganzen Zubehör, das sie sich im Laufe der Jahre zugelegt hatte.

Er verzehrte die andere Trüffelhälfte. »Sie sind verdammt gut im Pralinenmachen.«

»Aber nicht gut genug, um davon leben zu können.« Sie hasste es, wie selbstmitleidig sie klang.

»Sie müssen besser planen. Härter arbeiten.«

Sie hätte ihm am liebsten eine gescheuert. »Sie haben keine Ahnung, wie hart ich gearbeitet habe, aber es hat sich herausgestellt, dass es keine Rolle spielt, wie gut man ist, weil man nicht davon leben kann, selbst gemachte Pralinen auf Bauernmärkten zu verkaufen.« In New York City hatte sie auf Märkten in allen fünf Bezirken der Stadt Stände gemietet, aber in Anbetracht der Gebühren, Benzinkosten und ihrer Weigerung, dem Kompromiss zuliebe preiswertere Zutaten zu verwenden, musste sie trotzdem nebenher kellnern gehen, um über die Runden zu kommen.

Er lehnte sich gegen den Türrahmen, füllte den Raum mit seinen breiten Schultern und seiner Gelfrisur aus. »Also sind Sie nach Chicago gegangen, um dort Ihr Glück zu versuchen.«

Von Minneapolis nach Boston nach New York und nun Chicago. Eine unwillkommene Bitterkeit färbte ihre Stimme. »Irgendwie habe ich mir eingeredet, dass der Verkauf von Snickers aus einem Foodtruck mich meinem Ziel näher bringt.«

»Das da wäre?«

Sie konnte sich ihr Pralinengeschäft bildlich vorstellen. Klein und gemütlich, mit einem funkelnden Schaufenster, in dem sie ihr gesamtes Sortiment präsentierte, von ihren sahnigen Opera Creams bis zu ihren schwarzen Himbeertrüffeln. Statt einen einschüchternden Pralinentempel im europäischen Stil zu kopieren, hätte ihr Laden Wände in einem freundlichen Porzellanblau, bunte Läufer und weiß lackierte Schränke mit Glastüren. Auf der abgenutzten weißen Marmortheke würde sie Kostproben anbieten, alles von ihren Cognac-Kugeln bis zu ihrem exquisit schlichten Vanille-Nugat-Konfekt. Im Winter würde sie heißen Kakao, den sie von peruanischen Kleinplantagen bezog, in dampfenden Tassen an runden Bistrotischen servieren, während ihre Gäste auf verschnörkelten Eisdielenstühlen saßen. Im hinteren Bereich des Ladens hätte sie ihre eigene, gut ausgestattete Küche, wo sie alles von Hand herstellte. Aber nichts davon konnte sie Rivers erzählen. Stattdessen kamen ihr plötzlich Ashleys Worte in den Sinn. »Mein Ziel? Natürlich einen reichen Ehemann zu finden.«

Man musste ihm zugutehalten, dass ihm ihre Ironie nicht entging. »So wie Ihre Freundin Ashley?«

»Das haben Sie über sie herausgefunden?«, erwiderte sie.

»Dann stimmt es also.«

»Ja.«

»Warum hat sie dann Clint verlassen für Karloh Cousins? Karloh verdient ganz ordentlich, aber er ist nicht annähernd in derselben Gehaltsklasse wie Clint.«

Rory hatte das törichte Bedürfnis, ihre Tat zu beichten.

Stattdessen deutete sie auf die Trüffel. »Ich weiß es nicht. Greifen Sie ruhig noch mal zu.«

Er suchte sich eine Praline aus und biss wieder die Hälfte davon ab. Es hatte etwas Sinnliches, wie er den Geschmack auskostete, und gleichzeitig erschien es untypisch für einen Workaholic, der sein Handy schon mindestens dreimal gecheckt hatte, seit er hereingekommen war.

»Clint hat Ashley nicht vom Balkon gestoßen«, sagte sie. »Und für Sie ist es höchste Zeit, Ihr dickes Portemonnaie zu nehmen und zu gehen.« Es stand ihr zu, einen Groll auf ihn zu haben, und sie hielt eisern daran fest.

»Sie werden mir diesen unglücklichen Vorfall im Hotel niemals verzeihen, nicht wahr?«

Sie rieb mit einer Hand über ihr Ohrläppchen, spürte die kleinen Knubbel von früheren Ohrlöchern, die sie hatte zuwachsen lassen. »Mir sind in letzter Zeit eine Menge blöde Sachen passiert, aber dieser Abend toppt fast alles.«

»Wenn er nicht ganz oben auf der Liste steht, bedeutet das, ich kann es wiedergutmachen.« Er verspeiste die andere Pralinenhälfte.

»Heben Sie sich Ihren schmierigen Charme für jemanden auf, der dafür empfänglich ist.« Sie rüttelte an der hinteren Küchenschublade. Das Holz war alt und verbogen und zigfach überstrichen, und wenn man zu stark zog, fiel die Schublade heraus. Rory öffnete sie gerade weit genug, um Ashleys Wohnungsschlüssel herauszunehmen, der unter einem Haftnotizblock lag. »Ich werde mich mal in Ashleys Wohnung umsehen.«

Das brachte ihr seine volle Aufmerksamkeit. »Schlechte Idee.«

Sie stieß die Schublade mit ihrer Hüfte zu. »Die Wohnung ist kein Tatort, außerdem versorge ich immer Ashleys Kater, wenn sie nicht da ist.«

»Es gab einen Mord. Wenn Sie in die Wohnung gehen, könnte man Ihnen unterstellen, dass Sie Beweise manipulieren wollten.«

»Was sind Sie? Ein Anwalt?«

Er folgte ihr aus der Küche. »Tatsächlich bin ich einer, wie die meisten NFL-Agenten.«

»Sie waren bestimmt nie einer dieser uneigennützigen Anwälte, die sich für die Unterdrückten einsetzen, oder?«, erwiderte sie. »Sie haben ein Praktikum in einer Großkanzlei gemacht, die tausend Dollar pro Stunde verlangt und am liebsten ehemalige Profisportler einstellt. Ein Ort, wo jeder hundert Stunden in der Woche arbeitet und sich in seiner Freizeit mit teurem Alkohol betrinkt.«

Er runzelte die Stirn, seine Lippen wurden schmal. Sie hatte es endlich geschafft, ihn zu ärgern. »Woher wissen Sie, dass ich ein Exprofi bin?«, fragte er.

Nun war sie diejenige, die einen herablassenden Ton anschlug. »Ihre Schultern. Ihr Körper. Ihre schnöselige Einstellung.«

»Sie sind eine sehr voreingenommene Person. Hat Ihnen das schon mal jemand gesagt?«

»Verklagen Sie mich. Oh, Augenblick. Das könnten Sie tun.«

Seine Stirn glättete sich wieder. »Im Moment praktiziere ich nicht als Anwalt.«

»Springt nicht genug Kohle dabei raus?«

Statt den Köder zu schlucken, hielt er dagegen. »Ich liebe Geld, und ich liebe meinen Job. Ich arbeite hart, ich arbeite mit Köpfchen, und darum bin ich der Beste in meiner Branche.«

Es musste eine Schwachstelle hinter dieser ganzen Selbstgefälligkeit geben. Jeder Mensch – selbst der Herrscher des Universums – hatte Schwächen, hatte Leichen in seinem nach Maß ausgebauten Keller. Sie wandte sich zur Eingangstür. »Ich muss in Ashleys Wohnung, bevor die Polizei die Tür versiegelt. Vielleicht hat Ashley mit Clint gesprochen. Vielleicht hat sie etwas aufgeschrieben.«

Er versperrte ihr den Weg. »Sie können da nicht reingehen, und Sie dürfen auf keinen Fall irgendwelche potenziellen Beweismittel verfälschen. Niemand wünscht sich mehr als ich, Clint zu finden, aber …«

Sie schob sich an ihm vorbei. »Das ist offensichtlich nicht wahr, sonst würden Sie sich mir nicht in den Weg stellen.«

Als sie in den Flur hinausging, öffnete sich die Tür gegenüber, und Toby Griffin erschien auf der Bildfläche, dürr wie eine Vogelscheuche, mit einem Vogelnest aus sandbraunen Haaren, das um seinen Kopf herum explodiert war. In seiner schlecht sitzenden Jeans und dem schwarzen T-Shirt mit der Aufschrift »Akku voll« war er der Nerd von tausend Memes. »Hey, Rory. Hast du Ashley gesehen?«

Es fühlte sich an wie ein Schlag in den Magen. Sie hatte wieder Ashleys Bild vor Augen, ausgebreitet auf den Steinfliesen.

»Ich hab ihr versprochen, einen Dimmer einzubauen«, fuhr Toby fort.

Das hier war ein weiteres Beispiel für Ashleys weniger attraktive Eigenschaften. Sie hatte kein Interesse an Toby, aber sie wusste, dass er verrückt nach ihr war, und sie schenkte ihm gerade genug Aufmerksamkeit, dass er sich Hoffnungen machte und irgendwelche Sachen für sie erledigte.

Toby musterte Brett Rivers neugierig. »Ich bin Toby Griffin.«

»Das ist Brett«, sagte Rory, bevor das Gespräch weitergehen konnte. »Ich bringe ihn gerade zur Haustür.«

»Falls du Ashley siehst, richte ihr aus, dass ich sie suche.« Toby verschwand wieder in seiner Wohnung.

Als die Tür sich hinter ihm schloss, zog Brett seine dunkle Augenbraue hoch. »Sie haben nicht vor, es ihm zu sagen?«

»Später.« Wenn sie die Worte herausbrachte, ohne auseinanderzufallen.

Sie huschte an Brett vorbei die Treppe hinunter. Vor Ashleys Tür zögerte sie kurz, dann benutzte sie den Schlüssel und drückte sie auf.

Der Schwanz von Luther, Ashleys Kater, verschwand unter der Couch. Wie so viele andere Männer wollte Luther ausschließlich Ashleys Gesellschaft. Rivers folgte ihr in die Wohnung. »Ich handele hier wider besseres Wissen.«

»Legen Sie ein paar Hundertdollarscheine auf die Kommode. Dann fühlen Sie sich wieder mehr wie Sie selbst.«

»Das tat weh.«

Er wirkte nicht gekränkt, er wirkte wachsam. Wie ein Adler, der eine besonders saftige Beute entdeckt hatte, die eines Sturzangriffs würdig war. Sie wandte sich von ihm ab.

Ashleys ultrafeminine Einrichtung ganz in Weiß könnte sich nicht mehr von Rorys Mobiliar unterscheiden. Die Couch, die Sessel, die Teppiche und bodenlangen Vorhänge an dem großen Erkerfenster waren allesamt weiß, nur durchbrochen von pastellfarbenen Dekokissen und einem abstrakten Ölgemälde in denselben Pastelltönen. Es handelte sich um ein Original, das, wie Rory zufällig wusste, ihr Bruder bezahlt hatte, genau wie den filigranen Kristallkronleuchter, der in einer Ecke an der Decke hing. Wenn eine Frau oft genug die Kronleuchter eines superreichen Footballspielers bewunderte, bekam sie offenbar einen eigenen geschenkt. Danach brachte sie einen verliebten Nerd dazu, einen Dimmer für die Lampe zu installieren.

Clint hatte angeboten, auch für Rory Sachen zu kaufen, aber im Gegensatz zu Ashley hatte sie immer abgelehnt, bis er schließlich aufhörte zu fragen.

»Clint ist so großzügig«, hatte Ashley geschwärmt. *»Er ist der Mann, auf den ich immer gewartet habe. Ich weiß es einfach.«*

Die Tatsache, dass Ashley nicht mehr am Leben war, traf Rory erneut wie ein Schlag. Sie zwang sich, ihre Konzentration auf das Wohnzimmer zu richten, aber alles wirkte normal. Ein benutztes Weinglas stand auf dem Couchtisch neben einem Fläschchen Nagellack. Eine

Ausgabe von *People* lag aufgeschlagen auf dem weißen Teppich neben Luthers Schwanzspitze.

Luther. Was sollte Rory mit Ashleys Kater machen?

»Sieht aus, als hätte sie es sehr eilig gehabt.« Rivers' Stimme drang aus dem Schlafzimmer. Rory ging hinüber, um selbst zu schauen.

Das schlampig gemachte Bett war mit Klamotten übersät, Schuhe lagen wild verstreut auf dem Boden, und ein Knäuel aus Schmuck türmte sich auf der Kommode. Rory dachte an Ashleys letztes Outfit: das Sommerkleid, das ihre endlosen Beine betonte, die Riemchensandalen und der Silberohrring, der obszön in einer Blutlache funkelte.

Das Bad sah genauso chaotisch aus. Die Ablage war überfüllt mit Schminkutensilien, auf dem Boden lag ein zerknülltes Handtuch, und ein großer Lockenstab war zwar ausgeschaltet, aber noch mit der Steckdose verbunden.

»Ashley war nicht die Ordentlichste, aber so unordentlich war sie normalerweise nicht.«

»Offenbar hatte sie es eilig.«

Eilig damit, Clint zurückzugewinnen.

Rory entdeckte auf der Küchenanrichte einen Stapel Briefe. Bei der Vorstellung, Ashleys Post durchzugehen, bekam sie Gewissensbisse. Außerdem würde sie darin nicht finden, wonach sie suchte. Vielleicht hatte Clint Ashley von einem anderen Telefon aus angerufen, und sie hatte sich seine Nummer notiert.

Aber die einzige Notiz in Ashleys Handschrift, die Rory fand, lautete: *Liebe vergeht. Geld nicht.*

Im Gegensatz zu ihm besaß Rory Garrett kein Pokerface. Wenn Brett ihr eine Frage stellte, die ihr nicht gefiel, entwickelte sie eine Faszination für sein rechtes Ohr. Er hatte außerdem bemerkt, dass sie an ihrer Unterlippe knabberte, wenn sie nervös war. Ja, sie hegte einen Groll gegen ihn, aber da war noch etwas anderes, das sie störte. Für jemanden, der behauptete, seinen Halbbruder nicht leiden zu können, schien sie sich ziemlich große Sorgen um ihn zu machen.

Er checkte sein Handy. Eine entgangene Nachricht konnte ihn einen Klienten kosten, aber es gab nichts, das seine unmittelbare Aufmerksamkeit erforderte. Er blickte sich um. Selbst Rorys bescheidene Unterkunft war besser als Ashley Harts Wohnung mit ihren weißen Möbeln und viel zu vielen Dekokissen. Brett hasste Dekokissen. Da sie sowieso immer auf dem Boden landeten, verstand er nicht, was Frauen so toll daran fanden.

Rory stand in der offenen Küche, die sich an den zu weißen Wohnbereich anschloss. »Verschwinden wir von hier«, sagte er, als sie hinter der Theke wieder hervorkam.

»Aber die Katze …«

»Ist eine Katze«, sagte er.

»Ich wusste es! Sie sind ein Katzenhasser, nicht wahr?«

»Ich bin kein Katzenhasser.« Hinter ihrer Feindseligkeit steckte mehr als Tierliebe. Ihr distanziertes Verhältnis zu ihrem Bruder, dazu noch ihre resolute Art, ihr hartnäckiger Stolz und ihre Reue über ihren One-Night-Stand ließen ihn hoffen, dass sie Clint nichts von dem

Vorfall in diesem Hotelzimmer erzählen würde, aber Hoffnung war weit entfernt von Gewissheit. »Wenn Sie es schaffen, diesen Abend zu vergessen, kann ich es auch.«

»Sie haben Angst, dass ich Clint davon erzähle.«

»Es ist mir in den Sinn gekommen.«

»Spielerberater dürfen keine intimen Beziehungen mit den Angehörigen ihrer Klienten eingehen.« Sie klang unangenehm selbstgefällig. »Das wäre ein unverzeihlicher Verstoß gegen den Verhaltenskodex in ihrer Branche.«

Ja, wäre es. »Ich wusste nicht, dass Sie mit Clint verwandt sind.«

»Und jetzt haben Sie die Hosen voll.«

»Ich habe nie die Hosen voll.« Er täuschte eine Gelassenheit vor, die er nicht spürte. »Zugegeben, es wäre mir lieber, wenn niemand davon erfährt.«

»Ich werde es mir überlegen.«

Sie bluffte. Ganz bestimmt. Oder nicht? Sie verließ Ashleys Wohnung, und er folgte ihr hinaus in den Flur.

»Warum sind Sie noch hier?« Sie starrte ihn böse von ihrer Position drei Stufen über ihm an, und einer ihrer roten herzförmigen Ohrringe verhedderte sich in den Locken, die sich aus ihrer Frisur gelöst hatten.

»Ich gehe nicht, ohne eine weitere Praline zu kosten.« Und nicht, ohne ein paar Antworten auf seine Fragen und mehr Gewissheit darüber, was sie Clint erzählen würde oder nicht.

»Jeder will meine Pralinen, aber niemand will dafür bezahlen!«

»Ich gebe Ihnen Geld dafür.«

»Ja, darin sind Sie gut.«

»Was soll ich sagen? Ich steh nun mal auf sinnliche Freuden.« Er hatte nicht beabsichtigt, so anzüglich zu klingen, aber er konnte es nicht zurücknehmen, also fuhr er fort. »Ich spreche von Delikatessen und Wein. Nicht, was Sie denken.«

Sie ging zügig die Treppe hoch, und ihre Flipflops klatschten gegen ihre Fersen. »Wenn Sie wissen, was ich denke, dann haben Sie es genau so gemeint, wie es sich angehört hat.«

Er konnte ihrer Logik nicht ganz folgen, aber er verstand trotzdem ihren Standpunkt.

Er schlüpfte rasch hinter ihr in die Wohnung, bevor sie ihm die Tür vor der Nase zuschlagen konnte.

KAPITEL 4

Brett steuerte die Pralinen an, während Rory sich in ihr Schlafzimmer verzog. Die Küche hatte ein durch Farbe verklebtes Fenster und einen alten grünen Kühlschrank, der neben einem vierflammigen Gasherd eingezwängt war. Das alles hier erinnerte Brett an seine Studentenbude, und es war kein Ort, wo Clint Garretts vierunddreißigjährige Halbschwester wohnen sollte.

Während er überlegte, sich eine weitere Praline vom Tisch zu nehmen, hörte er einen gedämpften Schrei. Er eilte hinüber ins Schlafzimmer und traf Rory am Fußende eines ordentlich gemachten Doppelbetts an, ihre Hand vor den Mund gepresst. Mitten auf dem Überwurf lag eine Handtasche mit einem roten Satinbezug, der in Streifen zerschnitten war.

»Was ist los?«

Rorys blaue Augen richteten sich auf seine, und ihre Stimme zitterte. »Die Tasche gehörte meiner Mutter. Das Einzige, was mir von ihr geblieben ist. Ashley hat sie sich gestern ausgeliehen. Das letzte Mal, dass ich sie lebend gesehen habe.«

»Warum hat Ashley die Tasche zerschnitten?«

»Ich – ich wollte sie ihr nicht geben. Sie wusste das. Aber sie hat sie trotzdem genommen.« Sie rieb ihre

Wange. »Ich war den ganzen Vormittag außer Haus. Offenbar ist sie in mein Schlafzimmer gegangen, als ich weg war, und hat die Tasche aufs Bett gelegt.«

Etwas Hässliches war zwischen den beiden in letzter Zeit vorgefallen, etwas, das den Begriff »Motiv« in seinem Anwaltsverstand aufblitzen ließ wie ein rotes Licht auf einem alten Streifenwagen. Er wusste nicht, was Rory vor seiner Ankunft in Clints Villa getrieben hatte. Dafür wusste er, dass sie ihn unbedingt hatte loswerden wollen. War das nur, weil sie ihn nicht ausstehen konnte, oder aus einem weitaus dringenderen Grund?

Sie stürmte aus dem Schlafzimmer in Richtung Küche, einen Ort, der, wie er vermutete, ihr Heiligtum war. Er warf erneut einen Blick auf die zerstörte Clutch, bevor er Rory in die Küche folgte.

»Werde ich Sie jemals wieder los?«, stöhnte sie laut.

»Wir beide müssen uns ernsthaft unterhalten.«

»Bekomme ich wieder Geld dafür?«

»Das ist gemein.« Er setzte sich auf den Stuhl am Küchentisch, der am nächsten zu den Pralinen stand. »Solche Gespräche gehen am besten mit einer Mahlzeit. Betrachten Sie das als einen Wink.«

»Wenn Sie noch länger hierbleiben, werde ich Ihnen Untermiete berechnen!«

»Von mir aus.« Da die Seitenflügel heruntergeklappt waren, brachte Brett nur eins seiner Beine bequem unter den Tisch. Das andere streckte er aus und achtete darauf, dass Rory nicht darüberstolperte, während sie in der Küche umherging. Vielleicht war sie doch nicht so erpicht darauf, alleine zu sein, weil sie zwei Flaschen

Bier aus dem Kühlschrank nahm und auf den Tisch stellte. »Ich kann mir keinen Wurstaufschnitt leisten, darum werden Sie sich mit Pralinen und Erdnüssen begnügen müssen.«

Für einen Moment dachte er, sie hätte »Penissen« gesagt. Er konnte nicht glauben, dass sein Verstand so schnell in seine Hose gerutscht war. »Penisse sind okay«, sagte er, nur um seinen Fehler eine Sekunde später zu hören.

Shit. Das hier war Rory Garrett, die vor ihm stand, Clints Schwester, und außerdem nicht die Sorte Frau, die seinen Klienten imponierte. Die jüngeren Spieler umgaben sich mit langbeinigen, wasserstoffblonden Schönheiten. Und auch die älteren Spieler hatten aktuelle und ehemalige Ehefrauen, die vom Typ her alle auffallend ähnlich waren und ganz anders als Rory mit ihrem honigblonden Lockenkopf, ihren Pausbäckchen und ihrer kämpferischen Haltung.

Brett wählte die Frauen, mit denen er sich in der Öffentlichkeit zeigte, genauso sorgfältig aus wie seine Kleidung. Das war nichts Persönliches. Es machte auf seine Klienten Eindruck, wenn er von einer schönen Frau begleitet wurde, aber er war ein Pragmatiker und kein schmieriger Typ, und er ging mit keiner dieser Vorzeigefrauen ins Bett, außer es gab eine echte Verbindung und das Einvernehmen auf Unverbindlichkeit. Er war richtig gut darin geworden, seine Hosen anzubehalten … bis zu diesem Vorfall mit Rory. Zu viel Alkohol und die Sorge um Clints seelische Verfassung hatten sein sonst so scharfes Urteilsvermögen getrübt, und er war mit einer

Frau im Bett gelandet, die scheinbar pure Schamlosigkeit ausstrahlte.

Er hätte sich nicht mehr täuschen können. Das einzig Schamlose an Rory Garrett waren ihre blauen Augen in der Farbe einer Bombay-Sapphire-Flasche und ein Körper wie ein Pin-up-Girl auf einem amerikanischen Langstreckenbomber im Zweiten Weltkrieg. Nicht so dünn und so langbeinig, dafür besser proportioniert – mit kurvigen Hüften, einer schmalen Taille und lobenswerten Brüsten.

Sie kramte in ihrem Küchenschrank, ohne zu registrieren, dass er scheinbar nicht zwischen »Erdnüssen« und »Penissen« unterscheiden konnte. Wie lange war sie wirklich in Clints Haus gewesen, bevor er eintraf? Wenn sie Ashley vom Balkon gestoßen hatte, war sein Klient aus dem Schneider, aber das beruhigte ihn nicht.

»Was soll ich bloß mit der Katze machen?« Sie öffnete eine Packung geschälter Erdnüsse und kippte sie in eine kleine Keramikschüssel. »Das wird Luther bestimmt traumatisieren.«

»Hat sie irgendwelche Familienangehörigen?«

»Luther ist ein Er, keine Sie. Und Katzen haben jetzt nicht gerade Familienangehörige.«

»Nicht die Katze, sondern Ashley. Mit Ihnen zu reden, ist wie mit einem Klienten zu reden, der zu viele Gehirnerschütterungen hatte.« *Verdammt.* Er vergaß ständig, dass sie Clints Schwester war. Er musste aufhören, sie zu beleidigen, also riss er sich am Riemen. »Glücklicherweise sind Sie bezaubernd genug, um es Ihnen nachzusehen.«

Sie quittierte seine Schmeichelei mit einem spöttischen Blick. »Waren Sie schon immer so ein arroganter Arsch oder erst in letzter Zeit?«

Er konnte ein Arsch sein, wenn es nötig war, darum war die Kritik nicht ganz ungerechtfertigt. Nun spürte er das seltsame Bedürfnis, nachzulegen und mit ihr darüber zu diskutieren, dass sie tatsächlich bezaubernd war. Sie war auch eine Nervensäge, aber er fand ihre Gesellschaft interessant auf eine verdrehte Art.

Sie stellte die Schüssel mit den Erdnüssen auf den Tisch neben die Pralinen. »Ashley hat eine Schwester, die irgendwo in der Nähe des Flughafens wohnt. Die beiden haben nicht gerade das beste Verhältnis. Beziehungsweise *hatten*. Essen Sie das nicht!«

Er ließ die Praline sinken, die er sich gerade in den Mund stecken wollte. »Ich dachte, ich dürfte nach Belieben zugreifen.«

»Chili-Schokotrüffel passen nicht zu diesem Oatmeal Stout.« Sie zeigte auf das Bier, das sie vor ihn auf den Tisch gestellt hatte, und klang so empört, als hätte er ihr erneut einen Liebeslohn angeboten.

»Verzeihen Sie, wie töricht von mir«, sagte er trocken.

Rory nahm eine Weihnachtskeksdose aus dem Schrank, stieg über sein ausgestrecktes Bein und setzte sich auf den Stuhl auf der anderen Seite des Tisches. Sie öffnete den Deckel und enthüllte eine Schatzkiste mit ihren Pralinenkreationen: Halbkugeln in Rot und Violett, Gelb und Grün, manche davon mit metallischen Sprenkeln, glänzende Würfel aus dunkler und heller Schokolade, die diese kräftigen Farben noch stärker zur

Geltung brachten. Seine Hand kroch zu einer leuchtend grünen Halbkugel, die mit winzigen purpurroten Sternen bestäubt war. Er besann sich gerade noch rechtzeitig. »Irgendwelche Einwände?«

Sie deutete auf einen Pralinenwürfel, auf dem Salzkristalle glitzerten. »Starkbier braucht eine richtig gute Milchschokolade, vorzugsweise mit Karamell und Meersalz. Zu einem hopfigen India Pale Ale dagegen passt am besten dunkle Schokolade. Zu Pils Zartbitter. Das kann man sich leicht merken.«

Er beabsichtigte, es so schnell wie möglich wieder zu vergessen. Aber nach der ersten Kostprobe wusste er, dass sie recht hatte. Die von ihr empfohlene Schokolade verstärkte das cremige Malzaroma des Biers, und die Salzkristalle verfeinerten den Abschluss. Aber Brett beschäftigte etwas Wichtigeres als optimale Schokolade-Bier-Kombinationen. »Erzählen Sie mir von der Handtasche.«

Sie schnappte sich die Schüssel mit den Erdnüssen und stand vom Tisch auf. »Gehen wir rüber ins Wohnzimmer. Sie wirken wie ein Fremdkörper in meiner Küche. Eigentlich wirken Sie wie ein Fremdkörper in meiner Wohnung.«

»Warum das?« Er schnappte sich seine Bierflasche und überlegte, ob er die Pralinendose mitnehmen sollte, aber Rorys Schokoladenkunst war zum Genießen bestimmt, nicht zum Hinunterschlingen wie eine Handvoll M&M's.

»Weil Sie in eine dieser luxuriösen Junggesellenwohnungen gehören, wo alles in Grau gestrichen ist mit ein bisschen Schwarz dazwischen für einen maskulinen Touch.« Sie stellte die Erdnüsse auf einen Couchtisch mit spindelförmigen Beinen, der aussah, als hätte sie ihn aus dem Sperrmüll gefischt. »An den Wänden hängen abstrakte Bilder, die Ihr Innenausstatter ausgesucht hat. Vielleicht stehen in Ihrem Bücherregal ein paar Antilopenhörner statt Bücher.«

Er setzte sich auf ihre klumpige Couch. »Antilopenhörner?«

»Okay, das vielleicht nicht gerade, aber eine gebundene Ausgabe von *Unendlicher Spaß*, die Sie nicht gelesen haben, aber die Sie gern zur Schau stellen, zusammen mit einem Exemplar von, sagen wir, *Das Kapital* als ironischen Gimmick. Die Marvel-Comics, die Sie in Wirklichkeit lesen, verstecken Sie in Ihrem Schlafzimmer.«

»Sie pflegen wirklich Ihre Vorurteile.«

Sie setzte sich in einen übergroßen Sessel, über den ein orientalisches Baumwolllaken drapiert war. »*Und* Sie haben eine Sammlung von silbernen Cocktailshakern. Liege ich falsch?«

Sie hatte nicht ganz unrecht. *Unendlicher Spaß* stand tatsächlich in seinem Bücherregal, aber er hatte es gelesen. Und ihr Volltreffer mit dem grau-schwarzen Design seiner Wohnung ließ ihn bereuen, dass er seinem Innenausstatter freie Hand gelassen hatte. Es gefiel ihm nicht, dass Rory ihn in eine bestimmte Schublade steckte, und er vergaß für einen Moment seine Absicht, sich bei ihr einzuschmeicheln. »Gerade Sie sollten sich nicht abfällig über die Wohnungen anderer Leute äußern. Das hier ist nämlich – entschuldigen Sie den Ausdruck – eine richtige Bruchbude.«

So viel zu seinem Vorsatz, sie nicht zu beleidigen, aber statt ihn anzugehen, zuckte sie mit den Schultern. »Ich hab alle meine guten Sachen verkauft, um das Geld für den Foodtruck zusammenzukratzen.«

»Was ist passiert?«

»Ich will darüber nicht reden.«

Er hatte ihr lange genug erlaubt, seine Fragen abzuschmettern. »Ashley hat Ihnen mit der zerstörten Handtasche eine Botschaft geschickt, richtig?«

»Ich will auch darüber nicht reden.«

Er legte seinen Arm über die Rückenlehne der Couch und konfrontierte sie direkt. »Haben *Sie* Ashley vom Balkon gestoßen?«

Sie sprang von ihrem Sessel hoch, wobei sie ihr Bier umstieß. »Sehen Sie nur, was Sie angerichtet haben!« Sie stürmte in die Küche.

Er stand auf und folgte ihr. »Haben Sie?«

»Gehen Sie mir aus dem Weg.« Sie schnappte sich ein paar Papiertücher, eilte zurück ins Wohnzimmer und stieß einen spitzen Ellenbogen in seine Rippen, als sie an ihm vorbeiging.

»*Autsch*!«

Auf dem Boden war nur eine kleine Pfütze Bier, aber sie machte eine große Show daraus, sie aufzuwischen. Er rieb die schmerzende Stelle zwischen seinen Rippen. »Die Sache ist die, Rory. Wahrscheinlich sind Sie nicht die Person, die Ashley vom Balkon gestoßen hat, aber …«

»*Wahrscheinlich*?« Sie drehte sich zu ihm um, ein

Racheengel mit Korkenzieherlocken und großen runden Augen. »Sie denken, ich habe sie umgebracht?«

»Es gab irgendein Problem zwischen Ihnen beiden, und die Chancen stehen gut, dass die Polizei dahinterkommen wird, darum können Sie es genauso gut mir zuerst erzählen.«

Sie ließ sich in den Sessel plumpsen und landete so hart, dass der orientalische Überwurf verrutschte und ein unappetitlicher brauner Stoffbezug zum Vorschein kam. »Sie sind doch Anwalt. Ich beauftrage Sie mit meiner Verteidigung.«

»Wie ich Ihnen schon sagte, ich praktiziere derzeit nicht. Und selbst wenn ich praktizieren würde, könnten Sie sich mich gar nicht leisten.«

»Sie schnorren mein Bier und nisten sich hier ein. Das nennt man ein Tauschgeschäft.«

Ihrem Gedankengang zu folgen, war, als würde man versuchen, mit einem Zwergspitz Schach zu spielen. »Ich muss Sie leider fragen, warum Sie sich plötzlich einen Anwalt nehmen wollen.«

»Weil Sie mir ständig Fragen stellen, und ich werde keine einzige davon beantworten, solange ich mich nicht auf Ihre Schweigepflicht als Anwalt verlassen kann.«

Er rieb seinen Nacken. »Gott, Sie haben sie tatsächlich umgebracht.«

»Seien Sie kein Idiot.«

»Dann haben Sie sie also nicht umgebracht?« Er sank in der klumpigen Couch ein.

»Natürlich habe ich sie nicht umgebracht! Haben wir einen Deal oder nicht?«

Er schenkte ihr seinen knallharten Blick. »Ich benötige einen Vorschuss.«

»Nehmen Sie sich ein Dutzend von den Chili-Schokotrüffeln.«

»Wie wäre es, wenn Sie mir einfach die Wahrheit sagen?«

»Ich will nicht.«

»Wirklich? Ich bin schockiert. Schließlich waren Sie bis jetzt so entgegenkommend.«

»Ich hasse sarkastische Menschen.«

Er beschwor jeglichen Sarkasmus herauf, den er in sich hatte. »Das verletzt mich jetzt erneut.«

Plötzlich klopfte es an der Tür, und Rory sprang auf. Er fuhr ebenfalls hoch und hielt sie am Arm fest. »Machen Sie nicht auf.«

»Ich muss aber.«

»Es könnte die Polizei sein, und Sie sind auf eine erneute Befragung nicht vorbereitet.«

»Ich habe doch meinen Anwalt bei mir.« Sie löste sich aus seinem Griff und öffnete schwungvoll die Tür.

Es war nicht die Polizei.

Vor der Tür stand eine Frau um die sechzig, mit krausen grauen Haaren, die für so einen heißen Tag viel zu dick angezogen war. Sie starrte Rory an und sagte zuerst kein Wort, dann kam: »Ich bin Claudia.«

»Natürlich, Claudia. Wir kennen uns bereits. Kommen Sie rein.«

Claudia musterte Brett misstrauisch. »Falls es gerade ungünstig ist, kann ich auch später wiederkommen.«

»Das passt schon. Den da ignorieren Sie einfach. Der

interessiert sich nur dafür, Geld zu scheffeln.« Sie trat zur Seite. »Die Sachen, die Sie letzte Woche hiergelassen haben, sind gewaschen, und ich gebe Ihnen gleich noch frische Handtücher.«

»Ich habe meine Sachen hiergelassen?« Claudia beäugte Brett immer noch misstrauisch.

»Ja. Die bringe ich Ihnen auch ins Bad.«

Perplex beobachtete Brett, wie Rory die fremde Frau ins Bad führte. Auf dem Weg nahm sie ein paar Handtücher und einen kleinen Stapel Kleidung aus dem Einbauschrank. Ein paar Minuten später erschien sie wieder auf der Bildfläche, redete immer noch mit der Frau, während im Hintergrund Wasser rauschte. »Werfen Sie die Sachen, die Sie gewaschen haben möchten, einfach auf den Boden. Sie können sie dann nächste Woche wieder mitnehmen.« Sie schloss die Badtür von außen.

Er deutete mit seinem Zeigefinger auf das Bad. »Was in Gottes Namen soll das?«

»Ich will darüber nicht reden.«

»Es gibt viel, worüber Sie nicht reden wollen!«

Sie zuckte mit den Achseln und wandte sich zur Küche. Er schnappte sich sein Bier und folgte ihr. »Kennen Sie diese Frau?«

»Sie kommt ungefähr einmal pro Woche hierher, aber sie hat Gedächtnisstörungen, daher vergisst sie immer wieder, wer ich bin.« Rory füllte einen Topf mit Wasser.

Er hatte in seinem Beruf viel Leichtsinnigkeit beobachtet – Alkohol, Schlägereien, Glücksspiel –, aber das hier war eine völlig neue Kategorie. »Ist diese Frau obdachlos?«

»Wir sagen 'wohnungslos'.«

Sie übertraf ihn locker in Sachen Sarkasmus, und er stützte seine Hand flach gegen den Türrahmen. »Lassen Sie öfter irgendwelche Leute von der Straße in Ihre Wohnung?«

Sie stellte den Topf auf den Herd und entzündete die Flamme. »Das sind nicht irgendwelche Leute.«

»*Sind*? Sie meinen, diese Frau ist nicht die Einzige?«

»Die Freundin von einer Bekannten arbeitet im Sozialdienst. Wenn ich zu Hause bin, versuche ich, ein paar der Frauen zu helfen, die sie mir vorbeischickt.« Sie begann, Sachen aus dem Kühlschrank zu nehmen: Butter, etwas, das in Metzgerpapier eingewickelt war, ein Stück Käse. Sie legte sich ein Schneidbrett und ein Küchenmesser bereit. »Die Frauen können hier ein Bad nehmen oder duschen. Ich wasche ihre Kleidung. Versorge sie mit einer Mahlzeit. Keine große Sache.«

Er verlor seine Beherrschung. »Wissen Sie, wie man den Wohnungslosen hilft? So wie ich das mache. Man spendet an Hilfsorganisationen, die sich um Lebensmittel, Jobs und psychologische Unterstützung kümmern. Man geht nicht hin und …«

»Sagt der reiche Junge.«

Er näherte sich ihr. »Das hat überhaupt nichts damit zu tun, ob man reich ist oder nicht. Sondern einzig und allein mit gesundem Menschenverstand. Einige dieser Leute könnten gefährlich sein. Man lädt sie nicht in seine Wohnung ein. Um Gottes willen, Rory. Helfen Sie lieber ehrenamtlich in einer Notunterkunft oder einer Suppenküche.«

Sie knallte ihr Messer auf das Schneidbrett. »Ich bin diejenige, die Clint und Ashley auseinandergebracht hat!«

Wenn der abrupte Themawechsel eine Strategie war, um ihn zum Verstummen zu bringen, dann funktionierte es. Sie nahm sich eine Knoblauchzehe aus einem Drahtkorb und wandte sich von ihm ab. »Ich dachte, ich würde das Richtige tun, aber …« Ihre Stimme nahm diesen schwammigen Ton einer Frau an, die entschlossen war, nicht in Tränen auszubrechen. »Aber jetzt ist Ashley tot, und Clint ist verschwunden.«

Er setzte sich an den Küchentisch und verschob das Gespräch, das sie über die Frau im Bad führen sollten, auf später. Da Rory keine Fragen mochte, schlug er einen anderen Weg ein. »Erzählen Sie mir mehr von Ashley.«

Sie zerstieß die Knoblauchzehe auf dem Brett in einer Weise, die ihn nervös machte. »Ashley war klug, ehrgeizig und zielstrebig. Sie wusste genau, was sie in ihrem Leben wollte.«

»Und das war?«

»Einen reichen Mann heiraten. Und als sie Clint kennenlernte, hatte sie ihren Traummann gefunden.«

Rory bestätigte, was Brett intuitiv geahnt hatte.

Ihr Küchenmesser klopfte auf dem Holz, als sie zu schneiden begann. »Ashley war pragmatisch eingestellt. Sie wollte geliebt werden, aber noch mehr wollte sie ein luxuriöses Leben führen.« Sie goss Olivenöl in eine Pfanne. »An einem gemütlichen Abend bei einem Glas Wein erzählte sie mir ganz offen, dass sie bereit sei, jeden Mann zu heiraten, der ihr das bieten konnte. Sie machte sogar einen Scherz darüber. Sie sagte, ihr einziges anderes Kriterium sei, dass er unter siebzig sein musste, außer er war herzkrank. Ich war fast neidisch. Sie hatte eine glasklare Vorstellung davon, was sie wollte und wie sie es kriegen konnte.« Das Öl zischte, als sie den Knoblauch in die Pfanne gab. »Nachdem sie Clint kennengelernt hatte, versuchte sie, mich zu überzeugen, dass sie das mit der Geldheirat nicht ernst gemeint habe und er die Liebe ihres Lebens sei, aber ich wusste es besser. Ich habe versucht, mit ihm über sie zu reden, aber er hatte bereits einen Ring gekauft und würgte mich ab, bevor ich etwas sagen konnte.« Sie stocherte mit einem Kochlöffel in der Pfanne herum und stellte die Flamme kleiner. »Er war im Begriff, mit ihr nach Las Vegas zu fliegen und sie spontan zu heiraten. Ohne einen Ehevertrag! Ich wusste, wenn ich etwas Negatives über sie sage, würde er sich nur noch mehr in diese Idee hineinsteigern. Das konnte ich nicht zulassen.«

»Also haben Sie …«

»Ich habe sie auseinandergebracht«, sagte sie ausdruckslos, während sich der Geruch von Knoblauch ausbreitete. »Ich ließ Ashley schwören, es keinem zu sagen, und erzählte ihr, dass Clint spielsüchtig wäre. Dass er sein ganzes Geld verzockt hätte und dass die Stars ihn rauswerfen wollten, weil …« Ihr Blick fixierte die Pfanne, und sie sah ihn nicht an. »Weil sie herausgefunden hatten, dass er auf seine eigenen Spiele wettete.«

Brett stieß beinahe seine Bierflasche um. »Dass er auf die Spiele der Stars wettete? Ist Ihnen klar, wie ernst diese Anschuldigung ist?«

»Es war das Erstbeste, was mir eingefallen ist.«

»Es hätte Ihnen direkt wieder entfallen sollen.« Er vergaß vorübergehend, dass sie ihm genau die Information gegeben hatte, die er brauchte, um sein Verhältnis zu seinem wertvollsten Klienten zu retten. »Clint spielt auf dem Golfplatz immer nur um zehn Dollar. Und niemand hat Lust, sich mit ihm an einen Pokertisch zu setzen, weil er auf einem Fünfzigcentlimit besteht. Abgesehen davon hat schon das bloße Gerücht, dass er auf seine eigenen Spiele wettet, das Potenzial, seine Karriere zu zerstören.«

»Ashley musste mir schwören, kein Wort zu sagen. Ich habe ihr erklärt, wenn er ihr etwas bedeutet, darf sie es nie jemandem erzählen.« Sie nahm eine Packung Nudeln aus dem Schrank, nur um sie auf den Boden fallen zu lassen. »Ich habe sogar ein paar Tränchen verdrückt, was mir nicht schwerfiel, weil ich wusste, dass mein Verhalten falsch war.« Sie hob die Nudelpackung auf. »Aber Clint hat sie wirklich geliebt, und ich habe ihm das Herz gebrochen.«

Brett überlegte, was das für ihn bedeutete. Wenn Clint davon erfuhr, würde er wissen, dass Brett von Anfang an recht hatte, was Ashley betraf, und nur versucht hatte, ihn zu schützen. Brett wäre aus dem Schneider. Aber Rorys Niedergeschlagenheit dämpfte seine Begeisterung. »Um es ganz klar zu sagen«, erklärte er, »es war Ashley, die ihm das Herz gebrochen hat.«

Rory schüttete die Bandnudeln aus der Packung. »Ashley war kein schlechter Mensch, nur geldgeil. Und sie war nett zu mir, noch bevor sie wusste, dass ich Clints Schwester bin.«

»Sie haben die beiden bestimmt miteinander bekannt gemacht.«

»Ein blöder Zufall. Ashley und ich haben im MCA eine Skulpturen-Ausstellung von Nick Cave besucht. Auf dem Rückweg kamen wir am Peninsula Hotel vorbei. Clint kam gerade von einer Veranstaltung heraus und entdeckte mich. Ich habe ihn nie zu mir nach Hause eingeladen, und ich habe immer versucht zu vermeiden, dass die beiden sich kennenlernen, aber Ashley hat sich ihm direkt vorgestellt, und mehr war nicht nötig. Clint hat sich auf den ersten Blick in sie verliebt. Jetzt ist sie tot, Clint ist verschwunden, und ich bin dafür verantwortlich.«

Jemand mit ihrem überentwickelten Gewissen würde als Sportagent keine Minute überstehen. Endlich hatte er die Antwort zu dem fehlenden Puzzlestück – warum Ashley Clint für einen weniger wohlhabenden Basketballspieler verlassen hatte. Er riskierte eine direkte Frage. »Wie kommen Sie darauf, dass Sie dafür verantwortlich sind, was Ashley zugestoßen ist?«

»Sie haben die Handtasche gesehen. Ashley wusste, was sie mir bedeutete. Irgendwie muss sie rausgefunden haben, dass ich sie angelogen habe, und hat dann aus Rache meine Tasche zerstört.«

»Was glauben Sie, wie hat sie es herausgefunden?«

»Keine Ahnung.« Sie schnappte sich ein Geschirrtuch und trocknete sich die Hände ab. »Irgendetwas muss passiert sein, nachdem ich gestern mit ihr gesprochen habe, weil da noch alles in Ordnung war.« Sie fügte Prosciutto zu dem Knoblauch in die Pfanne und gab die

Nudeln in den Topf mit kochendem Wasser. »Ich war fast den ganzen Vormittag unterwegs. Offenbar ist sie in meine Wohnung gegangen, hat die Tasche aufs Bett gelegt und ist danach losgestürmt, um alles dafür zu tun, Clint zurückzugewinnen.« Sie biss sich auf ihre Unterlippe. »Ich glaube, sie hat ihn aufrichtig geliebt.«

»Aber nicht genug, um bei ihm zu bleiben, als sie dachte, er wäre in ernsthaften Schwierigkeiten.« Er trank sein Bier aus. »Jemand anderes muss in seinem Haus gewesen sein.«

»Die Person, die Ashley vom Balkon gestoßen hat.« Sie machte sich an einem Stück Parmesan zu schaffen. »Hätte ich Ashley nicht angelogen, hätte sie sich erst gar nicht von Clint getrennt, wäre erst gar nicht zu ihm rausgefahren, und sie würde jetzt noch leben.«

Sein Bein war unter dem Tisch gefangen und schlief langsam ein. Er schob seinen Stuhl zurück und stand auf, während er gedanklich alle Perspektiven berücksichtigte. »Im Moment hat die Polizei zwei Verdächtige im Fadenkreuz. Sie und Clint.«

»Es war ihr Ex«, stieß sie bitter hervor. »Der Immobilienmann. Ich weiß es. Der Kerl hat sie gestalkt.« Während die Pasta fertig kochte und Rory die Erbsen vorbereitete, erzählte sie ihm, wie dieser Exfreund Ashley belästigte, nachdem sie ihn für Clint verlassen hatte. »Ich wünschte nur, ich würde seinen Namen kennen.« Eine Dampfwolke stieg aus dem Spülbecken empor, als sie die Nudeln in ein Sieb goss.

»Den herauszufinden, ist die Aufgabe der Polizei. Ihr Problem ist, dass Ashley wütend auf Sie war und dass

Sie kein Alibi haben für die Zeit, die Sie in Clints Haus waren, bevor ich kam.«

»Ich weiß«, sagte sie düster.

»Aber der Umstand, dass Clint verschwunden ist, macht ihn zum Hauptverdächtigen.«

»Ich muss ihn unbedingt finden.«

Er lehnte sich an ihren alten grünen Kühlschrank. »Für jemanden, der behauptet, seinen Bruder zu hassen, sind Sie ganz schön besorgt um ihn.«

»Halbbruder.« Sie begann, den Käse in eine Schüssel zu reiben. »Ich habe nie gesagt, dass ich ihn hasse. Ich will bloß nichts mit ihm zu tun haben.«

»Clint ist ein sympathischer Kerl, wenn er nicht gerade auf dem Platz steht. Was ist passiert, dass Sie ihm so sehr grollen?«

»Ihr Bad duftet nach Blumen«, bemerkte eine unsichere Stimme.

Er wandte sich um und sah Claudia barfuß in der Tür stehen, und ihre strähnigen grauen Haare hingen feucht um ihre Schultern.

»Das ist das Lavendelbadesalz«, antwortete Rory. »Setzen Sie sich, alle beide. Das Essen ist fast fertig – Tagliatelle mit Erbsen, Prosciutto und Parmesan.«

Und so kam es, dass Brett mit einer obdachlosen Frau, die ihre Sachen auf links trug, und einer bankrotten, schuldbewussten Chocolatière zu Abend aß.

Rory konnte das Gespräch mit ihrer Stiefmutter nicht länger hinausschieben, und sobald sie alleine war, griff sie widerwillig zum Telefon. Das einzig Gute, was Brett getan hatte, bevor er ging, war, die rote Handtasche mitzunehmen, sodass Rory sie nicht sehen musste. Er hatte darauf bestanden.

Kristin meldete sich beim dritten Klingeln. »Meine Rufnummernanzeige sagt, dass eine gewisse Rory Garrett anruft, aber ich kann mich an diesen Namen nicht erinnern.«

Statt panisch zu klingen, begrüßte Kristin sie in ihrem üblichen genervten Ton, was bedeutete, dass die Polizei sie noch nicht kontaktiert hatte, etwas, das jedoch sicher bald passieren würde. »Ich war beschäftigt.« Rory stellte die leeren Bierflaschen neben die Spüle, in der das schmutzige Geschirr wartete. Erstaunlicherweise hatte Brett freiwillig angeboten, den Abwasch zu machen, aber sie wollte ihn einfach nur loswerden.

»Du bist immer beschäftigt«, erwiderte Kristin. »Dein Bruder, der noch viel mehr beschäftigt ist, meldet sich regelmäßig bei mir.«

Weil du ihn vergötterst, und mich kannst du kaum ertragen. »Wir wissen beide, dass Clint der bessere Mensch ist.«

»Selbstmitleid steht dir nicht.«

Genauso wenig wie Rorys Garderobe, Frisur, Berufswahl oder die Wahl ihrer Freunde – nur ein paar von den vielen Dingen, die Kristin im Laufe der Jahre kritisiert hatte.

Kristin war mit Clint schwanger gewesen, als Rorys Vater sie weniger als ein Jahr nach dem Tod von Rorys Mutter heiratete. Rory war damals fünf. Clint war ein wunderschönes Baby gewesen, ein sonniger, aufgeweckter kleiner Junge und ein vor allem sportlich talentierter Teenager. Sowohl Kristin als auch Rorys Vater waren absolut vernarrt in ihn, und Rory wurde für sie zu einer Fußnote, das Kind, das mit im Haushalt lebte und nur Aufmerksamkeit erforderte, wenn es sich mit seinem Talent zu stören in Schwierigkeiten brachte. Kristin verstand nicht, wie tief Rorys Kummer wurzelte, und statt einer Umarmung setzte es Strafen.

Rory musste an ihr zehntes Schuljahr auf der Highschool denken, als Jason Williams aus der Zwölften, für den sie seit Monaten schwärmte, sie schließlich gefragt hatte, ob sie mit ihm ausgehen wolle. Aber als sie zu ihrem Treffen aufbrechen wollte, bekam sie von Kristin Hausarrest. »Das kannst du nicht machen!«, hatte sie gebrüllt. »Ich habe gleich ein Date mit Jason!«

»Daran hättest du denken sollen, bevor du deinen Bruder geschlagen hast. Herrgott noch mal, Rory, du bist fünfzehn. Er ist neun.«

»Er ist ein verzogener Bengel! Und er hat mich zuerst geschlagen.«

»Hörst du dich selbst reden? Du klingst, als wärst *du* neun.«

Rory war daraufhin explodiert und bestrafte Kristin für das Elend, das ihr Teenager-Ich nicht artikulieren konnte. »Und du klingst, als wärst du ein fieses Miststück!«

Jegliche Hoffnung, dass Kristin einlenken würde, löste sich in Luft auf, genau wie das Date mit Jason.

Ihr Vater weigerte sich wie immer, sich einzumischen. »Tu, was Kristin dir sagt.«

Im Nachhinein kam es Rory vor, als hätte sie ihre gesamte Kindheit und Jugend unter Hausarrest verbracht. Selbst ihre Zimmertür wurde für eine Woche ausgehängt, weil sie sie einmal zu oft zugeknallt hatte.

Schließlich war sie aus ihrem flegelhaften Verhalten herausgewachsen, was jedoch ihr Verhältnis zu Kristin nicht verbesserte. Ihre Stiefmutter konnte ihr zwar nichts mehr verbieten, aber sie ließ Rory ihr Missfallen noch immer deutlich spüren.

»Wie komme ich zu der seltenen Ehre, dass du mich anrufst?«

Rory knirschte mit den Zähnen. »Hast du mit Clint gesprochen?«

»Das ist schon über eine Woche her.« Der vertraute missmutige Unterton färbte die Stimme ihrer Stiefmutter, aber ausnahmsweise einmal richtete er sich nicht gegen Rory.

Rory drehte den Wasserhahn an der Spüle auf, dann wieder zu. Sie würde sich morgen um den Abwasch kümmern. »Ich versuche, ihn zu erreichen.«

Kristin war vieles, aber sie war nicht blöd. »Was ist los? Ich habe gleich geahnt, dass etwas nicht stimmt, als er sich am Montag nicht gemeldet hat.«

»Clint hat dir bestimmt von Ashley Hart erzählt.«

»Ich glaube, er ist schwer verliebt. Ich kann es kaum erwarten, seine Freundin kennenzulernen. Es klingt, als wäre sie die perfekte Frau für ihn.«

»Das war sie nicht.« Rory musste es ihr sagen. »Ashley ist tot.«

Kristin keuchte entsetzt auf. »Was ist passiert? Wie geht es Clint? Das wird ihm den Rest geben.«

Ganz zu schweigen davon, was es mit Ashley angerichtet hat. Aber Kristin, ganz typisch, dachte immer zuerst an den Auserwählten.

Rory erzählte ihr den Rest und verschwieg nur ihre Rolle bei der Trennung. »Der Umstand, dass er verschwunden ist, macht ihn zu einem Tatverdächtigen«, erklärte sie. »Die Polizei fahndet bereits nach ihm.«

»Das ist unerhört! Clint könnte keiner Fliege was zuleide tun.«

Einige NFL-Spieler wären da vielleicht anderer Meinung, aber Rory verstand Kristins Empörung. »Das weiß die Polizei nicht.«

»Ich steige direkt in den nächsten Flieger. Ich schicke dir meine Ankunftszeit, sobald ich sie weiß. Hol mich am Flughafen ab.«

Die Vorstellung, dass Kristin in dem Foodtruck saß, war zu bizarr, um sie in Betracht zu ziehen. »Mein Wagen ist in der Werkstatt. Du wirst ein Taxi oder einen Mietwagen nehmen müssen.«

»Ehrlich, Rory, könntest du nur einmal in deinem Leben ...« Sie gab ihren besten Stoßseufzer von sich. »Vergiss es. Selbst wenn es mir widerstrebt, aber ich sollte wohl mit meinem eigenen Wagen fahren, damit ich mobil bin. Du findest mich bei Clint. Ich werde in seinem Haus übernachten.«

Da Clints Haus ein offizieller Tatort war, hatte Rory Zweifel, ob Kristin überhaupt hineindurfte, aber darum konnte ihre Stiefmutter sich selbst kümmern. Und wie alle anderen in Clints Universum hatte sie bestimmt einen Schlüssel.

Jetzt, wo Rory wusste, dass Clint seinen Pflichtanruf bei Mami versäumt hatte, war sie sogar noch wilder entschlossen, ihn zu finden. Sie wünschte, sie hätte mehr Kenntnis davon, wer seine Freunde waren und wo er sich herumtrieb. Sie brauchte diese Informationen, und ihr fiel nur eine Person ein, die sie ihr geben konnte.

Der Mord an Ashley Hart kam früh am nächsten Morgen in den Nachrichten, und jeder Reporter in der Stadt war versessen darauf, mit Clint Garrett zu sprechen. Da er nicht erreichbar war, wurde sein Berater mit Anfragen bombardiert. Die meisten davon waren höflich, ein paar nicht, aber der schlimmste Anruf kam vom Präsidium der Chicago Stars, das wissen wollte, warum Clints Agent nicht in der Lage war, den Quarterback ausfindig zu machen.

Heath Champion, der Chef von Champion Sports Management, saß in seinem Büro hinter seinem Schreibtisch und musterte Brett. Heath, branchenintern »Python« genannt, war ein attraktiver Mann mit dunklen, an den Schläfen leicht grauen Haaren, wachen grünen Augen und einem harten Auftreten, das er nur ablegte, wenn er bei seiner Familie war. »Du weißt wirklich nicht, wo er steckt?«

»Ich werde ihn finden.« Brett lehnte sich auf seinem Stuhl zurück und versuchte, gelassener zu wirken, als er war. Er hatte zu hart gearbeitet, um dorthin zu kommen, wo er jetzt war, und niemand – schon gar nicht sein Boss – sollte ihn schwitzen sehen. Er hatte Jura studiert, das Examen im ersten Anlauf bestanden und sich bei

Champion Sports hochgearbeitet, indem er härter schuftete als alle anderen. Er lebte in Flugzeugen, war rund um die Uhr auf seinem Handy erreichbar und vergaß nie einen Geburtstag, ein Jubiläum oder einen beruflichen Meilenstein. Er scoutete Spieler, nahm sie unter Vertrag und baute sie für die NFL auf. Er umarmte Großmütter und küsste Babys und nahm um drei Uhr morgens Anrufe von betrunkenen Klienten entgegen, die zu viele Waffen besaßen. Dieser ganze unermüdliche Einsatz hatte ihn reich gemacht, aber wichtiger noch, er hatte den Erfolg, von dem er seit seiner Jugend geträumt hatte, und er würde es jetzt nicht vermasseln. »Ich hab alles unter Kontrolle«, erklärte er seinem Boss.

»Bestimmt, so wie ich dich kenne.« Heath spielte mit einem der zwei violetten Origami-Frösche, die vor ihm auf dem Schreibtisch standen. Brett hatte ein fast identisches Froschpaar auf seinem eigenen Schreibtisch, ein Geschenk von Heaths Kindern. »Im Moment geht das Gerücht um, dass Tyler Capello nicht besonders glücklich ist mit Tommy Landom.«

Capello, der für die Eagles spielte, zählte zu den besten Running Backs in der Liga, und Brett straffte sich auf seinem Stuhl. »Vielleicht hat Tyler endlich erkannt, dass Tommy ein Gauner ist.«

»Vielleicht.« Heath griff nach einem Stift und balancierte ihn zwischen seinen Zeigefingern. »Es war schon schlimm genug, Tyler zu verlieren, aber ich werde nie darüber hinwegkommen, dass wir ihn an Landom verloren haben.«

»Nate hat sich dumm verhalten«, sagte Brett. Nate

Douglass war ein ehemaliger aufstrebender junger Spielerberater, dem sein Verhältnis zu Tyler um die Ohren geflogen war, sodass seine Karriere bei Champion Sports ein abruptes Ende nahm.

Der Python legte den Stift auf den Tisch. »Jeder, der ein Unternehmen wie dieses hier leitet, muss wissen, wann es Zeit ist für Schadensbegrenzung. Nate musste gehen.«

Brett rutschte unbehaglich auf seinem Stuhl herum. »Sag mir Bescheid, wenn du wieder was wegen Tyler hörst. Vielleicht gibt er uns noch mal eine Chance.«

Heath nickte. »Deine oberste Priorität ist, Garrett zu finden, bevor die Polizei ihn schnappt. Tu, was auch immer du tun musst.«

Brett stand auf und wandte sich zur Tür. »Ich finde ihn.«

»Das weiß ich.« Heath schenkte ihm ein Pythonlächeln. »Du bist der River.«

Draußen im Flur säumte eine Fotogalerie die Wand. Brett war schon tausendmal daran vorbeigelaufen, aber dieses Mal nahm er sich einen Moment, um sie genauer zu betrachten. Heaths Foto hing neben den Porträts von Portia Powers und Brodie Gray, ein Ehepaar, das vor ein paar Jahren von Chicago nach Los Angeles gegangen war, um dort die Champion Sports Agentur für die Westküste aufzubauen und zu leiten. An der Wand waren sämtliche Klienten von Champion Sports verewigt und auch alle Berater, darunter ein ernst dreinblickender Brett. Ein Bild fehlte in der Galerie. Man hatte es in den Aufenthaltsraum gehängt, wo es nur die Mitarbeiter sehen konnten, mit der Vorderseite zur Wand. Wenn jemand sich die Mühe machte, es umzudrehen, und das taten sie alle irgendwann, erblickte man das Gesicht von Nate Douglass als eine stets präsente Mahnung, was passierte, wenn ein Agent die Firma blamierte.

Detective Strothers war zu Rory noch unfreundlicher als bei ihrer ersten Begegnung. »Wie viele Leute haben einen Schlüssel für das Haus Ihres Bruders?«

Anscheinend die halbe Welt. »Ich habe keine Ahnung.«

Es war der Tag nach dem Mord an Ashley, und Rory stand mit dem Detective hinter dem Haus neben Mr. Reynolds' Gemüsebeet. Sie hatte ihren Vermieter und auch Toby gestern Abend über Ashleys Tod informiert. Mr. Reynolds hatte ziemlich gleichmütig reagiert und war mehr darüber beunruhigt, wie lange es dauern würde, bis Ashleys Wohnung geräumt war, damit er sie neu vermieten konnte, aber Toby setzte die Neuigkeit schwer zu. »Sie fing gerade an, mich gernzuhaben«, sagte er, und seine Augen wurden feucht.

Rory würde ihm niemals die Wahrheit sagen – dass es seine Bewunderung war, die es Ashley angetan hatte, nicht er.

Die Polizei hatte Ashleys Wohnung vorläufig abgeriegelt, und nun hatte Rory verkratzte Unterarme und Toby eine traumatisierte Katze, die sich in seinem Küchenschrank versteckte. Rory war froh, dass Toby sich bereit erklärt hatte, den Kater zu nehmen. »Das ist das Mindeste, was ich für sie tun kann«, hatte er gesagt.

Detective Strothers hatte sein Notizbuch in der Hand. »Sie scheinen die Gewohnheiten Ihres Bruders nicht besonders gut zu kennen.« Es war wieder ein sehr warmer Nachmittag, und der Detective musste in seinem Jackett fast ersticken, aber sie war diejenige, die schwitzte. »Sie wissen nicht, wem er alles einen Haustürschlüssel gegeben hat, und Sie wissen nicht, wo er ist.«

Sie berührte den Kratzer, den Luther auf ihrem Handgelenk hinterlassen hatte. »Ich habe es Ihnen bereits gesagt, Detective. Clint ist mein Halbbruder, und wir stehen uns nicht besonders nahe. Was ist mit Ashleys Exfreund? Der, von dem ich Ihnen erzählt habe. Der sie belästigt hat.«

»Wir überprüfen das gerade.« Er strich mit seinem Daumen durch seinen Schnurrbart. »Sie haben gesagt, dass Sie zu Mr. Garretts Haus gefahren sind, weil Sie mit ihm über Ihr Verhältnis zu Ihrer Stiefmutter reden wollten. Warum sollten Sie das tun, wenn Sie Ihrem Bruder nicht nahestehen?«

In der Tat, warum? Sie griff nach einem Strohhalm. »Ich dachte, er kann mir vielleicht ein paar Tipps geben, wie ich besser mit ihr auskommen kann.«

Strothers konnte nicht wissen, dass es ihr lieber war, sich von Kristin fernzuhalten, als sich mit ihr zu vertragen.

Brett stellte sich unter die Dusche, um den Gestank des Misserfolgs von den Ereignissen des Tages abzuwaschen, und schlüpfte danach in seine Trainingsshorts. Je länger Clint verschwunden war, umso schuldiger wirkte er. Brett musste ihn aufspüren, bevor die Polizei es tat.

Was Clint und seinen Groll betraf … Sobald er von Rorys deftiger Lüge erfuhr, die sie Ashley aufgetischt hatte, wäre Brett nicht länger der Sündenbock seines Klienten. Zugegeben, Rorys Motive waren rein gewesen, aber es war nun ihr Problem, mit dem sie klarkommen musste, nicht seins.

Kurz nach elf klingelte sein Telefon. Es war der Pförtner, der einen Gast ankündigte.

KAPITEL 5

Rory Garrett trug ein Hawaiihemd, eine Jeans und kirschrote Sandalen. Ihre Locken waren zu einem Pferdeschwanz gebunden, den sie durch den rückseitigen Schlitz einer Yankees-Baseballkappe gezogen hatte, die sie besser nicht in der Nähe von Wrigley Field aufsetzte. »Manche Leute sind für eine Party underdressed«, sagte sie, als er sie hereinließ. »Ich bin für Ihr *Wohnhaus* underdressed.«

»Ich hoffe bloß, dass meine Nachbarn Sie nicht gesehen haben.« In Wahrheit sah sie … süß aus, ein Wort, das er niemals laut sagen würde. Diese leuchtend blauen Augen, die sein Gesicht verschlangen, die Korkenzieherlocken, die ihre Wangen umrahmten, die kurvige Figur, die unter ihrem eigenwilligen Outfit nicht gänzlich verborgen war. Wäre sie mehr eine Vorzeigefrau und nicht die Schwester seines wichtigsten Klienten, würde sie ihn vielleicht reizen. Obwohl, genau genommen war er ihren Reizen bereits erlegen. Er wünschte nur, er könnte sich richtig an die Nacht erinnern.

Als er sich ein T-Shirt überstreifte, bemerkte er, dass sie seinen Oberkörper musterte. Da er an den meisten Tagen für eine Stunde im Kraftraum trainierte – eine Stunde, die er auf tausend andere Arten besser nutzen könnte –, ließ er sich Zeit damit, sein T-Shirt herunterzurollen, weil … warum nicht?

Wandte sie ihren Blick einen Tick zu schnell ab? »Ihre Wohnung sieht genau so aus, wie ich sie mir vorgestellt habe«, sagte sie. »Sie leben in einem Klischee.«

»Im Gegensatz dazu, in einer Folge von *Achtung, Bruchbude* zu leben?«

»Der war gut.«

Ihr Lächeln ermutigte ihn nachzulegen. »*Fixer Downer*?«

»Alt, aber okay.«

Er schloss die Tür. »*Sieh mal, wer da haust*?«

»Sie kennen sich mit alten Heimwerkersendungen überraschend gut aus«, sagte sie. »Aber Ihnen wird Ihr überhebliches Lachen noch im Hals stecken bleiben, wenn ich beruflich wieder auf die Beine komme und mir von meiner ersten Million eine anständige Wohnung kaufe.«

Ein bekümmerter Ausdruck, der ihm nicht gefiel, flackerte in ihren Augen. Er tat, als würde er es nicht bemerken, und führte sie in sein Wohnzimmer. »Ich hatte mal eine Freundin, die war süchtig nach Home & Garden TV. Wir haben uns getrennt, weil ich ihr nicht erlaubt habe, meine Wohnung mit Shiplap zu vertäfeln.«

»Eine weise Entscheidung Ihrerseits.«

»Sie sagte, das würde von mangelndem Engagement zeugen.«

»Tat es das?«

»Absolut.«

Sie lächelte wieder und betrachtete die Aussicht auf das Opernhaus am anderen Ufer des Chicago River. »Ich habe gehört, Olivia Shore ist seit Neuestem Mitglied im Aufsichtsrat der Oper.«

Es war keine zusammenhanglose Bemerkung, wie ein Außenstehender vielleicht annehmen würde. Abgesehen davon, dass Olivia Shore eine der erfolgreichsten Mezzosopranistinnen der Oper war, war sie außerdem die Frau von Thad Owens, Clints ehemaligem Ersatz-Quarterback bei den Chicago Stars und inzwischen einer seiner engsten Freunde. Rory richtete ihre Aufmerksamkeit wieder auf Brett. »Haben Sie mit Thad gesprochen?«

Er nickte. »Er und die Kinder sind auf Tour mit Olivia, und er hat nichts von Clint gehört.«

Sie betrachtete die Bücherregale, zweifellos enttäuscht über die Entdeckung, dass sie tatsächlich Bücher enthielten und keine Tiergeweihe. »Ich möchte mit Karloh Cousins reden. Können Sie das arrangieren?«

Er erkannte seine Gelegenheit. »Vielleicht.«

»Was heißt das?«

»Ich habe ein paar Bedingungen.«

Ihre blauen Augen wurden schmal, und sie sah ihn misstrauisch an. »Ich werde kein zweites Mal mit Ihnen schlafen.«

»Das war auch keine Einladung.« Obwohl, wenn die Dinge anders lägen – wenn Rory nicht so kratzbürstig wäre, wenn er nicht nüchtern wäre und vor allem wenn sie nicht Clints Schwester wäre –, käme er mehr als nur ein bisschen in Versuchung, die Nacht zu wiederholen. Ihr verdrehter Sinn für Humor und ihr Mangel an persönlichen Eitelkeiten waren interessant. Und ihre Weigerung, ihn ernst zu nehmen, war zu einer Herausforderung geworden. »Clint ist momentan in keiner guten Verfassung«, sagte er, »und unter den gegebenen Umständen wird er wahrscheinlich eher mit Ihnen reden.«

»Ich fasse es nicht! Er ist sauer auf Sie, Captain Superagent? Was haben Sie angestellt? Ich bin schon sehr gespannt, das zu hören.«

Sie war scharfsinnig, das musste er ihr lassen. Er musterte sie von oben herab, eine bewährte Einschüchterungstaktik, obwohl Rory so selbstzufrieden wirkte, dass er bezweifelte, ob es funktionierte. »Ich habe nicht gesagt, dass er sauer auf mich ist.«

»Alter, Sie können vielleicht Ihren Klienten was vormachen, aber ich durchschaue Ihre schmierige, verlogene Art sofort.«

»Ich bin weder schmierig noch verlogen«, erwiderte er. »Und alles, was zwischen einem Berater und seinem Klienten passiert, ist streng vertraulich.« Nicht ganz wahr, aber ihr Verhalten ärgerte ihn.

»So ein Pech, denn diese Partnerschaft hat keine Zukunft ohne gegenseitiges Vertrauen.« Sie schnappte sich eine Ausgabe der *Sports Illustrated* mit Clint auf dem Cover. Die Zeitschrift lag auf einem hässlichen Tisch aus Beton, an dem Brett sich ständig die Schienbeine stieß.

Er wägte das Für und Wider ab, ob er ihr die Wahrheit sagen sollte, und da er ihr Geheimnis kannte, kam er zu dem Schluss, dass er nichts zu verlieren hatte. »Ich fand Ashleys Motive von Anfang an verdächtig. Sie war es gewohnt, dass die Männer ihr reihenweise zu Füßen lagen, und es hat ihr nicht gefallen, dass ihr Charme an mir abprallte.«

»Sie hat Sie bei Clint schlechtgemacht.«

Rory entging wirklich nicht viel.

»Davon gehe ich aus, aber das war nicht das Problem. Bedauerlicherweise habe ich versucht, ihn vor ihr zu warnen.«

»Nach meinen Erfahrungen zu urteilen, hat er es nicht gut aufgenommen.«

»Er war stinksauer. Eine der obersten Regeln für einen guten Berater ist, niemals die Freundin, Frau oder Mutter eines Klienten zu kritisieren. Selbst als Ashley ihn sitzen ließ, wollte er mir nicht verzeihen. Er hat mich sogar beschuldigt, ich hätte versucht, Ashley freizukaufen.«

»So etwas würden Sie nicht tun.« Sie zögerte kurz. »Oder?«

»Ich verhalte mich niemals unmoralisch.«

»*Ha!*« Sie klatschte die Zeitschrift mit der Rückseite nach oben auf den Tisch. »Sie haben gesagt, ich sei *bezaubernd*. Das war unmoralisch!«

»Das war manipulativ, nicht unmoralisch.«

Sie lachte, was sie sogar noch sympathischer machte. Der Umgang mit Rory Garrett war knifflig. Sobald Clint erfuhr, dass seine Schwester schuld war am Scheitern seiner Beziehung, war Brett fein raus. Aber was, wenn sie beschloss, ihrem Bruder nicht die Wahrheit zu sagen? Sosehr Brett die Vorstellung auch widerstrebte, aber dann musste er das wohl selbst übernehmen. Für ihn stand zu viel auf dem Spiel.

Er ließ sich in einen kantigen Ledersessel sinken, der schick aussah, aber höllisch unbequem war. »Es gibt ein wiederkehrendes Muster, wenn im Leben eines Klienten

Probleme auftreten. Es ist immer einfacher, dem Berater die Schuld zu geben, statt persönlich Verantwortung zu übernehmen.«

»Clint hasst es, im Unrecht zu sein, und jetzt schmollt er, weil Sie recht hatten.« Sie setzte sich auf einen bequemeren Polstersessel ihm gegenüber. »Er ist ein verwöhnter Bengel. Das hätte ich Ihnen gleich sagen können. Mein Brüderchen ist es nicht gewohnt, dass ihm jemand widerspricht.«

Clint mochte dickköpfig sein, aber er war weder verwöhnt noch ein Bengel. Er war ein vollendeter Profi und normalerweise vernünftig, weshalb Brett gedacht hatte, er könnte mit ihm offen über Ashley reden. »Interessant, nicht wahr, dass wir beide uns in Schwierigkeiten gebracht haben, weil wir es gut mit ihm meinten.«

»Bloß, dass er mit mir noch redet«, bemerkte Rory spitz. »Oder zumindest würde er mit mir reden, wenn er ans Telefon ginge.« Ihre leuchtend blauen Augen nahmen einen berechnenden Ausdruck an. Er wartete, um zu sehen, was sie in ihrem hübschen Köpfchen ausgebrütet hatte, und tatsächlich … »Selbst wenn Sie Clint aufspüren, können Sie nicht sicher sein, ob er mit Ihnen sprechen wird. Oder schlimmer noch, ob er Sie nicht auf der Stelle feuern wird.«

Rory hatte recht. »Schon möglich.«

Sie streifte ihre Sandalen ab, zog ihre Füße hoch und kreuzte ihre Beine im Sessel. »Sieht so aus, als wäre ich Ihre beste Chance, um wieder mit ihm, äh, zusammenzukommen.«

»Ein perfektes Beispiel dafür, wie ungerecht das Leben

sein kann.« Er beugte sich vor und stützte seine Arme auf seine Oberschenkel. »Ich muss versuchen, die Wogen zu glätten, bevor er sich noch mehr reinsteigert.« Und bevor der Python dahinterkam, dass Brett einen Fehler gemacht hatte.

»Dann wollten Sie gestern, als Sie zu Clint rausgefahren sind, um Gnade winseln?«

»Genau.«

Sie war sehr gut darin geworden, süffisant zu grinsen. »Sie haben es wirklich verkackt, als Sie ihm die Wahrheit gesagt haben.«

Er legte seinen Kopf schief. »Im Gegensatz zu Ihnen, die den rechten Weg gegangen ist, indem Sie behauptet haben, er würde auf seine eigenen Spiele wetten?«

Sie zuckte zusammen. »Wenn wir ihn finden, sind Sie noch nicht aus dem Schneider. Sie brauchen jemanden, der Ihnen hilft, den Bruch zu kitten. Jemanden, der Clint verdeutlicht, dass Sie in seinem besten Interesse gehandelt haben. Der ihn im Grunde davon überzeugt, erwachsen zu werden und Sie nicht länger zu ächten.«

Sie hatte den Nagel auf den Kopf getroffen.

»Ich bin nicht der Einzige, der ein Problem hat.«

Sie musterte ihn misstrauisch.

Er streckte seine Beine aus, was nichts bewirkte, um den Sessel bequemer zu machen. »Wenn Sie Ihr von Schuld zerfressenes Gewissen erleichtern wollen, müssen Sie ihn ebenfalls finden, damit Sie Ihre Beichte ablegen können. Doch dafür brauchen Sie mich und meine Kontakte, richtig?«

»Unnötig direkt, aber wahr.«

Keiner von ihnen nannte das größere Problem beim Namen. Je länger Clint verschwunden war, umso verdächtiger machte er sich bei der Polizei.

»Lassen Sie uns eine Abmachung treffen«, sagte Brett. »Ich helfe Ihnen mit meinen Kontakten, und Sie helfen mir, Clints Gunst zurückzugewinnen.«

Sie entfaltete ihre Beine und stand auf. »Ich weiß nicht, ob ich das kann.«

»Ich bin sicher, Sie können das, wenn Sie sich Mühe geben.« Er war nicht sicher, aber er brauchte jede Hilfe, die er kriegen konnte, um zu verhindern, dass er seinen Klienten verlor und damit auch die stellvertretende Geschäftsführung, die ihm zustand.

Sie wandte sich von einem langweiligen Bild ab, das eine rostige Ölkanne zeigte und sein Innenausstatter empfohlen hatte, weil es dem Raum angeblich eine ausgefallene moderne Note verlieh. »Wenn wir zusammenarbeiten, benötigen wir ein paar Regeln. Insbesondere die, dass Sie alle unsere Unkosten übernehmen.«

»Einverstanden.« Er stand von seinem Sessel auf. »Und Sie versprechen mir, dieses Hemd nie wieder in meiner Gegenwart zu tragen.«

»Was ist daran verkehrt?«

»Es verursacht Augenkrebs.«

»Meinetwegen. Und jetzt bringen Sie mich zu Karloh Cousins.«

Am nächsten Morgen, als Rory die sechs Blocks vom Bahnhof Sedgwick zu Karloh Cousins' Villa in Chicagos Altstadt zu Fuß zurücklegte, wanderten ihre Gedanken hin und her zwischen Ashley und Clint und ihrer Jobmisere und ihrem Kontostand und dem Bußgeld, das sie nicht bezahlen konnte. Während sie von einem Problem zum nächsten hüpften, würde Rory am liebsten die Welt lange genug anhalten, um sich zu sammeln.

Sie erreichte ihr Ziel im selben Moment, als Brett Rivers in seinem Luxusschlitten vorfuhr. Sie beobachtete, wie er ausstieg, geschmeidig und souverän, ein Mann ohne jedweden Selbstzweifel. Ihr Groll kam sofort wieder hoch, selbst als sie wahrnahm, wie seine dunklen Haare in der Sonne glänzten und glitzerten, so vollgegelt, wie sie waren. Am liebsten würde sie ihn in ein löchriges T-Shirt und eine ausgebeulte Jeans stecken. Ungefähr so, wie er gestern Abend gekleidet war, bloß dass sein T-Shirt keine Löcher hatte und die ausgebeulte Jeans eine figurbetonte kurze Sporthose gewesen war.

Er begrüßte sie mit einem finsteren Blick. »Was ist? Warum starren Sie mich so an?«

»Ich versuche gerade, Ihre satanischen Merkmale zu finden. Eine Frage: Verzichten Sie auch mal auf Haargel?«

»Ernsthaft? *Sie* kritisieren *meine* Frisur?« Er ging an ihr vorbei zu Cousins' Tür und drückte auf die Klingel.

Sie streifte ein paar zügellose Locken hinter ihre Ohren. Die Tür wurde geöffnet, und der Riese hinter der Schwelle streckte seine Hand vor. »Es ist der River. Wie geht›s dir, Mann?«

Rorys Blick schnellte von dem Basketballspieler zu Rivers. *Der River*? Er hatte sogar einen erstklassigen Spitznamen. Der einzige Spitzname, den sie jemals hatte, war Pudelkopf.

»Karloh, danke, dass du Zeit für uns hast.« Brett deutete auf sie. »Das ist Rory Garrett, Clints Schwester. Kümmere dich nicht um ihre Aufmachung. Sie ist farbenblind.«

Nicht nur hatte er gestern ihr Hawaiihemd kritisiert, nun hatte er auch noch etwas gegen ihre grüne Bluse mit dem purpurroten Oktopusmuster und den Puffärmeln, zu der sie eine ganz gewöhnliche Schlaghose aus den Siebzigern und ihre Lieblingsespadrilles trug. Offenbar fand er, dass Frauen sich so konservativ kleiden sollten wie er selbst, ein weiterer Minuspunkt für ihn.

»Kommt rein.« Ashleys letzter Freund war groß – sehr groß. Er war außerdem glatt rasiert und muskulös, mit zwei Riesenpranken und beneidenswerten Rastazöpfen. Neben ihm kam Rory sich vor wie eine Elfe.

Er führte sie und Brett durch das Atrium in ein Wohnzimmer mit Glaswänden. Als er einladend auf zwei überdimensionierte weiße Ledersofas zeigte, überlegte Rory, ob sie nach einem Kindersitz fragen sollte.

»Die Polizei war bereits hier.« Cousins ließ seinen Kopf in seine Hände fallen. »Ich kann nicht glauben, dass Ashley tot ist.«

Rory setzte sich ganz vorn auf den Rand der Couch, sodass ihre Füße noch den Boden berührten. »Ich weiß, dass sie wirklich gern mit dir zusammen war.« *Und mit deinem Geld.*

Er hob den Kopf, und seine Zöpfe streiften über seine Schulter. »Für eine Weile war es ganz lustig mit ihr.«

»Wann hast du das letzte Mal mit ihr gesprochen?«, fragte Brett.

»Vor zwei Tagen, an dem Morgen, als sie gestorben ist, wie ich den Cops schon gesagt habe. Unser Team war auf dem Rückflug von einem Spiel gegen die Houston Rockets, und ich habe sie vom Flugzeug aus angerufen.«

»Du hast ein gutes Spiel gemacht«, sagte Brett.

»Jeder Wurf ein Treffer.«

Rory wollte nicht über Basketball reden, obwohl sie sich vorgenommen hatte, ein Bild von Cousins in seinem Vereinsdress zu suchen. »Kannst du uns sagen, worüber du mit Ashley gesprochen hast?«

Er verlagerte sein langes Gestell auf der Couch. »Hauptsächlich darüber, was wir am Abend machen sollen, aber dann hat sie von Clint angefangen und davon, dass er sie ständig mit Geschenken überhäuft hat. Das hat mich abgefuckt, weil es so klang, als würde ich sie nicht genug verwöhnen. Sie hat aber schnell gemerkt, dass ich sauer wurde, also versuchte sie mir weiszumachen, dass Clint ein totaler Loser wäre verglichen mit mir, dass er auf Spiele wettete und dass ihm eine Sperre in der Liga drohte. Ich habe ihr gesagt, dass die Person, die so was behauptet, sie total verarscht hat und dass Clint absolut sauber ist, der Letzte in der gesamten NFL, der sich auf Glücksspiele und Wetten einlassen würde.«

Rory spürte ein mulmiges Gefühl im Magen. Das war genau das, was sie befürchtet hatte. Karloh hatte unwissentlich ihre Lüge entlarvt.

Brett warf ihr einen kurzen Blick zu. »Wie hat Ashley darauf reagiert?«

»Sie hatte es plötzlich furchtbar eilig und wollte auflegen, und da war mir klar, dass sie mir die ganze Zeit etwas vorgespielt hat. Ich hatte immer den Verdacht, dass sie über Garrett nicht richtig hinweg war. Ich hab noch am Telefon mit ihr Schluss gemacht, und es schien ihr am Arsch vorbeizugehen. Jetzt ist sie tot. Mann, hätte ich geahnt, was passieren würde, wäre ich nicht so knallhart mit ihr umgesprungen.«

Rory vollzog im Geiste den zeitlichen Ablauf nach. Karloh hatte an jenem Morgen mit Ashley gesprochen, wahrscheinlich während Rory ziellos durch ihr Viertel und durch Lincoln Square gewandert war und überlegt hatte, wo sie einen anständig bezahlten Job finden konnte. Sie war nicht in ihre Wohnung zurückgekehrt, bevor sie nach Burr Ridge aufbrach, also hatte Ashley jede Menge Zeit, um ihr einen Denkzettel zu verpassen, indem sie die Handtasche zerstörte und anschließend zu Clint fuhr. Aber wie war sie dort hingekommen ohne ihren Wagen? Und hatte Clint gewusst, dass sie im Anmarsch gewesen war?

Brett musste irgendwelche Dinge abarbeiten und Leute zurückrufen, und er hatte keine Lust, Rory zu einem Besuch bei Kristin Garrett zu begleiten. Sie standen in Karlohs Einfahrt und diskutierten darüber. »Es besteht kein Grund, dass ich mitkomme«, sagte er. »Sie wissen ja bereits, dass Clint sich nicht bei ihr gemeldet hat.«

»Sie sind Clints Berater. Sie haben die Verantwortung, Kristin auf dem Laufenden zu halten.«

»Worüber? Ich habe keine Informationen, die Sie nicht auch haben.«

»Sie werden ihr andere Fragen stellen als ich. Sie haben eine andere Perspektive.«

Er musterte sie misstrauisch. »Sie wollen keine andere Perspektive. Sie wollen eine Mitfahrgelegenheit, weil Sie fürchten, dass Ihre rußende Rostlaube die Strecke nicht schaffen wird.«

»Sie haben mich durchschaut.« Besser, er glaubte das, als dass er wusste, wie sehr es ihr widerstrebte, mit ihrer Stiefmutter alleine zu sein. Wenn Brett dabei war, würden sie und Kristin sich nicht gegenseitig an die Gurgel gehen. Rory wunderte sich, dass die Polizei Kristin erlaubte, in Clints Haus zu wohnen, aber Kristin hatte ihre Methoden.

»Wie wäre es, wenn ich für Sie einen Leihwagen organisiere?«, sagte Brett.

»Wie wäre es, wenn Sie mich einfach dorthin fahren? Wir sind ein Team, schon vergessen?«

Sie setzte sich durch, aber ihr Teampartner verbrachte den größten Teil der Fahrt mit einem Bluetooth-Kopfhörer in seinem Ohr und telefonierend mit Klienten. Zwischendurch bestellte er ein Blumengesteck im Wert von dreihundert Dollar für jemanden namens Sophie, samt einer Karte mit dem Text *Danke für den tollen Abend.*

»Abend? Nicht Nacht?«, fragte sie, als er fertig war. »Sie lassen nach. Und nur schlappe dreihundert Dollar? Schämen Sie sich.«

Er bog das Mikrofon nach unten. »Finden Sie nicht, es ist Zeit, dass wir die Vergangenheit hinter uns lassen?«

»Ein Menschenleben würde nicht reichen, um das hinter uns zu lassen.«

»Ich frage mich, was für eine Strafe darauf steht, wenn man eine Leiche auf der Schnellstraße entsorgt.«

Sie lächelte, dann wurde ihr bewusst, dass sie in letzter Zeit nur noch in seiner Gegenwart lächelte, ein deprimierender Gedanke, der jegliche Belustigung fortwischte. »Ihre Hände bleiben schön am Lenkrad.«

»Erzählen Sie mir mehr von dem Debakel, das Sie dazu verleitet hat, sich mit dem verantwortungslosen Jon einzulassen und nun mit einem leeren blauen Foodtruck verschuldet dazustehen.« Der Verkehr wurde stärker, und Brett schaltete den Tempomat aus.

»Zunächst einmal ist es ein *türkisfarbener* Foodtruck, außerdem hatten Jon und ich nie was miteinander. Wir waren nur Freunde. *Waren.*« Einem Erfolgsmenschen wie Brett Rivers von ihrem mangelhaften Geschäftssinn zu berichten, erschien ihr nicht besonders unterhaltsam für die restliche Fahrt, aber da dies kein Vergnügungsausflug war, begann sie zu erzählen.

»Jon hat den Foodtruck auf eBay entdeckt und mich davon überzeugt, seine Geschäftspartnerin zu werden. Mit einem Foodtruck hat man niedrige Fixkosten und kann anständiges Geld verdienen. Ich brauchte einen Neuanfang, und der Verkauf von Süßwaren schien einen ungefähren Bezug zu dem zu haben, was ich wirklich machen wollte.«

Er nickte. »Mit dem Verkauf von Pralinen Ihr Geld zu verdienen.«

»Mit dem Verkauf von *hochwertigen* Pralinen. Mit Spezialitäten, die ich nach meinem eigenen Rezept herstelle.«

»Ich kann bezeugen, wie gut Sie darin sind.«

Es stimmte. Sie war gut. Wenn sie mit Techniken und Geschmacksprofilen herumexperimentierte, verlor sie jegliches Zeitgefühl. Statt einfach nur Raum auf dem Planeten einzunehmen, brachte sie dem Universum etwas Schönes. Aber Brett schätzte nur Dinge, die viel Profit abwarfen, und er würde es nicht verstehen. »Ich habe meine ganzen Ersparnisse geopfert und losgelegt«, sagte sie.

»Aber es lief nicht wie geplant.«

»Jon hat versäumt, die sehr strengen Vorschriften für Foodtrucks in Chicago zu berücksichtigen, und ich habe versäumt, seine generelle Unzuverlässigkeit zu berücksichtigen. Der Wagen machte ständig Probleme, und Jon hat die Auflagen der Stadt missachtet. Er überzog die erlaubte Standzeit von vier Stunden oder parkte zu nah an Läden mit einem gastronomischen Angebot. Die erste Strafe betrug gut tausend Dollar, die zweite kostete uns das Doppelte. Er hat den Foodtruck an dem Abend ausgeräumt, bevor Ashley am nächsten Tag starb, und sich aus dem Staub gemacht. Mich hat er großzügigerweise sitzen gelassen, mit dem Bußgeldbescheid und ohne Verkaufsware.«

»Das hätten Sie kommen sehen müssen.«

»Genau die Art von Einsicht, die erklärt, warum Sie einen Haufen Kohle verdienen und ich nicht.«

Er wusste nicht, über wen er sich mehr ärgerte, über sie, weil sie so naiv gewesen war, oder über Jon, weil er ein Drecksack erster Güte war. »Sie werden sich in Zukunft klüger anstellen.«

»Das bezweifle ich.« Sie sah aus dem Fenster und betrachtete die Reklametafeln, die vorbeiflogen. »Falls Sie es noch nicht bemerkt haben, in meiner Familie hat nur einer die ganze Intelligenz abbekommen, und das bin nicht ich.«

Er empfand tatsächlich Mitleid mit ihr. »Jeder macht mal Fehler.«

Ihr Kopf fuhr herum. »Hören Sie sofort auf! Der River kennt keine Milde mit jemandem, der so viele Fehler gemacht hat wie ich.«

Er stieß ein tiefes Seufzen aus. »Selbst einem Mistkerl wie mir fällt es schwer, jemanden zu treten, der schon am Boden liegt.«

»Ich weiß Ihre Zurückhaltung zu schätzen.«

Er warf einen kurzen Blick zu ihr. »Sie wissen, dass Clint Ihnen jederzeit aus der Patsche helfen würde.«

»Nur über meine Leiche. Ich regle das selbst.«

Ihre Antwort überraschte ihn nicht. Sie besaß denselben sturen Stolz wie ihr Bruder. Er nahm die Auffahrt zur Interstate 55 und fädelte in den Verkehr ein. »Wie lautet Ihr Plan?«

»Clint finden, mein Gewissen erleichtern und mir so schnell wie möglich einen Job besorgen. Etwas Befristetes, das hoffentlich gut bezahlt ist.«

»Und trotzdem haben Sie auf diese fünfhundert Dollar verzichtet.« Wenn er sich schon wie ein Arsch benahm, konnte er auch genauso gut aufs Ganze gehen. »Habe ich das richtig in Erinnerung, dass Sie an der Innenseite Ihres linken Oberschenkels ein kleines Muttermal haben?«

Er wappnete sich gegen einen Schlag von ihr. Irgendwie wünschte er sich sogar, dass sie ihn ohrfeigte, weil es der perfekte Abschluss von zwei beschissenen Tagen wäre, aber sie enttäuschte ihn. »Ich glaube, Sie verwechseln mich mit einer der vielen Hundert anderen Dirnen, die Sie flachgelegt haben so wie mich.«

»Zuerst waren Sie ein Flittchen, und jetzt sind Sie gleich eine Dirne? Sie haben wirklich keine hohe Meinung von sich selbst.«

»Eine *betrunkene* Dirne.«

»Ich glaube kaum, dass eine knappe Stunde gemeinsamen Vergnügens Sie gleich zu einem Flittchen oder einer Dirne macht.«

»Ich habe feste Prinzipien.«

Die hatte er auch. Oder zumindest dachte er immer, er hätte welche. Als er vor einer Baustelle vom Gas ging, musste er an die Pasta denken, die sie für Claudia, die obdachlose Frau, gekocht hatte. Das Beste, was er seit Wochen gegessen hatte. »Warum gründen Sie keinen Cateringservice oder arbeiten als Privatköchin, statt Pralinen herzustellen? Damit könnten Sie mehr Geld verdienen.«

»Weil ich eine Chocolatière bin und kein Caterer oder eine Köchin. Aber sollten Sie jemals das eine oder das andere benötigen, tue ich Ihnen gern den Gefallen und übernehme den Job. Allerdings sollten Sie von vornherein wissen, dass ich nur die besten Zutaten verwende und sehr teuer bin.«

Keine neue Information. Sie kostete ihn bereits seinen Seelenfrieden.

KAPITEL 6

Kristin erschien an der Tür, bevor die zweite Runde von »Hail to the Victors« zu Ende ging. Ihr bloßer Anblick machte Rory nervös. Eigentlich sollte Kristin Fangzähne haben und schwarz gefärbte Haare statt eine blonde Bobfrisur mit professionell gemachten Strähnchen. Und ein düsteres Schwarz würde besser zu ihrer Persönlichkeit passen als diese smaragdgrüne Langarmbluse und die blütenweiße Caprihose, die Rory beim Kochen in kürzester Zeit bekleckern würde.

Kristin sah aus wie die straffen blonden Society-Ladys, die auf Bildern von Wohltätigkeitsveranstaltungen auftauchten. In Wirklichkeit war sie Mitglied in der League of Women Voters und arbeitete ehrenamtlich in einem Tierheim, aber sie hätte auch als eine Dame aus höheren Kreisen durchgehen können. Oder als eine »Real Housewife of Minneapolis«, hätte sie sich ihre Lippen aufspritzen und ihre Brüste vergrößern und ihre Haare verlängern lassen und mehr Make-up aufgetragen. Rory wünschte, ihre verkrampfte Stiefmutter wäre so ein genusssüchtiges Luxusweibchen. Das würde sie sympathischer machen.

Kristin war gestern Abend hier angekommen, und offenbar störte es sie nicht, in einem Haus zu übernachten, in dem ein Mord geschehen war, weil sie ihr normales kühles Ich war. »Brett, wie schön, Sie zu sehen.«

»Ich freue mich auch, Kristin.« Brett gab ihr höflich die Hand.

Für Rory gab es eine flüchtige Umarmung, die so schnell vorbei war, dass Rory sie kaum spürte. So wie Kristin ihre grün-rote Oktopusbluse musterte, dachte sie wahrscheinlich, sie wäre ansteckend.

»Rory, du hättest mir sagen sollen, dass du Brett mitbringst.« Sie trat zur Seite, um sie hereinzulassen. »Dann hätte ich uns was zu essen gemacht.«

»Lunch für Brett, aber nicht für mich?«

»Meine Küche wird deinen Ansprüchen doch nie gerecht.«

Das stimmte, Kristin war eine schreckliche Köchin. Rorys Kindheit war von ungenießbaren Aufläufen, verbrannten Hamburgern, verkochtem Gemüse und mehr Dessert-Verbrechen begleitet worden, also hatte sie die Zubereitung der Nachspeisen übernommen, als sie zehn war. »Brett hat sich im letzten Moment entschieden mitzukommen.«

»Das freut mich sehr.« Als Kristin durch den Flur voranging zur Küche, blieb Rory für einen Moment zurück, um den hochmütigen Engeln an der Decke erneut ihren Mittelfinger zu zeigen, was sie von der Vorstellung ablenkte, dass Ashley genau in diesem Foyer stand an dem Morgen, als sie starb.

»Wie wäre es mit einem Eistee?«, fragte Kristin und glitt hinter die Kücheninsel. »Den habe ich gerade frisch gemacht.«

»Gerne«, antwortete Brett.

»Nein, danke«, sagte Rory gleichzeitig.

Sie stellte ihre Strohtasche, die mit bunten Bastblüten und dem Wort »Nassau« bestickt war, auf die Anrichte. Kristin nahm sie wieder herunter, als wäre sie kontaminiert, und goss für Brett ein Glas Eistee aus einer bauchigen Kanne ein. »Rory schmeckt mein Eistee nicht, weil er ungesüßt ist. Also biete ich ihr Zucker an, aber das scheint keinen Unterschied zu machen.«

Rory hielt ihren Mund, obwohl doch jeder wusste, dass Zucker sich nur in heißem Wasser richtig auflöste.

Kristin gab Eiswürfel in das Glas, dessen Inhalt so schon verwässert aussah. »Ich bin nicht so wild auf Süßes wie Rory.«

Etwas, das sie nie versäumte zu erwähnen.

Sie fügte einen welken Minzzweig hinzu. »Ich hätte mir gewünscht, dass Rory später einmal Lehrerin wird.«

»Ich wollte nie Lehrerin werden.« Rory hörte einen Staubsauger irgendwo im Haus.

Kristin musterte sie kritisch. »Du kannst gut mit Kindern umgehen, und es wäre eine beständigere Karriere gewesen als in der Verpflegungsbranche.«

Verpflegungsbranche, als würde Rory ihr Geld damit verdienen, hinter der Warmhaltetheke einer Kantine Kartoffelbrei auszugeben, zugegebenermaßen eine bewundernswertere Karriere, als durch das Bedienfenster eines Foodtrucks Skittles auszugeben.

»Warum setzen wir uns nicht raus auf die Terrasse?« Kristin gab Brett seinen Eistee.

Das Ausmaß an Gefühllosigkeit, das ihre Stiefmutter offenbarte, versetzte Rory immer wieder in Staunen. »Du weißt aber schon, dass wir dort Ashleys Leiche entdeckt haben.«

»Wir können schlecht aufhören, die Terrasse zu nutzen, nur weil dort ein Unglück geschehen ist.«

»*Unglück* ist ein bisschen untertrieben, findest du nicht auch?« Das war genau der Grund, warum Rory Brett dabeihaben wollte – um nicht auf das Niveau herabzusinken, auf das sie gerade gesunken war.

Kristin stieß ein genervtes Seufzen aus. »Also gut, Rory. Wo möchtest du dich hinsetzen?«

Der arschkriechende Sportagent mischte sich ein. »Draußen ist schon in Ordnung. Wir setzen uns auf die andere Seite der Terrasse.«

»Geht ruhig.« Rory wandte sich in die Richtung, aus der das Staubsaugergeräusch kam. »Ich möchte mit der Haushälterin reden.«

»Die Polizei hat bereits mit ihr gesprochen«, sagte Kristin.

Rory ignorierte den Einwand und überließ Jerry Maguire und die böse Stiefmutter sich selbst, während sie dem Geräusch des Staubsaugers ins Untergeschoss folgte, wo sie in einem großen Heimkino mit holzvertäfelten Wänden und einer engelfreien Kassettendecke landete. Eine Kombination aus Sesseln und Sofas stand vor der großen Leinwand, unter der ein länglicher Kamin mit einer dunklen Glasfront eingebaut war.

Die Haushälterin war dieselbe Frau, die Rory vor zwei Tagen im Gespräch mit der Polizei gesehen hatte. Sie schien ungefähr in Rorys Alter zu sein: schlank, lange braune Haare, die zu einem schlampigen Top Knot aufgesteckt waren, schwarzes T-Shirt und enge Jeans. Sie schaltete den Staubsauger aus und sah Rory misstrauisch an. »Kann ich Ihnen helfen?«

»Ich bin Rory, Clints Schwester.«

Die Frau war nur ganz dezent geschminkt – ein bisschen Lipgloss –, aber mehr brauchte sie auch nicht. »Ich bin Gabby.«

Der Teppich war so weich und plüschig, dass er zu einem Nickerchen einlud, was Rory viel lieber tun würde, als Detektiv zu spielen. »Ich weiß, Sie haben bereits mit der Polizei gesprochen, aber darf ich Ihnen trotzdem ein paar Fragen stellen?«

Gabby musterte Rorys Oktopusbluse. »Ich kann Ihnen nicht mehr sagen.«

Rory hockte sich auf die Armlehne des Sessels, der am nächsten stand, und versuchte, die Haushälterin zu beruhigen, indem sie ihre Haltung und ihre Fragen lässig erscheinen ließ. »Arbeiten Sie schon lange hier?«

»Seit zwei Jahren. Ich komme viermal in der Woche.«

»Gefällt Ihnen der Job?«

Gabby nickte. »Clint ist der beste Chef, den ich jemals hatte.«

Und auch der großzügigste, wie Rory annahm. »Wissen Sie, wer alles einen Schlüssel für das Haus hat?«

»Ein paar Freunde von ihm, die hier öfter übernachten, wenn er weg ist. Vielleicht noch ein paar Handwerker. Das habe ich der Polizei alles schon gesagt.«

»Sind Sie Ashley jemals begegnet?«

Gabbys Mundwinkel spannten sich. »Sie und Clint

haben ein paarmal zusammen gefrühstückt, als ich morgens kam. Ich glaube nicht, dass sie mich überhaupt wahrgenommen hat.«

Sie hatte Ashley nicht gemocht. War es, weil Ashley sie ignoriert hatte oder weil Gabby grundsätzlich keine Frauen mochte, die Clints Aufmerksamkeit beanspruchten? »An dem Tag, als Ashley starb, konnte ich das Haus betreten, ohne dass eine Alarmanlage losging. Gibt es hier keine?«

»Doch, aber Clint schaltet sie selten ein. Obwohl ich ihm immer wieder sage, dass er vorsichtiger sein soll. Er gibt mir zwar recht, vergisst es dann aber wieder. Er hält sich für unverwundbar.«

Gabby klang ganz wie eine Frau, die den Mann gernhatte, über den sie sprach. »Haben Sie eine Ahnung, wo er sein könnte? Hat er was von einer Reise erwähnt? Fehlen vielleicht Koffer?«

»Zu mir hat er nichts davon gesagt, dass er verreisen möchte. Auf seine Koffer habe ich nie geachtet, und er könnte überall hin sein.« Sie beschäftigte sich damit, das Staubsaugerkabel glatt zu ziehen.

Rory war kein Detective Strothers, aber sie hatte das Gefühl, dass Gabby etwas verheimlichte. »Sie wissen, dass die Polizei nach ihm sucht.«

»Ich weiß nicht, wo er ist«, sagte sie stur.

»Aber Sie haben eine Idee, nicht wahr?«

»Er hat ihr nichts getan!«, stieß sie plötzlich hervor. »So was sieht ihm nicht ähnlich.«

»Sie und ich wissen das, aber die Polizei muss erst noch überzeugt werden.« Rory stand von der Armlehne auf und sah der Haushälterin in die Augen. »Wenn er Ihnen etwas bedeutet, sagen Sie mir, wo er ist, damit ich ihn als Erste finde.«

Gabby schaltete den Staubsauger wieder ein. »Ich muss weitermachen.«

Mehr würde Rory nicht aus ihr herausbekommen. Sie ging hinüber zu einer abgerundeten Glaskonsole und schrieb ihre Telefonnummer auf den Chicago-Stars-Notizblock, der dort lag. Als sie Gabby den Zettel gab, erhob sie ihre Stimme, um den Staubsauger zu übertönen. »Wenn Sie sich entscheiden, dass Sie mir vertrauen können, rufen Sie mich an.«

Gabby stopfte den Zettel in die Gesäßtasche ihrer Jeans, ohne einen Blick darauf zu werfen, und wandte sich mit dem Staubsauger in Richtung Leinwand. Rory kam bis zur Tür, als der Staubsauger verstummte. »Er hat eine Hütte«, sagte Gabby.

»Eine Hütte?«

Gabby rieb ihren Arm. »Manchmal habe ich Kreditkartenbelege oder Visitenkarten aus einem Ort namens Ludlow in Michigan gefunden. Vielleicht ist die Hütte in der Nähe. Keine Ahnung.«

»Eine Adresse haben Sie nicht?«

Gabby schüttelte den Kopf.

»Rufen Sie mich an, falls Sie sie finden.«

Gabby antwortete mit einem kurzen Nicken.

»Hütte? Clint besitzt keine Hütte.« Kristin schenkte ihr den gleichen herablassenden Blick, den Rory tausendfach in ihrer Kindheit und Jugend gesehen hatte.

»Du willst nicht wirklich so rumlaufen.«

»Schon wieder ein Liebesroman? Dein Gehirn wird verfaulen.«

»Natürlich, du weißt ja schon alles. Wozu also weiterstudieren?«

Und dann: *»Und wie willst du einen eigenen Pralinenladen eröffnen, wenn du kaum deine Miete bezahlen kannst?«*

Rory war zu Kristin und Brett auf die Terrasse hinausgegangen, wo die beiden an einem weißen Gartentisch miteinander plauderten. Brett hatte sich auf seinem Stuhl zurückgelehnt und saß entspannt da, und die Marchand-Uhr an seinem Handgelenk schimmerte, starke Hände ohne einen Ring. Er konnte unmöglich so selbstsicher sein, wie er nach außen hin wirkte.

Es war bereits heiß, und Rory wünschte, sie hätte den Eistee nicht abgelehnt, ob gesüßt oder ungesüßt. Kristin stellte ihre Beine nebeneinander, und als Rory ihr gegenüber Platz nahm, bemerkte sie verblüfft ein filigranes Goldkettchen am Fuß ihrer Stiefmutter, an dem ein winziges Unendlichkeitszeichen baumelte. Die Unstimmigkeit zwischen Kristin, einer konservativen, einundfünfzigjährigen Frau aus der Vorstadt, und dem Fußschmuck, den sie trug, war so groß, dass Rory in der Unterhaltung kurzzeitig den Faden verlor.

»Die Vorstellung ist absurd«, sagte Kristin zu Brett. »Hätte Clint sich eine Hütte gekauft, hätte er das erwähnt.«

Offenbar erzählt der Goldjunge seiner Mami nicht alles. Rory löste ihren Blick von der Fußkette. Drüben am

Zaun stutzte ein Gärtner die Sträucher. »Vielleicht nutzt er sie als eine Art Rückzugsort.«

Kristins Hand umfasste ihr Glas und ließ die schmelzenden Eiswürfel tanzen. »Würde er einen Rückzugsort brauchen, würde er nach Hause kommen.«

Rory widerstand dem Bedürfnis, sämtliche Gründe aufzuzählen, warum Clint das nicht tun würde, angefangen bei Kristins erdrückender Art. »Gabby hat keine Adresse«, sagte sie. »Aber die Hütte könnte in der Nähe von Ludlow sein, das ist in Michigan.«

»Es gibt keine Hütte«, beharrte Kristin. »Ich kenne meinen Sohn besser als diese Haushälterin.«

»Vielleicht nicht so gut, wie du denkst.« Rory hatte erneut ihren Vorsatz gebrochen, freundlich zu bleiben, und Brett, aalglatt wie immer, unterbrach sie.

»Was haben Sie sonst noch erfahren?«

Der Gärtner legte seine Heckenschere auf den Boden und sah zur Terrasse. Er war groß und muskulös. »Dass die Haushälterin wahrscheinlich in Clint verliebt ist.«

»Das hätte ich dir auch sagen können«, bemerkte Kristin. »Schließlich sehe ich seit Jahren, wie die Frauen sich reihenweise in Clint verlieben.«

»Absolut unwiderstehlich, mein Bruder.« Rory hörte ihren gereizten Unterton und wünschte, sie hätte den Mund gehalten. Brett betrachtete sie mitleidig. Sie war vierunddreißig und längst aus dem Alter heraus, in dem sie auf jede Bemerkung von Kristin anspringen musste, und es widerstrebte ihr, dass er diese unreife Seite von ihr zu sehen bekam.

»Ich verstehe das alles nicht«, sagte Kristin.

Brett stand vom Tisch auf. »Ich werde der Sache nachgehen. Versprochen.«

Rory korrigierte ihn. »*Wir* werden der Sache nachgehen.«

Nachdem Rory sich angeschnallt hatte, fragte sie ohne Umschweife: »Wann fahren wir nach Michigan?«

Brett schaltete die Zündung ein. »Wer sagt, dass wir nach Michigan fahren?«

»Oh, na gut. Soll die Polizei ihn zuerst finden.«

Brett legte den Rückwärtsgang ein und checkte den Touchscreen im Armaturenbrett, als er in der Einfahrt wendete. »Schon erstaunlich, wie viel Mühe Sie auf sich nehmen für einen Bruder, den Sie scheinbar jahrelang gemieden haben.«

Sie nahm ihre mit Strasssteinen verzierte Sonnenbrille in Katzenaugenform aus ihrer Tasche. »Wenn ich dazu beitrage, seinen Namen reinzuwaschen, kann ich auch mein Gewissen reinwaschen.«

Er schaltete in den Vorwärtsgang und rollte aus der Einfahrt, an deren Ende er für eine schlanke Läuferin in einem Racerback-Top und pinkfarbenen Shorts bremsen musste, die an ihnen vorbeijoggte. Rory schaute der Frau hinterher. »Ich könnte auch so aussehen, wenn ich mit ihrem Körper geboren worden wäre. Und wenn ich die Motivation hätte, täglich zu laufen, die ich nicht habe.«

Er bog auf die Straße. »An Ihrem Körper ist nichts auszusetzen.«

»Wie Sie genau wissen, nachdem Sie zu viel davon

gesehen haben.« Sie schob ihre Sonnenbrille auf ihrem Nasenrücken hoch.

Der Teufel tanzte in diesen kühlen grauen Augen. »Meine Erinnerung ist verschwommen. Ich müsste ihn vielleicht noch mal in Augenschein nehmen.«

Sie starrte ihn an. »Soll das eine Anmache sein?«

»Warum sollte ich Sie anmachen?«

»Sagen Sie es mir.«

»Sie bilden sich Dinge ein.« Er schenkte ihr ein öliges Lächeln. »Ohne Sie beleidigen zu wollen, aber Sie sind keine Sophie.«

Rory musste an die Blumenbestellung für dreihundert Dollar denken, die er aufgegeben hatte. »Sie meinen Ihre Freundin, das Unterwäschemodel, das nebenbei kunstvolle Cocktails mixt und davon überzeugt ist, dass es eine zutiefst spirituelle Seite hat?«

»Sie kennen Sophie richtig gut.«

Rory lachte.

Er lächelte. »Sophie ist meine Tante, eine pensionierte Sportlehrerin, die Mah-Jongg spielt, täglich schwimmen geht und aufgehört hat, *Jeopardy!* zu schauen, nachdem der Moderator Alex Trebek gestorben ist.« Er hielt vor einem Stoppschild. »Erzählen Sie mir mehr von Ihrer Geschwisterrivalität mit Clint.«

»Es gibt keine Rivalität. Ich habe mich schon vor langer Zeit geschlagen gegeben.«

»Sie sind sechs Jahre älter. Ich sehe nicht, inwiefern Sie miteinander konkurrieren könnten.«

»Sie kennen doch Clint. Stellen Sie sich vor, Sie wachsen mit einem kleinen Bruder auf, der bereits in der Grundschule anfängt, Sie zu übertreffen. Clint war schon immer ein Überflieger – in der Schule, im Sport, in Sachen Beliebtheit bei den anderen. Kristin und mein Vater haben ihn natürlich vergöttert. Können Sie sich vorstellen, einen Bruder oder eine Schwester zu haben, die nie etwas falsch macht?«

»Nein. Ich habe vier jüngere Brüder, und die haben oft Mist gebaut.«

»Sie sind der Älteste. Das erklärt ihren krankhaften Ehrgeiz. Keine Schwestern?«

»Keine Schwestern. Unsere Mutter sagt, darum waren wir als Kinder so wild.«

»Ich kann mir nicht vorstellen, dass Sie als Kind wild waren.«

»Sehr wild.«

»Sie lügen. Niemand verändert sich so stark.«

»Alkohol. Drogen. Versuchter Mord. Ich habe nichts ausgelassen.«

»Lügner. Sie sind derjenige, der mit gutem Beispiel vorangehen musste, richtig?«

Er wirkte überrascht, dass sie das Offensichtliche erkannt hatte.

»Sie waren perfekt, so wie Clint. Wenn Ihre Brüder Mist gebaut haben, stellten Ihre Eltern Sie immer als Vorbild hin, was der Grund ist, warum alle vier heute jämmerliche Versager sind und Sie hassen.«

Sein Mundwinkel verzog sich. »Ein Feuerwehrmann, ein Buchprüfer, ein Marinesoldat und ein Lehrer an der Grundschule in Fresno, drei Blocks von dem Haus entfernt, wo wir aufgewachsen sind. So viel zu Ihrer Theorie.«

Sie gab sich noch nicht geschlagen. »Wahrscheinlich haben Sie in der zweiten Klasse angefangen, Ihre Haare nach hinten zu gelen.«

»Ich war zu beschäftigt mit meinem Haustierbetreuungsservice, um mir über mein Styling Gedanken zu machen.«

»Ein Haustierbetreuungsservice? Sie waren – wie alt? Sieben?«

»Ich hatte damals schon eine Schwäche fürs Geldverdienen. Ich habe auch die Grapefruits vom Nachbarsbaum verkauft, die auf unsere Seite des Zauns fielen, aber das war ein Saisongeschäft.«

»Sie sind mir unheimlich.« Sie berührte das Armaturenbrett. »Allerdings mag ich diesen Wagen. Was für Geschäfte haben Sie noch gemacht, als Sie ein Kind waren?«

»Ich habe an der Schule Snacks verkauft mit einem Aufschlag von fünfzig Prozent. Schon erstaunlich, was Kids bereit sind, für eine Flasche Mountain Dew zu bezahlen. In der sechsten Klasse dann mein erstes Start-up.«

»Sie haben Ihr eigenes Unternehmen gegründet?«

»Einen Laufburschenservice, dann eine Schülernachhilfe und einen Rasenmähdienst. Ich hätte noch mehr gemacht, aber ich spielte in mehreren Schulsportmannschaften. Das große Geld kam dann in der Highschool, als ich anfing, Sneakers zu verkaufen. Das habe ich während meiner Collegezeit beibehalten, was der Grund ist, warum ich mein Studium schuldenfrei abgeschlossen habe.«

»Ihre Eltern hätten Sie in eine Therapie stecken sollen. Wer hat so früh solche Ambitionen?«

»Ich entschuldige mich nicht dafür, dass ich ehrgeizig bin.« Als sie auf die Autobahn fuhren, drückte Brett das Gaspedal ein bisschen fester durch als nötig. »Setze dir ein Ziel und verfolge es. So habe ich Sie eine halbe Stunde nach unserem Kennenlernen ins Bett bekommen.«

Das konnte sie nicht durchgehen lassen. Sie schob ihre Sonnenbrille auf ihre Nasenspitze herunter und sah ihn über den Rand hinweg an. »Ich bin diejenige, die Sie ins Bett bekommen hat, nicht umgekehrt. Und wissen Sie, warum? Weil ich eine Frau bin, die sich nimmt, was sie will.« *Gewöhnlich das Falsche.* »Und an diesem Abend wollte mein betrunkenes Ich dummerweise Sie.«

Er flog an zwei Schwerlastern vorbei, die die beiden rechten Spuren blockierten. »Sie geben also endlich zu, dass Sie mich wollten.«

»Ich war suizidgefährdet.« Sie schob ihre Sonnenbrille wieder hoch.

»Sie waren nicht suizidgefährdet. Deprimiert vielleicht, aber …«

»Ich war deprimiert und betrunken. Ich hätte mich an jeden Kerl herangemacht, der zu mir auf den Balkon herausgekommen wäre.« Eindeutig nicht wahr. Da war etwas an seiner nassforschen Art und seinem völligen Mangel an Selbstzweifeln, das sie an jenem Abend gebraucht hatte.

Er seufzte. »Naiv wie ich bin, habe ich Sie entlohnt für Ihre dubiosen Dienste.«

»Dubios? Wollen Sie etwa behaupten, ich war nicht gut im Bett?« Er hatte sie geködert, und sie war prompt in seine Falle getappt. »Nicht dass mich Ihre Meinung interessieren würde.«

Sie rasten unter einer Überführung durch. »Jetzt, wo Sie zugeben, dass Sie die Aggressorin waren«, sagte er, »lassen Sie uns darüber reden, wie Sie mich in einer verwundbaren Phase ausgenutzt haben.«

»Sie waren seit dem Windelalter nicht mehr verwundbar.«

»Ich war verwundbar. Sehr verwundbar. Denken Sie, es ist leicht, immer hundert Prozent zu geben?«

Er ließ es wie einen Scherz klingen, aber seine Finger krampften sich um das Lenkrad. Vielleicht war er doch nicht so arrogant, wie er immer tat. Sie beschloss, ihm ein bisschen auf den Zahn zu fühlen. »Erzählen Sie mir mehr darüber, ein überambitionierter Erstgeborener zu sein, damit ich mich über Sie lustig machen kann.«

»Ich erzähle Ihnen gar nichts, außer dass wir Clint finden müssen, bevor die Situation sich weiter verschlimmert. Phoebe Calebow sieht es nicht gern, wenn ihre Spieler in den Fokus polizeilicher Ermittlungen geraten.«

Selbst Rory wusste, dass Phoebe Calebow, die legendäre Besitzerin der Chicago Stars, eine Frau war, mit der man besser nicht spaßte.

Sie fuhren schweigend weiter, bis sie den Kennedy Expressway erreichten. »Wenn Ihre Eltern Ihnen das Gefühl gaben, minderwertig zu sein«, sagte er schließlich, »dann sind sie diejenigen, die es verbockt haben, und nicht Clint.«

»Hauptsächlich mein Vater. Er hat mich in Kristins bösen Klauen zurückgelassen.«

»Hat Kristin Sie geschlagen? Oder in einen Schrank gesperrt? Schon seltsam, sie macht gar keinen bösen Eindruck.«

»Cruella De Vil.« Kristin war nicht wirklich böse. Vielmehr war sie streng, überkritisch und so vernarrt in ihr eigenes Kind, dass sie keine Zuwendung übrig hatte für das Kind, das man ihr untergejubelt hatte. Was Rorys Vater betraf … Er war in ihrem Leben ein Schatten gewesen, nur animiert durch Clints Errungenschaften.

Brett sah ein paarmal zu ihr hinüber, als würde er darauf warten, dass sie fortfuhr. Sie griff nach ihrer Tasche. »Müssen Sie nicht ein paar Anrufe machen?«

»Tatsächlich muss ich das.«

Während er mit jemandem in Dallas telefonierte, nahm sie ihr eigenes Handy aus ihrer Tasche, zusammen mit der Visitenkarte von Detective Strothers. Sie erreichte ihn direkt. »Sie sollten Clints Haushälterin genauer unter die Lupe nehmen. Ich glaube nämlich, sie ist in meinen Bruder verliebt. Und in Clints Garten arbeitet ein Kerl, der auffällig muskulös ist.«

Aber Strothers interessierte nur eins: ob sie mit ihrem Bruder Kontakt hatte und wie Ashleys Handy aussah.

»Ich habe nicht mit ihm gesprochen«, antwortete sie. »Ashleys Handy hat eine Hülle aus weißem Leder mit irgendeinem Designer-Logo. Dreieckig. Prada, glaube ich. Haben Sie es gefunden?«

»Danke für Ihre Hilfe, Miss Garrett.«

Er legte auf, bevor sie ihn daran erinnern konnte, dass Clint unschuldig war.

Sie verließen die Schnellstraße, Brett war immer noch

am Telefon. Rory beschäftigte sich damit, durch ihre Nachrichten zu scrollen. Es gab nichts Neues, aber sie wollte aussehen wie jemand, der sich um wichtige Angelegenheiten kümmern musste, statt wie jemand, deren Leben festgefahren war.

Das Bistro roch nach Espresso, Gewürzen und klimatisierter Luft. »Einen kleinen Matchatee, bitte. Mit Eis.« Kristin war nicht durstig, nachdem sie eben noch mit Rory und Brett Eistee getrunken hatte, aber es hielt sie keinen Moment länger in diesem Haus. Sie wünschte, sie wäre in ein Hotelcafé gegangen statt an diesen Ort mit seinen harten Oberflächen, unbequemen Metallstühlen und dem grauen Zementboden. Sie wollte verblasste Orientteppiche, tiefe Ohrensessel und Alicia Keys statt pulsierende elektronische Musik. Sie wollte außerdem ihre Jugend zurück ohne die ganzen Fehler. Sie starrte auf das Fußkettchen, das sie neuerdings trug in einem törichten Versuch, sich neu zu erfinden. Es sah albern aus, und sie würde es abnehmen, sobald sie wieder zu Hause war.

Sie trug ihr Glas zu einem Tisch, der vor einem abstrakten Schwarz-Weiß-Gemälde stand, das einen umgedrehten Frauenkopf darstellte. Wäre Gregg noch am Leben, würde er sich über die Kunst beschweren, über die elektronische Musik und die Preise. Sein tödlicher Herzinfarkt vor zwei Jahren hatte so vieles verändert, und sie hatte immer noch nicht ihren Platz im Leben gefunden.

Ihr Handy signalisierte ihr eine neue Nachricht. Sie schaute nach und sah, dass ihr jemand eine AirDrop-

Anfrage geschickt hatte mit einem Foto, das nur wenige Sekunden alt war – ein Foto von ihr, wie sie an diesem Tisch saß. Gruselig. Sie lehnte die Anfrage ab und blickte sich um.

Ein paar Jugendliche, die ihre Schulbücher ignorierten und mit ihren Handys daddelten. Ein älterer Mann, der über seinen Laptop gebeugt war. Zwei junge Mütter mit ihren Babys und Buggys, die drüben am Fenster saßen, und eine Seniorin, die eine Zeitung durchblätterte, auf ihrer Nasenspitze eine Lesebrille.

Es war nicht schwer, ihn auszumachen: ein gelackt aussehender Bursche, der sie hinter seiner Hipster-Sonnenbrille angrinste. Lässig auf seinen Stuhl gelehnt, die Beine weit von sich gestreckt, ließ sein Grinsen vermuten, dass sie sich geschmeichelt fühlen sollte, dass ein junger Hengst wie er eine alte Schachtel wie sie anbaggerte.

Sie schenkte ihm ihren eisigsten Blick, wechselte auf einen anderen Stuhl, sodass sie ihm den Rücken zukehrte, und trank einen Schluck von ihrem Tee. Etwas Zucker könnte nicht schaden, aber sie hatte als Mutter versucht, für Clint in Sachen gesunde Ernährung mit gutem Beispiel voranzugehen, und der Zuckerverzicht war ihr zur Gewohnheit geworden. Rory, wie sie nun einmal war, hatte mit sieben angefangen, Süßigkeiten in ihr Zimmer zu schmuggeln.

Der Tag war anstrengend gewesen. Rory hatte sich wie üblich feindselig zu ihr verhalten, und jedes Mal, wenn Kristin an Ashley Hart dachte, wurde ihr schwer ums Herz. Dabei hielt ihre Stieftochter sie für unsensibel, aber Rory hatte nicht die Nacht allein in einem Haus verbracht, in dem eine Frau ermordet worden war. Kristin betete, dass Clint sie bei ihrer Rückkehr in seiner Villa erwartete, damit ihr eine zweite Nacht in dieser Art erspart blieb.

Sie verstand, warum die Polizei mit Clint reden wollte, aber ihn eines Mordes zu verdächtigen, war ungeheuerlich. Wie konnte jemand ihren Sohn, einen der anständigsten Menschen auf dieser Welt, für schuldig halten?

Kristin umfasste ihr Glas mit beiden Händen, und sie kam sich zerbrechlich vor und ohne jeden Halt. Sie hatte immer gedacht, sie würde ihren Sohn in- und auswendig kennen, aber sie wusste nicht, warum er sich von einer Frau getrennt hatte, die er liebte, oder warum er nie erwähnt hatte, dass er eine Hütte besaß. Und vor allem wusste sie nicht, warum er auf ihre Anrufe nicht reagierte. Sie fühlte sich, als würde sie nach und nach in ihre Einzelteile zerfallen.

Sie war damals gerade zweiundzwanzig geworden, als sie feststellte, dass sie durch eine unkluge Affäre mit einem vierzehn Jahre älteren Mann schwanger war – mit einem Mann, der noch um seine tote Frau trauerte. Gregg wollte sie nicht heiraten. Das hatte sie immer gewusst, obwohl er es nie aussprach. Aber er war ein rechtschaffener Mann, und er glaubte daran, das Richtige zu tun. Im Laufe der Jahre war seine Liebe für sie gewachsen, aber es war die Liebe der Vertrautheit und nicht die leidenschaftliche Liebe, die er für Debra Meadows, Rorys Mutter, empfunden hatte.

Die vollendete, schöne Debra, die in seiner Erinnerung

für immer jung geblieben war. Die perfekte Debra, die sich nie um ein feindseliges Stiefkind kümmern musste, die nicht Wechseljahre durchlitt und die nie gezwungen war, ihren Mann zu nerven, damit er seine Herzmedikamente einnahm. Aber Kristin hatte etwas vollbracht, das Debra verwehrt geblieben war. Sie hatte Gregg den intelligenten, sportlichen Sohn geschenkt, den er sich immer gewünscht hatte.

Ihr Handy signalisierte eine neue Nachricht. Das war bestimmt Clint! Endlich! Sie griff hastig danach.

Aber es war nicht Clint. Es war erneut ein Foto von ihr, auch dieses erst wenige Sekunden alt.

Sie schoss von ihrem Stuhl hoch, dessen Metallbeine mit einem schrillen Quietschen über den harten Zementboden schleiften, und stolzierte hinüber zu dem grinsenden Jungspund, der sich hinter seiner Sonnenbrille versteckte und so tat, als würde er sie nicht kommen sehen.

KAPITEL 7

Kristin hielt abrupt vor dem Tisch des jungen Burschen. »Ernsthaft? Denkst du, das ist eine geeignete Methode, um eine Frau kennenzulernen? Indem du heimlich Fotos von ihr machst? Hast du eine Ahnung, wie respektlos das ist? Rotzbengel wie du bringen deine ganze Generation in Verruf.« Sie redete sich in Fahrt, und der ganze Druck, der sich in ihrem inneren Teekessel aufgebaut hatte, fand ein Ventil. »Wenn du jemanden kennenlernen willst, dann sei Manns genug und sprich diesen Menschen persönlich an. Und nimm diese alberne Sonnenbrille ab. Wir sind hier in einem Bistro und nicht draußen in …«

»Verzeihung. Ich … ich glaube … ich wollte nicht …«

Sie unterbrach ihre Tirade mitten im Satz, als der ältere Mann, der an seinem Laptop gesessen hatte, zu ihr herüberkam.

Die verdatterte Miene des Jünglings durchdrang schließlich den pfeifenden Teekessel ihrer Frustration. Sie registrierte seine Earbuds, sein graues T-Shirt, die breiten Bügel seiner Sonnenbrille …

Seinen Blindenstock.

Sie keuchte erschrocken auf. »Oh mein Gott, es tut mir furchtbar leid!« Ihr Gesicht begann zu glühen, als ihr bewusst wurde, was sie getan hatte. »Ich bin so … Ich wusste ja nicht … Ich dachte, du wärst … oh, Shit. Bitte verzeih mir. Ich habe wirklich angenommen, du …«

»Es ist meine Schuld«, sagte der ältere Mann neben ihr.

Als der Junge immer noch völlig perplex wirkte, rief sie: »Warte! Ich – ich bin gleich wieder da.« Sie schnappte sich ihre Handtasche und eilte an die Theke, wo sie sich hinter einer Fußballmami anstellte, die sich nicht zwischen einem Karamell-Mokka-Frappé und einem Cookies-and-Cream-Frappé entscheiden konnte. Aus dem Augenwinkel beobachtete sie, dass der ältere Mann mit dem Blinden sprach.

Schließlich kam sie an die Reihe und eilte anschließend zurück zu dem jungen Kerl, um eine Karte vor ihn auf den Tisch zu legen. »Hier ist eine – ein Geschenkgutschein. Ich weiß, mein Verhalten lässt sich nicht mit Geld wiedergutmachen, aber …«

»Wie viel?«, fragte er nur.

»Hundert Dollar. Vielleicht hätte ich …«

»Cool.« Mit einem übermütigen Grinsen ertastete er den Gutschein, lehnte sich zur Seite und steckte die Karte in seine Gesäßtasche. »Ich wünsche Ihnen noch einen schönen Tag, Lady. Auch wenn Sie einen Knall haben.«

Sie hielt es nicht mehr aus. Sie umklammerte ihre Handtasche und stürmte aus dem Bistro, ließ ihr Getränk einfach stehen. Sie bemühte sich immer, ein anständiger Mensch zu sein – unvoreingenommen und fürsorglich. Sie liebte Tiere und kochte für kranke Freundinnen. Sie …

»Ich war das«, sagte eine tiefe Stimme hinter ihr.

Sie wirbelte herum und blinzelte gegen die Sonne.

Er war groß – und kam ihr vage vertraut vor –, mit einem dunklen Teint und dunklen Haaren, die anfingen, grau zu werden, und sich an seiner hohen Stirn lichteten. Er trug seinen Laptop in der Hand, an dem ein Ladekabel herunterhing wie Linus' Schmusedecke. »Ich … Ich bin derjenige, der Ihnen die Fotos geschickt hat.«

»Sie? Warum sollten Sie so etwas tun?«

»Weil meine Tochter es mir geraten hat.«

Sie starrte ihn an. »Ihre Tochter hat Ihnen geraten, dass Sie fremde Frauen fotografieren sollen?«

»Nicht ganz. Ich …« Er hielt seinen Laptop weiter fest, aber zog das Kabel heraus und reichte es ihr aus irgendeinem Grund. »Bitte … Darf ich mich bei Ihnen entschuldigen? Entgegen Ihres ersten Eindrucks bin ich harmlos. Außer vielleicht für mich selbst.« Ohne eine Antwort abzuwarten, drehte er sich um und ging zurück in das Bistro.

Sie starrte auf das Kabel in ihrer Hand, ohne zu wissen, warum sie es hielt. Sie war weit weg von ihrem Zuhause, wohnte in einem Geisterschloss, ihr Sohn wurde vermisst, und sie hatte gerade eine sehbehinderte Person fälschlicherweise beschuldigt, sie zu belästigen. Sie war dabei, ihren Verstand zu verlieren.

Er kehrte zurück, bevor sie das Durcheinander ihrer Gefühle sortiert hatte, und sie sah, dass er ihr den Tee brachte, den sie im Bistro stehen gelassen hatte. »Ich bin Daniel Hanbridge.«

Daniel. Darum kam er ihr bekannt vor. Er hatte Ähnlichkeit mit Daniel Day-Lewis. Nicht ganz so hager, nicht ganz so attraktiv, aber dennoch gut aussehend. Sein Gesicht hatte die gleiche längliche, schmale Form mit leicht auseinanderstehenden Augen. Er war vermutlich um die fünfzig, und obwohl er keinen Bauchansatz hatte, war seine Kleidung ein bisschen zu weit, so wie bei vielen Männern in seinem Alter.

Er deutete mit ihrem Tee auf einen freien Außentisch unter einem Sonnenschirm. »Möchten Sie sich setzen?«

Sie nahm ihm das Glas ab, rührte sich jedoch nicht vom Fleck.

»Das ist mir ziemlich peinlich«, sagte er.

»*Ihnen* ist es peinlich? Ich schäme mich in Grund und Boden. Wie konnten Sie etwas derart Idiotisches tun?«

»Es ist eine neue Erfahrung«, antwortete er ernst. »Obwohl mir manchmal das richtige Gespür abgeht.«

»Das können Sie laut sagen.«

Er nickte langsam und nahm ihr das Kabel ab.

Vielleicht weil sein trübsinniges Gesicht sie an I-Aah erinnerte – an den Esel aus der Buchillustration, nicht an die Disney-Version –, beschloss sie, sich anzuhören, was er zu sagen hatte. Oder vielleicht war sie auch nicht bereit, in dieses Spukschloss zurückzukehren. Aus welchem Grund auch immer, jedenfalls setzte sie einen finsteren Blick auf und ging zu dem Tisch, auf den er gezeigt hatte.

»Es war nicht meine Absicht, mich ungehörig zu benehmen«, sagte er, nachdem er ihr gegenüber Platz genommen und seinen Laptop zur Seite gelegt hatte. »Die Wahrheit ist, meine Tochter hat es satt mit mir. Sie sagt, ich verwandele mich mehr und mehr in einen alten Knacker.«

»Also haben Sie beschlossen, Ihren jugendlichen Schwung zurückzugewinnen, indem Sie mich ohne Erlaubnis fotografiert haben?«

»Ich benutze den Messenger erst seit Kurzem«, erklärte er. »Sie saßen in der Nähe, ich habe gesehen, dass Ihr AirDrop aktiviert war, und ich wollte lustig sein, also habe ich Ihnen das Foto geschickt.« Wenn überhaupt, dann wirkte er nun sogar noch trübsinniger. »Ich bin nicht gut darin, lustig zu sein.«

Sie auch nicht.

Er streckte seine Beine aus, mit einer leicht ungelenken Bewegung, als würde er sich nach all den Jahren immer noch nicht wohlfühlen in seinem schlaksigen Körper. »Sie scheinen in meinem Alter zu sein, und Sie sind ziemlich attraktiv, wie Ihnen sicher bewusst ist, also beschloss ich, aktiv zu werden, und wenn auch nur, um meiner Tochter sagen zu können, dass ich etwas Spontanes getan habe.«

»Eine Frau zu belästigen, die Sie nicht kennen?«

»In meiner Vorstellung lief es anders ab«, sagte er. »Das passiert mir manchmal. Ich wollte Ihnen als Nächstes ein Foto von mir schicken.«

»Und was hätte ich damit machen sollen?«

»Ich dachte, Sie würden sich vielleicht umschauen, mich entdecken und zu mir rüberkommen, um Hallo zu sagen. In diesem Fall hätte ich Ihnen ein Stück Kuchen ausgegeben.«

»Ein Stück Kuchen?«

»Etwas anderes fiel mir nicht ein.«

Er war so unbedarft, so ganz anders als Gregg, dessen

selbstsichere Art ihre Unsicherheit verstärkt hatte. Sie ertappte sich dabei, dass sie diesen Mann sympathisch fand. »Wie alt sind Sie, Daniel?«

»Fünfzig.«

Und sie war erst vor Kurzem einundfünfzig geworden. Selbst wenn es vielleicht nur ein paar Monate waren, gefiel es ihr, die Ältere zu sein. »Ich nehme an, Sie sind nicht verheiratet?«

»Geschieden. Ich fand heraus, dass meine Frau – meine Exfrau – zahlreiche Kreditkartenkonten ohne mein Wissen eröffnet hat, auf denen sich beträchtliche Schulden angesammelt hatten. Als ich versuchte, ihr Budget zu begrenzen, hat sie mir vorgeworfen, ich würde sie kontrollieren. Zu allem Überfluss hatte sie auch noch eine Affäre.«

»Das klingt nach vielen guten Gründen, um sich scheiden zu lassen.«

»Ich war nicht schuldlos daran. Ich bin zwar nicht vollständig auf dem Spektrum, aber ich bin an der Grenze, und meine vermeintliche Gleichgültigkeit war für meine Exfrau sehr schwierig.«

Nun war Kristin wirklich neugierig. »Inwiefern?«

»Ich bin nicht gut darin, die Gefühle anderer Menschen richtig einzuschätzen. So kann ich zum Beispiel nicht sagen, ob Sie noch wütend auf mich sind.«

Nicht mehr. »Nur ein bisschen.«

Er lächelte. »Dann darf ich Sie zum Essen einladen?«

»Boah, Cowboy. Sie fallen ja direkt mit der Tür ins Haus.«

Er nickte. »Das mache ich öfter. Ich nehme an, wir

sollten uns zuerst ein bisschen näher kennenlernen, bevor ich Sie ausführe. Sie tragen keinen Ehering, aber vielleicht sind Sie trotzdem gebunden. Sind Sie gebunden?«

»Nein. Ich bin verwitwet.«

»Wie lange sind Sie schon verwitwet? Haben Sie Ihren Mann geliebt? Sie machen einen ziemlich intelligenten Eindruck, obwohl ich das nicht mit Sicherheit beurteilen kann.«

Sie lächelte. »Sie sind sehr direkt, nicht wahr? Keine Andeutungen. Keine Hintergedanken.«

»Mir ist bewusst, dass meine direkte Art als unhöflich empfunden werden kann, aber das ist nicht meine Absicht.«

»Schon in Ordnung. Ich bin seit zwei Jahren verwitwet. Ich habe meinen Mann geliebt, aber ich mochte ihn nicht immer.« Sie hatte diese Worte nie laut ausgesprochen, und doch schien es ganz natürlich, dass sie diesem Fremden ihr dunkles Geheimnis offenbarte. »Er war deutlich älter als ich. Gebildeter. Er liebte mich, aber er respektierte mich nicht. Er betrachtete mich nicht als ebenbürtig.«

»Wenn jemand nicht dein intellektuelles Niveau hat, bedeutet das nicht, dass er dir nicht auf andere Arten überlegen ist. Ich bin mir zum Beispiel sicher, dass Sie es auch mit mir intellektuell nicht aufnehmen können, aber dafür sind Sie mir im Umgang mit anderen Menschen haushoch überlegen.«

Sie stieß ein Lachen aus. »Woher wollen Sie wissen, dass ich es mit Ihnen intellektuell nicht aufnehmen kann?«

»Weil ich kaum jemanden kenne, der dazu fähig ist.« Er wirkte nicht glücklich darüber.

Die Sonne schien ihr ins Gesicht, und sie schirmte mit ihrer Hand ihre Augen ab. »Was machen Sie beruflich, Daniel?«

»Ich habe eine kleine Beratungsfirma für Elektrotechnik.« Er richtete den Sonnenschirm so aus, dass sie wieder im Schatten saß. Die simple Aufmerksamkeitsgeste rührte sie. Er war vielleicht nicht gut darin, Emotionen richtig zu deuten, aber das war ihm nicht entgangen.

»Elektrotechnik«, sagte er, »ist ein idealer Berufszweig für Menschen, die gut sind im abstrakten Denken. Wir gehen immer logisch vor und hoch konzentriert, aber mit Deutungsspielräumen fühlen wir uns eher unwohl, und wir neigen generell dazu, mit Veränderungen nicht gut zurechtzukommen.«

»Ich verstehe.« Sie verstand nicht, aber sie sah ihm an, dass er das auch nicht von ihr erwartete. In diesem Moment beschloss sie, mit ihm auszugehen. »Daniel ...« Sie hielt inne, als sie auf der unteren rechten Ecke seines Laptops das Chicago-Stars-Logo entdeckte. Sie zögerte. »Sie mögen Football.«

»Meine Tochter hat den Aufkleber dort angebracht. Sie hat aus mir einen richtigen Stars-Fan gemacht.«

»Warum die Stars? Warum nicht die Bears?«

»Wir wohnen im äußersten Westen der Stadt. Wie könnten wir da Bears-Fans sein?« Er lächelte. »Wenn die Stars spielen, schauen meine Tochter und ich uns das immer gemeinsam an.«

Die alte Anspannung kehrte zurück. Kristin war ein

gebranntes Kind; nach Greggs Tod hatte sie den einen oder anderen sehr netten Mann kennengelernt, aber es stellte sich heraus, dass ausnahmslos alle mehr an Clint interessiert waren als an ihr. Aber Daniel wusste nicht, dass sie Clints Mutter war …

»Sie haben mir nicht gesagt, wie Sie heißen«, sagte er.

»Kristin. Kristin Meadows.« Von all den Namen, die ihr zur Verfügung standen, warum wählte sie ausgerechnet Debras Mädchennamen?

»Und was machen Sie so, Kristin Meadows? Erzählen Sie mal von sich.«

»Lassen Sie uns dieses Gespräch für das Dinner aufheben.«

Er grinste. »Sie nehmen also meine Einladung an? Das finde ich erstaunlich. Und erfreulich. Wie wäre es mit heute Abend?« Sein Gesicht wurde lang. »Zu früh?«

»Zu früh.« Sie lächelte. »Sagen wir, morgen Abend.«

»Morgen Abend, abgemacht. Geben Sie mir Ihre Adresse, und ich werde Sie abholen.«

»Treffen wir uns lieber im Restaurant.«

»Es ist klug, vorsichtig zu sein. Ich hätte selbst daran denken sollen.«

Wie faszinierend, dass dieser offensichtlich hochbegabte Mann ihr das Gefühl gab, als wäre sie die einsichtigste Frau der Welt. Sie tauschten ihre Kontaktdaten aus, dann stand sie vom Tisch auf. »Danke für Ihre interessante Gesellschaft, Daniel Hanbridge. Richten Sie Ihrer Tochter aus, dass der alte Knacker es noch immer draufhat.«

Er grinste und stand ebenfalls auf, wobei er versehentlich ihren restlichen Eistee umstieß.

Sie lachte und entfernte sich zu ihrem Wagen.

Sie hatte zweimal laut gelacht, innerhalb von wenigen Minuten. Wie lange war es her, dass sie etwas amüsant fand? Am liebsten würde sie ihre Freundinnen anrufen und ihnen von dieser Begegnung berichten, aber die würden alle eher alarmiert reagieren als interessiert. Keine von ihnen würde verstehen, warum Kristin eine Einladung von so einem merkwürdigen Mann angenommen hatte. Die Einzige, die das vielleicht nachvollziehen konnte, war Rory, und das Verhältnis zu ihr war schon vor langer Zeit kaputtgegangen.

Kristin wünschte sich mehr als alles andere, sie könnte noch einmal von vorn anfangen. Bloß dass sie eine Riesenangst hatte, dieselben Fehler erneut zu begehen.

Am späten Nachmittag machten Rory und Brett sich auf den Weg nach Ludlow in Michigan. Brett verbrachte den ersten Teil der Strecke mit Telefonieren, während Rory darüber nachdachte, wo ihr Bruder sein könnte. Wusste er, dass Ashley tot war, und falls ja, warum war er untergetaucht?

Schließlich hatte sie Rivers' Gequatsche am Lenkrad lange genug ertragen, und sie befahl ihm anzuhalten. Erwartungsgemäß protestierte er. »Ich fahre gern.«

Sie sah ihn böse an. »Nein, Sie telefonieren gern und schleimen Ihre Klienten voll.«

Er klappte das Mikrofon an seinem Headset hoch. »Ich werde diesen Wagen nicht einer Frau überlassen, die einen qualmenden Schrotthaufen fährt, der für den Verkehr gar nicht zugelassen sein dürfte.«

»Mein Maserati langweilt mich. Und jetzt lassen Sie mich ans Steuer, oder ich werde Clint erzählen, wie seine arme betrunkene große Schwester von seinem Spitzenberater verführt wurde.«

»Bin ich der Einzige, dem auffällt, dass Sie ständig Ihre Geschichte ändern in Bezug darauf, wer hier wen ausgenützt hat?«

»Ausge*nutzt*. Hätten Sie mehr Zeit im Klassenzimmer als in der Sporthalle verbracht, würden Sie das wissen.«

Er hatte weitaus mehr Zeit im Klassenzimmer verbracht als sie, aber statt ihr zu widersprechen, fuhr er rechts ran und überließ ihr das Steuer.

Für die nächsten paar Stunden war sie fast glücklich, während sie nach Norden über den Highway bretterte mit einem PS-starken Luxusschlitten, der wie geschmiert lief, und sie gleichzeitig ihr Bestes gab, um ihren Beifahrer zu ignorieren. Wäre doch nur Ashley noch am Leben, wäre doch nur Clint nicht verschwunden, könnte sie doch nur für sich selbst sorgen und müsste sie sich doch nur nicht mit einem gelackten Sportagenten abgeben, wäre ihr Leben perfekt.

Brett hatte seinen Sitz ganz nach hinten geschoben, um Platz für seine langen Beine zu schaffen. Die Ärmel seines blau-weiß gestreiften Hemds waren aufgerollt und enthüllten seine tollen Unterarme, die genau in der richtigen Dichte behaart waren, und seine Armbanduhr, die wahrscheinlich fast so viel gekostet hatte wie sein Auto. Er war ein verführerischer Mann in der Art, in der reiche, mächtige Männer verführerisch waren. Er war außerdem witzig, klug und charismatisch. Aber er gehörte zu Clints Welt, nicht zu ihrer. Wie so viele Männer im Profisport definierte Brett Rivers sich über Geld, Macht und dem Streben nach Erfolg.

Sie erreichten schließlich den kleinen Ort Ludlow im nördlichen Michigan. Es war schon fast dunkel, und auf den letzten paar Meilen war ihnen kein anderes Fahrzeug begegnet. Das GPS fiel immer wieder aus, und Rory beschloss anzuhalten und einen Screenshot von der Wegbeschreibung zu machen, bevor das Navi ganz seinen Dienst einstellte.

»Wir werden nicht den Netzempfang verlieren«, erklärte Brett, als würde es zu einer Tatsache, wenn er es aussprach. »Sonst gnade dir Gott.« Sie hatten sich inzwischen auf das Du verständigt.

»Ich verstehe. Ohne Handysignal bist du nur ein halber Mensch.«

»Das ist nicht komisch, Rory. Ich muss rund um die Uhr erreichbar sein.«

»Oder die Welt, wie du sie kennst, wird untergehen. Hoffen wir das Beste.«

Aber hoffen genügte nicht, denn als sie ein paar Minuten später auf eine andere Landstraße abbogen, verloren sie das Signal dauerhaft. Brett wirkte derart aufgebracht, dass sie beinahe Mitleid mit ihm hatte, aber so gütig war sie auch wieder nicht. »Brauchst du eine Papiertüte zum Reinatmen?«

Er feuerte einen visuellen Todesstrahl auf sie ab. »Es wäre gut, wenn wir nicht allzu lange in dieser Einöde bleiben.«

Sie hielt den Mund, bis sie ihr Ziel erreichten.

Dick's Schrottplatz.

Sie rollte über eine Kieszufahrt, die zu einem einfachen Gebäude aus Betonstein führte, über dessen Eingangstür eine einzelne vergitterte Glühbirne auf die mit Graffiti besprühten Wände Schatten warf. Während Brett leise fluchte, überprüfte sie nochmals die Wegbeschreibung auf dem Screenshot, den sie gemacht hatte, aber es war kein Irrtum. *Dick's Schrottplatz* lag am Ende der Route.

Sie hielt vor dem Gebäude und musterte die Radkappenstapel, die wie riesige Pilze aus dem Unkraut vor einem Maschendrahtzaun emporwuchsen. Hinter dem Zaun erstreckte sich ein Autofriedhof voller rostiger Karosserien. Sie sah von dem Firmenschild zu dem verwahrlost wirkenden Gelände. »Denkst du, Dick kennt den Unterschied zwischen einem Schrottplatz und einer Müllhalde, was das hier in Wirklichkeit ist?«

»Dick ist eindeutig ein Befürworter von ambitioniertem Denken.«

»Noch jemand mit einem geplatzten Traum.«

Brett nahm sein Headset ab und legte es zur Seite.

Sie fuhr die Fensterscheibe hinunter. Ein Hund heulte in nicht allzu weiter Ferne, und die moschusartige Abendluft hatte den metallenen Geruch eines aufziehenden Gewitters. »Jetzt wäre vielleicht ein guter Zeitpunkt, um mir die wahre Geschichte zu erzählen, wie du an diese Adresse hier gelangt bist.«

Er ließ sein eigenes Fenster heruntergleiten. »Die Assistentin von Clints Manager ist eine alte Bekannte von mir.«

»Eine Ex von dir, meinst du.«

»Woher weißt du das?« Er checkte wieder sein Handy, als erwartete er, dass auf wundersame Weise ein Signal erschien.

»Ich weiß das, weil wir vor Dicks Schrottplatz stehen statt vor Clints Hütte. Das ist die Art deiner Ex, sich für die herzlose Weise zu rächen, mit der du sie abserviert hast.«

Er legte sein Handy zur Seite. »Sie hat *mich* abserviert, und mit Rache hat das nichts zu tun. Vielmehr war wohl das Dokument mit der Adresse der Hütte, das sie ausfindig gemacht hat, nicht mehr richtig lesbar.«

»Warum hat sie dir den Laufpass gegeben?«

»Warum interessiert dich das?«

»Tut es nicht.« Der Hund, der nicht so weit entfernt war, heulte wieder laut. »Dieser Ort hier macht mir Angst.«

»Die Hütte muss irgendwo in der Nähe sein.«

»Es muss eine bessere Möglichkeit geben, um sie zu finden. Vielleicht solltest du …« Sie stieß einen leisen Schrei aus, als jemand direkt über ihrem Kopf auf das Wagendach klopfte. Als sie herumfuhr, sah sie einen bärtigen Mann in einem Tarnanzug, mit einem Gewehr über seiner Schulter, der direkt vor ihrem offenen Fenster stand.

»Was zum Teufel?«, stieß sie hervor.

Brett öffnete die Beifahrertür und stieg aus keinem erkennbaren Grund aus. »Tach auch.«

Tach auch? Wer sagte heutzutage noch »Tach auch«?

Vielleicht wollte er Tarnanzug von ihr ablenken? Sicher nicht. Aber falls doch, funktionierte es, weil der

Kerl sich von ihr abwandte und zum Kühlergrill vor ging.

Der Motor lief noch. Sie brauchte nur den Rückwärtsgang einzulegen und Gas zu geben. Was sie aber nicht machen konnte, weil der Herrscher des Universums nicht im Wagen saß.

»Wir haben uns anscheinend verfahren«, sagte Brett.

»Sieht ganz so aus.«

Jede Faser von ihr sträubte sich gegen die offene Feindseligkeit dieses Mannes. Er könnte nicht deutlicher zum Ausdruck bringen, dass er kein freundlicher Einheimischer war, der zwei Fremden gerne weiterhalf.

Brett musterte den Mann über die Motorhaube hinweg. »Wir sind auf dem Weg zu einem Freund, der hier draußen eine Hütte hat, aber meine Holde …« Ein Nicken in Richtung Fahrersitz. »Sie hat die Adresse falsch aufgeschrieben, und mein Kumpel geht nicht ans Telefon.«

Klar. Schieb die Schuld auf die Holde.

»Zu wem wollt ihr?« Der Bärtige legte seine Hand auf den Kolben seiner Pistole, die er an der Seite trug. Er hatte ein Gewehr und eine Pistole? Nicht gerade zum Schießen.

Ein schlechter Gag.

»Es ist ein bisschen kompliziert.« Brett legte seine Hand auf die Motorhaube. »Unser Freund ist in Chicago ziemlich berühmt und ein bisschen paranoid, was seine Privatsphäre betrifft. Er bleibt gern unauffällig, damit er wenigstens hier seine Ruhe hat. Er würde es nicht gut finden, wenn ich seinen Namen preisgebe.«

»Ohne einen Namen wird er schwer zu finden sein.«

»Er wohnt hier irgendwo in der Nähe, vielleicht an dieser Straße. Er taucht immer nur für ein paar Tage hier auf und nutzt seine Hütte ausschließlich alleine.«

Brett konnte das nicht sicher wissen, aber er hatte guten Grund zu der Annahme.

»Irgendjemand, auf den die Beschreibung passt?«, fragte er.

»Schwer zu sagen.«

Brett wandte sich wieder zur Beifahrertür. »Okay, danke für Ihre Hilfe.«

Die nicht existente Hilfe.

»Keine Bewegung.« Von der Seite des Gebäudes kamen zwei Männer hervor. Im Scheinwerferlicht sahen sie aus wie jüngere Klone von Tarnanzug. Beide waren bärtig und weiß und trugen schlecht sitzende Jeans, Shirts im Tarnfarbenlook und eine Art Militärweste mit einem olivgrünen Aufnäher, der den amerikanischen Adler mit einem Gewehr im Schnabel zeigte und darunter in Blockschrift die Worte *In God We Trust*.

Die beiden Pseudosoldaten waren ebenfalls bewaffnet, und Rorys Zorn wuchs mit jeder Sekunde. Sie hatte mal was über solche Typen gelesen – Kleingeister mit einer so geringen Selbstachtung, dass sie sich von jedem bedroht fühlten, der nicht in ihr beschränktes Konzept von »echten« Amerikanern passte. Männer, die von ihrem wirklichen Leben derart gelangweilt waren, dass sie für künstliche Aufregung sorgen mussten. Es sollten mehr Frauen ihre patriotische Pflicht erfüllen und für diese Loser die Beine breitmachen, um sie von der Straße fernzuhalten. Oder in diesem Fall von der Müllhalde.

Rorys Zorn eskalierte. Sie ließ den Motor weiterlaufen, öffnete ihre Tür und stieg aus. »Leute, was zur Hölle soll das?«

»Rory …« Der warnende Unterton in Bretts Stimme verriet ihr, dass er über ihre Einmischung nicht glücklich war. Vielleicht wollte er sie beschützen, aber wahrscheinlicher war, dass er Clint nicht erzählen wollte, dass er mitansehen musste, wie seine Schwester erschossen wurde. Das wäre schlecht für seine Karriere.

Rory kümmerte das nicht. Sie hatte genug von Hindernissen, die ihr das Weiterkommen erschwerten. »Pirscht ihr hier immer durch die Gegend und richtet eure Waffen auf jeden, den ihr nicht kennt?«

Tarnanzug reckte sein Kinn vor. »Klar, wenn wir denken, dass es jemand von der Regierung ist.«

»Mein Gott.« Sie deutete mit einer vehementen Geste auf Brett. »Er trägt Schuhe von Gucci und fährt einen Mercedes. Sieht er vielleicht so aus, als wäre er von der Regierung?«

Die drei wechselten untereinander Blicke. Schließlich erkannte der Jüngste und wahrscheinlich Hellste in der Gruppe – obwohl das relativ war – die Schwachstelle. »Und was ist mit dir?«

»Ich mache Pralinen. Oder zumindest versuche ich es.«

»Beweis es.«

Sie wandte sich an Brett. »Wie öffne ich den verdammten Kofferraum?«

»Du musst gar nichts beweisen.« Bretts Stimme klang wie das Knurren eines bissigen Wachhunds.

»Offenbar doch«, erwiderte sie, »weil diese Typen hier Vollpfosten sind.«

»Rory …« Er zog ihren Namen warnend in die Länge.

»Na, wenn es doch stimmt!«

»Ignoriert sie«, sagte er zu den Männern. »Sie kifft in letzter Zeit ziemlich viel.«

»Ich wünschte, es wäre so.« In der Ferne grollte Donner. »Den Furcht einflößenden Aufnähern auf euren Westen und eurem generellen Verhalten nach zu urteilen, nehme ich an, ihr betrachtet euch als Hüter der Verfassung – ein Dokument, das ihr hundertprozentig nie gelesen habt. Und es sieht wirklich albern aus, wenn ihr eure Phallussymbole auf mich und meinen *Holden* von Schlappschwanz richtet.«

Brett drehte sich zu ihr. »Ich bin kein Schlapp…«

Sie war noch nicht fertig. »Wenn ihr Schwachköpfe die Bundesregierung vom Tiefen Staat übernehmt, was genau habt ihr dann damit vor?«

»Ich öffne den Kofferraum«, sagte Brett rasch.

Tarnanzug ignorierte ihn und ging auf Rory zu. »Du hast eine große Klappe, Wuschelkopf. Wenn die Kacke am Dampfen ist, sind wir die Einzigen, die dir deinen jämmerlichen Arsch retten können.«

»Ihr seid die Kacke, die …«

»Kofferraum ist auf!«, rief Brett dazwischen und würgte sie mitten in ihrem Satz ab. »Hier, Jungs, greift zu. Das sind die besten Pralinen, die ihr jemals im Leben kosten werdet.«

Im Kofferraum lag ein Dutzend kleine Probierpackungen aus braunem Karton – Überbleibsel aus Rorys Zeit auf den Bauernmärkten –, von denen jede sechs Stück ihrer jüngsten Pralinenkreationen enthielt. Sie hatte sie mitgenommen in der vagen Vorahnung, dass sie nützlich sein könnten, um gegebenenfalls jemanden zum Reden zu ermutigen.

Alle drei Männer näherten sich dem Kofferraum, ihre Gewehre im Anschlag für den Fall, dass Rorys Pralinen beschlossen, das Feuer zu eröffnen. Brett nahm eine Schachtel heraus. Wie die anderen enthielt sie sechs verschiedene Sorten: Passionsfrucht, gebrannte Mandel, Bourbon Maple Pecan und Vanille Buttercreme, dazu ein sinnliches Meersalz-Karamell und ein cremiger Taler aus perfekt ineinander verschmolzener dunkler und heller Schokolade.

Als der erste Hinterwäldler gierig zugriff, wurde Rory von einem unwillkommenen patriotischen Fieber erfasst, und sie musste an all die anständigen Menschen beim Militär, in der Regierung, in den Kirchen und in der Freiwilligenarbeit denken – Menschen, die sich umeinander kümmerten, um ihr Land und um das Ansehen ihrer Nation in der Welt. Redliche, tüchtige Menschen, die sich mit Leib und Seele für eine gute Sache engagierten, statt ihre Zeit damit zu verbringen, haarsträubende Verschwörungstheorien zu verbreiten und für den bewaffneten Aufstand zu trainieren. Dann kam ihr in den Sinn, dass Einbürgerungswillige den Eid ablegen mussten, die amerikanische Verfassung gegen alle Feinde zu schützen, ob fremd oder heimisch. Und trotzdem stand sie hier und besänftigte drei Vollidioten mit ihren kostbaren Pralinen. Sie stürmte vor. »Vergesst es! Ich teile meine Pralinen nicht mit Vaterlandsverrätern!«

Sie kam zu spät. Die Pralinen verschwanden ruckzuck im Schlund der drei Männer. »Deine Alte hat ein ziemlich loses Mundwerk«, bemerkte Tarnanzug zu Brett und leckte sich über seine Lippen.

»Wem sagst du das.«

»Ein Kerl wie du sollte doch was Besseres finden.«

»Den Gedanken hatte ich schon öfter«, erwiderte Brett mit einem Nicken.

Ach, plötzlich waren die beiden dicke Kumpels? Rory hätte es wissen müssen. Es lag an ihren Pralinen. Das hier war nicht das erste Mal, dass sie erlebte, dass Fremde durch ihre Schokoladenkunst zusammenkamen, aber noch nie in einer derart ungewöhnlichen Konstellation.

Tarnanzug sprach mit dem Mund voller Karamell. »Falls ihr Clint Garrett sucht, der wohnt zwei Meilen von hier die Straße runter. Wo der große Forellen-Briefkasten steht.«

So viel zu Clints vermeintlicher Anonymität.

»Danke.« Brett umrundete die Motorhaube in der Absicht, sich ans Steuer zu setzen, doch Rory war schneller, sprang rasch vor ihm in den Wagen und umklammerte das Lenkrad mit beiden Händen. Unter keinen Umständen würde sie den Platz am Steuer vor diesen Neandertalern aufgeben.

Sie musste Brett zugutehalten, dass er sich geschmeidig auf die Beifahrerseite zurückzog.

»Du lässt eine Frau mit deinem Wagen fahren?«, sagte der jüngste von den Blödmännern.

»Warum nicht?«

Alle drei grinsten ihn mitleidig an, als würde es ihm an

Männlichkeit mangeln. Er lächelte und hielt die Beifahrertür von oben fest. »Nur, damit ihr es wisst, ich stimme jedem Wort zu, das Wuschelkopf gesagt hat, obwohl ich mich taktvoller ausgedrückt hätte. Ihr Jungs solltet euch ein anderes Hobby suchen.«

Statt rasch in den Wagen zu springen, damit Rory in einem Hagel aus losen Kieselsteinen davonrasen konnte, ließ er sich beim Einsteigen und Türeschließen alle Zeit der Welt.

»Beeilung«, zischte sie, da es ihr nicht gefiel, wie die Hinterwäldler ihre Gewehre in Anschlag brachten.

Er nickte den Männern durch die Windschutzscheibe zu. Gleichzeitig warnte er Rory im Flüsterton. »Wehe, du gibst Vollgas.«

Genau das, was sie sich vorgenommen hatte.

Sie zwang sich, langsam rückwärtszufahren, während sie innerlich damit rechnete, dass gleich ihre Reifen zerschossen wurden.

Und tatsächlich ... Die erste Kugel schlug direkt vor dem Wagen im Kies ein. *Verdammt!* Der nächste Schuss pfiff links vorbei, der dritte rechts. Nah an den Reifen, aber absichtlich daneben. Rory streckte ihren Kopf aus dem offenen Fenster. »Arschlöcher!«

»*Jetzt* kannst du Vollgas geben«, sagte Brett.

KAPITEL 8

Sobald sie außer Schussweite waren, knöpfte Brett sich seine Begleiterin vor. »Denkst du wirklich, es war eine gute Idee, diese Typen als Arschlöcher zu beschimpfen?«

»Ich bin eine Patriotin.«

»Wenn die dich abgeknallt hätten …«

»Hätte Clint *dich* dafür verantwortlich gemacht.« Sie grinste. »Ich liebe unsere Verbindung. Solange du Clints Berater bist, was du – seien wir ehrlich – wahrscheinlich nicht mehr lange sein wirst, außer Clint ändert seine Meinung über dich … habe ich die ganze Macht.«

»Ich steck wirklich in der Scheiße.«

Sie lachte.

Er griff nach seinem Handy, nur um es direkt wieder wegzulegen, weil er immer noch keinen Empfang hatte. Sie fuhr langsam mit eingeschaltetem Fernlicht, und erste dicke Regentropfen platschten auf die Windschutzscheibe. Hin und wieder zerschnitt eine Zufahrt den dichten Baumbestand auf beiden Seiten der dunklen Straße, aber keine davon hatte einen Briefkasten, der wie eine Forelle aussah.

Die Windschutzscheibe begann zu beschlagen. Brett hob seine Hand zum Armaturenbrett, um die Lüftung einzustellen, und streifte Rorys Arm, eine belanglose

Berührung, die ihr bewusst machte, wie nah sie nebeneinander saßen. Er sah sie an. »Obwohl ich denen was anderes erzählt habe, bin ich nicht mit allem einverstanden, was du gesagt hast. Ich bin kein Schlappschwanz.«

»Wahrscheinlich nicht. Aber ich wollte nicht, dass du erschossen wirst.«

»Etwas, das du ganz schnell wieder vergessen hast, als du anfingst, diese Typen zu beschimpfen.«

»Das ist ein weiterer Unterschied zwischen Clint und mir. Der Goldjunge verliert selten die Beherrschung. Ich dagegen bin eine tickende Zeitbombe.« Die Scheinwerfer erfassten die glühenden Augen eines Kojoten oder Fuchses, der rasch im Unterholz verschwand. »Wir haben schon fast zwei Meilen zurückgelegt. Was denkst du, wie sieht so ein Forellen-Briefkasten aus?«

»Wie ein Fisch?«

»Diese Art von Scharfsinn erklärt, wie du dein Anwaltsexamen bestanden hast.« Ihn zu verspotten, stärkte ihr Selbstwertgefühl. Er war die Sorte Mann, die eine Frau überfordern konnte, und sie war schon genug überfordert.

»Wir sind bestimmt dran vorbeigefahren«, sagte er. »Such nach einer Möglichkeit, wo du wenden kannst, ohne meinen Wagen zu beschädigen. Warte! Da vorn ist es.«

Sie sah es im selben Augenblick wie er. Ein Briefkasten, der auf einem Pfahl stand und die Form einer Forelle hatte, mit einem weit geöffneten Maul. Der Mercedes geriet kurz ins Schleudern, als sie scharf auf den holprigen Waldweg abbog. Brett stieß mit seiner Schulter unsanft gegen das Fenster. »Wehe, du setzt mit dem Wagen auf.«

»Roger. Bei dem, was Clint verdient, würde man annehmen, dass er sich tonnenweise Schotter für die Zufahrt leisten kann.«

»Diese Holperpiste ist eine gute Methode, um Besucher abzuschrecken.« Die Scheinwerfer streiften über das nasse Unterholz und landeten schließlich auf einer Blockhütte, die nicht viel größer war als der Geräteschuppen in Clints künstlichem Schlossgarten. »Ich kann es kaum erwarten, Kristin ein Foto von der Hütte zu schicken«, sagte Rory. »Sie wird ausflippen.«

»Du gibst mir Bescheid, nicht wahr, wenn du aus dem Grundschulalter raus bist.«

Den Spruch hatte sie verdient. Sie betrachtete die rustikale Hütte durch den Regen. Zwei Stufen führten hoch zur Eingangstür, und in dem einzigen Fenster, das nach vorn zeigte, brannte kein Licht. »Vielleicht schläft er«, sagte sie. »Oder er macht gerade eine Nachtwanderung.«

»Oder er plant den Aufstand mit den Möchtegernsoldaten.«

»Vorher lässt er sich vom FBI verkabeln. Er ist so ein Musterknabe.«

Obwohl der Regen hart auf das Wagendach trommelte, streckte Brett seine Hand nach dem Türgriff aus. »Ich check mal die Lage. Es besteht kein Grund, dass wir beide nass werden.«

Sie schaltete den Motor aus und beobachtete im Licht der Scheinwerfer, wie Brett zur Eingangstür hastete. Er war ein muskulöser Mann, aber nicht so aufgepumpt wie die Footballspieler der Defensive oder Offensive Line, sondern etwas schmaler und langgliedriger. Der kurze Dachüberstand bot wenig Schutz vor dem Regen. Brett klopfte ein paarmal an die Tür, dann probierte er den Knauf aus. Als das alles nichts brachte, beugte er sich über das Seitengeländer, um durch das Fenster hineinzuspähen.

Rory kam es falsch vor, im Trockenen zu sitzen, während er draußen nass wurde. Sie stürmte selbst durch den Regen und stellte sich zu Brett auf den Absatz, auf dem es nun ziemlich eng zuging.

»Ich kann nicht das Geringste erkennen«, sagte er, als er sich von dem Fenster zurückbeugte. Sein maßgeschneidertes Hemd war völlig durchnässt und klebte an seinen breiten Schultern, während in diesen öligen whiskeybraunen Haaren Regentropfen glitzerten.

Die Scheinwerferautomatik des Wagens blendete das Licht ab und erlosch ganz. »Vielleicht ist er in die Stadt gefahren«, sagte sie.

»Oder vielleicht war er erst gar nicht hier.«

»Sei nicht immer so negativ.« Der Wind war stärker geworden und pfiff ihnen um die Ohren. Rory probierte selbst den Knauf aus, aber die Tür war fest verschlossen.

Brett schaltete die Taschenlampe an seinem Handy ein und leuchtete über die Veranda. Der Strahl landete auf dem unteren Sockel des Eingangsgeländers. »Sieh mal.«

Ein Schlüsselkasten aus Metall war am Sockel angekettet. »Das Ding hat ein Kombinationsschloss«, sagte sie. »Versuch es mit Clints Rückennummer in der Collegeauswahl und seiner jetzigen als Profi.«

»Achtzehn fünfzehn? Das ist zu einfach.«

»Clint hat eine beschränkte Vorstellungskraft, was die Sicherung seiner Häuser betrifft.«

Brett deutete auf den Metallkasten, und Regentropfen glitten über seine bewundernswerten Wangenknochen. »Tu dir keinen Zwang an.«

Der Kasten war so tief befestigt, dass man sich, um die Zahlenkombination auszuprobieren, in einer Schlammpfütze davorkauern musste. Rory nahm Bretts Handy und richtete den Lichtstrahl wieder auf den Kasten. »Ich kann dir unmöglich die Gelegenheit vorenthalten, deine Männlichkeit unter Beweis zu stellen, ganz zu schweigen von den Millionen, die du als Provision kassierst.«

»Ich habe eine viel bessere Methode, um meine Männlichkeit unter Beweis zu stellen.« Der tiefe, heisere Ton in seiner Stimme, der Regen, der seine dunklen Wimpern spitz auffächerte, und das nasse Hemd, das an seinen wirklich sehr ansehnlichen Schultern klebte, lenkten sie ab. Er grinste.

Sie wartete zu lange, um ihren Mund zu verziehen. »So unreif.«

»Es tut mir nicht leid.«

Der Regen fiel jetzt noch heftiger, und einer von ihnen würde sich opfern müssen. Rory klemmte Bretts Handy zwischen ihre Knie, um beide Hände frei zu haben. »Schere, Stein, Papier. Zwei von drei. Der Verlierer geht runter in die Sintflut.«

»Die Wette gilt.«

Papier schlägt Stein.

Schere schneidet Papier.

Stein bricht Schere … Er hatte verloren, und er reagierte gekränkt. »Du hast geschummelt.«

»Bei Schere, Stein, Papier wird nicht gejammert.«

Er schnaubte und sah zu dem undichten Überstand hoch, dann ging er in den strömenden Regen hinaus. Sie leuchtete ihm von oben mit der Taschenlampe, als er sich vor den Kasten kniete. Kurz darauf kehrte er zu ihr zurück, nass bis auf die Haut. »Du hattest unrecht mit der Kombination. Es ist fünfzehn achtzehn.«

»Clint ist kreativ geworden.«

Unter Bretts durchnässtem Hemd zeichneten sich nicht nur seine Schultern ab, sondern auch seine ausgeprägten Rückenmuskeln. Er betrat vor ihr die Hütte, ob aus bewusster Unhöflichkeit oder um sie vor möglichen Hausbesetzern zu beschützen, konnte sie nur raten.

In dem schlichten Innenraum gab es weder Hausbesetzer noch Kristallkronleuchter oder eine alberne Engelschar. Die Holzlatten der Hüttenwände waren mit grauer Dichtungsmasse versiegelt, und Schrägbalken stützten das Spitzdach. In der offenen Küche standen ein Kühlschrank, ein alter vierflammiger Gasherd und zwei einzelne Geschirrschränke. Statt eines Kamins gab es einen gusseisernen Holzofen, der zwischen einem unscheinbaren rostroten Sofa und einem Tisch mit zwei hochlehnigen Stühlen platziert war. Rory schob einen schweren Türvorhang zur Seite, der in ein winziges Bad führte mit einem Waschbecken, einer Toilette und einer Duschkabine, die viel zu eng aussah für Clints breite Statur. Sie schnappte sich ein paar Handtücher.

Als sie wieder herauskam, schaute Brett zum Schlafboden hoch, der über eine Holzleiter mit flachen Sprossen zu erreichen war. Sie gab ihm ein Handtuch, mit dem er sein Gesicht abtrocknete und dann über seinen Kopf rubbelte. Im Gegensatz zu ihren Haaren blieb seine Frisur in Form.

»Clint hat am liebsten immer Leute um sich herum«, sagte sie. »Es ist schwer vorstellbar, dass er hierherkommt.« Sie ging zur Leiter, hängte ihr Handtuch über eine Sprosse und kletterte weit genug hoch, um ein Bett zu sehen, das den Großteil des Schlafbodens einnahm. Selbst wenn die Fläche größer wäre, konnte Clint nur in der Mitte aufrecht stehen.

In dem Fenster an der Giebelwand leuchtete ein Blitz auf. Rory erkannte Kleiderhaken aus Holz, an denen eine Jeans und zwei Jacken hingen, ein offenes Regal mit einem Stapel T-Shirts, Unterwäsche und diversen Edelsneakern. Alles an dieser Hütte irritierte sie.

Sie kletterte wieder hinunter. Brett stand vor dem Kühlschrank, das nasse Hemd an seine Haut gegossen, das Handtuch um seinen Hals gehängt. »Jemand war vor Kurzem noch hier. Im Kühlschrank steht eine angebrochene Milch, die bis nächste Woche haltbar ist. Und im Mülleimer liegt eine leere Flasche von einem sehr teuren Scotch.«

»Clint trinkt höchstens Bier.«

»Bist du sicher, dass du deinen Bruder kennst? Er trank einen achtzehn Jahre alten Glenlivet an dem Abend, als wir …«

»… uns kennengelernt haben?«

»So kann man es auch nennen.«

Ein Blitz erhellte diese laserscharfen Wangenknochen. Das Gewitter war nun fast direkt über ihnen, aber in Rory brodelte es auch. Sie war nicht gut darin, anderen lange zu grollen, abgesehen von ihrer Familie, und ihre Abneigung gegen Brett Rivers war schwächer geworden. Brett lebte in einer Welt voller Begleitdamen der Spitzenklasse, und sie – wie sie sich eingestehen musste – fühlte sich geschmeichelt, dass er sie heiß genug fand, um sie für eine solche Frau zu halten.

Sie sagte sich, dass sie ihre Konzentration darauf richten sollte, Clint zu finden, und nicht auf dieses Kraftpaket von einem Mann, das ihr das Gefühl gab, sowohl unerschrocken als auch völlig unzureichend zu sein. Sie deutete auf die Angelruten, die in einer Ecke lehnten. »Vielleicht ist er raus zum Nachtangeln und hat beschlossen, irgendwo unterzukriechen, bis das Gewitter vorüber ist.«

Er ging in die Ecke. »Die Köderbox ist noch da. Sieht so aus, als wären wir in einer Sackgasse gelandet.«

Enttäuscht musterte sie den Raum, auf der Suche nach einem weiteren Anhaltspunkt, aber die Hütte war zu überschaubar, um groß etwas darin zu verstecken. Sie dachte, sie würde Clint kennen. Warum brauchte ihr normalerweise geselliger Bruder diese Art von Isolation?

Das Licht flackerte zweimal und ging dann aus, tauchte den Raum in Dunkelheit. »Das war's«, sagte Brett. »Wir sind hier fertig.«

Sie holte ihr Handy heraus und schaltete die Taschenlampe ein. »Das ist bestimmt nicht das erste Mal, dass hier der Strom ausfällt. Es muss eine Öllampe oder Kerzen geben.«

»Die brauchen wir nicht«, sagte er entschieden. »Wir verschwinden von hier.«

»Ich bleibe.« Sie schwenkte den Lichtstrahl durch den Raum. »Clint war eindeutig vor nicht allzu langer Zeit hier, und er könnte in diesem Moment auf dem Rückweg sein. Außerdem schüttet es wie aus Eimern.«

»Wir sind bereits nass, und ich muss dringend meine Anrufe checken.«

»Ist dein Handy das Einzige, was dich interessiert? Vergiss es. Das war eine rhetorische Frage.« Sie leuchtete mit der Taschenlampe in eine Küchenschublade auf der Suche nach einer Kerze, entdeckte aber nur eine Sammlung von Gummibändern, eine Nagelschere, etwas Münzgeld und eine zerbrochene Sonnenbrille.

»Es ist mein Job, erreichbar zu sein«, sagte er. »Ein entgangener Anruf, und ich könnte einen Klienten verlieren.«

»Wenn das schon reicht, um einen Klienten zu verlieren, bist du wohl nicht besonders gut in deinem Job.«

Er reagierte gereizt. »Du hast keine Ahnung, was zu meinem Job gehört.«

»Einen Haufen Geld kassieren«, konterte sie.

»Ist dir mal in den Sinn gekommen«, sagte er, »dass Clint in genau dieser Minute versuchen könnte, mich zu erreichen?«

Zugegeben, er hatte recht. »Geh ruhig. Ich bleibe hier für den Fall, dass er zurückkommt. Du kannst mich morgen früh abholen.«

»Ich kann nicht einfach wegfahren und dich hier allein lassen«, widersprach er empört. »Diese Clowns vom Schrottplatz wissen, wo wir sind.«

»Ich bezweifle ernsthaft, dass sie bei diesem Wetter und so spät am Abend noch vorbeikommen werden. Die haben sich bestimmt in einer Kneipe verkrochen und planen den nächsten Aufstand. Außerdem kann ich auf mich selbst aufpassen.« Sie öffnete den ersten Geschirrschrank und entdeckte im oberen Fach eine dicke Kerze. Sie streckte sich, um ranzukommen, aber sie war nicht groß genug.

»Ja, ich habe gesehen, wie gut das auf dem Schrottplatz funktioniert hat. Hilf mir auf die Sprünge, wie hast du sie genannt? Vollpfosten? Verräter?«

»Und Arschlöcher.«

Er schnaubte und holte die Kerze für sie aus dem Schrank. Seine Größe, seine breite Brust, seine Männlichkeit allgemein verursachten ihr eine Gänsehaut. Die Hütte war nicht das Einzige, was sie irritierte. Sie musste zu Brett Rivers unbedingt auf Distanz gehen.

Sie nahm ihm die Kerze ab und ging wieder zu der Krempelschublade, um Streichhölzer herauszunehmen, aber als sie den Docht anzündete, erschütterte ein bläulich weißer Blitz, gefolgt von einem ohrenbetäubenden Donnerknall, die Wände der Hütte. Das splitternde Geräusch eines knickenden Baumes ließ beide zum Vorderfenster stürmen.

Der nächste gezackte Blitz am Himmel offenbarte, dass in der Einfahrt tatsächlich ein Baum umgestürzt war, genau dort, wo Bretts Wagen stand.

»Verdammt!« Er stürmte los zur Tür und blieb abrupt wieder stehen, aber nur, weil Rory ihn an seinem Hemdzipfel festhielt.

»Du gehst nicht raus in dieses Unwetter.«

»Und ob ich gehe.« Der nächste Donnerschlag brachte die Hütte zum Beben. »Mein Wagen ist da draußen.«

Sie versperrte ihm den Ausgang. »Dort wird er auch noch stehen, wenn das Schlimmste von diesem Gewitter überstanden ist.« Sie stellte sich auf ihre Zehenspitzen, was sie trotzdem nicht auf eine Augenhöhe mit ihm brachte. »Oder willst du lieber gegrillt werden? Ich habe gehört, dass ein Blitzschlag tolle Dinge mit dem Gehirn anstellt.«

Er starrte sie an. Sie erwiderte seinen Blick, und ein unsichtbarer Feuerball zappte zwischen ihnen hin und her. Brett machte rasch einen Rückzieher. »Also gut. Aber sobald das Gewitter abzieht … Verdammt, wenn dieser Baum meinen Wagen erwischt hat …«

»Dann kaufst du dir einen neuen. Oder gleich zwei.« Es erschien ihr am sichersten, sich hinter sarkastischen Bemerkungen zu verstecken.

Er stellte sich wieder ans Fenster. »Es ist zu dunkel, um zu erkennen, ob der Wagen was abbekommen hat.«

»Das Gewitter wird irgendwann vorbei sein. Ich trockne bereits, aber du bist noch immer klitschnass.« *Und supersexy.* »Wie wär's, wenn du schaust, ob du oben bei Clints Sachen was findest, das dir passt, und ich sehe solange nach, ob ich uns eine Mahlzeit zaubern kann?« Sie hatten unterwegs nicht angehalten für ein Abendessen, und er musste genauso hungrig sein wie sie, obwohl vielleicht nicht ganz auf dieselbe Art.

»Ein voller Magen wird mich meinen Wagen nicht vergessen lassen«, brummte er und stieg die Leiter hoch.

Sie seufzte erleichtert auf, als er aus ihrem Blickfeld verschwand; dann nahm sie die Küche unter die Lupe und fand eine einzelne Dose Bier, eine ungeöffnete Schachtel Reis, eine Packung Hotdogs mit Gefrierbrand und eine Flasche Sprühkäse, die sie schaudern ließ. Sogar noch schlimmer als der falsche Käse war die Schachtel Schokoflakes, die geöffnet herumstand und deren Inhalt eine Entweihung all dessen darstellte, wie Schokolade nach Rorys Überzeugung sein sollte. Sie warf die Schachtel in den Mülleimer.

Sie betrachtete den kümmerlichen Rest von Lebensmitteln und versuchte, so zu tun, als wäre sie in einer Folge von *Chopped – Die Küchenmeister*. Bloß dass man ihr in der Kochshow wenigstens eine Kumquat und Sepia-Tinte zur Verfügung stellen würde.

Resigniert setzte sie Kochwasser für den Reis auf und ließ warmes Wasser über die Hotdogs laufen, bevor sie die Packung aufriss.

Brett kam wieder nach unten in einer kurzen Trainingshose und einem Chicago-Stars-T-Shirt. Er sah deutlich köstlicher aus als das Mahl, das sie gerade zubereitete, und mopste ihr in diesem Moment die Kerze. »Hier muss es irgendwo eine Taschenlampe geben.«

Während er den Raum absuchte, warf seine Silhouette schemenhafte Schatten an die Wände, paradox für einen Mann, der genau wusste, wer er war, was er wollte und wie er es bekam. Ein Mann, der sich nicht treiben ließ wie sie.

Er kam aus dem Bad und zeigte ihr eine Taschenlampe, dann stellte er die Kerze wieder auf die Küchenanrichte. »Die hab ich unter dem Waschbecken gefunden.«

»Sehr praktisch für Clint, damit er seine Schönheit im Spiegel bewundern kann.«

»Du bist hoffnungslos.«

Sie stellte die Flamme unter dem Reistopf kleiner und gab die halb aufgetauten Würstchen in die einzige Pfanne, die vorhanden war. Während das Licht der Taschenlampe über die hintere Wand hüpfte, stellte sie die Kerze näher, damit sie besser sehen konnte, was sie tat. Leider reichte der Schein der Flamme nur weit genug, um Bretts sehr knackigen Po wieder auf der Leiter zum Schlafboden verschwinden zu sehen.

Ihre Erinnerung daran, was in diesem Hotelzimmer geschehen war, blieb verschwommen, sodass es schon gar nicht mehr real wirkte. Rory konnte sich Brett nicht im Rausch der Leidenschaft vorstellen, dafür war er zu beherrscht. Sie war sich in ihrer Erinnerung fast sicher, dass er ein lausiger Liebhaber war, einer von denen, die nur darauf fokussiert waren, die Sache zu Ende zu bringen.

Er kletterte wieder die Leiter hinunter. »Ich dachte, ich hätte da oben vielleicht irgendeinen Hinweis übersehen, aber Fehlanzeige.«

Sie konzentrierte sich wieder auf die Gegenwart. »Unser Feinschmeckermenü ist fast fertig. Du wirst überwältigt sein.« Sie richtete den Reis und die Hotdogs auf zwei Tellern an und hielt die Sprühdose darüber, aber sie konnte sich nicht überwinden, auf den Knopf zu drücken.

»Ich warne dich«, sagte sie, als sie die Teller auf den Tisch stellte, mit der Kerze in der Mitte. »Das ist das schlechteste Gericht, das ich jemals zubereitet habe.«

Er musterte sie für einen irritierenden Moment, dann richtete er seine Aufmerksamkeit auf die Würstchen. »Ich nehme an, Senf gibt es keinen.«

»Nicht mal ein Ketchuptütchen.«

Er schaufelte widerstrebend Reis auf seine Gabel. Während sie in ihrem Essen herumstocherte, lud er sich bereits die nächste Gabel voll. Sekunden später sah er sie erstaunt an. »Der Reis schmeckt toll. Wie hast du den so gut hinbekommen?«

»Ich habe Bier ins Wasser gegeben. Ich hätte auch die Würstchen darin kochen können, aber das wäre dann wohl zu viel des Guten gewesen.«

»Du hast es wirklich drauf.«

Seine Worte klangen bedächtig und verführerisch. Sie senkte nervös ihren Blick auf ihren Teller. »Für ein Glas Brunello würde ich einen Mord begehen.«

»Und ich für ein Handysignal.«

Seine Besessenheit mit seinem Handy holte sie zurück in die Realität. »Erzähl mir mehr darüber, wie es war, mit vier jüngeren Brüdern aufzuwachsen und ohne eine Schwester, die dir so viel über menschliche Beziehungen hätte beibringen können, in denen es nicht ums Geld geht.«

»Hätten wir eine Schwester gehabt, hätten wir gewusst, dass Brust-an-Brust-Stöße und Kopfnüsse nicht die beste Methode sind, um die Mädchen auf uns aufmerksam zu machen.« Er lächelte. »Mädchen – und ich bin mir sicher, das weißt du längst – finden es auch nicht annähernd so lustig wie meine Brüder früher, jemandem ins Gesicht zu rülpsen.«

Sie stupste mit der Gabel gegen ein Würstchen auf ihrem Teller. »Es ist schwer, mir dich als Kind vorzustellen. Ich wette, um deine Nabelschnur waren lauter Hundertdollarscheine gewickelt, als du aus dem Geburtskanal kamst.«

»Ein verstörendes Bild.«

»Deine arme Mutter.«

»Sie hat ihr Bestes versucht, aber sie hatte alle Hände voll zu tun, um uns daran zu hindern, dass wir uns gegenseitig umbringen. Da war keine Zeit mehr für die Feinheiten eines kultivierten Lebensstils.«

»Was ist mit deinem Vater?«

»Er war ihr sechstes Kind. Ein glücklicher, unzuverlässiger Alkoholiker. Er legte uns Gummischlangen ins Bett oder tat so, als würde er mit seinem Jagdmesser seinen Finger abschneiden. Einmal kamen wir von der Schule nach Hause und stellten fest, dass sämtliche Verandamöbel weg waren und ein ›Zu verkaufen‹-Schild am Haus hing. Robbie fand das gar nicht lustig und fing an zu heulen.« Er lächelte. »Am besten war die Nacht, als wir hinten im Garten zelteten und unser Vater aus der Dunkelheit auf uns zustürmte mit einer Leatherface-Maske und einer Kettensäge.«

»Das ist ja furchtbar!«

»Wir waren perverse kleine Mistkerle, und wir fanden es alle saukomisch. Alle bis auf Robbie. Er konnte jahrelang nur mit einem Nachtlicht schlafen. Aber inzwischen ist er Master Gunnery Sergeant bei den Marines, also hat er sein Trauma wohl irgendwann überwunden.« Brett legte seine Gabel ab und sah Rory im Kerzenschein über den Tisch hinweg an. »Im Gegensatz zu dir und deinem Konflikt mit Kristin.«

»Eins kann ich über Kristin sagen: Sie hat nie zur Kettensäge gegriffen. Ihre Methoden waren ein bisschen subtiler.«

»Wie denn?«

Das elektrische Licht in der Hütte ging flackernd wieder an, aber der Regen trommelte weiter laut aufs Dach. »Iss deinen Reis«, sagte sie.

Nach dem Essen räumte Brett die Küche auf. Rory war nicht sicher, ob er das tat, weil er fortschrittlich war oder weil er vermeiden wollte, dass er sich in sein Handytrauma hineinsteigerte.

Der Regen hörte schließlich auf, und sie gingen nach draußen, um den Schaden zu begutachten. Rory wich der Pfütze am Ende der Eingangstreppe aus und atmete den erdigen Geruch von sauberer, gereinigter Nachtluft mit einem Hauch von Sandelholz ein, während Brett an ihr vorbeitrat. Das Licht von der Verandabeleuchtung zeigte einen umgestürzten Baum, der die Zufahrt hinter dem Mercedes blockierte.

»Er hat deinen Wagen knapp verfehlt«, sagte sie, als er eine Reihe von Umkleidekabinenflüchen murmelte. »Du solltest froh sein.«

»Froh? Wir sitzen hier fest!«

Ich sitze ganz allein mit dir hier fest, dachte sie.

Er lief zum Baum, aber es wurde schnell offensichtlich, dass er ohne eine Kettensäge und einen Ladekran nirgendwohin kommen würde. »Morgen früh sieht alles schon ganz anders aus.« Sie versuchte, fröhlich zu klingen. Er fletschte seine Zähne.

Schließlich räumten sie Äste zur Seite, um den Kofferraum zu öffnen. Rorys Rucksack und ihre Plastiktüte von Trader Joe's, in denen sie alles verstaut hatte, was sie benötigte, lehnten an seiner ledernen Reisetasche von Montblanc, eine sichtbare Erinnerung an die Kluft, die sie voneinander trennte. Er gab ihr ihre Sachen und nahm seine eigene Tasche an sich, dann griff er nach dem Karton mit den restlichen Pralinenschachteln, die sie als Bestechungsmittel mitgenommen hatte. »Die kannst du im Wagen lassen«, sagte sie.

»Nichts da.« Er klemmte sich den Karton unter seinen Arm und mühte sich erfolglos ab, um die blockierte Fahrertür zu öffnen.

»Wir können heute Abend nichts mehr ausrichten«, bemerkte sie.

»Denkst du, das weiß ich nicht?« Seine Antwort klang wie ein wütendes Knurren. Er trat von seinem Wagen zurück und streifte mit seiner Hand durch seine nicht mehr ganz so perfekte Frisur. »Sorry. Ich verhalte mich gerade idiotisch.« Er wirkte so zerknirscht, wie ein durchtrainierter, superreicher, professioneller Sportagent wirken konnte.

Sie legte ihren Kopf auf die Seite. »Tut es dir wirklich leid oder nur, weil ich die Schwester deines wichtigsten Klienten bin?«

Er schenkte ihr ein reumütiges Lächeln. »Beides.«

Sie grinste. Ihr gefiel diese charmante Art der Beichte, und zwar mehr, als sie es sich eingestehen wollte.

KAPITEL 9

Eine knappe Stunde später, als Rory aus dem Bad kam, unterbrach er seine Endlosschleife durch den Raum lange genug, um den klassischen langen mintgrünen Kimono zu mustern, den sie als Bademantel benutzte. Die Art, wie er sie betrachtete, machte ihr sogar noch deutlicher bewusst, dass er für sie immer mehr ein Lustobjekt verkörperte statt ein Symbol für rücksichtslosen Ehrgeiz. Sie riss sich zusammen. »Hast du schon wieder was an mir auszusetzen?«

Sein Blick wanderte über ihren Körper und blieb an ihrem tiefen V-Ausschnitt hängen. »Nicht im Mindesten.«

Vielleicht wirkte das Gewitter nach, weil sie das Gefühl hatte, als würde zwischen ihnen eine verirrte elektrische Ladung knistern. Sie überlegte, was sie sagen konnte, um die Anspannung zu brechen. »Die Couch ist zu klein für dich. Du kannst das Bett haben.« *Außer du willst es mit mir teilen.*

Er sah zum Schlafboden hoch. »Danke.«

»Willst du gar nicht mit mir diskutieren?«

»Die erste Regel im erfolgreichen Verhandeln lautet: Wenn jemand dir ein gutes Angebot macht, greif zu.«

»Werde ich mir merken.«

Er löste seinen Blick von ihr, um sein dauerpräsentes

Handy zu checken. Da es immer noch kein Signal gab, begann er wieder umherzuwandern, kam aber nur bis zum Tisch. Er starrte auf die Pralinenschachteln. »Bedien dich«, sagte sie.

»Bist du sicher?« Er wartete nicht auf ihre Bestätigung, sondern öffnete eine Probierpackung und musterte den Inhalt. »Welche davon empfiehlt sich am ehesten in einem Katastrophenfall?«

»Bourbon Maple Pecan, die letzte in der Reihe. Außer du hast zufällig einen Flachmann dabei mit mehr Umdrehungen.«

»So gut habe ich nicht geplant.«

Sie beobachtete ihn. Wie zuvor biss er eine Hälfte von der Praline ab und kostete den Geschmack aus, bevor er den Rest verzehrte. Bedächtig und bewusst. Wäre er im Bett nur auch so gewesen statt ein Versager. Ein totaler Versager. Dessen war sie sich sicher. Außer sie erfand das nur, um sich wieder in den Griff zu bekommen.

»Du willst nichts?«, fragte er, als sie die angebotenen Pralinen ablehnte.

Sie wollte schon etwas, und wäre er einer der Männer, zu denen sie sich normalerweise hingezogen fühlte, würde sie den ersten Schritt machen. Aber leider war Brett kein Loser.

Sie mochte diese Erinnerungen nicht, und sie schüttelte sie ab. »Ich esse meistens nur dann Schokolade, wenn ich die fertige Ware teste oder eine neue Sorte entwerfe.«

»Eine Chocolatière, die auf Schokolade verzichtet?«

»Ich liebe Schokolade. Logisch. Aber ich muss mit

dem Verzehr vorsichtig sein, anderenfalls ruiniere ich mir den Gaumen.« Er wirkte aufrichtig interessiert, und mit ihm über ihre Passion zu reden, war smarter, als ihn anzugaffen. »Ich liebe es, verschiedene Geschmackskombinationen auszuprobieren. In unserer Branche gibt es gerade einen Kräutertrend – Rosmarin und Thymian, Lavendel und noch ein paar andere –, aber das ist nicht viel mehr als ein netter Gimmick, also habe ich damit wieder aufgehört. Ich verwende auch keinen Parmesan, keinen Knoblauch, oder, Gott bewahre, Knallzucker.«

Er blieb vor der Tür stehen. »Knoblauch?«

»Kein Scherz.« Sie setzte sich auf die Couch und wählte den Platz, der am weitesten von der Tür entfernt war, wo er stand. »Manche Chocolatiers rühmen sich für ihre ausgefallenen Kombinationen – je ausgefallener, desto besser –, aber ich empfinde das als Imponiergehabe, dass man experimentiert um des Experimentierens willen, statt schlicht eine erlesene Köstlichkeit zu kreieren. Ich finde es wichtig, das Produkt zu würdigen. Ich verwende nicht einmal Speck.«

»Speck ist vielleicht auch ein bisschen übertrieben.«

Sie lächelte. »Vielleicht.«

Schweigen machte sich breit. Statt auf sein Handy zu schauen, starrte Brett sie an. Der tiefe Ausschnitt ihres Kimonos fesselte weiter seine Aufmerksamkeit, und sie befahl sich, ihren Gürtel enger zu ziehen, tat es aber nicht. »Erzähl mir, warum die Assistentin von Clints Manager sich von dir getrennt hat.«

Er fing wieder an umherzugehen. »Darüber willst du reden? Warum meine Ex mit mir Schluss gemacht hat?«

»Ich versuche nur, Konversation zu machen.« Sie zog ihre Beine hoch auf die Couch und wickelte den Kimono um ihre Knie, hielt ihn dort fest. »Lass mich eine wilde Vermutung aufstellen: Sie war es leid, auf einen Ring zu warten.«

»Nicht ganz.« Er blieb stehen und musterte ihre angewinkelten Beine, die sich unter dem glatten Stoff abzeichneten. »Sie war nicht bereit für eine Ehe.«

Rory streckte ihren linken Fuß ein paar Zentimeter weiter vor. »Aber Sie wollte mit dir zusammenleben.«

»Etwas weniger subtil.« Er löste seinen Blick von ihren Beinen. »Sie wollte mit einem Mann zusammen sein, der sie liebte.«

»Was du nicht getan hast.«

Er setzte seine ziellose Wanderung fort, unfähig, zur Ruhe zu kommen ohne ein Handysignal. Oder vielleicht war das Funkloch nicht der einzige Grund für seine Unruhe. Vielleicht spürte auch er diese Irritation. »Sie war klug, und sie hatte nicht vor, meine Wände mit Holz zu vertäfeln. Es lag also nicht an ihr.« Er erreichte den gusseisernen Herd. »Die Quintessenz ist, dass ich nicht offen bin für eine Liebesbeziehung.«

»Verstehe. Du bist enttäuscht von den Frauen.«

»Wie kommst du darauf?« Er blieb wieder stehen. »Ich bin nicht enttäuscht. Ich mag Frauen, manchmal lieber als Männer. Und ich mag definitiv Sex.« Er zögerte, und sein Blick kehrte zu den Umrissen ihrer Beine unter dem Kimono zurück. »Müssen wir darüber reden?«

Sie verschränkte ihre Hände fester um ihre Knie. »Du

kennst meine Geheimnisse. Da ist es nur fair, wenn ich deine auch kenne.«

»Damit du noch mehr Grund hast, mich zu hassen?«

»Erstaunlicherweise hasse ich dich nicht mehr. Ich *traue* dir nicht, das ist wahr. Schließlich wissen wir beide, dass du mich an die Haie verfüttern würdest, wenn du daraus Profit schlagen könntest, aber …«

»Ich würde dich ganz sicher *nicht* an die Haie verfüttern.« Passend zu seinen Worten erinnerte er an einen angepissten Barrakuda.

»Wie auch immer. Na los. Verrate mir schon dein schreckliches Geheimnis.«

Er schob seine Hände in die Taschen seiner Trainingsshorts und zog unbeabsichtigt den Stoff unter seinem flachen Bauch straff … wo er nicht mehr flach war. »Ich bin in einer Großfamilie aufgewachsen, ohne jede Privatsphäre. Heute steht in meinem Leben nur noch eine Person im Mittelpunkt.«

»Du selbst.«

Er zog seine Hände wieder aus den Hosentaschen und verdarb ihr den Anblick. »Ich werde mich nicht dafür entschuldigen, also vergiss, was auch immer du gerade denkst.«

Sie dachte gerade, dass sie wünschte, er würde seine Hände wieder in seine Hosentaschen schieben.

»Das heißt nicht, dass ich egozentrisch bin, jedenfalls nicht wirklich. Ich bin einfach nur ein Mann, der mit Liebesbeziehungen nichts anfangen kann. Was auch immer es ist, das die Menschen dazu bringt, sich zu verlieben, ich trage es nicht in mir.«

»Das habe ich auch über Soziopathen gehört.« Sie hob ihre Hand, bevor er etwas erwidern konnte. »Vergiss es. Ich wollte dich nur wieder piesacken. Du warst also noch nie verliebt?«

»Ich liebe meine Familie. Meine Brüder. Meine absolut hinreißenden Neffen und Nichten. Und ich bin kein Zyniker. Oder ein Soziopath. Romantik und Liebe bewegen die Welt. Das verstehe ich. Aber nein, ich war noch nie richtig verliebt, nicht einmal in der Pubertät. Das liegt außerhalb meines Erfahrungsbereichs.«

»Wie seltsam. Du bist eine Art einsamer Cowboy im Dreiteiler, der auf seinem treuen Gaul durch die Prärie reitet und sich nur von den Sternen leiten lässt.«

»Ich würde niemals einen Dreiteiler anziehen, und ohne ein GPS bin ich verloren.«

»Trotzdem …«

Er näherte sich der Couch. »Meine Karriere kommt für mich an erster Stelle. Immer. Daraus mache ich keinen Hehl. Ich bewerte mein Leben nach den Ergebnissen, die ich erziele.«

Sie rutschte unbehaglich auf der Couch herum bei der Vorstellung, ihr Leben nach den Jobs zu bewerten, in denen sie gearbeitet hatte.

Er machte schließlich den Eindruck, als wollte er sich zu ihr auf die Couch setzen, also zog sie ihre Beine enger an ihren Körper, um ihm Platz zu machen. »Ich mag es, meinen Freiraum zu haben«, sagte er. »Ich kann arbeiten, so lange ich will, gehen, wohin ich will und wann ich will. Was ist daran falsch?«

»Sag du es mir.«

»Nichts.« Er setzte sich neben sie und ließ nur ein paar Zentimeter Abstand zwischen ihren Zehen und seiner Hüfte. »Mein Boss heißt Heath Champion. Eigentlich ist sein richtiger Name Harley Davidson Campione …«

»Dahinter steckt bestimmt eine Geschichte.«

»Eine gute. Jedenfalls, Heath hat eine tolle Frau und tolle Kinder, aber er muss beruflich einige Abstriche machen, wozu ich nicht bereit wäre.«

»Also keine Ehe. Und keine Kinder.«

»Du klingst genauso voreingenommen wie meine Mutter. Ein Single zu sein, ist kein Verbrechen. Viele Singlefrauen behaupten, ein sehr glückliches Leben zu führen. Warum dürfen Männer das nicht auch?«

»Ich habe nicht gesagt, dass es ein Verbrechen ist. Ich selbst war auch nie daran interessiert zu heiraten, und ich kann mir nicht vorstellen, eigene Kinder zu haben. Aber genauso wenig kann ich mir vorstellen, niemals verliebt gewesen zu sein.«

»Das hat mir viel Kummer erspart, und ich wette, du kannst von dir nicht dasselbe behaupten.«

»Stimmt.« Sie hatte mehr als ihren gerechten Anteil an Liebeskummer durchlitten. Am schlimmsten war das Beziehungsaus mit dem grandiosen französischen Chocolatier, bei dem sie in die Lehre gegangen war. André hatte alles aus ihr herausgeholt, und sie war der Schokoladenkunst mit Leib und Seele verfallen. Von ihm hatte sie die ganze Wissenschaft dahinter gelernt, nicht nur die handwerklichen Techniken wie Temperieren, Formen und Verzieren. In dieser Lehrzeit war sie auch ihrem Meister mit Leib und Seele verfallen. Sie hatte nicht erkannt, dass

Andrés Ego – wie das von Ashley – restlose Hingabe verlangte. Sobald er die sicher hatte, zog er weiter.

Aber Brett Rivers war nicht André, und Bretts mangelndes Interesse an einer Liebesbeziehung machte ihn zu einem perfekten Kandidaten für eine unverbindliche Affäre, abgesehen von zwei Dingen: seine geschäftliche Beziehung mit ihrem Bruder und der Umstand, dass ihr, wenn sie seine exklusive, überambitionierte Luft atmete, noch stärker bewusst wurde, dass sie ziellos durchs Leben trieb. Andererseits, es war dunkel, sie waren mitten in der Pampa von Michigan, und Brett hatte diese gefährliche Ausstrahlung – unglaubliche Wangenknochen, eine rasiermesserscharfe Nase und graue Gangsteraugen.

In das angespannte Schweigen drang nur das Rascheln der Bäume im Wind. Bretts Hand fand ihren nackten Fuß. Seine Finger schlossen sich um ihre Zehen, sein Daumen streifte über ihren Fußbogen. Pure Lust durchzuckte ihren Körper. Sie streckte ihr anderes Bein aus und legte es über seinen Schoß. Ihre Wade streifte alle Beweise, die sie brauchte, dass er gerade den gleichen Hitzeschub erlebte wie sie.

Er schob ihr Bein weg und schoss von der Couch hoch. »Ich geh ins Bett. Ich werde die Leiter hinter mir hochziehen.«

Brett brauchte nicht zu sehen, wie diese kleine Nase geringschätzig in seine Richtung schwenkte, um zu wissen, dass er Rory gekränkt hatte. »Spar dir die Mühe mit der Leiter«, sagte sie eisig. »Ich bin nicht interessiert.«

Und ob sie interessiert war. Die Anspannung, die

schon den ganzen Abend zwischen ihnen knisterte, hatte ihren Höhepunkt erreicht. Sein Körper stand unter Strom, und er schwitzte unter seinem T-Shirt. Er musste die Flucht ergreifen, oder er würde eine Dummheit begehen, und der River beging keine Dummheiten.

Sie nahm ihre Füße von der Couch, zweifellos mit ihm fertig. Ihr Bademantel klaffte leicht auseinander und enthüllte nackte, straffe Beine bis zum Knie, was nicht annähernd hoch genug war.

»Du bist nicht so heiß, wie du denkst.« Sie wedelte herablassend in Richtung Leiter. »Husch, husch, rauf mit dir in dein Versteck.«

»Verdammt, Rory! Ich versuche hier, mich anständig zu benehmen.«

»Ach so, danke«, erwiderte sie spöttisch. »Dann ist das also nur zu meinem eigenen Schutz.«

»So habe ich das nicht gemeint.«

Aber er hatte sie gekränkt, und sie kam nun in Fahrt. »Zu deiner Information, du bist nicht der Hauptgewinn, für den du dich offenbar hältst. Weißt du, was du wirklich bist?«

Er hatte das Gefühl, sie würde es ihm gleich sagen.

»Du bist ein arroganter, egoistischer Workaholic! Du bist großspurig und eingebildet und oberflächlich und – und ein Vollarsch, der eine Frau erst abfüllen muss, um sie ins Bett zu kriegen!«

»Ich musste dich nicht abfüllen! Du warst schon …« Er hielt inne und streifte mit seiner Hand seine Haare zurück. »Du weißt genauso gut wie ich, dass das eine schlechte Idee ist. Du bist die Schwester mein…«

»Deines wichtigsten Klienten. Bla bla. O ja, ich weiß.« Sie spuckte ihm die Worte praktisch vor die Füße, als sie zum Bad stolzierte. »Diskussion beendet. Wir sind fertig miteinander.« Sie schob den Vorhang zur Seite und verschwand im Nebenraum.

Er war der River. Hochfokussiert. Schlau. Diszipliniert. Aber seine Zielstrebigkeit hatte eine Bruchlinie entwickelt, und das lag an Rory. Er folgte ihr hinter den Vorhang.

Das Bad war schlicht ausgestattet: Holzwände, eine Duschkabine und ein Waschbecken mit einem Spiegel. Das kahle Fenster über der Toilette zeigte hinaus auf den dunklen Wald hinter der Hütte.

Rory stand da und funkelte ihn böse an, ihre kurvige Hüfte an das Waschbecken gelehnt, die Arme vor ihren runden Brüsten verschränkt, einen deplatzierten verächtlichen Ausdruck in diesem süßen Flittchengesicht.

»Es tut mir leid, dass ich dich verärgert habe, selbst wenn ich nicht genau weiß, womit.« Für einen Mann der klaren Worte war das gelogen. Total gelogen. Natürlich wusste er, womit er sie verärgert hatte. Er hatte ein Vorspiel mit ihrem Fuß begonnen, und als sie darauf einging, handelte er gegen sein eigenes Verlangen und ließ sie abblitzen. Er rieb seinen Arm. »Na schön. Ich weiß wohl, was ich getan habe. Ich habe Panik bekommen, okay?«

Das kam nicht gut an, was man daran sehen konnte, dass sie ihren Mund verzog. »Der River und Panik? Das bezweifle ich stark.«

»Ich bin ein Mensch, Herrgott noch mal! Und nicht

bloß ein – wie hast du es ausgedrückt? – egoistischer, arroganter Widerling.«

»Ich habe nichts von einem Widerling gesagt. Ich sagte Vollarsch.«

»Gutes Argument.« *Niemals sich entschuldigen. Niemals sich erklären. Außer es handelt sich um einen Klienten ... oder einen Trainer ... oder einen Vereinsvorstand.* Er musste daran denken, dass er auch schon mal dem einen oder anderen Teambesitzer und Werbemanager schöngetan hatte, aber immer nur, um seinen Klienten den Arsch zu retten, nicht seinen eigenen, so wie er das jetzt tun musste. »Ich habe versucht, das Richtige zu tun.«

Der ganze Zorn, der sich in ihr aufgebaut hatte, entlud sich nun. »Tatsächlich? Indem du das schwache Weib vor etwas beschützt hast, das sie eindeutig *wollte*? Beachte die Vergangenheitsform. Sie bedeutet ...«

»Ich weiß, was die Vergangenheitsform bedeutet!« Er war schon mit anderen unmöglichen Personen fertiggeworden, und er griff auf seinen professionellen Charme zurück. »Meinst du, wir könnten noch mal von vorn anfangen?«

»Ab welchem Punkt genau?«

»Das entscheidest du.«

»Wie wäre es, wenn ich wieder sagen würde: Fick dich?«

»Ich glaube nicht, dass du das schon mal gesagt ...«

»Aber gedacht!«

»Das ganz bestimmt. Na schön. Du hast gewonnen. Ich lass dich in Ruhe. Aber vorher ...« Ein langer Schritt schloss die Distanz zwischen ihnen. Er packte sie an den

Schultern, sah in diese herrlichen blauen Augen und küsste diesen herzförmigen Mund hart und intensiv, so wie er es schon den ganzen Tag tun wollte.

Sein Herz schlug wild in seiner Brust, als er Rory schmeckte, und sein Körper fing Feuer. Er presste sich an sie, verlor fast den Verstand … sein Blut fing an zu kochen … bis diese ganze Sache mit der Einvernehmlichkeit ihn kalt erwischte wie ein Kübel Eiswasser – die Erlaubnis, um die er ausdrücklich hätte bitten sollen, was er aber nicht getan hatte. Weil er ein Arsch war!

Erschrocken wich er vor ihr zurück, als wäre sie plötzlich radioaktiv verstrahlt. »Tut mir leid.« Wieder eine Entschuldigung. »Ich hatte da wohl falsche Impulse. Falls ich dich …«

»Es ist schwer, du zu sein, nicht wahr?« Sie schlang ihre Arme um seinen Hals und ergriff die Initiative, übernahm das Kommando wie das versierteste Flittchen im ganzen Universum. Ihre Körper waren eng aneinandergepresst. Seine Hand – seine eigensinnige Hand – fummelte am Stoffgürtel ihres Kimonos, den sie wie ein Filmstar aus den Dreißigern trug.

Darunter kam ein kurzes, luftiges Nachthemd zum Vorschein. Ein Nachthemd, wie es schon seit Jahrzehnten völlig aus der Mode war. Seine Hand berührte den weiten Saum und glitt darunter, ertastete ein Höschen, das wohl keine seiner damaligen Freundinnen jemals freiwillig angezogen hätte. Kein Tanga. Nicht einmal ein Bikinislip. Sondern ein richtiger Schlüpfer, der oben bis zu Rorys Taille reichte und unten an den Beinöffnungen diese idiotischen Rüschen hatte. Brett hatte noch nie etwas Verführerischeres berührt. Er spielte an der Rüschenspitze, ließ seine Finger darunter…

Ein sanfter Druck gegen seine Brust ließ ihn erstarren. Rory schob ihn von sich weg und schenkte ihm ein zittriges Lächeln. »Wir sehen uns morgen früh.« Ihre Hand streifte seinen sehr steifen Schoß – ob zufällig oder absichtlich, er wusste es nicht. »Du kannst die Couch haben. Ich nehme das Bett.«

Perplex schaute er ihr nach, als sie das Bad verließ. *Was zur Hölle war da eben passiert?*

Ihre wackeligen, lustgeschwächten Beine trugen sie kaum die sechs Leitersprossen hoch. Ihr Kimono klaffte weit auf, und ihr Babydoll klebte an ihrer feuchten Haut. Hier oben auf dem Schlafboden war es sehr warm, aber das war nichts gegen die Glut in ihrem Innern. Trotzdem hatte sie es irgendwie lange genug ausgehalten, um sich in Erinnerung zu rufen, dass für sie Sex mit einer Person, die ihr etwas bedeutete, mehr sein musste als die Vereinigung zweier Körper. Sie konnte es nicht riskieren, sich erneut mit Rivers einzulassen, nicht, solange sie durch den Morast ihrer eigenen Existenz watete, nicht, wenn die Gefahr bestand, dass sie nach einem soliden Anker Ausschau hielt, an den sie sich klammern konnte. Brett war überlebensgroß, ein Mann, der durch sein bloßes Erscheinen einen Raum einnahm. Sie hatte bereits einen Bruder, der ihr das Gefühl gab, inkompetent zu sein. Sie brauchte keinen Liebhaber, der ihr dasselbe vermittelte. Also hatte sie das fast Unmögliche getan. Sie hatte ihn abblitzen lassen.

Sie streifte ihren Kimono ab und ging um das Bett zum Giebelfenster, aber die warme, feuchte Luft bewirkte wenig, um sie abzukühlen. Dafür wäre ein richtiger Eissturm wie im Winter nötig.

Sie hob ihre feuchten Locken aus ihrem Nacken und dachte an das berauschende Gefühl, als Brett sie küsste. Welche Frau wäre nicht scharf auf diesen heißen, komplizierten Mann, und wie viele außer Rory hätten die Stärke besessen, sich von ihm abzuwenden? Nicht nur, dass Rory scharf auf ihn war, sie hatte auch noch Sympathien für den Arsch. Ja, er war ein rücksichtsloser Mistkerl, aber er war auch offen und direkt auf seine eigene Art, intelligent, aufmerksam und anständiger, als er es jemals zugeben würde.

Er hatte richtig erschrocken gewirkt, als er aufgehört hatte, sie zu küssen, so als hätte er Angst, dass er zu weit gegangen war. Aber sie wollte es. Sie wollte es unbedingt. Stattdessen stand sie nun hier oben und machte sich bereit, sich in ein Bett zu legen, in dem ihr nur ein Kissen und eine Decke Gesellschaft leisteten.

Es dauerte lange, bis sie einschlief.

Bretts Nacken war steif, und sein Rücken schmerzte. Es war erst kurz vor sechs Uhr, und er hatte eine schlimme Nacht auf der Couch verbracht. Als er die Leiter zum Schlafboden hochstieg, um seine Reisetasche zu holen, sah er in dem trüben Morgenlicht, das durch das offene Fenster fiel, Rory in dem bequemen, übergroßen Bett liegen, das fast den ganzen Raum einnahm. Der Kimono, den sie gestern Abend anhatte, lag auf dem Boden, und die Versuchung, zu ihr ins Bett zu klettern, war so überwältigend, dass er sich zwingen musste wegzuschauen. Er nahm seine Tasche und schaffte es fast zurück bis zur Leiter, ohne einen weiteren Blick auf die Schlafende zu werfen. Fast, aber nicht ganz.

Sie lag auf der Seite, und die einzelne Locke, die quer über ihre Wange gerutscht war, hob und senkte sich sanft im langsamen Rhythmus ihrer Atemzüge. Sie hatte die Bettdecke ans Fußende gekickt, und ihre Lippen sahen leicht geschwollen aus. Entweder sie hatte im Schlaf daran herumgeknabbert, oder die Schwellung war eine Folge von dem Kuss gestern Abend.

Das Oberteil ihres Schlafanzugs, den niemand unter achtzig besitzen sollte, war über Nacht hochgerutscht bis zu ihrer Taille und enthüllte das altmodische weiße Pumphöschen, das alles der Fantasie überließ. Vielleicht waren es die Nachwirkungen seiner schlaflosen Nacht, aber dieser Liebestöter törnte ihn mehr an als der knappste Tangaslip.

Während er sie im Schlaf beobachtete, bekam er wieder eine Erektion. Er zwang sich, die Leiter hinabzusteigen, und steuerte auf das Bad zu. Sosehr er sich eine Tasse Kaffee wünschte, noch mehr wünschte er sich, von hier wegzukommen.

Frisch geduscht und angezogen, verließ er schließlich das Bad und sah, dass Rory vom Bettrand aus zu ihm hinunterspähte.

»Was machst du?« Sie rieb sich die Augen und gähnte.

»Schlaf weiter.« Sein Ton war schroff, als wäre sie die größte Plage der Welt, was sie auch war. »Ich mache mich zu Fuß auf den Weg zum nächsten Nachbarn. Ich will schauen, ob ich jemanden mit einem Pick-up finde, der den Baum in der Einfahrt beseitigt, damit ich wieder rausfahren kann.«

Sie schwang sich auf die Leiter. »Gib mir eine Minute. Ich komme mit.«

Zuerst war er zu sehr gefesselt von einer perfekten Aussicht auf diesen runden Po in dem gerüschten Pumphöschen, der die Leiter herunterkam, um zu reagieren, aber schließlich fand er seine Stimme wieder. »Du bleibst hier und sorgst dafür, dass es frischen Kaffee gibt, wenn ich zurückkomme.«

»Du erwartest also, dass das Frauchen sich in die Küche stellt, während du auf Abenteuerjagd gehst? Vergiss es. Gib mir drei Minuten.« Sie verschwand im Bad.

»Als könnte eine Frau in drei Minuten fertig sein!«, rief er ihr nach.

»Die Wette gilt, Arschgesicht. Machen wir daraus zweieinhalb.«

»Du trägst Oma-Unterhosen!«

»Sagte der Spanner!«, schoss sie zurück.

Er musste gegen seinen Willen lächeln.

KAPITEL 10

Es stellte sich heraus, dass er es gerade einmal schaffte, die Kaffeekanne mit Wasser zu füllen, als Rory auch schon wieder aus dem Bad auftauchte, im selben Outfit wie gestern, ungeschminkt, ihre wilden Locken unter ihrer Yankees-Baseballkappe gebändigt, ein selbstgefälliges Lächeln im Gesicht. »Beim nächsten Mal denk daran, mit wem du sprichst.«

»Ich hab deine Windelhose gesehen«, erwiderte er, da ihre Unterhaltung auf Kinderspielplatzniveau gesunken war.

»Das hat dir bestimmt den Tag gerettet.« Sie schnappte sich ein paar von ihren Pralinenschachteln und packte sie ein. »Vielleicht müssen wir jemanden bestechen.«

Sie ging vor ihm zur Tür hinaus, als wäre gestern Abend nichts gewesen.

Rory wich auf dem Schotterweg einer Schlammpfütze aus. Brett hatte kein Wort über gestern Abend verloren. Es war, als wäre es nie passiert. Sie sah ihn unter dem Schirm ihrer Baseballmütze an. »Selbst hier draußen in der Wildnis sieht deine Frisur albern aus.«

Er erwiderte stirnrunzelnd ihren Blick. »Was hast du nur ständig mit meinen Haaren?«

Sie verdrängte die Erinnerung an gestern Abend aus ihren Gedanken. Es war nicht passiert. Es war nur ein Traum. Ein feuchter Traum.

»Es irritiert mich, wenn du aussiehst wie diese schmalzigen Typen in den Frisurenkatalogen.«

»Mit dieser ganzen Eifersucht zu leben, muss schmerzhaft sein.«

»Nicht wirklich. Ich bin es gewohnt.« Sie wünschte, sie könnte ihre Haare so tragen wie er, streng zurückgegelt zu diesem Look, der Macht ausstrahlte, aber sie hatte weder die Persönlichkeit noch den passenden Beruf dafür.

Sie kamen an einem Müllsack vorbei, der aufgerissen am Straßenrand lag. Brett scheuchte eine summende Mücke weg. »Der Abend gestern ist ein bisschen außer Kontrolle geraten.«

Er sprach es schließlich doch an. »Nicht wirklich. Ich hab nur mit dir gespielt.«

»Du hast mit mir *gespielt*?«

Sie musste sich klug verhalten, was bedeutete, kein ernsthaftes Gespräch. »Du musst wirklich lernen, deine Hände bei dir zu behalten.«

»Hey, ich war nicht der Einzige, dessen Hände auf Wanderschaft gegangen sind.«

Die Mücke konzentrierte sich nun auf Rory, und sie schlug danach. »Ich habe mir kurz eingebildet, du wärst mein Exfreund.«

»Ach wirklich?« Der Schlamm schmatzte unter seinen Schuhen, die nicht annähernd so praktisch waren für einen Fußmarsch über einen aufgeweichten Feldweg wie

Rorys Sneaker. Er holte sein Handy heraus und checkte das Display. Sein missmutiges Gesicht deutete darauf hin, dass er hier draußen dem Handyhimmel kein Stück näher war als in der Hütte. Er steckte das Telefon wieder ein. »Die Sache ist die …«

»Hier kommt, was deinem vernebelten Gehirn entgeht, Rivers. Ich bin keine Frau für eine Affäre. Ich bin eine Frau für eine Beziehung, eine Frau, mit der man Dates hat, um sich gegenseitig näher kennenzulernen. Ungeachtet dessen, was gestern Abend passiert ist – und ungeachtet dieses geschmacklosen Vorfalls im Hotel –, brauche ich etwas mehr als nur ein bisschen Grapschen und ein schnelles Rein-Raus.«

»Ein schnelles Rein-Raus? Lady, so wie wir unterwegs waren …«

»Für mich ist emotionale Intimität viel wichtiger als unmittelbare Befriedigung. Ich würde diesen Marshmallow-Test mit Bravour bestehen.«

»Ach ja?« Er grinste sie fast höhnisch an. »Nun, ich wäre natürlich schlau genug, gleich um die ganze Tüte zu feilschen.«

Er hatte wahrscheinlich recht.

Ein senfgelbes Farmhaus kam in Sicht. Über der Veranda baumelten noch Weihnachtslichterketten, und ein altes mintgrünes Spülbecken, das mit welkenden Geranien bepflanzt war, diente als Rasenkunst. Ein ziemlich neuer Pick-up stand in der Einfahrt.

»Bingo.« Brett ging hoch auf die Vorderveranda und läutete an der Tür, während Rory neben dem Pick-up wartete. Niemand reagierte auf das Klingeln, aber von der Rückseite des Hauses drang das ferne Geräusch von Stimmen. »Du bleibst hier!«, sagte Brett.

Sie ignorierte seinen Befehl und folgte ihm um das Haus herum. Auf der Rückseite entdeckte sie zu ihrer Bestürzung Tarnanzug, der hinter einem verzinkten Blechschuppen hervorkam. Er trug seine Kampfmontur von gestern inklusive seiner phallischen Pistole. »Ich hab nicht damit gerechnet, euch zwei wiederzusehen.«

»Und wir haben nicht damit gerechnet, hier zu sein«, erwiderte Brett. »Bei dem Unwetter gestern ist vor der Hütte ein Baum umgestürzt. Er blockiert meinen Wagen in der Einfahrt.«

Tarnanzug nickte, als hätte er nichts anderes von ihnen erwartet. »Und jetzt braucht ihr Hilfe.«

»Gibt es hier jemanden, der mir helfen kann? Gegen Bezahlung natürlich«, sagte Brett geschmeidig. »Je schneller, desto besser.«

»Tja, woher soll ein *Vollpfosten* wie ich wissen, wie man klugen Leuten wie euch hilft?«

Rory trat einen Schritt vor. »Ich habe mich gestern vielleicht etwas unglücklich ausgedrückt«, sagte sie hastig. »Aber zu meiner Verteidigung möchte ich hinzufügen, dass ich es nicht befürworten kann, wenn Leute ihre Zeit damit verbringen …«

»Kennst du jemanden, der mir helfen kann?«, fiel Brett ihr ins Wort.

»Ich habe Pralinen mitgebracht«, sagte Rory.

Tarnanzug bewegte seine Hand zu seinem Pistolengriff, und Rory wurde nervös. »Aber ich gebe euch nur was davon ab, wenn ihr versprecht, dass ihr nicht wieder auf uns schießt. Oder zumindest nicht auf mich. Mein Freund ist für sich selbst verantwortlich.«

»Was soll das, Rory?«, zischte Brett laut.

Tarnanzug schüttelte den Kopf. »Kumpel, du hast noch ganz andere Probleme als einen umgestürzten Baum.«

»Da hast du nicht unrecht«, sagte Brett.

Da Rorys Versuch, die Stimmung aufzulockern, nicht gut funktioniert hatte, befand sie es für ratsam, die Beleidigung zu ignorieren. Tarnanzug deutete mit dem Kopf auf einen schmalen Pfad, der in den Wald hineinführte, in die Richtung, aus der sie die Stimmen gehört hatten. Brett warnte sie mit einem Blick, sich nicht vom Fleck zu rühren, aber sie konnte ihn nicht guten Gewissens alleine gehen lassen, also eilte sie ihm rasch voraus.

»Rory …«

»Pass auf, dass du deine Luxustreter nicht vollständig ruinierst!«, rief sie über ihre Schulter zurück.

Sie waren nur ein kurzes Stück gegangen, als vor ihnen eine schlammige Lichtung erschien, auf der zwei nasse Zelte, ein paar Klappcamper, ein alter Wohnwagen und mehrere Pick-ups standen. Der Geruch von Laubkompost, Kaffee und Benzin stieg Rory in die Nase. Sie entdeckte die beiden jüngeren Vollpfosten, die auf einem Baumstamm saßen, neben einer groben Bretterwand mit einem aufgesprühten menschlichen Umriss, der von Kugeln durchsiebt war. Zwei weitere Männer saßen lässig da auf weißen Plastikstühlen, jeweils einen Thermobecher in der Hand. Hinter ihnen hing ein Banner mit der Aufschrift *Jesus Ist König*, eine Botschaft, die Rorys ehemalige Lehrerinnen an der Sonntagsschule hier bestimmt schrecklich deplatziert fänden.

Alle Männer starrten sie an. Brett schien sich sofort heimisch zu fühlen. »Hier ist ja richtig was los.«

»Es ist nicht viel, aber es ist ein Zuhause«, sagte Tarnanzug mit einem überraschenden Sinn für Humor, obwohl niemand lachte.

Rory konnte sich nicht zurückhalten. »Jetzt, wo wir diesen Ort gesehen haben, braucht ihr uns nicht zu töten, oder?«

»Noch nie was vom Recht auf Versammlungsfreiheit gehört?«, sagte Tarnanzug. »Das ist in der Verfassung verbürgt. Und Shelby Smith dort drüben ist unser Bezirkssheriff.«

Sheriff Smith nickte ihnen zu.

Rory beschloss, dass dies ein guter Zeitpunkt war, um die Pralinen herauszuholen, aber als sie ihren Rucksack von ihrem Rücken gleiten ließ, sah sie sich plötzlich einem Gewehr gegenüber, das direkt auf ihre Brust zielte.

»Ich bin unbewaffnet!« Ihr Kopf fuhr herum zu Sheriff Smith. »Sehen Sie das? Nehmen Sie den Mann fest!«

»Bobby kann ja nicht wissen, ob Sie nicht gleich eine Waffe aus Ihrem Rucksack ziehen«, sagte der Sheriff.

»Ich bin eine Chocolatière! Warum sollte ich eine Waffe haben?«

Der Sheriff zuckte mit den Achseln. »Hier laufen viele Verrückte herum.«

Brett stellte sich zwischen sie und das Gewehr. »Jungs, ihr geht mir langsam auf den Sack.«

»Nimm die Flinte runter, Bobby«, sagte Tarnanzug.

»Das einzig Gefährliche an diesem Weib ist ihre große Klappe.«

Rory umklammerte ihren Rucksack. »Vergesst es! Keiner von euch bekommt auch nur eine Praline von mir.«

»Was faselt die da ständig von Pralinen?«, fragte der Sheriff.

»Man muss ihr zugutehalten, dass sie wahrscheinlich die besten Pralinen im ganzen Land macht«, sagte Brett. »Fragt eure Kumpels. So was habt ihr noch nie gekostet.«

»Und das werdet ihr auch nicht«, erklärte Rory.

»Tja, dann«, sagte Tarnanzug. »Sorry, dass wir euch mit eurem Baumproblem nicht helfen können.«

Brett schnappte sich Rorys Rucksack und begann, die ganzen Pralinenschachteln zu verteilen. Rory war gezwungen, diesen Verrätern dabei zuzuschauen, wie sie innerhalb von wenigen Minuten ihre harte Arbeit zunichtemachten und sich beschwerten, weil sie nicht mehr mitgebracht hatte, und sie dann auch noch über staatliche Tyrannei belehrten, unterstrichen von Sheriff Smith, der seine Pistole zog und dem menschlichen Umriss auf der Bretterwand eine Kugel in den Kopf jagte.

Obwohl ein halbes Dutzend Pick-ups um den Lagerplatz stand, meldete sich niemand freiwillig, den Baum zu beseitigen. Tarnanzug lieh ihnen aber immerhin seine Kettensäge. »Leg sie vor den Eingang der Hütte, wenn du fertig bist. Ich werd sie dann heute Nachmittag abholen.« Er lachte leise. »Und viel Glück dabei herauszufinden, wie man damit umgeht.«

»Nun, wenigstens haben sie uns nicht getötet«, bemerkte Rory, als sie mit Brett auf dem Rückweg war, Kettensäge inbegriffen.

»Ich war nicht in Lebensgefahr. Du dagegen …«

»Ich sage immer noch, wenn die Frauen hier in dieser Gegend anfangen würden, sich mit ein paar von diesen Losern einzulassen …«

»Ich erinnere mich an deine Theorie.«

Sie sah auf seine schlammverkrusteten Loafer. »Deine Schuhe sind ruiniert.«

»Das ist mir egal.«

»Wie ist es, so reich zu sein, dass man Tausend-Dollar-Schuhe ruinieren kann und es einem egal ist?«

»Die Schuhe haben keine tausend Dollar gekostet, und ich erkläre dir mal Folgendes: Ich gebe wirklich einen Scheiß auf Schuhe oder Kleidung oder meine Frisur, trotz allem, was du glaubst. Aber die Spieler, die ich vertrete, sind jung, viele von ihnen sind in Armut aufgewachsen, und sie holen nun die verlorene Zeit nach. Wenn ich vor denen in Zwanzig-Dollar-Billigtretern erscheine, verliere ich jegliche Glaubwürdigkeit.«

»Clint ist nicht so.«

»Er ist auch nicht in Armut aufgewachsen.«

Sie verstand, was er meinte.

»Ich hab ein Signal!«, rief er plötzlich und klang wie ein Gestrandeter auf einer einsamen Insel, der einen Rettungshubschrauber entdeckt hatte. Er begann, mit seinem Daumen hektisch sein Handy zu bedienen, während die Kettensäge von seiner anderen Hand herunterhing.

Rory holte ihr eigenes Handy heraus, aber ihr Billiganbieter bot in den Wäldern von Nordmichigan keinen Service an.

Bretts Handy signalisierte eine Serie von eingehenden Nachrichten, und sein Daumen jagte über das Display. Sie nahm ihm die Kettensäge ab.

»Verdammt! Es ist wieder weg!« Er streckte sein Handy hoch in die Luft und ging rasch auf die andere Seite des Wegs.

»Du könntest auf einen Baum klettern«, schlug sie vor.

Er war zu beschäftigt damit, einen Funksignal-Hindernisparcours zu absolvieren, um zu antworten.

Sie ließ ihn stehen und setzte ihren Weg mit der Kettensäge fort. Als sie die Einfahrt zur Hütte erreichte, huschten zwei wilde Truthähne vor ihr davon. Sie war noch keine drei Schritte gegangen, als sie wie angewurzelt stehen blieb. Direkt vor ihr parkte ein verdreckter blauer Range Rover.

Sie rannte los.

KAPITEL 11

Clint saß auf der Eingangstreppe der Hütte, einen Kaffeebecher in der Hand. Sein Haar wirkte struppig, sein Bart ungepflegt, und er trug ein fleckiges weißes T-Shirt und Kakishorts, während seine nackten Füße in schmutzigen Sneakern von Vans steckten.

»Clint!«

Sein Kopf fuhr hoch. »Rory?«

Prompt kam die alte Verbitterung wieder hoch. Warum hatte ihr Vater sie nicht genauso gerngehabt wie Clint? Warum konnte Kristin keine richtige Mutter für sie sein? Und warum war Rory in ihrem Leben keinen Schritt weitergekommen als vor zehn Jahren?

Clint stellte seinen Kaffeebecher neben sich auf den Absatz, aber er stand nicht auf, als sie näher kam. Sie verdrängte ihre bitteren Gedanken weit nach hinten, wo sie bleiben mussten.

Seine Haare, die eine Nuance dunkler waren als ihr Honigblond, sahen aus, als hätten sie seit Wochen weder einen Kamm noch eine Schere gesehen. Seine kantigen Züge und der ausgeprägte Kiefer, der nur weicher wirkte durch seinen Bart, konnten sich nicht mehr unterscheiden von ihrem runden Gesicht, aber sie hatten beide die blauen Augen von ihrem Vater geerbt.

»Was machst du hier?« Er klang gleichgültig, im Gegensatz zu seiner überschwänglichen Art, mit der er sie sonst begrüßte.

Sie nahm seine rotgeränderten Augen wahr und verstand. »Du weißt Bescheid wegen Ashley.«

»Ja.« Er stützte seine Ellenbogen auf seine Knie und senkte sein Gesicht in seine Hände. »Ja, ich weiß Bescheid.«

»Es tut mir leid.« Die Kettensäge konnte nicht mehr als fünf Kilo wiegen, aber sie fühlte sich viel schwerer an. Rory stellte sie ab und setzte sich neben Clint auf die Treppe.

Sie war es nicht gewohnt, ihn so zu sehen, und ebenso wenig das Schweigen, das sich zwischen ihnen ausbreitete. Bei ihren seltenen Zusammenkünften füllte Clint ihre Gesprächspausen immer mit lustigen Anekdoten über seine Freunde oder über Orte, die er besucht hatte. Er leistete die Schwerarbeit in ihren Unterhaltungen. Jetzt schien es ihn nicht zu kümmern.

Sie musste ihm die Wahrheit sagen, aber nicht, solange er in diesem Zustand war. »Ich bin mit deinem Berater hergekommen.«

Er ließ seine Hände fallen, behielt aber seinen Kopf unten. »Sieht ihm ähnlich, dass er meine Familie mit reinzieht.«

Er ahnte ja nicht, wie tief sie bereits drinsteckte. Sie betrachtete ihre schlammverkrusteten Sneaker. »Er hat erwähnt, dass du in letzter Zeit mit ihm nicht ganz zufrieden bist.«

»Er hat Ashley übel gedisst.«

»Es war bestimmt nicht schön, sich das anzuhören, aber er scheint wirklich nur dein Bestes im Sinn zu haben.«

»Du kennst ihn nicht. Der hat nur seine Provision im Sinn.«

Clint war sonst nie zynisch, aber sie hatte ihn auch noch nie so aufgewühlt erlebt.

In diesem Moment erschien Brett in der Einfahrt und deutete mit dem Kopf auf Clints verdreckten Wagen. »Du warst zelten«, sagte er, als er vor ihnen stehen blieb.

Auch Rory war die Outdoorausrüstung hinten im Land Rover aufgefallen, als sie daran vorbeistürmte.

»Ich war auf der Upper Peninsula.« Clint trank einen Schluck von seinem Kaffee.

Rory erinnerte sich, wie sich Kristin letztes Jahr darüber beklagt hatte, dass Clint einen Angelausflug nach Obermichigan machte. Kristin fand, die Gegend sei zu dünn besiedelt für ihren Goldjungen. »*Was, wenn er einen Notfall hat?*«, hatte sie zu Rory gesagt. »*Warum kann er nicht nach Miami fliegen wie jeder andere Footballprofi?*«

»*Aber denk an all die Geschlechtskrankheiten, die er sich erspart, wenn er stattdessen nach Michigan zum Angeln fährt*«, hatte sie erwidert.

Kristin hatte sie dafür einen Kopf kürzer gemacht.

»Ich habe versucht, dich zu erreichen«, sagte Brett in einem gleichmütigen Ton.

Clint streifte seine zu langen Haare zurück. Im Gegensatz zu ihr hatte er Naturwellen statt rebellische Locken. »Mein Handy lag die ganze Zeit im Handschuhfach. Ich hab erst gestern Abend nach meiner Ankunft in Newberry wieder einen Blick darauf geworfen. Ich dachte mir, egal, was auf der Welt gerade passiert, ich brauche es nicht zu wissen.« Er hob seinen Kopf. »Offensichtlich war das ein Irrtum.«

Dann wusste er das mit Ashley also erst seit gestern Abend.

»Es tut mir leid wegen Ashley.« Brett klang so unzulänglich, wie Rory sich fühlte.

»Ja, das glaub ich gern«, erwiderte Clint bitter. »Die sagen, ihr Tod sei verdächtig. Was bedeutet das? Und was hatte sie in meinem Haus zu suchen?«

»Du musst dich unbedingt bei der Polizei melden«, sagte Brett.

»Die Cops denken, ich hab was damit zu tun, nicht wahr?« Vor Zorn klangen seine Worte abgehackt.

»Sie möchten dir ein paar Fragen stellen«, antwortete Brett ruhig.

»Und ich hab mir eingeredet, dass die Welt sich ganz normal weiterdreht, wenn ich mich mal für eine Weile ausklinke.«

Rory konnte im Moment nur an das Naheliegendste denken. Sie klopfte ihre Sneaker gegen die untere Stufe, damit die Dreckklumpen von der Sohle abfielen. »Hast du Lebensmittel in deinem Wagen? Dann würde ich uns ein Frühstück machen.«

»In der Kühlbox«, antwortete Clint. »Aber ich hab keinen Hunger.«

»Ich mach uns trotzdem was.«

Sie nahm eine ungeöffnete Packung Räucherlachs

aus der Box, Spinattortillas und ein paar getrocknete Ananasringe. Während die Kettensäge in der Einfahrt kreischte, bereitete sie vier gefüllte Wraps zu. Immer, wenn ihre Neugier sie übermannte, unterbrach sie ihre Arbeit, um die beiden durch das Vorderfenster zu beobachten. Brett handhabte die Kettensäge mit einer Effizienz, die Tarnanzug in Staunen versetzen würde. Clint schleppte die Äste zur Seite und bewegte sich mechanisch, und keiner von beiden sagte etwas.

Sie stellte die Frühstückstortillas auf den Tisch und kochte eine Kanne Kaffee, aber die Bohnen waren alt, und das Resultat schmeckte bitter. Gleich darauf wurde die Eingangstür geöffnet, und die Männer kamen herein.

»… Bert Perkins anrufen«, sagte Brett gerade. »Sprich nicht mit der Polizei ohne deinen Anwalt.«

»Ich bin es leid, dass man mir ständig sagt, was ich tun soll.«

Wo war der liebenswürdige Bruder, den sie immer gekannt hatte?

»Du hast mich engagiert, damit ich auf dich aufpasse«, sagte Brett in einem nüchternen Ton. »Und genau das mache ich gerade.«

»Ach ja?« Clint schnappte sich seinen Autoschlüssel, den er auf der Anrichte abgelegt hatte. »Ich fahre zurück in die Stadt.«

Und schon war er zur Tür hinaus, ohne zu frühstücken und ohne Rory anzubieten, sie mitzunehmen.

Obwohl die Spinattortillas ganz gut schmeckten, schlug das Frühstück Rory auf den Magen, auch weil der Kaffee ungenießbar gewesen war. Sie und Brett machten daher in Ludlow einen Zwischenstopp in einer Bäckerei mit angeschlossenem Café. Hauptsächlich jedoch, weil es dort WLAN gab.

Während Rory an einem Außentisch vor der Bäckerei saß, wanderte Brett ein kleines Stück weiter den Bürgersteig auf und ab, sein Handy an sein Ohr gepresst, und die Gläser seiner Sonnenbrille blitzten jedes Mal in der Sonne auf, wenn er die Richtung wechselte. Sie hörte viele *Ja*s und *Könnte nicht besser sein*, als er anspruchsvolle Klienten besänftigte und zwischendurch mit fliegenden Fingern Nachrichten schrieb. Einmal schien er mit seinem Chef zu telefonieren, und sie hörte ihn sagen, dass er »an der Sache dran« sei. Sie würde einen derart stressigen Job hassen, aber sie musste seine Arbeitsweise respektieren. Sie würde auch gerne so arbeiten – mit zielstrebiger Entschlossenheit und dem Gefühl, am Ende des Tages etwas geleistet zu haben.

Er legte schließlich sein Handy auf den Tisch und setzte sich auf den weißen Plastikstuhl ihr gegenüber. Dann trank er einen Schluck von seinem Kaffee und strich mit seinem Daumen über den Rand des Pappbechers. »Du hast ihm nicht gebeichtet, was du getan hast.«

Sie wusste, dass er von ihrer Lüge gegenüber Ashley sprach. »Ich hatte keine Gelegenheit dazu.«

»Und ob du die hattest. Wir waren eine Dreiviertelstunde damit beschäftigt, die Einfahrt freizuräumen. Du hättest nur deinen Kopf aus der Tür stecken und zu ihm rüberrufen müssen, dass du mit ihm reden möchtest.«

Er hatte sie in die Defensive gedrängt. »Er hat erst gestern Abend von Ashleys Tod erfahren, da schien es nicht der richtige Zeitpunkt zu sein, um ihn zusätzlich zu belasten.«

»Der richtige Zeitpunkt für ihn oder für dich?«

»Das ist nicht fair.«

»Du kannst es nicht ewig hinausschieben, Rory.«

Er hatte recht. Sie tupfte mit einer Serviette eine kleine Kaffeepfütze vom Tisch auf und nickte. »Ich werde mit ihm reden, sobald wir zurück sind.«

»Gut.« Er betrachtete sie durch seine schicke, transparent gerahmte Sonnenbrille. »Bis dahin … Was würdest du davon halten, einen Auftrag für mich auszuführen?«

»Falls ich jemanden umlegen soll, vergiss es. Ist gerade eher ungünstig.«

»Ich muss vor unserem Rückweg nach Chicago einen kleinen Abstecher machen, und wie sich herausstellt, brauche ich kurzfristig eine Assistentin für heute.« Er tippte beiläufig auf sein Handy.

»Wie viel bezahlst du?«

Er nippte an seinem Kaffee. »Wie viel willst du?«

Sie hatte ein Zweitausend-Dollar-Bußgeld, das über ihrem Kopf schwebte, einen rußenden Foodtruck mit leeren Regalen und eine Wohnungsmiete, die bald fällig war. »Tausend Dollar«, sagte sie, einfach so zum Spaß.

»Ich gebe dir zweieinhalb.«

»Tausend?«

»Hundert.«

»Die Geschichte meines Lebens.« Sie war so fixiert

darauf, rasch Geld zu verdienen, dass sie sich zunächst gar nicht gefragt hatte, was sie dafür tun musste. »Was ist das für ein Auftrag?«

»Du fährst. Ich erkläre es dir im Wagen.«

Rory setzte sich wieder ans Steuer, und sie verließen Ludlow. Sie beobachtete, wie Brett das Navi auf den Flughafen von Detroit programmierte. »Wir fliegen? Nach St. Barth? Maui? Paris?«

»Philly.«

Sie seufzte. »Klar. Übrigens, ich werde dir keinen Kaffee bringen. Ich meine, ich bringe dir *vielleicht* einen Kaffee, aber nur, wenn es nicht zu meinem Auftrag gehört.«

»Ist notiert.«

Zwischen diversen Anrufen erzählte er ihr von Tyler Capello. »Tyler spielt nun schon die dritte Saison bei den Philadelphia Eagles. Er ist einer der besten Running Backs in der Liga. Nate Douglass, ein ehemaliger Kollege von mir, hat ihn damals direkt aus Florida unter Vertrag genommen. Aber während Tylers zweiter Saison haben die beiden sich verkracht, und Tyler löste schließlich seinen Vertrag mit uns und unterschrieb bei einem Blender namens Tommy Landom – Landom Sports Management. Nate wurde fristlos gekündigt.«

»Das klingt hart. So was ist doch bestimmt kein Einzelfall.«

»Dieser schon. Nate konnte mit Tylers Mutter nicht umgehen.«

»Was war das Problem?«

»Callie Capello hat ihn heftig angebaggert, etwas, wofür sie bekannt ist. Diese Frau ist einmalig.«

Rory fügte die Einzelteile zusammen. »Ich nehme an, Nate hat nicht Nein gesagt.«

»Callie besitzt offenbar eine große Überzeugungskraft. Trotzdem, Nate hätte es besser wissen müssen, und schon wenige Monate später zog er einen Schlussstrich unter die Affäre. Kurz darauf zog Tyler einen Schlussstrich unter ihre Geschäftsbeziehung.«

»Erklär mir, was du mit der ganzen Sache zu tun hast.«

»Ich habe vorhin mit Heath, meinem Chef, telefoniert. Tyler hat plötzlich beschlossen, dass er mit mir reden möchte. Nur mit mir.«

»Und du lässt jetzt alles stehen und liegen – obwohl die Gefahr besteht, dass Clint ins Gefängnis wandert –, um nach Philadelphia zu fliegen und dich mit Tyler zu treffen?«

»Vor morgen hat Clint nichts zu befürchten, und Tyler will mich sofort sehen. Ich hoffe, er hat erkannt, dass Landom ein großer Schwätzer und ein lausiger Berater ist.« Er checkte sein Handy. »Landom ist ein Parasit mit fragwürdigen Anwerbungsmethoden und der Neigung, Nebenabsprachen zu treffen, von denen er allein profitiert. Es kursiert sogar das Gerücht, dass er sich Geld aus Sponsorenverträgen in seine eigene Tasche steckt.«

»Das ist ja alles interessant, aber wie passe ich in dieses Bild?«

»Falls Tyler von Landom genug hat, möchte ich dem Jungen einen neuen Vertrag anbieten, aber ich muss sicher sein, dass seine Mutter nicht Teil des Deals ist. Wahrscheinlich bin ich übervorsichtig, aber falls sie heute anwesend ist, besteht deine Aufgabe darin, sicherzustellen, dass ich keine Sekunde mit ihr alleine bin.«

»Och, wie süß. Du hast Angst, dass sie dir an die Wäsche geht. Absolut verständlich, wenn sie verzweifelt ist.«

»Du lässt es niemals gut sein, oder?«

Sie lächelte ihn an. »Niemals.«

Einige Stunden später, als Rory die Sicherheitskontrolle am Wayne County Airport in Detroit verließ, minus einer vollen Flasche von ihrer Lieblingslotion, zog sie im Geiste immer noch Vergleiche zwischen Brett und Tommy Landom. Brett war forsch und ehrgeizig, aber nach allem, was sie mit ihm erlebt hatte, war er auch ehrenhaft. Im Gegensatz zu ihr. Hätte sie ihren Mund gehalten, wäre Clint höchstwahrscheinlich inzwischen verheiratet. Er würde eine unglückliche Ehe führen, die ein Riesenloch in sein Vermögen reißen würde, aber Ashley wäre noch am Leben.

Brett steckte seinen Ausweis wieder ein und wich einem Mann aus, der mit einem Satz Golfschläger herumjonglierte. »Wir haben noch Zeit, bis wir an Bord gehen können, und wir sollten ein paar Einkäufe machen.«

»Ich könnte ein hübsches Kofferset gebrauchen.«

»Stimmt.« Er warf einen gezielten Blick auf ihre Plastiktüte. »Aber ich dachte eher an den wilden Mischmasch, den du anhast.«

»Mischmasch?« Sie trug ein unauffälliges Batiktanktop und eine weite Leinenlatzhose mit aufgerollten Beinaufschlägen, und ihre verdreckten Sneaker hatte sie gegen Canvasslipper getauscht, deren Oberseite das Porträt von Frida Kahlo zierte. »Ich liebe dieses Outfit.«

»Du würdest zweimal in diese Hose passen.«

»Darum wirkt sie niedlich.« Sie hievte ihren Rucksack etwas höher auf ihre Schulter. »Du hast keinen Sinn für Mode.«

Er schnaubte. »Denk nicht mal im Traum daran, in diesem Aufzug bei Capello zu erscheinen. Ich habe einen Ruf zu pflegen.«

Sie stand auf dünnem Boden, professionell gesehen, und sie versuchte ein Ablenkungsmanöver. »Ich werde also so was wie dein Bodyguard sein.«

»Wie auch immer du das sehen willst.«

Brett schmunzelte in sich hinein, als Rory vor ihm aus der Modeboutique am Flughafen stolzierte. Das hellblau-weiß gestreifte, kurzärmelige Kleid, das er für sie ausgesucht hatte, während sie schnaufend und schnaubend etwas von künstlerischem Ausdruck und individueller Freiheit brummte, sah nicht aus wie etwas, das Rory selbst gewählt hätte, aber dafür wie etwas, das seine Assistentin an einem warmen Sommertag tragen würde. Er hatte Rory außerdem gezwungen, ihre schrillen Stoffslipper gegen die einzigen Ledersandalen, die der Laden führte, zu tauschen.

Als sie in Richtung Gate vor ihm hermarschierte, die vollgestopfte Plastiktüte in ihrer Hand, den Rucksack auf ihren Schultern, spürte er einen Stich des Bedauerns. Sie zu zwingen, sich konventionell zu kleiden, war in etwa so, als würde man das Licht an einem von Clints Kronleuchtern dimmen. Keine andere Frau, die er kannte, konnte diese hässliche Latzhose tragen, aber an Rory sah sie reizvoll aus – so reizvoll wie der Liebestöter, in dem sie geschlafen hatte –, allein schon deshalb, weil der eine Träger immer wieder von ihrer Schulter glitt. Wenn er über ihren nackten Arm rutschte, sah es aus, als würde gleich die ganze Hose bis zu ihren Füßen runtergleiten.

Brett musste an seine erste Begegnung mit ihr denken, als sie auf dem Hotelbalkon stand mit ihren honigblonden Locken, dem schwarzen Tüllkleid und den knallrot geschminkten Lippen. *Gib es zu.* Er hatte einen Heidenspaß mit Rory Garrett. Er mochte ihren Klugscheißerhumor und ihren Scharfsinn, ihr schlechtes Gewissen und ihre überirdischen Pralinen. Er bewunderte sie sogar dafür, wie sie diesen Hinterwäldlern die Stirn geboten hatte, obwohl er währenddessen fast einen Herzinfarkt erlitt. Er mochte auch ihren Fahrstil. Im Gegensatz zu ihm neigte sie nicht dazu, plötzlich zu beschleunigen oder vor Ungeduld irgendeinem Lahmarsch hinten dicht aufzufahren. Sie fuhr ruhig und sicher.

Aber dieser lockere Träger an ihrer weiten Latzhose war alles andere als sicher. Nur ein kleines Stück tiefer … Brett rief sich mahnend ins Gedächtnis, was gestern Abend passiert war. Sie war Clints Schwester. Eine verbotene Frucht. Ein vergifteter Apfel. Ein No-Go. Nicht stören. Zutritt verboten.

Definitiv *Zutritt verboten.*

Er wich einer fünfköpfigen Familie aus, die schwer mit einem Buggy, mehreren Kindersitzen, Rucksäcken und Rollkoffern beladen war. Er betrachtete die Eltern mitleidig.

Gleich darauf erreichten sie das Gate, und Rory ließ sich auf einen Sitz im Wartebereich fallen. »Du hast meinen Willen gebrochen«, sagte sie verdrossen. »Ich hoffe, du bist zufrieden.«

Er grinste. »Es gibt nichts, was deinen Willen brechen kann. Der ist nämlich unbeugsam.«

Sie zupfte an ihrem Rock. »Ich komme mir vor wie eine Achtzigjährige auf ihrem ersten Ausflug nach ihrer Hüftoperation.«

»Du siehst professionell aus. Oder zumindest semiprofessionell.«

»Warum nur semi?«

Er richtete seinen Blick auf ihre Haare.

»Wage es nicht, meine Frisur zu kritisieren!«, stieß sie hervor. »Das steht nur mir zu.«

»Ich finde deine Haare toll.«

»Und warum schaust du dann so skeptisch?«

»Deine Wuschelmähne sieht ein bisschen zu … schlafzimmermäßig aus für ein Geschäftstreffen.«

»Schlafzimmermäßig?«

»Du weißt schon, was ich meine. Als wärst du gerade erst aufgewacht.« *In den Armen eines Mannes.*

»Na schön. Ich werde die *Wuschelmähne* bändigen.«

Bändige mich, dachte er, als sie mitsamt ihrem Rucksack und der Plastiktüte in Richtung Damentoilette davonstolzierte.

Er holte seinen Laptop heraus und konzentrierte sich auf seinen wichtigsten Klienten. Clint müsste jeden Moment in Chicago eintreffen. Brett hatte kein gutes Gefühl, was als Nächstes passieren würde.

Tyler Capello öffnete die Eingangstür aus massivem Holz zu der Imitation einer toskanischen Villa, die er mit seinem Reichtum am Stadtrand von Philadelphia hatte errichten lassen. Tyler hatte dunkles, lockiges Haar, tolle Wangenknochen und eine bronzefarbene Haut. Er hatte außerdem den idealen Körper für einen Running Back – verteilt auf kompakte eins achtzig. Er trug ein graues Kapuzenshirt und lehmfarbene Shorts, die muskelbepackte Beine enthüllten, ausgelegt für Geschwindigkeit und Kraft.

»Hallo, Tyler, freut mich, dich wiederzusehen. Das hier ist Rory, meine Assistentin.«

Als sie nicht sofort reagierte, bohrte Brett seinen Ellenbogen in ihre Rippen. Sie löste widerstrebend ihren Blick von diesen Beinen. »Hey, Tyler, freut mich, dich kennenzulernen. Ich bin ein Fan von deinem Spiel.«

»Ach ja?« Tyler musterte sie von Kopf bis Fuß mit offener Skepsis. »Wie würdest du denn mein Spiel beschreiben?«

»Du hast einen schnellen Antritt und eine hohe Geschwindigkeit. Du bist sehr wendig. Du hast eine tolle Balance. Und wenn du die Lücke findest, ist das Spiel gelaufen.«

Aus dem Augenwinkel sah sie, dass Bretts linke Augenbraue zuckte. Ihm war nicht bewusst gewesen, wie gut sie sich in dieser Sportart auskannte, aber sie hatte sich früher als Kind und als Jugendliche immer Clints Spiele anschauen müssen. Später hatte sie die Spiele nur verfolgt, damit sie zu den Kommentaren ihres Vaters etwas sagen konnte – eins der wenigen gemeinsamen Gesprächsthemen, die sie noch hatten, seit Rory von zu Hause ausgezogen war. Was nun Tyler Capellos besondere Fähigkeiten betraf ... Sie hatte nur das nachgeplappert, was jeder ichbezogene Running Back hören wollte, ob es stimmte oder nicht.

»Die gefällt mir«, sagte Tyler zu Brett, als er sie beide durch die mehrgeschossige Empfangshalle in einen weiträumigen Salon führte.

»Sie ist sehr tüchtig.«

Kein Wort, das sie benutzen würde, um sich selbst zu beschreiben, außer was ihre Schokoladenkunst betraf.

Als sie den riesigen Raum betraten, erschien in einem Durchgang, der von toskanischen Säulen umrahmt war, eine Frau, bei der es sich nur um Callie Capello handeln konnte. Sie war üppig, kess und schön – wie eine von Renoirs Frauen, außer dass sie in Primärfarben daherkam statt in Pastell.

Sie musste noch minderjährig gewesen sein, als sie Tyler bekommen hatte, denn sie sah aus, als wäre sie noch keine vierzig. Sie hatte lange dunkle Haare, haselnussbraune Augen und volle Lippen. Sie erinnerte Rory an eine Pflaume, die so reif war, dass der Saft einem über das Kinn lief, wenn man hineinbiss.

Callies himmelhohe fuchsiafarbene Stilettos klapperten auf dem Parkettboden, als sie näher kam. »Brett.« Sie gurrte seinen Namen. »Wir haben uns in Chicago kennengelernt, damals beim Spiel der Eagles gegen die Bears.«

»Mrs. Capello. Welch eine Freude, Sie wiederzusehen.« Brett antwortete ihr mit der Förmlichkeit eines englischen Butlers. »Das hier ist meine Assistentin, Rory …«

»Rory Meadows«, warf Rory rasch dazwischen. »Schön, Sie kennenzulernen, Mrs. Capello.«

Mrs. Capello hatte nur Augen für Brett und ignorierte sie. »Bitte, nennen Sie mich Callie.« Sie machte eine einladende Geste in Richtung Wohnlandschaft. »Nehmen Sie Platz.«

Im Gegensatz zu der kühlen, modernistischen Einrichtung von Karloh Cousin's sah die Villa der Capellos aus, als würde unterhalb der hohen Fenster mit ihren schweren Samtvorhängen ein schmutziger venezianischer Kanal vorbeiführen. Die Decken waren gewölbt, die Wände mit Blattgold verziert, die wuchtigen Möbel standen auf Klauenfüßen. Rory vermutete, dass Callie für die Inneneinrichtung verantwortlich war. Interessant, dass Tyler noch immer mit seiner Mutter unter einem Dach wohnte.

Brett wählte einen dick gepolsterten Sessel mit einem granatroten Brokatbezug. Rory entschied sich für die Couch.

»Ma, hol Brett ein Bier. Rory, was trinkst du?«

Wodka on the rocks. »Nur ein Wasser.«

»Komm schon, sei nicht so bescheiden. Ma, vergiss das Bier. Mach den Dom auf.«

»Ma« verließ den Raum auf demselben Weg, wie sie hereingekommen war, und ihr enges rotes gemustertes Minikleid schmiegte sich um ihre üppigen Kurven. Statt mit High Heels hätte Rory das Kleid mit ihren witzigen Korksandalen kombiniert, die mit der stylishen gelben Schleife über den Zehen.

Brett und Tyler begannen, sich über die aktuelle Saison der Eagles zu unterhalten. Brett schleimte Tyler nicht voll. Er lobte ihn zwar, aber auf eine sachliche Art. Callie kehrte gleich darauf zurück mit einem Tablett, auf dem vier Champagnerflöten und eine Flasche Dom Pérignon standen. Tyler machte eine Show daraus, den Korken knallen zu lassen.

Rory hatte mehr als nur ein paar übrig gebliebene Gläser Champagner ausgetrunken in der Zeit, als sie in diversen Luxusrestaurants kellnerte. Ihr persönlich war ein anständiges Bier lieber. »Ganz schön beeindruckend.«

»Nur das Beste.« Callie lächelte.

Nachdem der Champagner entkorkt und eingegossen war, sprach Tyler einen Toast aus. »Auf die Zukunft.«

Brett erhob sein Glas, begnügte sich jedoch mit einem Nicken. Niemand konnte ihm vorwerfen, dass er sich wie ein Arschkriecher verhielt, obwohl Rory sich vage erinnerte, dass sie ihm genau das vorgeworfen hatte.

So wie Tyler sein Glas zur Seite stellte, nachdem er nur flüchtig daran genippt hatte, ließ Rory vermuten, dass er auch lieber ein Bier hätte. »Okay, du fragst dich bestimmt, warum ich dich sehen wollte«, sagte der Running Back zu Brett.

Ohne jede Spur von Befangenheit setzte Callie sich auf die dicke Polsterlehne von Bretts Sessel und stützte sich mit ihrem Arm auf den kunstvoll geschnitzten Rahmen der Rückenlehne, sodass sie nur wenige Zentimeter hinter Bretts Schulter war. Er tat so, als würde er es nicht bemerken, obwohl dem Adlerblick des Rivers nichts entging. »Ich nehme an, du hast erkannt, dass du eine bessere Agentur verdient hast als die, die dich im Moment vertritt.«

»Du bringst es auf den Punkt. Siehst du, Ma, der River ist einer, der Klartext redet.«

»Allerdings.« Das Wort tropfte von ihren Pflaumensaftlippen. Callie Capello verströmte puren Sex. Kein Wunder, dass Brett vorsichtig war.

Es klingelte an der Tür. Callie erhob sich widerwillig von der Sessellehne und verschwand, nur um gleich darauf in Begleitung eines bulligen Typen mit einem dunklen Teint, öligen Locken und groben Gesichtszügen zurückzukehren. Viele Frauen würden den Kerl wahrscheinlich attraktiv finden auf eine Neandertalerart, aber Rory gehörte nicht zu ihnen.

»Tyler, mein Mann!« Der Fremde zeigte mit seinem ausgestreckten Finger auf den Running Back, und seine Hemdmanschette rutschte ein Stück hoch und enthüllte einen stark behaarten Unterarm und ein klobiges Goldarmband.

»Was machst du hier, Tommy?« Tyler sah nicht glücklich aus.

»Ich war gerade in der Gegend, Junge.«

Dieser Kerl konnte nur Tommy Landom sein, Tylers zwielichtiger Berater. Rory setzte sich aufrechter hin. Das hier versprach interessant zu werden.

Wie Brett trug Landom teure Kleidung: ein mintgrünweiß gestreiftes Hemd mit einem eingestickten Wappen auf der Brusttasche und eine schwarze Anzughose, deren Aufschläge perfekt auf dem Oberleder seiner – was wohl? – Edel-Loafer lagen. Bekamen Sportagenten von exklusiven Schuhdesignern einen fixen Rabatt?

Landom drückte Callie ein Küsschen auf die Wange und legte seinen Arm um ihre Schulter. »Was machst du hier, Rivers? Du wilderst auf meinem Territorium.« Er ließ es wie einen Scherz klingen, was es eindeutig nicht war.

Callie schüttelte seinen Arm ab. »Brett, lassen Sie mich Ihnen den Garten zeigen, während Tyler und Tommy sich unterhalten. Wir haben ein neues Poolhaus.«

Brett ließ keine Besorgnis erkennen, Tyler mit Landom allein zu lassen, aber er blieb direkt vor Rory stehen. Ein paar Sekunden vergingen. Dann trat er auf ihren Fuß.

»Autsch!«

»Sorry.« Sein Blick durchbohrte sie. »Wie ungeschickt von mir.«

Sie war so fasziniert davon gewesen, was sich zwischen dem Running Back und seinem schmierigen Berater abspielte, dass sie ihre Aufgabe vergessen hatte. »Ich würde den Garten auch gerne sehen.« Sie sprang auf. »Dieses Haus ist einfach umwerfend.«

Sie folgte Callie und Brett in einen weiteren blattvergoldeten Raum mit vier bogenförmigen Außentüren, die auf eine offene Loggia führten. Rory fand, dass der ganze Kasten etwas von Bretts verhasster Shiplap-Vertäfelung gebrauchen könnte.

Callie öffnete eine der Türen und wandte sich an Rory. »Ich muss mit Brett alleine sprechen, falls es Ihnen nichts ausmacht.«

Rory überlegte fieberhaft nach einem Vorwand, um

mitzukommen. »Aber wenn schon das Haus absolut traumhaft ist, muss ich unbedingt sehen, was Sie aus dem Garten gemacht haben. Ich werde Sie nicht stören. Versprochen.« Sie hakte sich bei Callie ein und zog sie sanft weiter, fort von Brett. »Was ist das für ein Parfüm, das Sie benutzen? Es riecht unglaublich.«

Callie war für einen Moment abgelenkt. »Wirklich? Sie mögen es? Sie finden es nicht zu schwer?«

»An jemand anderem vielleicht, aber nicht an Ihnen. Sie sind eine Frau, die einen kräftigen Duft braucht. Gardénia?«

Sie standen in einem u-förmigen Innenhof mit einem rechteckigen Pool, der sich zum offenen Ende hin erstreckte. Callie richtete ihre Aufmerksamkeit auf Rory, während Brett sich ein Stück von ihnen entfernte und ein extremes Interesse an den Außensäulen der Loggia bekundete. »Gardénia könnte sein. Ich bin nicht sicher.«

»Es passt perfekt zu Ihnen.« Rory improvisierte. »Ich erkenne eine Herznote aus Sandelholz und vielleicht Ylang-Ylang.« Sie hatte nur eine äußerst ungenaue Vorstellung davon, was Ylang-Ylang war, ganz zu schweigen davon, wie es roch. Während sie mit ihrem rechten Arm immer noch bei Callie eingehakt war, machte sie mit dem linken eine feierliche Geste in Richtung Haus. »Woher nehmen Sie Ihre Inspiration? Sie haben das alles hier entworfen. Das sehe ich.«

Nun hatte sie Callies volle Aufmerksamkeit. »Ich hatte einen großartigen Architekten. Tyler hat so hart gearbeitet, und ich wollte etwas Besonderes für ihn. Etwas, das kein anderer hat. Ein Ort, in den er hineinwachsen kann, wenn er später mal heiratet und – mit Gottes Segen – Kinder hat. Ich habe die gesamte Inneneinrichtung entworfen.«

»Das wundert mich nicht.« Brett hatte es auf die andere Seite des Pools geschafft. »Sie brauchen mir natürlich nicht zu antworten, aber wie konnte so ein Ausnahmetalent wie Tyler an jemanden geraten wie …« Sie deutete mit ihrem Kopf in Richtung Haus. »Sie wissen schon. *Den.*«

»Tommy?«

»Bitte vergessen Sie, was ich gesagt habe. Brett würde mich feuern, wenn er wüsste, dass ich eine negative Bemerkung über einen seiner Konkurrenten gemacht habe. Brett legt allergrößten Wert auf Seriosität.« Sie zupfte am Rock ihres Kleids. »Sie und Ihr Sohn scheinen sich sehr nahe zu stehen.«

»Wir würden alles füreinander tun. Ich mache mir große Vorwürfe. Vor einer Weile war ich in keiner guten Verfassung, und Tyler musste wegen mir seinen Berater feuern. Daraufhin hat er voreilig bei Tommy unterschrieben, aber es funktioniert nicht. Ich gebe mir die Schuld.«

Rory spielte die weise Indianerin. »Jeder von uns macht Fehler. Was zählt, ist, wie wir damit umgehen und sie überwinden.« *Und wie wirst du deine Fehler überwinden, Rory Garrett?*

Callie berührte den tiefen Ausschnitt ihres Minikleids. »Tyler braucht einen anderen Berater, aber mittlerweile sind wir klüger. Wir werden uns Zeit lassen. Mit den besten Agenturen reden. Ich will nicht wieder den gleichen Fehler machen.«

»Brett einzuladen, ist ein toller Anfang«, sagte Rory, als Mitglied im Team Rivers.

»Mmm …« Callie streifte eine Locke aus Rorys Gesicht, eine zärtliche, intime Geste. »Du hast wunderschöne Haare.«

Rory war zu verblüfft, um etwas darauf zu erwidern.

Callie sah ihr tief in die Augen und strich mit ihrem Finger über Rorys Kieferlinie. »Ich würde dich gerne wiedersehen, wenn wir nächste Woche nach Chicago kommen.« Sie drückte unvermittelt einen raschen Kuss auf Rorys Lippen und stöckelte dann elegant davon, zurück ins Haus.

KAPITEL 12

»Das ist allein deine Schuld, weil du mich gezwungen hast, dieses blöde Kleid anzuziehen!« Rory schimpfte noch immer, als sie die Sicherheitskontrolle am Flughafen passierten. Während sie gleich nach Chicago abheben würde, flog Brett zurück nach Detroit, um seinen Wagen zu holen. »Sie hält mich für lesbisch. Ich wünschte, ich wäre es. Die interessantesten Frauen sind alle lesbisch, und wäre ich es auch, müsste ich mich nicht mit der Erinnerung an einen Mann quälen, der mich für Sex bezahlt hat.«

Er sah von seinem Handy auf. »Frage: Falls du und Callie beschließt, es miteinander zu treiben, kann ich dann gegen Bezahlung zuschauen?«

Sein albernes Grinsen entwaffnete sie fast. Fast, aber nicht ganz. »Das Schlimmste ist, dass du beschlossen hast, am Wochenende für die beiden eine große Party zu schmeißen, wenn sie in Chicago sind, und dass du ihr versprochen hast, dass ich auch da sein werde!«

»Zu meiner Verteidigung, ich wusste nichts von dem Kuss, als ich ihr sagte, du würdest auch zu der Party kommen. War es gut?«

»Ich war zu schockiert, um darauf zu achten. Diese Frau ist total triebgesteuert.« Im Nachhinein wunderte es sie nicht, dass Callie es als Anmachversuch interpretiert hatte, wie Rory sich bei ihr eingehakt und von ihrem Duft geschwärmt hatte. Rory beneidete Callie um ihre Unerschrockenheit. In letzter Zeit besaß jeder mehr Selbstbewusstsein als sie.

»Ich sorge dafür, dass du auf der Party nicht mit ihr allein sein wirst«, sagte Brett und steckte sein Handy ein.

»Nicht nötig, ich werde nämlich nicht kommen.«

»Du musst kommen. Du bist für das Catering zuständig.«

»Ich bin was?«

»Das habe ich soeben beschlossen«, erklärte er. »Du sorgst für die Verköstigung von ungefähr dreißig Gästen bei mir zu Hause. Ich werde die bekanntesten Sportler in der Stadt und ihre Begleitpersonen einladen. Ich muss Tyler beeindrucken. Er soll sehen, welche Art Kontakte ich habe, mit denen ich ihn zusammenbringen kann, wenn er bei mir unterschreibt.«

»Das ist in fünf Tagen! Außerdem bin ich eine Chocolatière und kein professioneller Caterer. Ich kann eine solche Feier nicht in so kurzer Zeit vorbereiten.« Noch während sie es aussprach, machte sie sich bewusst, dass sie es sich nicht leisten konnte, einen Auftrag abzulehnen, nicht einmal einen, für den sie eigentlich nicht qualifiziert war.

»Dir wird schon eine Lösung einfallen«, sagte er. »Es steht in deinem Arbeitsvertrag.«

»Ich kann mich nicht erinnern, einen Vertrag unterschrieben zu haben.«

»Auch mündliche Absprachen sind verbindlich. Glaub mir. Ich bin Anwalt.«

»Du bist hinterhältig.«

»Hinterhältig, aber ich zahle gut.« Er studierte die Tafel mit den Abflugzeiten.

»Du könntest für den Abend ein Restaurant mieten.«

Tu es nicht, dachte sie. *Ich brauche dringend einen Job, selbst wenn es einer ist, für den ich nicht qualifiziert bin.*

»Das ist nicht persönlich genug.« Sie setzten sich wieder in Bewegung. »Es soll eine besondere Party werden. Ich habe meinen Assistenten schon informiert, und die Einladungen gehen heute noch raus.«

»Eine Feier dieser Art wird dich *sehr* viel Geld kosten«, sagte sie. »Insbesondere bei einer Vorlaufzeit von nur fünf Tagen.«

Er zog seine Augenbraue hoch. »Wer ist jetzt hier hinterlistig?«

»Ich warne dich. Nach der Party werde ich bei dir kündigen und mich stattdessen anderen Projekten widmen.«

»Ich bewundere deinen Ehrgeiz. Warte mal kurz.« Er ging an die Seite und stellte seine Tasche ab, um ein kleines Notizheft herauszunehmen. Er schrieb etwas auf und zeigte es dann Rory. »Ist das genug, um dich für den kurzen Vorlauf zu entschädigen? Plus Spesen natürlich.«

Sie schaute auf die Zahl, die er notiert hatte. *2000 $*. Genau die Summe, die sie benötigte, um ihre Geldstrafe zu bezahlen. Sie zögerte nur für einen kurzen Moment, bevor sie ihm den Kugelschreiber und das Notizheft abnahm, ihr Gegengebot notierte und ihm die Zahl vor die Nase hielt.

Er starrte darauf, mit einem verblüfften Gesicht. »Du bist verrückt! Fünfhundert Dollar?«

»Ich brauche deine Almosen nicht.« Sie drückte das Notizheft an seine Brust. »Fünfhundert und keinen Cent mehr.«

Wären seine Haare nicht so mit Gel vollgeklatscht, würden sie vor Empörung zu Berge stehen. »Was stimmt nicht mit dir?«

»Dummheit. Stolz. Vielleicht sogar Redlichkeit. Nenn es, wie du willst. Fünfhundert plus Spesen ist großzügig genug für eine Feier wie diese, trotz der kurzen Vorbereitungszeit. Außerdem hat diese Zahl einen gewissen Symbolwert, nicht wahr?«

Er wirkte so ernst, wie sie ihn noch nie gesehen hatte. »Ich verstehe dich nicht.«

»Dann sind wir schon zu zweit.« Sie wandte sich von ihm ab und ging in Richtung Gate.

Das Allovar & Ivy hatte blütenweiße Tischdecken und holzgetäfelte Wände. Im Kamin waren statt Holzscheite grüne Schwertfarnblätter zu einer Pyramide aufgeschichtet, und auf jedem Tisch stand eine weiße Orchidee. Das Beste von allem war, dass der dicke Teppichboden das Klirren von Besteck und das Geplauder der gut betuchten Restaurantgäste dämpfte.

Die ruhige Atmosphäre wirkte wie Balsam auf Kristins zerfranste Nerven. Nach ihrer Rückkehr gestern aus dem Bistro hatten die Reporter pausenlos an ihrer Tür geklingelt, sodass sie sich irgendwann die Ohren zuhalten musste, während die Fanfarenklänge von »Hail to the Victors« immer wieder aufs Neue losschmetterten. Früher, als ihr Sohn das Spielfeld im Michigan Stadium beherrschte und die Sonne sich in dem Maisgelb und Blau seines Helms spiegelte, hatte dieser musikalische Schlachtruf ihr immer eine Gänsehaut verursacht, aber jetzt würde sie am liebsten jedes Mal schreiend davonlaufen, wenn sie ihn hörte. Und vorhin, als sie zu ihrer Verabredung aufbrach, war ein Reporter sogar ihrem Wagen gefolgt. Sie hatte es nur geschafft, den Kerl abzuhängen, weil er eine rote Ampel überfuhr und anschließend rausgewunken wurde.

Eine junge Frau war ermordet worden, von Clint gab es nach wie vor kein Lebenszeichen, und Kristin war in keiner guten Verfassung, um jemandem bei einem Dinner Gesellschaft zu leisten. Aber sie hielt es in diesem Haus keine Minute länger aus, darum hatte sie die Verabredung nicht abgesagt.

In der gedämpften Beleuchtung brauchte sie einen Moment, bis sie Daniel Hanbridge an einem Tisch in der Ecke entdeckte. Er saß mit dem Rücken zur Wand, seine großen Hände vor sich auf dem Tisch verschränkt. Kristin fragte sich, ob ihn irgendjemand Dan oder Danny nannte. Sie konnte es sich nicht vorstellen.

Er sprang direkt auf, als er sie sah, und stieß so hart gegen den Tisch, dass sein Wasserglas überschwappte und das Tischtuch tränkte. »Da sind Sie ja. Ich war nicht sicher, ob Sie kommen würden. Ich freue mich, dass Sie hier sind.«

Sie setzte ein Lächeln auf, das sie nicht fühlte. Sie war krank vor Angst um Clint, und im Gegensatz zu Daniel Hanbridge spürte sie eher Verzweiflung als Nervosität.

Das Thermometer war heute auf über dreißig Grad

geklettert, und obwohl es sich beim Allovar & Ivy um ein gehobenes Restaurant handelte, war Daniel der einzige Mann, der ein Jackett trug. Ihm musste furchtbar warm sein. Sie selbst war weniger förmlich gekleidet in ihrem Wickelkleid mit U-Boot-Ausschnitt.

»Sie sind schön wie immer«, sagte er.

»Wie immer? Das ist erst unser zweites Treffen.«

»Stimmt.« Er nickte verlegen und zog einen Stuhl für sie zurück. Nachdem sie beide Platz genommen hatten, schien er nicht zu wissen, was er sagen sollte, was bedeutete, dass sie die Unterhaltung vorantreiben musste. Die bloße Vorstellung ermüdete sie. Sie würde sich ein Glas Wein bestellen, eine Migräne vortäuschen und das Essen canceln.

Er nahm die Speisekarte in die Hand, nur um sie gleich wieder abzulegen. »Sie bereuen das hier, nicht wahr?«

»Sagten Sie nicht, Sie wären nicht gut darin, die Gefühle anderer Menschen richtig zu deuten?«

»Das bin ich auch nicht. Aber es ist nur logisch. Sie sind eine schöne, gebildete Frau, die mit jedem Mann ausgehen könnte, und jetzt sitzen Sie hier mit mir.«

»Sie haben nicht gerade eine hohe Meinung von sich selbst.« Sie musste an ihre erste Unterhaltung mit ihm denken. »Außer intellektuell.«

»Das ist wahr. In meinem Fachgebiet bin ich sehr selbstsicher.«

Eine junge Frau in einer weißen Bluse und einer schwarzen Hose erschien an ihrem Tisch und unterbrach ihr Gespräch. Sie stellte sich als Courtney vor und freute sich darauf, Kristin und Daniel heute Abend zu bewirten.

Kristin bestellte sich einen Sauvignon Blanc und Daniel einen Zinfandel. »Das ist mein erstes Date seit achtundzwanzig Jahren«, sagte er, als sie wieder unter sich waren. »Ich habe damit gerechnet, dass ich mich nicht sehr geschickt anstellen werde.«

»Das erinnert mich an mein erstes Date nach Greggs Tod. Es war ein Desaster.« Sie war mit einem Buchhalter aus Minnetonka ausgegangen, der nur über Clint reden wollte und von ihr erwartete, ein Treffen zu arrangieren.

Daniel rutschte unbehaglich auf seinem Stuhl herum. »Für den Fall, dass Sie sich fragen: Ich werde nicht versuchen, Sie zu küssen. So wie ich das verstanden habe, können Frauen manchmal einen Abend nicht richtig genießen, weil sie sich Sorgen machen, was am Ende passieren wird.«

»Ich mache mir keine Sorgen.«

»Das ist gut.« Er lächelte. »Bevor ich losging, hat meine Tochter mir geschrieben, dass ich mich – egal, was ich mache – nicht wie ich selbst verhalten soll.«

Kristin hörte sich lachen. »Ihre Tochter klingt interessant.«

»Sie ist mein ganzer Stolz. Haben Sie Kinder?«

Kristin strich sorgfältig die Serviette über ihrem Schoß glatt. »Eine Stieftochter. Mein Mann war jung verwitwet, als wir heirateten. Rory lebt in der Stadt.« Was manche als eine Halbwahrheit betrachten würden, betrachtete sie als Selbstschutz.

»Und was ist mit Ihnen?«, sagte er. »Ich nehme an, Sie wohnen außerhalb, im Westen der Stadt.«

»Nein, ich wohne in der Nähe von Minneapolis.«

Sein Gesicht wurde lang. »Warum waren Sie dann im Bistro?«

Sie zögerte. »Ich besuche hier jemanden.«

Courtney erschien mit dem Wein. Daniel bestellte zwei Vorspeisen, obwohl Kristin einwandte, dass sie nicht so viel essen könne. »Das wissen Sie erst, wenn Sie es versuchen«, sagte er, als die Kellnerin wieder verschwand.

»Ihr Jackett sieht ziemlich warm aus«, sagte Kristin. »Sie können es gerne ablegen.«

Er schenkte ihr ein verlegenes Lächeln. »Ich kann nicht. Mein Hemd ist völlig durchgeschwitzt.«

Sie lachte wieder. An diesem Mann war alles unverstellt, ganz anders als die jahrelange Fassade, die sie mit Gregg gepflegt hatte. Die Fassade einer glücklichen Ehe. Die Fassade, dass Gregg sie von ganzem Herzen liebte. Die Fassade, dass sie mehr miteinander verband als nur ihr gemeinsamer Sohn.

Daniel erhob sein Glas. »Auf Kristin Meadows, eine mutige Frau, die sich bereit erklärt hat, mit einem unbeholfenen Fünfzigjährigen zu Abend zu essen.«

Sie spielte für einen Moment nervös am Stiel ihres Weinglases, als er den Nachnamen verwendete, den sie sich von Greggs verstorbener Frau ausgeliehen hatte. Dann riss sie sich zusammen und erhob ihr eigenes Glas. »Auf den unbeholfenen Fünfzigjährigen, der zufällig auch ein sehr interessanter Mann ist. Danke für Ihre Einladung.«

Nach und nach wurden beide lockerer. Bei Zander für ihn und einem Erdbeer-Spinat-Salat für sie entdeckten sie ihre gemeinsame Begeisterung für Wanderreisen und True-Crime-Podcasts. Sie hatten ähnliche politischen Ansichten, und beide hatten Spaß an der Fotografie. Kristin schaute sich gerne Filme an. Er nicht. Er las lieber wissenschaftliche Sachbücher. Sie las gern Memoiren. Es entwickelte sich eine überraschend muntere Unterhaltung, nur verdorben durch Kristins Unvermögen, Daniel zu offenbaren, dass sie Clint Garretts Mutter war.

Als er sie hinterher zu ihrem Wagen begleitete, kehrte seine alte Nervosität zurück. »Ich … Das war … Ich weiß nicht, wie lange du noch in der Stadt sein wirst, aber … hast du Lust, noch mal mit mir auszugehen?«

Sie hob ihren Kopf zu ihm und drückte einen zarten Kuss auf seinen Mund. »Ja, hab ich.«

Während Kristins Abwesenheit hatte sich die Anzahl der Pressefahrzeuge und Übertragungswagen vor Clints Grundstück explosionsartig vermehrt. Kristins gute Stimmung nach dem Abend mit Daniel verflog im Nu wieder. Als die Reporter ihren Wagen entdeckten, liefen sie auf der Straße neben ihr her und riefen ihr Fragen zu. Beim Abbiegen in die Einfahrt geriet einer von ihnen beinahe unter ihre Räder, und als sie endlich in der Garage stand, zitterten ihre Hände.

Sie ging rasch ins Haus, aber machte kein Licht an. Die großen Küchenfenster hatten keinen Sichtschutz, und Kristin wurde das Gefühl nicht los, dass draußen in den Büschen Paparazzi lauerten und sie beobachteten.

Ihr Handy piepte. Sie nahm es aus ihrer Handtasche. Es war die lang ersehnte Nachricht von Clint.

Ich bin wieder in der Stadt und übernachte bei Freunden. Mach dir keine Sorgen.

Mach dir keine Sorgen? Wie sollte sie sich keine Sorgen um ihn machen? Sie wählte seine Nummer. Als die Mailbox ansprang, wurden die unsichtbaren Risse in ihrem Mutter-Sohn-Verhältnis breiter.

Sie versuchte es bei Rory, aber auch die ging nicht an ihr Telefon. Sie tastete sich durch das dunkle Haus hinunter ins Heimkino, wo sie sich auf einer Couch eine Schlafstatt hergerichtet hatte. Neben einer großen Leinwand und bequemen Sitz- und Ruhemöbeln hatte der Raum außerdem keine Fenster.

Sie wusch sich ihr Gesicht in dem angrenzenden Bad und zog ihren Pyjama an, den sie dort abgelegt hatte. Sie versuchte es wieder bei Clint. Keine Antwort. Aber kurz nach Mitternacht meldete Rory sich endlich.

»Wo warst du?« Kristin umklammerte ihr Handy. »Ich habe schon mehrmals versucht, dich zu erreichen.«

»Ich war in der Luft, auf dem Rückflug von Philadelphia nach Chicago. Lange Geschichte.«

Kristin interessierte Rorys Geschichte nicht. »Clint hat mir geschrieben, dass er wieder in der Stadt ist und bei Freunden übernachtet, aber er reagiert immer noch nicht auf meine Anrufe.« Es zuzugeben, bereitete ihr förmlich Schmerzen. Seit dem Tag, an dem ihr Junge geboren wurde, war er der Mittelpunkt ihres Lebens. Sie war ihm all die Jahre eine gute Mutter gewesen, war immer für ihn da, und sie war stolz auf das enge Verhältnis, das sie bis heute miteinander pflegten. Sie bemitleidete insgeheim ihre Freundinnen, die nicht diese Nähe zu ihren erwachsenen Kindern hatten. Aber nun musste sie sich an Rory wenden, um mehr zu erfahren. »Wer sind diese Freunde, bei denen er übernachtet?«

»Keine Ahnung. Aber ich habe ihn heute Morgen vor seiner *Hütte* in Michigan angetroffen.« Rory betonte das Wort »Hütte« extra, um zu verdeutlichen, wie sehr Kristin sich geirrt hatte in ihrer sturen Überzeugung, dass Clint sich niemals eine Hütte gekauft hätte, ohne ihr etwas davon zu sagen.

Kristin wickelte eine seitliche Haarsträhne so fest um ihren Finger, dass es am Ansatz ziepte. »Du hast mit ihm gesprochen? Und du hast mir nichts davon gesagt?«

»Es war ein ziemlich verrückter Tag, und ich bin gerade erst nach Hause gekommen. Clint war auf der Upper Peninsula zum Angeln und wusste bis gestern Abend nichts von Ashleys Tod. Er wollte zurück nach Chicago fahren und sich bei der Polizei melden. Vielleicht ist er gerade auf dem Revier.«

»Jetzt, um Mitternacht? Das hier ist ein Albtraum. Ich würde diese Blutsauger von der Presse am liebsten umbringen. Sie belagern das Haus rund um die Uhr und lassen mich nicht in Ruhe. Ständig läutet die Klingel. Wie schalte ich dieses Ding aus? Die Melodie macht mich noch wahnsinnig!«

»Wahrscheinlich wird sie über Clints Handy gesteuert«, sagte Rory. »Vielleicht kannst du den Stromkreis unterbrechen oder so.«

»Als ob ich wüsste, wie das geht. Kannst du mir nicht ausnahmsweise einmal einen nützlichen Tipp geben?«

Sie hörte, dass Rory scharf nach Luft schnappte, und

wünschte sich zum tausendsten Mal, sie würde aufhören, ihre Stieftochter als Zielscheibe für ihre eigene Unsicherheit zu benutzen.

»Ich lege jetzt auf«, sagte Rory.

Kristin konnte es ihr nicht verübeln.

»... und im Mordfall Ashley Hart haben wir einen Tatverdächtigen identifiziert. Wir werden Sie unterrichten, wenn wir neue Informationen haben.«

Rory fragte sich, ob Kristin auch gerade die eilig anberaumte Pressekonferenz in den Morgennachrichten verfolgte. Kristins Panik nach zu urteilen, als sie mit Rory letzte Nacht telefonierte, fehlte nicht mehr viel, um ihr endgültig den Rest zu geben.

»Zum gegenwärtigen Zeitpunkt können wir keine weiteren Angaben machen.« Der Polizeichef sammelte seine Notizen ein und drehte sich vom Mikrofon weg, während die Presse begann, Fragen durch den Raum zu rufen.

»Handelt es sich bei dem Tatverdächtigen um Clint Garrett?«

»Haben Sie ihn vernommen?«

»Hat Garrett ein Alibi für die Tatzeit?«

Clint wurde bereits verurteilt ohne eine Jury, und Rory konnte es nicht länger mitansehen. Sie rief Detective Strothers an. »Das ist absurd! Clint wäre niemals zu einem Mord fähig. Haben Sie mal die Haushälterin unter die Lupe genommen? Ich glaube, sie ist in meinen Bruder verliebt.«

»Die Haushälterin war zur Tatzeit auf der Quinceañera

ihrer Nichte«, erwiderte Strothers. »Sie hat mindestens fünfzig Zeugen.«

Rory vergrub ihre Finger in ihren Locken. »Was ist mit Ashleys Exfreund?«

»Wir untersuchen alle Personen, die als Täter infrage kommen, Miss Garrett. Wie ich Ihnen schon gesagt habe.«

Die Polizei war davon überzeugt, dass sie den Mörder von Ashley hatte, und nicht daran interessiert, in eine andere Richtung zu ermitteln.

Rory legte auf und schob ihr Handy in die Tasche ihres flauschigen Bademantels. Sie konnte verstehen, dass Clint nicht in sein Haus zurückkehrte, solange es von der Presse belagert wurde, aber er hätte Kristin anrufen sollen, statt das ihr zu überlassen. Die Polizei hatte ihm bestimmt untersagt, die Stadt zu verlassen, also wo steckte er? Der ehemals omnipräsente Bruder war nun plötzlich wie vom Erdboden verschluckt.

Sie ging in ihr Schlafzimmer und stopfte das spießige hellblau-weiß gestreifte Kleid, das sie gestern Abend achtlos auf den Boden geworfen hatte, tief in ihren Wandschrank. Dann zog sie sich an und ging anschließend in die Küche. Dort sah es noch genauso aus wie vor zwei Tagen, als sie aufgebrochen war, aber ohne eine einzige Praline in ihrem Schrank kam ihr der Raum leer vor. Ihre letzten Vorräte waren in den bärtigen Mäulern von waffenfanatischen Hillbillys aus Michigan verschwunden.

Sie setzte Wasser auf für einen Haferbrei und schrieb wieder eine Nachricht an Clint.

Kristin ist kurz vor dem Durchdrehen. Sei kein Arsch und sag mir, wo du bist.

Sie schaute aus dem Küchenfenster in den Hinterhof. Ashleys Wagen stand noch immer dort.

Auf dem Küchentisch lagen Notizen, die sie sich im Flugzeug für Bretts Feier gemacht hatte. Es gefiel ihr nicht, dass sie ihn vermisste – diesen arroganten Blödmann, den sie vor acht Tagen unter den schlimmsten Umständen kennengelernt hatte. Sie setzte sich an den Tisch, um ihre Planung für die Feier zu vervollständigen und so nicht mehr ständig an Brett zu denken.

Brett hatte ihr die Nummer seines richtigen Assistenten gegeben, und Kyle Simmons entpuppte sich als ein netter Mann, der sofort einen Vorschuss für die Lebensmittel auf ihr Konto überwies.

Ihr Handy piepte. Es war Clint.

C: Wenn ich es dir sage, musst du mir schwören, dass du es keinem verrätst.

R: Ich schwöre.

C: Weder Mom noch Brett.

R: Brett ist nicht dein Feind. Du solltest mit ihm reden.

C: Vergiss es.

R: Egal. Ich schwöre.

C: Ich bin bei Olivia und Thad. Lass mich in Ruhe.

Nach seiner Rückkehr aus Michigan verbrachte Brett den nächsten Tag damit, Anrufe zu beantworten, nach Clint zu forschen und seinem Chef aus dem Weg zu gehen. Er hatte eine unruhige Nacht hinter sich und war am Morgen vom Regen aufgewacht, der laut an seine Schlafzimmerfenster trommelte. Er wünschte, er hätte von Tyler Capello wenigstens eine halbe Zusage bekommen, aber sein größtes Problem war immer noch Clint. Um sein Verhältnis zu seinem Schützling wieder in Ordnung zu bringen, war die beste Möglichkeit, Clint absolute Rückendeckung zuzusichern. Aber dafür musste er ihn zuerst finden – erneut. Er wusste lediglich, was Kristin ihm am Telefon erzählt hatte, nämlich dass Clint zurück in Chicago war, aber nicht bei sich zu Hause.

Er stellte sich unter die Dusche, aber statt seine Optionen durchzugehen, dachte er darüber nach, wie großartig es wäre, mit Rory in einen Regentag zu starten und bei einer ihrer erfinderischen Frühstücksvariationen gemeinsam über das Leben zu philosophieren, nach einer Runde heißem Morgensex. Er schüttelte das Bild wieder ab. Er machte sich zu locker, wenn sie in seiner Nähe war, hatte ein bisschen zu viel Spaß.

Seine Hand verharrte mitten in der Luft, als er nach seinem Frottiertuch griff. Plötzlich wusste er ziemlich sicher, wo Clint sich verkrochen hatte.

Brett stieg die acht Stufen zum Eingang der imposanten Altbauvilla im luxuriösen Viertel Gold Coast hoch, die dem ehemaligen Chicago-Stars-Spieler Thad Owens und seiner Frau, der großen Mezzosopranistin Olivia Shore, gehörte. Clint war mit den beiden eng befreundet, und da weder Thad noch Olivia sich derzeit in Chicago aufhielt, war das große Haus aus hellem Kalkstein wohl gerade leer – ein Vorteil für einen Mann, der zweifellos allein sein wollte.

Brett drückte auf die Klingel, aber er rechnete nicht damit, dass Clint reagieren würde, also schickte er ihm eine Nachricht.

Mach die verdammte Tür auf!

Die harte Tour funktionierte vielleicht besser als Feingefühl, aber falls Brett sich täuschte und Clint doch nicht hier war, sollte diese Nachricht wenigstens eine Reaktion auslösen.

Wie sich herausstellte, hatte Brett sich nicht getäuscht.

Clint sah sogar noch schlimmer aus als vor zwei Tagen in der Hütte. Seine struppigen Haare klebten auf der einen Seite platt an seinem Schädel und standen auf der anderen Seite ab, und die Schatten unter seinen Augen erinnerten Brett an Löcher in Naturrasenplätzen von Sportstadien.

Clint hatte offenbar versucht, seinen Bart abzurasieren, bevor er mit der Polizei sprach, aber er hatte ein paar Stellen am Hals übersehen, sodass er aussah, als wäre er in der Mauser. Wenn ihn jemand so zu Gesicht bekam, würde er seinen Titel als Chicagos begehrtester Junggeselle zurückgeben müssen.

»So viel dazu, was ein Schwur wert ist«, brummte Clint. »Ich hätte Rory niemals sagen sollen, wo ich bin.«

Wenn Rory Clints Aufenthaltsort kannte, warum hatte sie Brett dann nichts gesagt? »Rory hat mir nichts verraten. Hast du sie gesehen? Hast du mit ihr gesprochen?«

»Scheiße, nein.«

In Brett machte sich Enttäuschung breit. Rory hatte ihrem Bruder immer noch nicht die Wahrheit gesagt. Brett hätte mehr von ihr erwartet, und er hasste es, sich in jemandem zu täuschen, besonders wenn dieser Jemand eine Frau war, für die er immer mehr Zuneigung empfand. Das zwang ihn nicht nur, seine Menschenkenntnis zu hinterfragen, es bedeutete auch, dass er immer noch Clints Prügelknabe war.

Clint stützte sich mit seiner Hand gegen den Türrahmen. »Was willst du?«

»Ich möchte dich daran erinnern, auf wessen Seite ich stehe.« Brett schob sich an ihm vorbei ins Haus, wütend auf Rory und auf sich selbst.

Von innen sah das Owens-Shore-Domizil ganz anders aus, als die überladene Außenfassade im romanischen Stil vermuten ließ: lindgrüne Wände, farbenfrohe Kunst und ein Wäschekorb, der von Spielsachen überquoll. Die angenehme Umgebung wirkte beruhigend auf Brett. »Erinnerst du dich an Bert Perkins? Deinen Anwalt? Er hat mich angerufen, um mir zu sagen, dass er immer noch nichts von dir gehört hat.«

»Ich will nicht darüber reden.«

Nicht darüber reden zu wollen, schien eine Eigenschaft zu sein, die die Geschwister Garrett gemeinsam hatten. Brett näherte sich seinem Schützling. »Ohne einen Rechtsbeistand zur Polizei zu gehen, war dämlich.«

»Lass mich in Ruhe.« Clint kehrte ihm den Rücken zu und entfernte sich durch den Flur.

Brett folgte ihm und kam an einem sonnendurchfluteten Raum vorbei, in dem ein glänzender schwarzer Konzertflügel vor zwei hohen Fenstern stand, und danach an einem maskulineren Raum, der bestimmt Thads Arbeitszimmer war. Clint riss eine Tür weiter hinten im Flur auf und verschwand auf einer teppichverkleideten Treppe nach unten. Brett folgte ihm in einen hell erleuchteten, luxuriös ausgestatteten Kellerraum mit einem Billardtisch, einem Kamin und zwei unter der Decke befestigten Fernsehern. Auf der hinteren Seite des Raums stand ein rechteckiges Holzpodest, auf dem ein ausgestopftes Einhorn thronte. Dem Mikrofonständer daneben und dem blauen Glitzermikrofon nach zu urteilen, handelte es sich wohl um eine Kinderbühne. Gab doch nichts Besseres, als die Kids schon früh an Mamis Beruf heranzuführen.

Clint baute die Kugeln auf dem Billardtisch auf, machte den Eröffnungsstoß und begann, die Kugeln der Reihe nach zu versenken, ohne einmal aufzuschauen. »Die verdammten Cops haben mich zwei Stunden lang gegrillt und mir immer wieder dieselben Fragen gestellt, bis ich denen schließlich erklärt habe, dass ich ohne meinen Anwalt gar nichts mehr sagen werde. Ein bisschen spät, richtig?« Er zielte auf die Seitentasche und verfehlte sie. »Ich habe Freunde bei der Polizei. Stadionsecurity, Jungs, die bei besonderen Veranstaltungen eingesetzt werden. Die kenne ich schon seit Jahren. Ich dachte …«

»Du dachtest, die Polizei würde dich mit Samthandschuhen anfassen.« Rory bezeichnete ihren Bruder öfter als Goldjungen. Clint konnte nicht damit umgehen, wenn es in seinem Leben mal nicht wunschgemäß lief. Rory war diejenige, die gezwungen gewesen war, Überlebensstrategien zu entwickeln.

Clint drehte sich zu Brett. »Wie fühlt es sich an, jetzt, da Ashley tot ist, nachdem du ihr diese hässlichen Sachen angedichtet hast? Ist das ein gutes Gefühl? Fühlst du dich bestätigt?«

Brett war nun lange genug Clints Sündenbock gewesen. »Dann hast du also nicht mit Rory gesprochen?«

»Was soll ich ihr schon sagen?«

Es geht darum, was sie dir *sagen sollte.* Clint glaubte immer noch, dass Ashley ihn verlassen hatte, weil der Druck durch seine Prominenz zu viel für sie war. Rory hatte jetzt zweimal ihre Chance vertan, reinen Tisch zu machen – vorgestern in der Hütte und gestern den ganzen Tag. Es war höchste Zeit, dass Clint die Wahrheit erfuhr.

Aber als Brett die Worte in seinem Kopf formulierte, musste er unwillkürlich daran denken, wie entspannt Rory Auto fuhr und wie sie lachte und wie schonungslos ehrlich sie in Bezug auf sich selbst war. Er dachte daran, wie dieser seidige mintgrüne Kimono ihre Kurven umspielt hatte, wie diese alberne Latzhose den Eindruck erweckte, als könnte sie jeden Moment bis zum Boden rutschen. Er dachte an das Pumphöschen, an Rorys wilde Lockenmähne und ihre galaxieblauen Augen.

Genug. Er sperrte seine Gefühlsduselei in das Schließfach in seinem Kopf. Rory war eine Blockade, und er war der River. Das Geschäft kam immer an erster Stelle.

»Da ist etwas, das ich dir sagen muss.«

KAPITEL 13

Der Rosehill Cemetery war eine schattige Oase, die Schutz vor der Hitze bot, die sich seit dem Gewitter heute Morgen wieder aufgebaut hatte. Rory wich den Hinterlassenschaften der Kanadagänse auf dem Friedhofsweg aus und ließ ihren Blick über die ausgedehnte Grünanlage wandern, die mit schlichten Grabsteinen, kunstvollen Denkmälern, gewundenen Pfaden und ein paar Teichen gespickt war. Mit einer Fläche von hundertzweiundvierzig Hektar war der Rosehill Cemetery der größte Friedhof in der Stadt, und da Rory im benachbarten Ravenshood wohnte, nutzte sie manchmal die Gelegenheit für einen Ausflug in die historische Parklandschaft.

Jetzt war sie hier, um ihren Weg zur Station Sedgwick zumindest noch ein kleines bisschen zu verlängern. Seit gestern Morgen, als die Nachricht von Clint kam, kannte sie den Aufenthaltsort ihres Bruders, und sie hätte sich direkt auf den Weg zu ihm machen sollen. Stattdessen, in Anbetracht der ganzen Arbeit für Bretts Feier, hatte sie beschlossen, ihren Besuch auf den nächsten Tag zu verschieben.

In ihrer Strohtasche war ein Päckchen mit selbst gemachten Schokoriegeln, die als ein Friedensangebot gedacht waren, obwohl Rory wusste, dass es wahrscheinlich nicht zum Friedensschluss kommen würde. Sie hatte noch immer nichts von Brett gehört, und es gefiel ihr nicht, dass er ihr nicht wenigstens schrieb, aber sie konnte ihn nicht kontaktieren, bevor sie nicht mit Clint gesprochen hatte.

Zwei Rehe tauchten zwischen den Bäumen auf. Es war seltsam, dass Wildtiere hier in unmittelbarer Nähe des Straßenlärms lebten. Der weitläufige Friedhof barg die sterblichen Überreste wichtiger historischer Persönlichkeiten der Stadt, darunter der erste amerikanische Versandhändler Montgomery Ward oder der Fabrikant Oscar Mayer, neben Hunderten von Soldaten und vierzehn Generälen aus dem Amerikanischen Bürgerkrieg. Da das hier Chicago war, hatte auch das berühmt-berüchtigte Mörderduo Leopold und Loeb in Rosehill seine letzte Ruhestätte gefunden, genau wie die Opfer des Valentinstag-Massakers im Februar 1929. Der Friedhof bildete einen Mikrokosmos der Stadtgeschichte Chicagos.

Ihr Handy klingelte. »Ich stehe vor deinem Haus«, sagte Brett, als sie sich meldete. »Wo bist du? Ich muss dringend mit dir reden.«

Sein schroffer Ton ließ Rory annehmen, dass sie wohl keine angenehme Unterhaltung erwartete. Sie hoffte, dass er seinen Auftrag nicht zurückzog, denn sie hatte bereits zwei Aushilfskellner für die Party engagiert: eine Freundin von Jon mit Cateringerfahrung und ihren Nachbarn Toby, der während seiner Collegezeit mal als Barkeeper gejobbt hatte. »Ich bin in Rosehill.«

»Du meinst auf dem Friedhof? Na, großartig.« Sein

Sarkasmus war nicht zu überhören. »Welche Straße ist in deiner Nähe?«

»Die Peterson Avenue. Ich habe den Eingang an der Western Avenue genommen.«

»Bleib, wo du bist.«

Brett fand sie in einer erschreckend kurzen Zeit auf ihrer Bank, die in der Nähe eines von Weiden gesäumten Ufers stand. Bei der Hitze hatte er die Ärmel seines Hemds aufgekrempelt und die transparent gerahmte Sonnenbrille durch eine Pilotenbrille ersetzt. Selbst auf einem Friedhof strahlte er Macht aus.

Er blieb vor ihr stehen und musterte ihr Neckholderkleid mit dem schwingenden geblümten blauen Rock im Petticoatstil. Sie hatte es für zehn Dollar in einem Secondhandladen in Pilsen erstanden, und normalerweise trug sie es supergerne, aber heute sorgte es nicht wie sonst dafür, ihre Stimmung zu heben.

»Ich bin von selbst darauf gekommen, wo Clint steckt«, sagte er und türmte sich vor ihr auf. »Nicht dank dir.«

»Ich musste ihm schwören, es geheim zu halten.«

»Das hat er gesagt.«

Sie strich nervös ihren Rock glatt. »Du hast mit ihm gesprochen?«

»Ich war gerade bei ihm.«

»Wie ist es gelaufen?«

»Was denkst du, wie es gelaufen ist?« Er stand breitbeinig vor ihrer Bank, die Arme vor seiner Brust verschränkt, und sie konnte den Vorwurf spüren, der wellenförmig von ihm ausstrahlte.

»Ich bin gerade auf dem Weg zu ihm«, sagte sie.

Ein Muskel zuckte in seinem Kiefer. »Du hast offenbar einen kleinen Umweg genommen.«

Sie stand von der Bank auf. »Ich weiß erst seit gestern, wo er steckt.«

Er ließ seine Arme fallen, und die Finger seiner rechten Hand bohrten sich in seine Handfläche. »Ich weiß es erst seit heute Morgen, und trotzdem war ich schon bei ihm. Aber du hattest offenbar keine Zeit für ihn.«

Seine Kritik versetzte ihr einen Stich. Sie hätte direkt zu ihrem Bruder gehen und ihre Beichte ablegen sollen, aber sie hatte eine Ausrede nach der anderen erfunden, um es immer wieder aufzuschieben. Nun war sie hier auf dem Friedhof und drückte sich weiterhin davor. »Ich hab doch gesagt, dass ich auf dem Weg zu ihm bin.«

»Ach ja? Du hast nicht mit ihm gesprochen, als er in der Hütte aufgetaucht ist. Du weißt seit gestern, wo er ist, hast es aber nicht geschafft, ihn zu besuchen. Jetzt ist es fast Mittag, und du treibst dich schon Gott weiß wie lange auf diesem Friedhof hier herum. Aber ich bin der Buhmann – derjenige, der Clints Verflossene, die dein Bruder immer noch als eine Krone der Schöpfung betrachtet, unfairerweise mit Dreck beworfen hat.« Er schüttelte den Kopf und verzog seinen Mund. »Weißt du, was das Schlimmste ist? Würde ich Clint die Wahrheit sagen über dich und das, was du getan hast, wäre ich sofort aus der Schusslinie. Ich stand vorhin ganz dicht davor. Die Worte lagen mir schon auf der Zunge, aber ich habe meinen Mund gehalten und stattdessen bloß wieder seine Anschuldigungen über mich ergehen lassen. Ich habe nichts zu meiner Verteidigung gesagt.«

Sie umklammerte den Träger ihrer Strohtasche, ohne seinen Blick zu erwidern. »Ich werde die Sache klarstellen.«

»Das wirst du sicher irgendwann tun, aber das ist nicht der eigentliche Punkt, oder?« Er straffte seine Schultern mit seiner typischen grimmigen Entschlossenheit. »Ich gebe in meinem Job immer hundert Prozent.«

»Wie du schon mindestens dreihundertmal erwähnt hast.«

Er ignorierte den Seitenhieb. »Würde es eine andere Person betreffen als dich, hätte ich Clint direkt gesagt, was ich weiß. Ich wollte es ihm sagen, aber ich habe es nicht getan.«

»Ich vergebe dir, dass du so gnädig warst.« Sie war im Unrecht, und eigentlich müsste er ihr vergeben. Stattdessen war sie flapsig zu ihm. »Ich habe die Botschaft verstanden. Ich werde mich darum kümmern.«

Nun wirkte er eher besorgt als wütend. »Du kannst dich nicht immer vor unangenehmen Dingen drücken, Rory.«

Sie war kein aufbrausender Mensch, aber ein Anflug von Panik ließ sie explodieren. »Willst *du*, ein Workaholic par excellence, mich ernsthaft darüber belehren, wie ich mein Leben zu führen habe?«

»Interpretier es, wie du willst.« Mit einem knappen Nicken wandte er sich von ihr ab und stolzierte davon, während sie wutschnaubend zwischen den Gräbern zurückblieb.

Was für ein Arsch! Was für ein arroganter, eingebildeter Vollarsch! Dieser Mann, der keinen Sinn darin sah, enge Beziehungen zu pflegen außer zu seinen Klienten, dieser Mann, der nur lebte, um zu arbeiten – genau dieser Mann glaubte, dass er das Recht hatte, sie zu kritisieren!

Ihre Augen brannten von seinem Vorwurf. Mit der Spitze ihrer Sandale streifte sie ein Blatt von ihrer anderen Sandale ab, das vom Baum gefallen war. Die Sonne glitt hinter eine Wolke, und Rorys Zorn ließ nach, als ihr langsam die Wahrheit dämmerte. Brett hatte recht. Sie neigte dazu, vor unangenehmen Dingen zu kneifen. Sie fürchtete sich vor den Folgen, wenn sie Clint die Wahrheit sagte, also hatte sie die Arbeit als Ausrede benutzt, um es hinauszuzögern.

Es war demütigend, dass Brett erkannt hatte, wovor sie die ganze Zeit ihre Augen verschloss, vor allem in Anbetracht der ganzen Charaktermängel, die sie ihm attestiert hatte. Bis zu diesem Moment war ihr nicht bewusst gewesen, wie viel Wert sie auf seinen Respekt legte. Und den hatte sie nun verspielt.

Ein Tier mit grau-braunem Fell flitzte über den Weg. Ein Stadtkojote, der Schwindler in der Mythologie. Rory beobachtete, wie er im Gebüsch verschwand. Eine Schwindlerin – genau das war sie auch. Sie hatte sich selbst etwas vorgemacht, wollte glauben, dass sie ihrem Traum von einer eigenen Pralinenboutique Stück für Stück näher kam, obwohl sie sich in Wahrheit immer weiter davon entfernte. Der einzige konkrete Schritt, den sie unternommen hatte, um die Schokoladenkunst zu ihrem richtigen Beruf zu machen, war der Verkauf von kleinen Mengen im geschützten Rahmen der Bauernmärkte, und sogar das hatte sie aufgegeben. Sie hangelte sich von einem Job zum nächsten und – das ultimative Beispiel für ihre Selbstsabotage – investierte ihre Ersparnisse nicht in einen eigenen Laden, sondern in einen Foodtruck.

Hier auf der Bank, umgeben von Gräbern, erkannte sie die Wahrheit. Sie hatte nicht den Mut, ein echtes Risiko einzugehen. Das Schmieden großer Pläne, ohne sie jemals umzusetzen, hatte bei ihr Methode, und der Grund dafür war sonnenklar. Solange sie es nicht wirklich probierte, konnte sie auch nicht scheitern.

So weit sie zurückdenken konnte, hatte sie sich von der Vorstellung leiten lassen, dass sie niemals so gut sein würde wie ihr Bruder, also warum sollte sie sich anstrengen? Aber sie war kein Kind mehr, und es war längst überfällig, dass sie aufhörte, Clints Erfolg als eine Ausrede für ihren Mangel an Courage zu benutzen. Wenn sie weiter mit sich selbst leben wollte, musste sie zu ihrer Zukunft stehen. Sie hatte kein Geld und keinen Job, und sie wusste nicht, wie sie es machen sollte, aber sie musste eine Lösung finden. Selbst wenn sie scheiterte, musste sie es versuchen.

Sie stand von der Bank auf und wandte sich in Richtung Ausgang. Um in ihrem Leben voranzukommen, war der erste Schritt, dass sie Verantwortung übernahm für das, was sie getan hatte.

Während sie vor dem Haus von Olivia und Thad darauf wartete, dass ihr Bruder die Tür öffnete, kamen die alten Erinnerungen wieder hoch. Als Clint schon mit vier Jahren lesen konnte, hatte ihr Vater sie darauf hingewiesen, dass es bei ihr drei Jahre länger gedauert hatte. Früher spielte sie gern Fußball im Garten, bis ihr kleiner Bruder an einem Sommernachmittag den Ball so geschickt verteidigte, dass sie gar nicht mehr drankam. Hinterher erzählte sie jedem, dass Fußball langweilig sei. Sie verließ die Schule mit einem mittelmäßigen Abschluss, während Clint nur Bestnoten nach Hause brachte. Es war immer einfacher gewesen, sich treiben zu lassen, statt sich ein Ziel zu setzen und es zu verfolgen, aber das war einmal.

Sie drückte wieder auf die Klingel. Clint war ziemlich sicher im Haus, und indem er das Klingeln ignorierte, lieferte er ihr den perfekten Vorwand, um auf dem Absatz kehrtzumachen und zu verschwinden. Aber sie war fertig damit, immer den einfachen Weg zu nehmen. Während der Wind vom Michigansee ihren Rock um ihre Beine wehte, schickte sie ihrem Bruder eine Nachricht.

Mach die Tür auf. Ich bin schwanger von Brett.

Was war schon eine kleine Lüge in Anbetracht der viel größeren, die sie erzählt hatte?

Keine dreißig Sekunden später riss Clint die Tür auf. »Rory, was zum Teufel?«

Sie huschte rasch ins Haus. »Ich hab gelogen. Nicht zum ersten Mal. Ich bin nicht schwanger.«

Er knurrte mit zusammengebissenen Zähnen. »Und warum hast du dann das Gegenteil behauptet?«

Sie schloss die Tür mit ihrem Po und presste sich mit dem Rücken gegen das Massivholz. »Es war das Einzige, was mir einfiel, damit du mir aufmachst.«

»Ich will dich nicht sehen. Ich will niemanden sehen.«

»Ich verstehe. Es wird nicht lange dauern.« Trotz der hohen Decke und der offenen Durchgänge kam es ihr vor, als würden die Wände um sie herum immer näher rücken, unter dem Druck dessen, was sie tun musste. »Hier ist es ziemlich heiß. Können wir rausgehen?«

»Ich kann es mir nicht unbedingt erlauben, durch die Nachbarschaft zu spazieren.« Sarkasmus stand ihm nicht annähernd so gut wie ihr.

»Das weiß ich, aber …« Sie zupfte am Nackenträger ihres Kleids. »Ich glaube, ich krieg gleich einen Hitzschlag.« Wohl eher eine Angstattacke, aber so oder so, sie brauchte dringend frische Luft.

Vielleicht kam er zu dem Schluss, dass er sie am schnellsten wieder loswurde, wenn er nachgab, weil er mit seinem Kopf in Richtung Rückseite deutete. »Dann komm. Sag, was du zu sagen hast, und danach verschwindest du wieder.«

Clint wollte im Moment nichts mit ihr zu tun haben, und sie wollte nichts mit Kristin zu tun haben. Was waren sie für eine traurige Familie.

Sie folgte ihm durch den Flur in die Küche und von dort hinaus auf eine schattige Terrasse mit weinberankten, weiß getünchten Ziegelmauern und einer üppigen Bepflanzung, die aus einer Reihe von kupferfarbenen Töpfen hervorquoll. Neben einer Outdoorlounge für die Erwachsenen gab es weiter hinten ein Spielhaus aus Holz mit einer leuchtend blauen Tür und zwei Fenstern, eingerahmt von weißen Außenläden, und darüber ein Schindeldach. »Glückliches Kind«, bemerkte Rory.

»Glückliche Kinder. Sie haben zwei.«

Rote Plastikgeranien zierten die Blumenkästen unter den Spielhausfenstern, und neben der blauen Eingangstür stand ein Gartenzwerg. Rory nahm sich einen Moment Zeit, um ihre Gedanken zu sortieren, und ging hinüber zu dem Häuschen, beugte sich herunter und schaute durch das Fenster. Drinnen war eine winzige Spüle, ein Miniaturherd, ein Tisch, zwei Stühle und eine Wanduhr mit beweglichen Zeigern. Sie richtete sich wieder auf. »Mein altes pinkfarbenes Plastikhaus war Schrott dagegen.«

»Ich fand es gut.«

»Was meinst du? Du hast nie darin gespielt.«

»Von wegen. Ich hab meinen Freunden erzählt, dass Pink bei den Ninjas die Farbe der Unsichtbarkeit ist, und habe das Ding in eine Festung verwandelt.« Er schob zwei marineblaue Dekokissen zur Seite und ließ sich auf das Gartensofa plumpsen. »Ich bin mit meinem Nerf-Blaster aufs Dach geklettert und hab versucht, die Nachbarn abzuschießen. Das Dach war auch praktisch, um über den Zaun zu springen. Dafür hab ich einen Riesenärger bekommen.«

»Du hast nie Ärger bekommen.«

»Du hast ein miserables Gedächtnis. Jedes Mal, wenn Mom mich erwischt hat, hat sie mir einen Tag mehr Hausarrest aufgebrummt.«

Rory konnte sich nicht erinnern, dass Clint von Kristin jemals Hausarrest bekommen hatte. Sie zupfte nervös am Riemen ihrer Tasche. »Ich habe gestern Abend Schokolade für dich gemacht. Haselnuss und Vollmilch aus peruanischen Fairtrade-Biokakaobohnen.« Sie griff in ihre Tasche, nahm das Päckchen heraus, das sie in Kraftpapier eingewickelt hatte, und legte es neben ihn auf das Sofa.

Er warf nicht einmal einen Blick darauf. »Ich bin sicher, du hast gute Absichten, aber ich brauche weder dich noch Mom, um mich aufzubauen. Ich muss alleine damit klarkommen, was mit Ashley passiert ist.«

»Das verstehe ich, aber …« Sie kehrte wieder zu dem Spielhaus zurück und stellte sich davor. »Ich muss dir etwas sagen.« Sie bohrte ihre Fingernägel in ihre Handflächen. »Du wirst dich bestimmt aufregen.«

Er stieß ein hartes, humorloses Lachen aus. »Nichts könnte mich mehr aufregen, als zu wissen, dass irgendein verdammter Psychopath Ashley ermordet hat.«

Sie durfte jetzt nicht einknicken. Sie musste es durchziehen. »Vielleicht war es meine Schuld.«

Er straffte sich. »Was sagst du da?«

»Die Wahrheit ist …« Sie ballte ihre Hände zu Fäusten. »Ich will nicht behaupten, dass Ashley nichts für dich übrig hatte, weil ich weiß, dass es nicht stimmt. Aber sie hatte mehr übrig für dein Geld.«

Er schoss vom Sofa hoch. »Du hast mit Rivers gesprochen.« Er zeigte in Richtung Ausgang. »Geh! Sofort. Ich werde den Kerl zum Teufel jagen!«

»Nein!« Die Worte purzelten nun aus ihr heraus. »Brett hatte recht. Nicht lange, bevor du Ashley kennengelernt hast, war sie abends bei mir. Wir haben zusammen gegessen und zu viel Wein getrunken, und sie hat mir erzählt, wie satt sie es hat, arbeiten zu gehen. Sie hat gesagt, sie will ein richtiges Luxusleben haben –

Designerklamotten, Schmuck, Reisen. Eine große Villa mit Hauspersonal.«

»Das heißt nicht …«

»Sie hat es offen zugegeben. Sie hat gesagt, sie würde sich gezielt reiche Männer aussuchen, und sie würde sich nicht dafür schämen.« Rory biss sich auf ihre Unterlippe. »Tatsächlich habe ich sie dafür bewundert. Sie hat gesagt, sie wäre bereit, jeden Mann zu heiraten, der ihr ein Leben in Luxus bieten kann.« Ihre Nase lief, und sie wischte sie mit ihrem Handrücken ab. »Sie hatte dich aufrichtig gern, Clint. Vielleicht hat sie dich sogar geliebt. Aber vor allem hat sie dein Geld geliebt. Ich habe versucht, dich zu warnen, aber du wolltest nichts davon hören. Ich hätte nichts weiter unternommen, aber dann hast du erwähnt, dass du ihr einen Ring gekauft hast und sie nach Las Vegas entführen wolltest …« Rory versagte für einen Augenblick die Stimme. »Ich … ich konnte das nicht zulassen.«

Seine Stimme war ausdruckslos, ohne jede Emotion. »Was hast du getan?«

Sie presste ihre Hand auf ihren Magen. »Ashley musste mir schwören, kein Wort zu sagen, dann habe ich ihr erklärt, dass du spielsüchtig wärst und dein ganzes Geld verzockt hast. Ich habe behauptet, du wärst hoch verschuldet und dass die Stars dich rauswerfen wollten.« Jetzt kam der schlimmste Teil. »Und ich habe behauptet, dass kein anderes Team dich nehmen würde, weil du auf die Spiele der Stars gewettet hast.«

»Du hast *was*?«

»Es tut mir leid!«, rief sie. »Es war ein spontaner Einfall, aber sie hat mir geglaubt. Verstehst du nicht? Am nächsten Tag hat sie mit dir Schluss gemacht!«

Er starrte sie an, als wäre sie ein Wurm, den er am liebsten zertreten würde. Ihr freundlicher, genialer kleiner Bruder … Er presste die Worte zähneknirschend heraus. »Warum ist sie zu mir rausgefahren?«

Rory hielt ihren Magen nun mit beiden Händen. »Weil sie an dem Morgen mit Karloh gesprochen hat, bevor sie umgebracht wurde. Er – er hat dich rehabilitiert und alles richtiggestellt. Er hat ihr gesagt, dass diese Informationen, von wem auch immer sie stammten, frei erfunden waren.« Ihre Kehle schnürte sich zu. »Sie ist zu dir rausgefahren, um dich zurückzugewinnen.«

»Und ich war nicht da.«

»Aber dafür jemand anders.« Rory verzichtete darauf, sich zu rechtfertigen oder darauf hinzuweisen, dass ihre Motive rein gewesen waren, wenn auch nicht ihre Methoden. »Ich erwarte nicht von dir, dass du mir verzeihst.«

Seine Lippen bewegten sich kaum. »Ich will dich nie wieder sehen.«

Sie nickte und wandte sich zur Hintertür, aber sie musste noch eine Sache loswerden. »Zwei Menschen haben versucht, dich vor Ashley zu warnen. Brett hat die offene Ansprache gewählt und ich nicht.«

»Halt mir Mom vom Leib.« Seine Stimme klang immer noch tonlos. »Das bist du mir schuldig.«

»Ich weiß nicht, ob ich das kann.«

»Du hast es geschafft, Ashley und mich auseinanderzubringen«, stieß er bitter hervor. »Da wirst du das bestimmt auch schaffen. Und jetzt verschwinde von hier.«

Ihre Sonnenbrille verbarg nicht ihre heißen Tränen, als sie zurück nach Ravenswood fuhr, aber das hier war der Mittlere Westen, und die anderen Fahrgäste im Waggon waren höflich genug wegzuschauen.

Kristin rollte sich in dem Liegesessel zusammen und starrte auf die dunkle Leinwand. Das Heimkino war der einzige Raum in Clints Haus, wo sie sich sicher fühlte. Ein Raum ohne Fenster. Ein Ort, wo die Raubtiere, die draußen lauerten, sie nicht kriegen konnten.

Sie musste aufhören, so ängstlich zu sein. Die Rückseite des Grundstücks war hoch umzäunt. Niemand konnte in den Garten gelangen, und sie sollte sich nicht länger hier unten verstecken.

Beim Dinner mit Daniel Hanbridge vor zwei Tagen war es ihr gelungen, die schwierige Situation, in der ihr Sohn sich befand, vorübergehend zu vergessen und einfach sie selbst zu sein – nicht Clints Mutter, nicht Rorys Stiefmutter oder Gregg Garretts Witwe. Sie hatte sich wieder gefühlt wie die unbeschwerte zweiundzwanzigjährige Kristin Shaw mit ihrem frischen Collegeabschluss in Kinesiologie und dem Plan, Physiotherapeutin zu werden.

Aus dem nichts geworden war. Als sie Gregg erzählte, dass sie schwanger war, hatte er nicht um ihre Hand angehalten. Er hatte einfach nur erklärt, dass er sie heiraten werde. Wie großzügig von ihm, dachte sie bitter.

Sie hatte sich vor Rory nie anmerken lassen, wie wenig sie die unterschwelligen Spannungen in ihrer Ehe vermisste, das Gefühl, dass sie Gregg bis in alle Ewigkeit dankbar sein musste. Wie wäre ihr Leben wohl verlaufen, wenn sie das getan hätte, was sie hätte tun sollen? Wenn sie zu Gregg gesagt hätte: »Vielen Dank, aber ich werde keinen Mann heiraten, der mich nicht liebt, und ich werde nicht im Haus deiner verstorbenen Frau leben. Ich und mein Baby werden auch ohne dich zurechtkommen.«

Aber sie hatte ihn geliebt, und mit dem naiven Optimismus einer Zweiundzwanzigjährigen hatte sie darauf vertraut, dass es ihr gelingen würde, dass ihre Liebe erwidert wurde. Auf eine gewisse Art war sie erfolgreich gewesen. Gregg hatte die Vertrautheit mit ihr lieb gewonnen. Das bequeme Leben, das sie ihm ermöglichte, und die Art, wie sie die Verantwortung für seine Tochter übernahm. Er liebte definitiv den Sohn, den sie ihm geschenkt hatte. Aber sie hatte nie den Respekt in seinen Augen gesehen, den Daniel Hanbridge, ein Mann, den sie kaum kannte, ihr vor zwei Tagen gezeigt hatte.

Wäre Daniel zu einem anderen Zeitpunkt in ihr Leben getreten – zu einem Zeitpunkt, an dem ihrem Sohn nicht ein Mord zur Last gelegt wurde –, könnte sie sich weiter mit ihm treffen, aber nicht jetzt.

»Haben Sie Kinder?«

»Eine Stieftochter.«

Sie bereute es nicht, dass sie nicht mehr gesagt hatte.

Sie konnte sich nicht länger hier unten verkriechen wie ein verängstigtes Kaninchen, und sie zwang sich aufzustehen und in die Küche hochzugehen. Sie hatte bereits alles weggeräumt, nachdem sie sich zum Abendessen ein Fertiggericht aus dem Tiefkühlschrank zubereitet hatte, und ihr fiel nichts ein, was sie sonst noch tun konnte. Sie steuerte Clints Arbeitszimmer an. Mit der behaglichen Einrichtung und der Bücherwand war es ihr Lieblingsraum im Haus. Sie durfte sich nicht länger von dem großen Erkerfenster abschrecken lassen.

Kristin schaltete eine Stehlampe ein und versuchte, sich mit einem Buch auf der Couch zu entspannen. Sie hatte Freunde. Sie arbeitete ehrenamtlich. Sie tat alles, was eine Frau tun sollte, um ein Leben auszufüllen, das leer geworden war.

Sie träumte davon, wie es früher gewesen war. Der Geruch eines verschwitzten Kinderkopfes; die Stollenschuhe, Rucksäcke und Jacken, die überall verstreut herumlagen, bis sie darüber stolperte. Sie wollte Kindergeburtstage planen und Fahrgemeinschaften bilden und Einwilligungen für Schulausflüge unterschreiben. Sie hatte den Kardinalfehler begangen, ihr Kind zu ihrem ganzen Lebensinhalt zu machen, und dieses Kind rebellierte nun. Es meldete sich nicht, es wollte ihr nicht sagen, wo es sich aufhielt. Aus »es« war jetzt ein Mann geworden, und er hatte die Geduld mit ihr und ihren Einmischungen in sein Leben verloren.

Von ihrer Auseinandersetzung gestern mit Clint entmutigt und niedergeschlagen, fiel es Rory schwer, sich auf die Partyvorbereitungen zu konzentrieren. Stattdessen musste sie immer wieder an all die Zeiten denken, in denen sie sich gewünscht hatte, sie wäre nicht Clint Garretts Schwester. *Sei vorsichtig, was du dir wünschst.*

Sie starrte zu dem Firmenschild hoch. Das Büro von Gilford Grafikdesign befand sich über einem Friseursalon auf einer schattigen Straße im Stadtteil Roscoe

Village. Wenn die Polizei nicht bereit war, Ashleys stalkenden Exfreund abzuklopfen, würde Rory es tun. Ashleys letzter Chef hatte vielleicht ein paar Antworten.

Es war nicht nur ihr schlechtes Gewissen, das Rory hierhergetrieben hatte. Die Ungerechtigkeit, wie Clints guter Ruf in der Öffentlichkeit zerfleddert wurde, war kaum auszuhalten, und obwohl es bis zur Party nur zwei Tage waren und sie noch Hunderte Sachen zu erledigen hatte, musste sie hierherkommen. Sie würde nicht mehr den einfachen Weg nehmen. Sie konnte schwierige Dinge bewältigen, und sie brauchte einen Namen.

Sie stieg die Treppe hoch und öffnete die Tür zum Grafikatelier. In dem kleinen, übersichtlichen Raum standen zwei elegante schwarze Arbeitstische mit hochmodernen Computern. An den Wänden hingen gerahmte Layouts des Ateliers, hauptsächlich Logos und Werbedesigns. Der Mann, der am vorderen Arbeitstisch saß, schaute nicht auf. »Der Job ist schon vergeben.«

»Ich bin nicht wegen eines Jobs hier.«

»Sondern?«

»Ich bin hier wegen Ashley. Sie war meine Freundin.«

»Na, da können Sie ja von Glück sagen.« Er hatte einen angesagten Pompadour, mit einer hoch frisierten Tolle auf dem Oberkopf und ausrasierten Seiten. Er trug eine hautenge olivgrüne Bikerjeans und ein ärmelloses schwarzes T-Shirt, das sein Oberarmtattoo enthüllte, einen DNA-Strang in Regenbogenfarben.

Rory machte einen zögerlichen Schritt in das Büro hinein. »Das klingt nicht, als hätten Sie sie besonders gemocht.«

»Ich mochte ihre Arbeit. Ich mochte das Geld, das sie reingebracht hat. Aber privat war sie ein Miststück.« Er legte seinen Stift ab. »Und Sie sind bestimmt nicht von der Presse?«

»Definitiv nicht. Ich bin Ashleys Nachbarin. Ich … ich komme nur schwer damit klar, was passiert ist, und ich dachte, es würde vielleicht helfen, wenn ich mehr über Ashleys Leben erfahre. Ich bin Rory Meadows.«

»Duncan Gilford.« Er legte seinen Kopf schief. »Augenblick. Sind Sie die Rory, die direkt über ihr wohnt? In einer – Zitat – ›trostlosen Bude, ausstaffiert mit Möbeln, die die Wohlfahrt nicht haben wollte‹?«

»Die bin ich.«

Er klopfte mit seiner flachen Hand auf einen Rollhocker neben seinem Tisch. »Setzen Sie sich.«

Auf dem Weg registrierte sie ein paar weitere Details: das Firmenlogo GGD über dem Leuchtpult in der Mitte, schwarze Metallregale, über die sich eine Goldranke schlängelte, ein Weckglas, das mit Kleingeld gefüllt war. Sie hatte keine Ahnung, wie sie die Information bekommen konnte, die sie brauchte, und sie suchte nach einem passenden Einstieg. »Ashleys Tod scheint Sie ziemlich kaltzulassen.«

»Keiner rechnet damit, dass jemand, den man kennt, ermordet wird, und zuerst war ich wirklich erschüttert. Aber ganz ehrlich, wenn es schon jemand sein musste, den ich kenne, dann Ashley.«

Rory zog ihre Augenbraue hoch. »Erklären Sie mir, warum Sie nicht der Hauptverdächtige sind.«

»Ich habe ein wasserdichtes Alibi. Ich hatte an diesem

Morgen ein Frühstücksmeeting mit einer potenziellen Neukundin und ihren zwei Administratoren.« Er lehnte sich auf seinem ergonomischen Stuhl zurück, und unter seinem engen T-Shirt zeichnete sich ein durchtrainierter Oberkörper ab. »Wenn Sie meine Meinung hören wollen, ich glaube, der Footballspieler hat sie umgebracht. Er wäre nicht ihr einziger Exfreund, der ein Motiv hat.«

Sie konzentrierte sich auf das Thema »Exfreund« und nicht darauf, dass er Clint für schuldig hielt. »Ich muss immer wieder an diesen Immobilienmakler denken, mit dem sie davor zusammen war. Ich weiß, dass er die Trennung nur schwer verkraftet hat.«

»Er war ein Kunde von uns – er ist eine ziemlich große Nummer im Immobiliengeschäft. Ashley hat einen großen Fehler gemacht, als sie ihn für Garrett verließ, aber Ashley hielt immer Ausschau nach einem noch dickeren Bankkonto.«

Rory versuchte, ein nachdenkliches Gesicht zu machen. »Ich kann mich nicht mehr an seinen Namen erinnern.«

Er straffte sich auf seinem Stuhl und drehte sich wieder zu seinem Computer. »Ich habe der Polizei seinen Namen gegeben.«

Dann kannten sie also seine Identität, aber da sie Clint für den Täter hielten, wie genau hatten sie sich den Kerl wohl angeschaut? »Würden Sie ihn mir auch geben?«

»Warum wollen Sie ihn haben?«

»Ich will mit dem Mann reden.«

»Spielen Sie hier die Privatdetektivin?«

»Vielleicht hat die Polizei was übersehen.« Der Hocker unter ihr rollte ein paar Zentimeter zur Seite. »Ashley war sehr nett zu mir, als ich frisch aus New York hierhergezogen bin. Sie war meine einzige Freundin. Ich bin es ihr schuldig.«

Sie hatte wieder seine Aufmerksamkeit. »Ich bin nicht sicher, ob Sie ihr etwas schuldig sind. Ashley mochte Sie, aber trotzdem nannte sie Sie hinter Ihrem Rücken nur ›Loserin‹. Und ich sage Ihnen das nicht, um Ihnen eins reinzuwürgen, sondern bloß, damit Sie Ihre Trauer schneller überwinden.«

Sie weigerte sich, gekränkt zu sein. »Was hat sie noch über mich gesagt?«

»Wollen Sie das wirklich wissen?«

»Ja. Ich brauche Trost.«

»Sie hat Ihren Kleidungsstil als furchtbar altmodisch bezeichnet, aber wenn das, was Sie gerade anhaben, Ihrem Stil entspricht, hatte Ashley unrecht. Diese Bluse ist der Hammer.«

Ihre babyblaue Carmenbluse aus Baumwolle hatte unten am Saum ein winziges Loch, das sie unter dem Bund ihrer dunkelblauen Caprihose im Audrey-Hepburn-Stil versteckte. Er deutete auf ihre mintgrünen Creolen aus Kunstharz. »Ashley trug ausschließlich vierundzwanzig Karat. Sie wusste sich zwar hübsch zurechtzumachen, aber sie hatte keinen eigenen Stil, wenn Sie verstehen, was ich meine. Das einzig Charakteristische an ihrem Stil war, dass alles teuer aussah, so wie bei Hunderten anderen Frauen.«

»Bloß, dass sie schöner war.«

»Und das auch genau wusste.«

Rory wand sich auf dem Hocker. »Ich fühle mich nicht wirklich wohl dabei, über sie herzuziehen.«

»Ashley hatte kein Problem damit, über Sie herzuziehen.«

»Da steh ich drüber.«

»Sie sagte, Sie wären viel zu nett, als es für Sie selbst gut ist, und dass die Welt Sie verschlingen und in Einzelteilen wieder ausspucken würde. Jetzt ist sie diejenige, die ausgespuckt wurde.« Er schüttelte den Kopf. »Trotzdem, ich werde ihre Arbeit vermissen. Wenn sie sich reinkniete, war sie verdammt gut, und sie wusste definitiv, wie man Kunden anlockt.«

Rory versuchte es wieder. »Ihr Exfreund? Der Immobilienmakler?«

»Überlassen Sie das der Polizei, Süße. Ich will nichts damit zu tun haben.«

»Das werden Sie auch nicht. Sie geben mir nur einen Namen. Und ich habe Pralinen mitgebracht.« Sie griff in ihre Tasche und nahm eine Minischachtel mit sechs köstlichen Sahne-Himbeertrüffeln heraus, die sie zwischen der Planung der Horsd'oeuvres und den Anrufen bei Partyausstattern gemacht hatte. »Probieren Sie.«

Er nahm sich einen Trüffel und biss hinein, und als die Geschmacksnoten seinen Gaumen erreichten, verdrehte er seine Augen. »Wo haben Sie sich mein ganzes Leben lang versteckt? Gott …« Er streckte seine Hand vor für die Schachtel. Rory bewegte sie knapp aus seiner Reichweite.

»Der Name?«

»Ernsthaft?«

»Ich gebe Ihnen die restlichen fünf jetzt gleich und bringe Ihnen nächste Woche ein weiteres Dutzend. Dafür brauchen Sie mir nur den Namen von Ashleys Ex zu nennen.«

Er griff nach einem Notizheft, schrieb etwas auf und schob es zu ihr herüber. »Halten Sie mich einfach aus der Sache raus, Nancy Drew. Und jetzt her mit den Pralinen.«

»Abgemacht.« Sie gab ihm die Schachtel und las den Namen in Gilfords kunstvoller Handschrift.

Grant Padderson.

Als sie ein paar Minuten später in den warmen Nachmittag hinausging, entdeckte sie eine vertraute Gestalt, die auf sie zukam. Es war zu spät, um so zu tun, als hätte sie ihn nicht gesehen, und ihr Magen zog sich unbehaglich zusammen.

Brett blieb vor ihr stehen und schaute zu dem Schild von Gilford Grafikdesign hoch. »Du hast mit Ashleys Chef gesprochen? Wirklich, Rory? Da draußen läuft ein Mörder frei herum, und du beschließt, auf eigene Faust zu ermitteln?«

»Was ist mit dir? Kommst du hier nur zufällig vorbei?«

Er schob seine Hände in seine Hosentaschen. »Das ist was anderes.«

Sie straffte sich ruckartig bis in die Spitzen ihrer gelben Korksandalen. »Weil?«

»Weil es so ist.«

»Weil du eine toughe, leistungsorientierte amerikanische Erfolgsstory bist und ich nicht?« Und schon fing sie wieder an, gegen ihn zu sticheln und sich selbst herabzusetzen. Wann würde sie endlich damit aufhören?

Er trat unruhig von einem Bein auf das andere. »Es tut mir leid, was ich gesagt habe. Ich hatte einen schlechten Tag und habe es an dir ausgelassen.«

Sie zwang sich, seinen Blick zu erwidern. »Du hast nichts gesagt, was nicht der Wahrheit entspricht.«

»Ich habe zu viele eigene Schwächen, um mit Steinen zu werfen.« Sein Blick blieb an ihren Haaren hängen auf eine Art, die in ihr das Bedürfnis weckte, einen Kamm aus ihrer Tasche zu holen. »Und ich habe deine tollen Eigenschaften gar nicht erwähnt.«

Sie musterte ihn prüfend. »Nenn mir eine davon.«

»Wie wäre es mit deiner Ehrenhaftigkeit?«

Sie blinzelte. »Das hat noch nie jemand über mich gesagt.«

»Du versorgst Obdachlose und machst dir Sorgen um den Bruder, den du angeblich hasst.«

»Ich habe nie gesagt, dass ich ihn hasse. Ich bin nur …«

»Du bist klug und witzig, und außerdem kannst du gut küssen.«

Sein Versuch, die Situation zu entspannen, schlug fehl, aber sie wusste seine Bemühungen zu schätzen. »Ich werde dir Zeit ersparen«, sagte sie. »Gilford konnte Ashley zwar nicht ausstehen, aber er war den ganzen Morgen in einem Meeting und hat ein wasserdichtes Alibi für die Tatzeit.« Sie würde den Namen von Ashleys Exfreund nicht preisgeben, bevor sie sich nicht eine Strategie überlegt hatte. »Ich muss in deine Wohnung, um mich mit deiner Küche vertraut zu machen und schon mal ein paar Sachen in deinen Eisschrank zu stellen.«

»Ich werde unten beim Pförtner einen Schlüssel für dich hinterlegen.«

Er hatte sie für ihre Ehrenhaftigkeit gelobt, und es war Zeit für eine Demonstration. »Ich habe gestern mit Clint gesprochen. Du bist aus dem Schneider.«

Sein Handy summte in seiner Hosentasche. Er zog es heraus und warf einen Blick darauf. »Da muss ich drangehen.«

Natürlich musste er das. Seine Klienten kamen immer an erster Stelle. Er war ein Mann, der klare Prioritäten setzte.

Zwei muskulöse Männer mühten sich auf der Treppe mit Ashleys weißer Couch ab, als Rory nach Hause zurückkehrte. Sie wartete, bis der Weg frei war, dann ging sie nach oben und blieb vor der offenen Wohnungstür im ersten Stock stehen. Drinnen warf eine Frau gerade Dekokissen in einen Karton. Sie hatte platinblonde glatte Haare, die zu einem stummelartigen Pferdeschwanz gebunden waren. Rory klopfte an den Türrahmen. »Du bist bestimmt Stacy. Ich bin Rory.«

»Komm rein.« Ashleys Schwester hatte ein hartes Gesicht mit breiten Wangenknochen, einen kleinen Mund und müde Augen. Rory wusste durch Ashleys abfällige Bemerkungen, dass Stacy jung geheiratet hatte, nun bei einer Billigkette für Ramschwaren arbeitete und bereits drei Kinder hatte. Ihrem vorgewölbten Bauch nach zu urteilen, war das vierte unterwegs.

»Ich habe keine Nummer von dir, sonst hätte ich dich angerufen«, sagte Rory. »Mein Beileid wegen Ashley. Gibt es irgendwas, mit dem ich dir helfen kann?«

»Hab alles im Griff.« Stacy deutete auf die Kartons. »Ashley würde mich dafür hassen, dass ich ihre ganzen Sachen bekomme.«

Rory war nicht sicher, was sie sagen sollte. »Menschliche Beziehungen können hart sein.«

»Wenn du Ashley kanntest, weißt du wahrscheinlich, dass wir uns nicht gut verstanden haben. Ashley hat nicht gerade ein Geheimnis daraus gemacht. Trotzdem ...« Sie beugte sich über einen Karton. »Ich hätte nie gedacht, dass ihr so etwas passieren könnte.«

»Es ist schrecklich.«

Stacy unterbrach ihre Tätigkeit und ließ sich in den Sessel plumpsen, der noch dastand, und legte ihre Füße auf den Couchtisch. »Ich bin erst im siebten Monat, und meine Füße bringen mich jetzt schon um, aber wenigstens muss ich nicht mehr kotzen.« Sie blickte sich um. »Ich wünschte wirklich, sie hätte mir Geld hinterlassen statt all diese weißen Möbel, aber Ashley hat alles ausgegeben, was sie verdiente.«

»Sie hat ein paar schöne Sachen.«

Stacy machte eine vage Geste zu der Stelle, wo die Couch gestanden hatte. »Ich werde die Sitzmöbel mit Laken abdecken. Selbst wenn die Kinder sie versauen, sind sie immer noch besser als das, was wir haben. Und Ashleys Klamotten verkauf ich. Ich werd diese ganzen Designerfummel ganz bestimmt nicht anziehen.«

»So etwas können auch nicht viele Frauen tragen.«

»Ich kann sie nicht bestatten lassen, solange ihr Leichnam nicht freigegeben wird. Und ich bin nicht sicher, ob überhaupt jemand zu ihrer Beerdigung kommen würde.«

Einer der Männer kehrte zurück, ein braun gebrannter breiter Kerl mit volltätowierten Armen. Er ging zu dem Sessel, in dem Stacy saß, und streckte seine Hand vor, um ihr aufzuhelfen. »Beweg dich, Baby. Ich brauch den Sessel.«

»Was du brauchst, Jake, ist eine gottverdammte Vasektomie.«

Er brummte und zog sie hoch, dann manövrierte er den Sessel durch die Wohnungstür. Stacy nickte ihm hinterher. »Es gab keinen Mann, dem Ashley nicht den Kopf verdreht hat, sogar Jake. Es war, als hätte sie keine Ruhe, wenn ein Kerl in ihre Nähe kam, bis sie ihn um ihren kleinen Finger gewickelt hatte. Jake trifft es härter als mich. Er will ihren Wagen behalten, wahrscheinlich weil er nach ihrem Parfüm riecht, aber ich will ihn lieber verkaufen und das Geld zur Seite legen.« Sie schnappte sich das letzte Dekokissen und warf es in den offenen Karton. »Würdest du mir die da bitte geben?«

Rory griff nach den beiden Kerzenständern aus weißer Keramik, die auf dem Couchtisch arrangiert waren, neben einem Seegraskorb mit Büchern und Bildbänden, in die Ashley wahrscheinlich nie einen Blick geworfen hatte. »Bist du sicher, dass du keine Hilfe benötigst? Ich kann rasch hochgehen und mich umziehen.«

»Unter dem Bett liegen Ashleys Umzugskartons. Wenn du eben zwei davon für mich holen könntest, wäre das super.«

Rory wandte sich in Richtung Schlafzimmer, nur um abrupt wieder stehen zu bleiben. »Ashley hat hier über drei Jahre gewohnt. Warum hat sie noch ihre Umzugskartons?«

»Das sind neue. Sie wollte ausziehen. Hat sie dir das nicht gesagt?«

Rory hatte keine Kartons gesehen, als sie sich an dem Tag, als Ashley gestorben war, in ihrer Wohnung umgeschaut hatte; andererseits hatte sie nicht daran gedacht, unter dem Bett nachzusehen. »Ashley hat nie was von einem Umzug erwähnt.«

Stacy zuckte mit den Achseln. »Sie hat sich bei dem Thema eigenartig verhalten.«

»Wie meinst du das?«

»Ich weiß nicht. Bei unserem letzten Gespräch hat sie gesagt, dass sie schon bald ausziehen wird, aber sie wollte mir nicht sagen, warum.«

Wollte Ashley ausziehen, weil Grant Padderson, ihr Ex, sie stalkte? Oder hatte sie geplant, bei Karloh einzuziehen?

Rory holte die Kartons für Stacy und verabschiedete sich dann wieder. Kaum war sie in ihrer Wohnung, rief sie Detective Strothers an und erzählte ihm von den Umzugskartons.

»Die haben wir in unsere Inventarliste aufgenommen«, sagte er.

»Aber Ashley hat nie was von einem Umzug erwähnt. Finden Sie das nicht eigenartig? Ich denke, sie hatte Angst vor ihrem Ex und wollte ihre neue Adresse geheim halten.«

»Danke für die Information, Miss Garrett. Tut mir leid, dass ich Sie unterbrechen muss, aber ich habe gleich einen Termin.«

Wieder einmal wurde sie abgewiesen.

Ein paar Stunden später klopfte es an Rorys Tür, als sie gerade das nächste Blech mit Partyhäppchen in ihren bereits überfüllten Gefrierschrank stopfte. Sie trocknete sich die Hände ab und ging zur Tür, um zu öffnen. Vor ihr stand Brett in Freizeitkleidung und mit einer unheilvollen Miene.

»Was ist los?«

Er stürmte an ihr vorbei in die Wohnung. »Clint wurde verhaftet und wegen Mordes angeklagt.«

KAPITEL 14

Sie servierte Brett ein Bier von einer lokalen Kleinbrauerei und stellte ein paar Nüsse und einen schwarzen Himbeertrüffel dazu. Sie war zu aufgebracht, um sich darum zu kümmern, dass das kräftige Bier und die Bitterschokolade nicht gut miteinander harmonierten. Brett ließ sich auf ihre Couch fallen, in seiner rechten Hand eine halbe Praline, in seiner linken die Bierflasche. »Sie haben Haare von ihm auf ihrer Kleidung gefunden.«

»Sie war in seinem Schlafzimmer!«, rief Rory zornig. »Das beweist überhaupt nichts.«

»Sie haben außerdem seinen Ring in ihrer Faust gefunden.«

»Was für einen Ring?«

»Den Ring für die Landesmeisterschaft in seinem Abschlussjahr in Michigan.«

»Er trägt diesen Ring schon seit Jahren nicht mehr.«

»Er wurde zwei Tage vor Ashleys Tod mit diesem Ring an seinem Finger fotografiert, bei einem Treffen mit seinen ehemaligen Mitspielern aus Michigan.« Brett verzehrte die andere Pralinenhälfte und stellte seine Bierflasche auf den Couchtisch. »Die Polizei hat die Verhaftung noch nicht bekannt gegeben, und wenn die Öffentlichkeit davon erfährt – ich weiß nicht, Rory. Vielleicht hat er ja doch …«

»Sprich es nicht aus. Sprich es bloß nicht aus.«

Er stützte seine Arme auf seine Oberschenkel und starrte ins Leere. »Er ist eins der bekanntesten Gesichter in der NFL. Wie kann es sein, dass ihn niemand gesehen hat, als er an dem Morgen das Haus verließ?«

»Wahrscheinlich war es noch sehr früh.« Sie ließ sich neben ihn in das Polster fallen. »Hätte ich Ashley nicht angelogen …«

»Es war nicht deine Schuld.« Er legte locker seinen Arm um sie. »Du siehst müde aus.«

»Ich habe nicht viel geschlafen.«

»Wegen der Vorbereitungen für die Feier, nehme ich an? Weil ich dir das alles spontan aufs Auge gedrückt habe.«

»Schlaf wird überschätzt.« Nicht nur die Organisation des Büfetts hatte ihr den Schlaf geraubt. Gestern Abend, als sie arbeitete, waren ihr all die Hürden, die sie daran hinderten, ihr eigenes Geschäft zu eröffnen, derart unüberwindbar erschienen, dass sie wieder einmal anfing, Ausreden zu suchen, warum sie die Finger davon lassen sollte. Aber dieses Mal unterbrach sie diese negative Gedankenspirale. Immerhin hatte sie einen Foodtruck, nicht wahr? Sobald sie genügend Geld zusammenhatte, um ihre Strafe zu bezahlen und den Kleinbus überholen zu lassen, konnte sie damit wieder auf die Straße, aber dieses Mal würde sie ihre selbst gemachten Schokoladenspezialitäten aus dem Fahrzeug verkaufen statt Kaugummis, Lollis und PEZ-Spender. Es war vielleicht nicht das Pralinengeschäft, von dem sie immer geträumt hatte, aber es würde trotzdem ein Pralinengeschäft sein, nur auf Rädern.

Sie hatte sich wieder in die Küche geschleppt, wo sie ihren letzten Rest Probierpackungen aus weißem Faltkarton herausnahm. Mit den Zutaten, die sie noch dahatte, machte sie sich an die Arbeit. Als sie fertig war, legte sie vier erlesene Pralinen in jede Minischachtel, die alle ein Etikett trugen mit ihrer Handynummer und dem Hinweis *Individuelle Bestellungen auf Wunsch erhältlich*. Diese Kostproben würden auf Bretts wohlhabende Gäste am Ausgang warten, wenn sie die Feier verließen. Vielleicht würde sich niemand bei Rory melden, und sie vergeudete bloß ihre schrumpfenden Vorräte. Vielleicht käme nichts dabei heraus, aber sie wollte es trotzdem versuchen … selbst wenn sie scheiterte.

Übermannt von Erschöpfung und dem behaglichen Gefühl, in Bretts Nähe zu sein, lehnte sie sich an seine Schulter. Er roch nach Seife und Würze mit einem Hauch von Bier. Es fühlte sich richtig an, hier zu sein. Als würden sie zusammenpassen.

Er zog sie enger an sich, und ihr behagliches Gefühl verschwand. Seine Fingerspitzen streiften über ihr Kinn. Sie hob ihren Kopf zu ihm und sah in diese sturmwolkengrauen Augen, und sie tat, was sie nicht tun sollte. Sie berührte seine Lippen mit ihren.

Es war eine ganz flüchtige Berührung. Ein freundlicher kleiner Schmetterling von einem Kuss. *Hey, Kumpel … Ich bin's. Deine gute Freundin Rory, die Hallo sagen möchte. Nichts Persönliches. Nur ein harmloses Küsschen.*

In dem Moment, in dem Brett Rorys Lippen auf seinen spürte, flog sein gesunder Menschenverstand zum Fenster hinaus. Diese zarte Berührung auf seinem Mund ließ ihn vergessen, dass er der River war, immer cool und vernünftig. Sie ließ ihn vergessen, dass Disziplin seine größte Stärke war. Stattdessen übernahm sein Körper die Kontrolle über seinen Verstand, und jede Faser von ihm sehnte sich nach diesem Verhängnis von einer Frau.

Ihre Lippen verschmolzen miteinander. Er tauchte direkt in sie ein.

Sie schob ihre Hände unter sein Hemd, und er vergrub seine Finger in diesen Amok laufenden Locken. Ihre Hände krallten sich in seinen Rücken und erlaubten ihm, sich in sie zu verkrallen.

Er fand ihre Brust durch den Stoff ihres Purple-Rain-T-Shirts, aber verlor die Orientierung, als sie auf ihn kletterte. Ihre Gliedmaßen verhedderten sich auf der unbequemen Couch. Mit einem Fuß auf dem Boden und dem anderen Gott weiß, wo, umfasste er ihre Hüften und zog sie ruckartig auf sich herunter. Sie nahm seinen Kopf zwischen ihre Hände und übernahm den Kuss, ein schöner Velociraptor, bereit, ihn lebendig zu verspeisen.

Gott, sie war süß. So süß.

Er ließ seine Hände unter ihr T-Shirt gleiten, hoch über ihren Rücken, und kämpfte mit dem Verschluss ihres Büstenhalters. Er war immer geschickt darin gewesen, einen BH zu öffnen, aber dieser hier schien aus dem Zweiten Weltkrieg zu stammen und war so konzipiert, dass er Artilleriegeschützen standhielt. Als er den Verschluss schließlich geknackt hatte, richtete Rory sich auf und zog ihr T-Shirt über ihren Kopf, während der BH noch immer ihre Brüste bedeckte und die Satinträger von ihren Schultern rutschten. Brett griff zu, um das verdammte Ding herunterzureißen, stieß aber mit seinem Bein so hart gegen den Couchtisch, dass die Bierflasche umfiel.

Er hing halb auf der Couch, halb in der Luft. Er und Rory gebärdeten sich wie entfesselt, wild und albern. Sie kamen ins Rutschen und plumpsten zusammen auf den Boden, eingezwängt zwischen Tisch und Couch, und Bier tropfte auf Bretts T-Shirt-Ärmel.

»Bett.« Seine Stimme klang, als käme sie vom Grund des Ozeans.

»Bett«, wiederholte sie flüsternd. Aber statt von ihm herunterzurollen, hielt sie ihn fest, und sie küssten sich wieder, Lippen und Zungen, Zähne, die gegeneinanderstießen, und ihre Brüste lagen in seinen Händen, und die Welt war eine wilde Achterbahnfahrt, bis er sich seinen Kopf an dem verdammten Tischbein stieß.

Genug.

Er wand sich unter ihr heraus und half ihr anschließend hoch. Dann legte er seine Hände um ihren Po und hob sie in die Luft, und sie schlang ihre Beine um seine Taille. Sie küssten sich wieder, als er mit ihr in Richtung Schlafzimmer watschelte. »Machen wir wirklich ernst?«, flüsterte sie.

Er warf sein lebenslang gesundes Urteilsvermögen über den Haufen. »Wir machen wirklich ernst.«

Sie lächelte an seinen Lippen.

Ein lautes Klopfen. Das nicht von seinem Herz kam.

Jemand stand vor der Tür! *Echt jetzt?*

Vielleicht hörte sie es nicht.

Aber sie hörte es, und sie unterbrach den Kuss. »Ignorier es«, flüsterte sie.

»Du hast verdammt recht«, flüsterte er zurück.

Aber das Klopfen hörte nicht auf. Stattdessen wurde es immer lauter.

Mit einem Stöhnen lehnte sie ihre Wange an seinen Kiefer.

Er fügte sich dem Unvermeidlichen und ließ sie herunter.

Die Tür fing an zu scheppern.

Rory schnappte sich ihr Purple-Rain-T-Shirt. »Verschwinden Sie!«

Eine zornige Frauenstimme antwortete. »Du hast meine Sachen!«

Mit einem Rottweilerknurren zog Rory das T-Shirt über ihren Kopf und stapfte zur Tür, wobei sie bei jedem Schritt den Namen des Herrn schändete.

Brett versuchte vergeblich, seine Bermudashorts zu richten, und er verfluchte den Störenfried, verfluchte Rory, weil sie an die Tür ging, verfluchte seinen Ständer.

»Claudia?«

Er riskierte einen Blick über seine Schulter.

Die Träger von Rorys aufgehaktem BH hingen aus den Ärmeln ihres T-Shirts heraus, ihre Haare waren ein heilloses Durcheinander, und die wohnungslose Frau, mit der er vor sechs Tagen zu Abend gegessen hatte, war erneut im genau falschen Moment aufgetaucht.

Es wurde immer verrückter.

»Wenn hier jemand eine Dusche braucht, dann ich!«, zischte er Rory zu, nachdem sie Claudia ihre sauberen

Sachen gegeben und ins Bad geführt hatte. »Und zwar eine kalte!«

»Das ist ein Zeichen von Gott, dass wir zu weit gegangen sind.«

»Das ist ein Zeichen vom Teufel persönlich!« Nun war er derjenige, der in die Küche marschierte und Papiertücher holte, um die Sauerei aufzuwischen, die er mit der umgestoßenen Bierflasche verursacht hatte.

»Wie hat Kristin die Neuigkeit mit Clint aufgenommen?«

Er hielt kniend inne, die Küchenrolle in der Hand, und sah zu ihr hoch. »Ich habe nicht mit ihr gesprochen.«

»Du hast sie nicht angerufen?«

»Ich hab nicht daran gedacht.«

»Du bist der River!«, rief sie. »Du denkst an alles!«

»Ich stand unter Stress.«

»Du stehst nie unter Stress!«

Wie falsch sie lag, dachte er, als er ihre kräftigen Beine in den zitronengelben Shorts musterte.

Er riss sich zusammen und checkte sein Handy. »Du bist diejenige, die Kristin anrufen sollte.«

»Ich soll ihr am Telefon sagen, dass man ihren kostbaren Liebling verhaftet hat? Das bringe nicht einmal ich übers Herz.« Sie starrte ihn eindringlich an. »Du musst sofort zu ihr rausfahren und es ihr persönlich sagen. Bevor es in den Nachrichten kommt.«

Er starrte genauso eindringlich zurück. »Du sagst es ihr.«

Sie starrte ihn weiter an.

Er starrte zurück.

Sie streckte ihre Hand vor.

Schere … Stein … Papier …

Schere schneidet Papier.

Und so kam es, dass Brett schließlich für Claudia ein Schinkensandwich zubereitete und sich ihre Ansichten über den Klimawandel anhörte, während Rory mit dem *Königspalast für Schleckermäuler* losfuhr, um mit ihrer Stiefmutter zu reden.

Rory hatte ihre Sonnenbrille vergessen und blinzelte in den untergehenden rötlichen Feuerball am Himmel. Sie hätte fast mit Brett geschlafen. Sie war kurz vor einem freihändigen Orgasmus gewesen, als Claudia an die Tür klopfte. Was stimmte nicht mit ihr? Sie ließ sich nur mit Losern ein, nicht mit Barrakudas. Aber mit Brett Rivers zu schlafen, kam ihr unausweichlich vor.

Sie musste aufhören, sich zwanghaft mit ihm zu beschäftigen, und sich vielmehr überlegen, wie sie zu Kristin gelangen konnte, um ihr die Neuigkeit beizubringen. Sie konnte schließlich nicht einfach zur Haustür spazieren und auf die Klingel drücken, nicht bei den ganzen Reportern, die draußen vor dem Grundstück kampierten, und schon gar nicht, wenn sie mit dem *Königspalast für Schleckermäuler* kam. Die Paparazzi würden herausfinden, wer sie war, und ihr das Leben zur Hölle machen. Sie könnte Kristin anrufen und ihr einen Treffpunkt vorschlagen, aber dann würde sich der ganze Tross an Kristins Fersen heften. Außerdem würde Kristin sofort wissen wollen, was los war.

Erst kurz vor ihrem Ziel fiel Rory ein, wie Clint einmal erwähnt hatte, dass eins der vielen kleinen Waldreservate, die es im DuPage County gab, an die Rückseite seines Grundstücks grenzte. Vielleicht konnte sie sich von dort aus Zugang verschaffen. Sie hatte nicht mehr lange Tageslicht, aber nach ein paar falschen Abzweigungen entdeckte sie schließlich den Waldeingang am Ende einer Sackgasse, die irgendwo hinter Clints Grundstück verlief. Sie parkte den Foodtruck zwei Straßen weiter und machte sich zu Fuß auf den Weg.

Der Pfad durch den Wald erinnerte sie an ihren zähen Marsch mit Brett vor drei Tagen, der sie in das Camp der Möchtegernmilizionäre geführt hatte. Dieser Weg hier war allerdings mit Holzspänen bedeckt statt mit Schlammpfützen. Auf einem umgestürzten Baumstamm wuchsen Pilze, die wie halbe Untertassen aussahen, und durch das Unterholz huschten Eichhörnchen.

Es dauerte nicht lange, bis Rory den Palisadenzaun erreichte, der die rückseitige Grenze von Clints Grundstück markierte. Leider war er mindestens zweieinhalb Meter hoch. Sie schritt den Zaun ab und suchte nach einer Möglichkeit, um auf die andere Seite zu kommen, aber sie fand nichts, auf das sie steigen konnte – weder eine Leiter, die jemand praktischerweise zurückgelassen hatte, noch eine natürliche Kletterhilfe. Die einzige Möglichkeit, die sie sah, war ein Zuckerahorn, der nah vor dem Zaun stand und sogar mit einem Ast darüberragte. Der Ast sah nicht besonders stabil aus, aber sonst war ihre einzige Alternative, Kristin telefonisch über Clints Verhaftung zu verständigen, und ihr schlechtes Gewissen war schon groß genug.

Scheiß drauf. Sie suchte nicht mehr nach dem einfachsten Weg, und sie würde diesen Zaun überwinden. Aber sie brauchte etwas, auf das sie sich stellen konnte, um überhaupt auf den Ahornbaum zu kommen. Sie schaute sich um und entdeckte in der Nähe einen knorrigen alten Baumstumpf. Bis sie ihn zu dem Ahorn geschleppt hatte, war ihr T-Shirt nass geschwitzt, und sie hatte sich zwei Fingernägel abgebrochen, was nicht unbedingt ein großer Verlust war, da sie keinen Wert auf lange Fingernägel legte. Der Stumpf wackelte, als sie daraufstieg, aber es reichte gerade, um den tiefsten Ast zu packen. Sie zog sich daran hoch und wünschte, sie hätte ihre gelben Shorts gegen eine Jeans getauscht, bevor sie aufgebrochen war.

Der Ast, der über den Zaun ragte, befand sich immer noch mindestens anderthalb Meter über ihrem Kopf. Auf Bäume zu klettern, hatte Spaß gemacht, als sie noch ein Kind war, aber das hier war kein Spaß. Sie schaute hinunter auf den Boden, wiederholte diesen Fehler allerdings kein zweites Mal.

Als sie es schließlich zu dem überhängenden Ast hochgeschafft hatte, blutete ihr linkes Knie, und ihre Oberschenkel waren aufgescheuert. Die Sonne war inzwischen ganz untergegangen, und die Abenddämmerung war angebrochen. Rory biss die Zähne zusammen und rutschte Stück für Stück auf dem Ast vorwärts. Je weiter sie vorankam, umso stärker begann er zu schwanken – nicht doll, aber doll genug, dass sie sich fester daranklammerte.

Sie kroch weiter vorwärts. Sie war jetzt über dem Zaun. Noch ein paar Zentimeter …

Ein unheilvolles lautes Knacken ertönte, das wie ein Schuss klang. Der Ast gab nach, und Rory knallte so hart mit dem Rücken auf den Boden, dass ihr die Luft wegblieb. Sie würde sterben. Sie lag hilflos im Gras. Ohne einen Atemzug.

Über ihr kreiste ein Nachtjäger auf der Suche nach einer Beute, und die ersten Sauerstoffatome strömten in ihre Lunge. Mit einem lauten Keuchen schnappte sie gierig nach Luft und dann gleich noch einmal. Als sie sich schließlich aufsetzen konnte, wurde ihr bewusst, dass sie nur knapp daran vorbeigeschrammt war, sich selbst auf den Palisaden zu pfählen.

Rory rappelte sich taumelnd hoch. Sie hatte überall Kratzer und Schrammen, ihr Rücken schmerzte, und mit ihrem rechten Fuß stimmte etwas nicht, aber sie hatte es rübergeschafft. Sie hatte nicht gekniffen. Sie humpelte durch den Garten in Richtung Haus und umrundete den Swimmingpool. Ein einzelnes schwaches Licht schien in Clints Arbeitszimmer, aber das restliche Haus lag im Dunkeln. Sie schob sich seitlich durch die Rosensträucher zu dem breiten Erkerfenster und vermied es, auf die Terrasse zu schauen, auf der Ashley aufgeschlagen war.

Kristin saß mit angezogenen Beinen auf der Couch unter einer Stehlampe und hielt ein Buch in ihren Händen. Rory klopfte leise ans Fenster. Selbst durch die dicke Scheibe konnte sie Kristins spitzen Schrei hören. Kristin sprang auf wie von der Tarantel gestochen, und ihr Buch fiel auf den Perserteppich. Sie presste ihre Hände an die Brust und starrte erschrocken zum Fenster.

Rory winkte.

Kristin kam auf sie zugestürmt, mit Mordlust in ihren Augen. Rory zeigte ihr das Peacezeichen und deutete in Richtung Hintertür, dann versuchte sie, sich aus den Rosensträuchern zu befreien, ohne ihre Beine noch mehr zu zerkratzen.

Gleich darauf riss Kristin die Hintertür auf. »*Was machst du denn?*«, schrie sie Rory an. »Was stimmt nicht mit dir?«

So vieles. Rory humpelte auf sie zu. »Ich bin hinten über den Zaun geklettert. Hat nicht ganz so geklappt, wie ich gehofft habe.«

»Kannst du nicht klingeln wie jeder andere auch?«

»Ich will nicht auch noch von der Presse verfolgt werden. Kann ich reinkommen?«

Kristin warf ihre Hände in die Luft und schaltete das Licht in der Küche ein.

Rory hatte ihre Stiefmutter noch nie in einem so schlampigen Zustand gesehen – völlig ungeschminkt, mit ungewaschenen Haaren, die von einer Bananenspange aus billigem Plastik zusammengehalten wurden. Ihr Top war zerknittert, ihre hellbraune Caprihose auf der Vorderseite fleckig.

Als Rory ins Haus humpelte und die Tür hinter sich schloss, musterte Kristin missbilligend ihre schmutzigen Shorts und ihre aufgeschürften Beine. »Du siehst aus, als wärst du von einem wilden Tier angefallen worden.« Sie deutete auf den Waschraum neben der Küche. »Mach dich sauber. Ich geh eine Wundsalbe holen.«

Rory hatte gerade den letzten Rest Dreck und Blut von sich abgewaschen, als Kristin mit der Salbe erschien.

»Ich konnte keine Prinzessin-Jasmin-Pflaster finden. Krieg jetzt keinen Anfall.«

Rory hatte die Prinzessin-Jasmin-Pflaster schon ganz vergessen. »Ich glaube, ich brauche kein Pflaster.«

»Gott ist gnädig.«

Kristins vertraute Schärfe war irgendwie beruhigend. »War ich früher so eine Dramaqueen?«

Zu ihrer Überraschung nahm Kristin die Frage ernst. »Du warst ziemlich stoisch. Weißt du noch, als du dir in der Garage an diesem Nagel die Stirn aufgerissen hast und wir dich in die Notaufnahme bringen mussten?«

»Vage.«

»Ich habe in meinem ganzen Leben noch nie so viel Blut gesehen. Aber dich hat nur interessiert, für das Danach einen Eisbecher auszuhandeln.«

»Dad war ziemlich leicht zu manipulieren, wenn es um ein Eis ging.«

»Deine süße Ader hast du von ihm. Aber natürlich war ich diejenige, die mit dir in die Eisdiele gefahren ist. Clint hatte T-Ball-Training, und Gregg hat ihn begleitet.«

Clints Namen zu hören, war eine unnötige Erinnerung daran, dass Rory eine Mission hatte. Sie schraubte die Salbe wieder zu. »Wie wäre es mit einem Wein statt Eis? Vielleicht hat Clint noch eine Flasche von dem Promontory Napa Valley, von dem er mal erzählt hat. Gönnen wir uns was Besonderes.«

»Mir genügt auch ein Yellow Tail.«

»Mir nicht.«

Clint besaß in der Tat einen herrlichen Weinkeller, mit verglasten Wänden und Holzregalen, in denen die Flaschen so gelagert waren, dass man das Etikett lesen konnte. Rory entdeckte den Promontory und stellte sich vor, wie gut er zu ihrer Bitterschokolade mit dem siebzigprozentigen Kakaoanteil passen würde, die sie aus den besten Madagaskarbohnen herstellte.

Sie trug die Flasche ehrfürchtig nach oben in die Küche. Kristin hatte alle Lichter wieder ausgeschaltet bis auf die Leuchten unter den Küchenschränken. Sie hatte zwei Gläser auf die Anrichte gestellt, die eigentlich für Weißwein statt für Rotwein waren, aber Rory verzichtete darauf, etwas zu sagen, weil sie nicht wie eine nervige Klugscheißerin klingen wollte.

Als Kristin ihr den Korkenzieher reichte, erklang die Melodie von »Hail to the Victors«. Kristin rieb sich ihre Stirn. »Ich dachte eigentlich, für heute würden die mich in Ruhe lassen.« Ihre Finger krochen zu dem runden Halsausschnitt ihres zerknitterten Oberteils. »Gestern Abend habe ich jemanden ertappt – wahrscheinlich einen Klatschreporter –, als er durch ein Vorderfenster ins Haus gespäht hat.«

Rory runzelte die Stirn. »Kein Wunder, dass ich dir einen Schreck eingejagt habe. Tut mir leid.«

Kristins Haare hatten sich halb aus der Spange gelöst und hingen ihr strähnig ins Gesicht, aber sie schien es nicht zu bemerken. »Die Klingel geht praktisch ununterbrochen, obwohl ich nie darauf reagiere. Das Aufgebot an Fahrzeugen und Übertragungswagen da draußen hast du bestimmt gesehen. Gabby, Clints Haushälterin – eine

Boulevardzeitung hat ihr für ein Interview tausend Dollar geboten.«

Rory konnte sich noch gut an die hübsche Haushälterin erinnern, diejenige, die einen Schlüssel fürs Haus besaß, wahrscheinlich in Clint verliebt war, Ashley nicht mochte und ein Alibi hatte. Die Klingel läutete wieder. Kristins Hand zitterte, als sie nach dem Glas griff, das Rory für sie eingegossen hatte. »Normalerweise lassen sie mich so spät abends in Ruhe.«

Bestimmt war die Neuigkeit inzwischen bekannt gegeben worden.

Kristins Blick wanderte suchend über Rorys Gesicht. »Warum bist du hier? Das ist sicher kein Freundschaftsbesuch. Das wäre nämlich mal was ganz Neues zwischen uns.«

»Lass uns einen gemütlicheren Platz suchen, wo wir unseren Wein trinken können.« Rory deutete mit dem Kopf in Richtung Decke. »Vorzugsweise einer, wo uns keine Engel verurteilen.«

»Ich werde nie verstehen, warum Clint mir nicht erlaubt, dieses Haus für ihn umzugestalten.«

Rory konnte sich den Grund denken.

Statt in Clints Arbeitszimmer zurückzukehren, führte Kristin sie nach unten ins Heimkino. »Hier drin ist es gemütlich.« Sie wählte eins der beiden mittig vor der dunklen Leinwand platzierten Sofas. Rory stellte die Weinflasche auf einen kleinen runden Tisch und setzte sich in den Sessel daneben.

»Ich nehme an, du hast die Pressekonferenz gestern Morgen gesehen.« Kristin starrte auf die leere Leinwand.

»Das war nichts weniger als eine öffentliche Hinrichtung.«

Rory umklammerte den Stiel ihres Weinglases. Ein derart edler Tropfen verdiente die beste Behandlung. Man sollte zunächst seine Farbe inspizieren und ihn dann langsam kreisförmig im Glas schwenken, um ihn zu beobachten und seine hervorstechendsten Aromen zu schnuppern. Stattdessen kippte sie direkt einen großen Schluck in sich hinein. Der Promontory rann durch ihre Kehle, einer der besten Weine, die sie jemals getrunken hatte, aber sie hätte den australischen Yellow Tail nehmen sollen, weil sie diesen kalifornischen Spitzenwein nicht richtig genießen konnte.

Von oben drangen gedämpft die Fanfaren der Türklingel zu ihnen. Kristin kniff ihre Augen zusammen. »Das ist zu viel.«

Rory hatte Kristin noch nie so abgekämpft gesehen. Sie stellte ihr Glas auf den Beistelltisch und versuchte, die richtigen Worte zu finden, nur um zu realisieren, dass es die nicht gab. »Ich fürchte, ich habe schlechte Neuigkeiten.«

Kristin riss schlagartig ihre Augen auf. »Ich wusste es. Warum wärst du sonst hier?«

Rory zögerte kurz, bevor sie sagte, was sie zu sagen hatte. »Clint wurde verhaftet.«

Kristin stöhnte auf.

Rory würde sie gern in den Arm nehmen, sie irgendwie trösten, aber Kristin würde das nicht gut finden. Sie versuchte, zuversichtlich zu klingen. »Sein Anwalt holt ihn morgen auf Kaution raus.«

Kristins Kopf fuhr hoch, und sie blickte grimmig. »Clint hat Ashley nicht umgebracht!«

»Wir beide wissen das. Es ist nur eine Frage der Zeit, bis die Polizei den wahren Mörder findet.« Sie trank wieder einen großen Schluck von ihrem Wein und betete, dass das stimmte.

Kristin sprang von ihrer Couch auf. »Ich muss sofort zu ihm.«

»Das geht nicht. Brett kümmert sich um alles. Wahrscheinlich hat er inzwischen eine ganze Armee von Anwälten engagiert und noch dazu die besten Privatdetektive in der Stadt.«

Kristin sackte zurück auf die Couch. »Das weißt du nicht sicher.«

»Ich kenne Brett Rivers. Der managt das schon, und du kannst im Moment nichts für Clint tun, außer ihm den Raum zu geben, den er braucht. Er hat im Moment schon genug Probleme, da braucht er dich nicht auch noch.«

Kristins Augen füllten sich mit Tränen. »Das ist gemein, selbst für dich.«

Es war nicht Rorys Absicht gewesen, gemein zu sein, aber wie so oft hatte sie sich unglücklich ausgedrückt. »Ich meinte nur, dass Clint dich liebt, und wenn er sieht, wie sehr dich das alles mitnimmt, wird es nur noch schwerer für ihn. Er muss sich jetzt um sich selbst kümmern. Du willst bestimmt nicht, dass er sich deinetwegen zusätzlich Sorgen macht.«

Kristin schnappte sich ihr Glas und leerte es in einem Zug, als wäre es ein billiger Fusel statt ein erlesener

Rebensaft, von dem eine Flasche über achthundert Dollar kostete. »Ich hasse dieses Haus! Ich habe nie verstanden, warum er es gekauft hat.«

Rory füllte Kristins Glas auf. »Das war eine Art von Rebellion, schätze ich.«

»Wogegen sollte Clint denn rebellieren?«

»Keine Ahnung.« Aber das stimmte nicht ganz. Jetzt, wo es zu spät war, hatte Rory angefangen, ihren Bruder mit anderen Augen zu betrachten – ein Mann, der eine minimalistisch ausgestattete Hütte gekauft hatte, um davor zu fliehen, er selbst zu sein. Im Gegensatz zu ihr musste er immer auf der Hut sein. Während sie mit jedem frei reden konnte, musste er aufpassen, was er sagte, weil er wusste, dass man ihn im Wortlaut zitierte. Sie stieg jeden Morgen aus dem Bett, ohne dass ihre Gelenke schmerzten. Sie brauchte keine Angst vor einer Frühdemenz zu haben von zu vielen Gehirnerschütterungen. Und sie wurde nicht öffentlich verurteilt für den Mord an einer Exfreundin. Rorys Sichtweise verschob sich immer mehr, während sie sich bewusst machte, was sie zu lange übersehen hatte.

Clint Garrett zu sein war Fluch und Segen zugleich.

Kristin zog ein zerknülltes Papiertaschentuch aus ihrer Hosentasche und tupfte sich ihre Augen ab. »Ich hatte vor zwei Tagen ein Date mit einem Mann.«

Rory blinzelte angesichts des plötzlichen Themawechsels. »Dad ist seit zwei Jahren tot. Ich habe nichts dagegen.«

»Ich habe dich nicht um Erlaubnis gefragt. Und es war nur ein einziges Date.« Ihre Augen füllten sich wieder mit Tränen, und Rory wusste, dass sie an Clint dachte.

»Hast du mit ihm geschlafen?«, fragte Rory, um sie abzulenken.

»Gott, nein. Ich kenne den Mann kaum.«

»Aber du hättest gerne.«

Kristin streifte sich ihre Haare aus dem Gesicht und leerte ihr zweites Glas Wein. »Ich kann mir nicht vorstellen, mich jemals wieder vor jemandem nackt zu zeigen.«

»Du siehst nackt bestimmt besser aus als ich.«

»Wohl kaum.« Sie ballte ihre Hände zu Fäusten. »Was, wenn sie ihn mit lauter Degenerierten in eine Zelle gesperrt haben?«

Rory füllte Kristins Glas wieder auf. »Falls es so ist, werden die Degenerierten sich förmlich überschlagen, um sich mit ihm anzufreunden.«

»Ich begreife nicht, wie das alles passieren konnte. An dem einen Tag ist das Leben noch wunderbar, und am nächsten ist alles aus den Fugen geraten.«

»Er wird es überstehen. Ihr werdet es beide überstehen.«

Kristin zerrupfte das Papiertaschentuch in ihrer Hand. »Daniel weiß nicht, dass ich Clints Mutter bin.«

»Daniel? Dein neuer Freund?«

»Er ist fünfzig, und ich werde ihn nicht wiedersehen.« Sie trank einen Schluck von ihrem dritten Glas. »Ich habe mich als Kristin Meadows ausgegeben.«

»Das ist echt mal schräg.«

»Die Männer, mit denen ich davor ausgegangen bin, waren alle mehr an Clint interessiert als an mir. Aus diesem Grund habe ich Daniel nichts gesagt.«

Rory verstand. Sie hatte vor Jahren aufgehört, ihren

Familiennamen zu verwenden, wenn es nicht erforderlich war. Oben wurde jetzt Sturm geläutet, und Kristin schoss wieder von der Couch hoch. »Ich kann keine Sekunde länger in diesem Haus bleiben! Ich muss hier raus!«

Auch Rorys Nerven waren angegriffen. »Vielleicht ziehst du besser in ein Hotel um.« Noch während sie es aussprach, wurde ihr bewusst, dass das schwierig sein würde. Die Presse würde Kristin auf Schritt und Tritt folgen, und selbst wenn es ihr gelang, die Meute abzuschütteln, könnte jemand vom Hotelpersonal ihren Aufenthaltsort preisgeben.

Kristin schenkte Rory ihren typisch verkniffenen Blick, der Enttäuschung ausdrückte, und die Fältchen um ihre Lippen zogen sich zusammen wie der Balg eines Miniakkordeons. Nach so vielen Jahren sollte Rory dagegen immun sein, aber ihr Gewissen und der Wein ließen sie schwach werden. »Oder du kannst auch bei mir übernachten, schätze ich.«

Ihre Stiefmutter schnappte sich die fast leere Weinflasche und wandte sich auf nicht allzu stabilen Beinen in Richtung Tür.

»Wo gehst du hin?«, fragte Rory.

»Koffer packen.«

Eine Stunde später näherten sie sich dem Palisadenzaun auf der Rückseite. Mittlerweile war es stockdunkel, und Kristin war mehr als nur leicht beschwipst. Der Koffer, den sie trug, schlug immer wieder gegen Rorys Beine – ein Koffer, der, wie Rory auffiel, groß genug war, um darin deutlich mehr Sachen als nur für eine Nacht unterzubringen. Rory schleppte die Zweimeterleiter, die sie in der Garage gefunden hatte, während Kristin mit der Taschenlampe leuchtete. »Richte den Strahl vor meine Füße!«, meckerte Rory.

Kristin korrigierte die Ausrichtung des Lichtkegels. »Du gehst zu langsam.«

»Möchtest du die Leiter tragen?«

»Jetzt sei keine Zimperliese.«

»Wer unter neunzig sagt heutzutage noch Zimperliese?«

»Ich bin eine alte Seele. Nimm dich in Acht!«

Rory blieb mit der Leiter an einem Strauch hängen. Sie kam ins Stolpern, aber schaffte es noch, sich mitsamt der Leiter abzufangen. »Ich könnte jetzt gemütlich zu Hause sitzen und mich mit Schokolade trösten. Meiner eigenen.«

»Hör auf zu jammern«, erwiderte Kristin. »Du jammerst in einer Tour, seit wir das Haus verlassen haben.«

»Hättest du nicht eine Stunde gebraucht, um deinen Koffer zu packen, wären wir noch vor Einbruch der Dunkelheit losgekommen. Und im Grunde könnten wir uns das hier ganz sparen. Wir brauchen nur deinen Wagen zu nehmen.«

»Nein! Ich muss unbemerkt untertauchen.«

»Apropos untertauchen, wie lange ist es her, dass du das letzte Mal geduscht hast?«

»Kümmer du dich um dich selbst.«

Sie zickten sich schon die ganze Zeit so an, schon bevor sie das Haus verließen, weil es einfacher war, sich wegen Kleinigkeiten zu streiten, als an Clint zu denken, der im Gefängnis schmorte.

Als sie schließlich den Zaun erreichten, lehnte Rory die Leiter dagegen und stieg dann vorsichtig hoch. Drüben im Wald war es sogar noch dunkler als in dem lichteren Garten. »Gib mir deinen Koffer.«

Nach längerem Schieben und Ziehen von beiden Seiten gelang es Rory, den Koffer auf der Oberkante des Zauns zu balancieren.

»Sei vorsichtig damit. Da sind meine ganzen Kosmetiksachen drin. Wir hätten ein Seil mitnehmen sollen. Wie willst du …«

Rory stieß den Koffer vom Zaun herunter. Er landete mit einem befriedigenden dumpfen Geräusch auf der anderen Seite.

»Ich kann nicht glauben, dass du das getan hast!«, rief Kristin.

»Was dachtest du denn, wie wir dieses Monstrum über den Zaun bekommen?«

»Du hättest dich wenigstens ein Stück herunterbeugen können, damit er nicht so tief gefallen wäre.«

»Hätte ich das getan, hätte der Koffer mich mitgerissen.«

»Hätte nicht geschadet«, murmelte Kristin.

»Das habe ich gehört.« Rory musterte den Boden unter sich und schwang umständlich ein Bein über den Zaun, hockte sich rittlings auf einen Stützpfosten. Sie klammerte sich an den Palisadenspitzen fest und zog ihr anderes Bein nach, dann hielt sie den Atem an und ließ sich fallen.

Irgendwie gelang es ihr, auf ihren Füßen zu landen.

Kristins Kopf erschien über dem Zaun. »Was soll ich tun?«

»Dasselbe wie ich.«

»Ich werde mir ein Bein brechen.«

»Ich fange dich auf.«

»Du kannst mich nicht auffangen.«

»Ich weiß. Aber tu so, als könnte ich es.« Rory bewegte den Koffer aus dem Zielbereich.

»O Gott ...« Verglichen mit Rorys unbeholfener Kraxelei wirkte Kristin fast anmutig, als sie sich in Position brachte. Rory stellte sich ein Stück auf die Seite, damit Kristin genügend Platz hatte.

»Was machst du dort drüben?«, rief ihre Stiefmutter schrill. »Du sollst mich doch auffangen!«

»Ach ja ...« Sie schaffte es zwar nicht, Kristin aufzufangen, aber zumindest konnte sie ihren Aufprall abschwächen. Kristin stöhnte, als sie sich vom Boden aufrappelte. »Ich bin zu alt für so was.«

Rory nahm die Taschenlampe an sich und leuchtete dann auf den Pfad, der sie aus dem Wald führte. »Halte dich außer Sichtweite der Häuser, während ich den Truck hole.«

»Den Truck?«

Kristin würde noch früh genug verstehen.

Ungefähr fünf Minuten später hielt Rory vor dem Eingang zum Wald, stieg vom Fahrersitz und öffnete die Beifahrertür.

Kristin schaute in den Foodtruck und machte ein entsetztes Gesicht. »Wo ist dein Wagen? Was ist das?«

»Willkommen im *Königspalast für Schleckermäuler*.«

KAPITEL 15

Rory konnte nicht ins Bett gehen, bevor die Pralinenkostproben für die Partygäste nicht fertig waren, also überließ sie Kristin ihr Schlafzimmer und fand sich damit ab, dass sie so viel Schlaf wie möglich auf der klumpigen Couch nachholen würde, auf der sie und Brett so viel weiter gegangen waren, als sie es hätten tun sollen. Sie schaltete das Licht in der Küche ein und beschloss, sich auf ihre Arbeit zu konzentrieren und sich nie wieder in so eine unmögliche Situation zu bringen.

Um ein Uhr morgens waren die Probierpackungen für Bretts Gäste schließlich alle gefüllt. Jede enthielt vier Pralinen, die von einer glänzenden, goldbestäubten Glasur umhüllt waren: Mandel-Karamell, Himbeer-Sahne, Kokosnuss-Rum und ihr beliebter Chili-Schokotrüffel. Sie versah jede Minischachtel mit einem Aufkleber, die Toby für sie ausgedruckt hatte:

ERLESENE PRALINEN
Spezialanfertigungen auf Wunsch

Vorerst konnte sie nur ihre Handynummer angeben, und sie hoffte, dass dies den Eindruck von Exklusivität und individuellem Service vermittelte. Nach der Feier würde sie sich einen Namen für ihr Geschäft überlegen und eine rudimentäre Webseite anlegen. Ein kleiner Onlinehandel würde ihr zwar nicht das Kapital einbringen, das sie benötigte, um mit ihrem Plan voranzukommen, aber es wäre ein positiver Schritt in die richtige Richtung. In der Zwischenzeit musste sie sich eine Mitbewohnerin suchen, um Miete einzusparen, selbst wenn das bedeutete, dass sie jede Nacht auf der Couch schlief. Sie würde jeden Job bei Cateringfirmen annehmen, den sie kriegen konnte, und achtzehn Stunden am Tag durcharbeiten, falls es nötig und so lange es nötig wäre. Zuerst würde sie die Geldstrafe abbezahlen, dann Rücklagen bilden für die notwendigen Reparaturen an ihrem Foodtruck. Sie hatte bereits ein Hygienezertifikat von der Stadt Chicago, aber sie musste sich in einer gewerblichen Küche einmieten, bevor sie ihre Pralinen aus dem Foodtruck verkaufen durfte. Neben den Reparaturen brauchte der *Königspalast für Schleckermäuler* auch eine optische Runderneuerung, da die schrille Farbe und der kitschige Name nicht gerade feinste Schokoladenspezialitäten versprachen. Wenn sie zu viel darüber nachdachte, wie viel zu tun war und was alles schiefgehen konnte, lähmte sie das, also würde sie, statt sich den Kopf darüber zu zerbrechen, sich einfach durchbeißen.

Sie legte sich für ein paar Stunden hin und stand am nächsten Morgen gegen sechs wieder auf, um für die Feier Shrimps zu marinieren und eine vegetarische Lasagne mit Waldpilzen vorzubereiten. Brett rief um acht an mit der Neuigkeit, dass Clint auf Kaution entlassen worden war. Um neun klopfte sie an die Schlafzimmertür. »Kikeriki!« Sie imitierte den frohen Weckruf, mit dem Kristin sie ihre ganze Jugend lang gequält hatte, obwohl ihr alles andere als froh zumute war.

»Geh weg«, brummte Kristin von drinnen.

»Ich habe gute Neuigkeiten!«, rief Rory durch die Tür. »Clint ist wieder auf freiem Fuß.«

Sekunden später schwang die Tür auf. Kristins linke Wange zierten Schlaffalten, und ihre Haare bildeten ein schiefes Knäuel seitlich an ihrem Kopf. Ausnahmsweise einmal sah man ihr jedes einzelne ihrer einundfünfzig Jahre an. »Hast du mit ihm gesprochen? Ich muss dringend mit ihm reden!«

»Ich habe mit Brett gesprochen. Clint wird sich den ganzen Vormittag mit seinem Anwalt verkriechen. Danach wird er sich bestimmt bei dir melden.«

»Wo ist er? Kehrt er in sein Haus zurück?«

»Das bezweifle ich. Und jetzt beeil dich und zieh dich an. Du hast eine Verabredung zum Frühstück.«

»Eine Verabredung zum Frühstück?« Kristin strich ihre Haare aus ihren Augen. »Wovon redest du?«

»Daniel Hanbridge hat angerufen. Als ich seinen Namen auf deinem Display gesehen habe, bin ich natürlich drangegangen.«

»Was, du bist einfach an mein Handy gegangen? Rory, was hast du getan?«

»Er wollte wissen, ob du heute spontan Zeit hast für ein gemeinsames Frühstück, und ich habe ihm gesagt, dass du dich darüber sehr freuen würdest.«

»Du hattest kein Recht dazu! Ich ruf ihn sofort an und sage ihm ab.« Kristin stolzierte an ihr vorbei ins

Wohnzimmer, wo sie unklugerweise ihr Handy zurückgelassen hatte.

»Schlechte Idee. Du würdest nur die ganze Zeit rumhocken und dir Sorgen machen. Ich habe ihm das Busy Chicken hier im Viertel empfohlen. Setz deine Sonnenbrille auf, falls du Angst hast, erkannt zu werden.«

»Ich kann nicht glauben, dass du das getan hast.«

»Es ist zu deinem eigenen Besten.« Es war auch zu Rorys Bestem. Sie musste Kristin aus den Füßen haben, damit sie zu ihrem Termin mit Grant Padderson, Ashleys Stalker, gehen konnte. Über Google hatte sie ihn ziemlich schnell ausfindig gemacht. Das Treffen würde ihre Partyvorbereitungen etwas verzögern, aber diese neue Version von ihr konnte so etwas Wichtiges nicht aufschieben. »Daniel kommt dich in einer halben Stunde abholen, und du siehst furchtbar aus, also leg mal besser einen Zahn zu.«

Kristin knirschte mit ihren Zähnen. »Du hast so viele Grenzen überschritten.«

Mit einem vertrauten missbilligenden Zischen marschierte sie ins Bad und knallte die Tür hinter sich zu. Da sie ihr Handy nicht mitnahm, ging Rory davon aus, dass das Frühstück stattfand.

Kristin machte sich noch im Schlafzimmer zurecht, als Daniel Hanbridge eintraf, also öffnete Rory ihm die Tür und stellte sich vor. »Wir haben vorhin miteinander telefoniert«, sagte sie und trocknete ihre Hände an dem Geschirrtuch ab, das sie mit zur Tür genommen hatte. »Kristin wird gleich fertig sein.«

Er war eine interessante Erscheinung – groß und schlaksig, mit einer hohen Stirn und sehnigen Händen, Typ Abraham Lincoln, nur attraktiver. Er nickte und ließ seinen Blick durch ihr Wohnzimmer wandern, der an ihrem Flittchenposter hängen blieb.

»Das ist ironisch gemeint«, sagte Rory. »Größtenteils.«

Er sah sie interessiert an. »Inwiefern?«

»Wir kennen uns nicht gut genug, damit ich Ihnen das erklären kann.«

Ein langsames Lächeln zupfte an seinen Mundwinkeln.

Kristin kam nun aus dem Schlafzimmer und sah fast wieder aus wie sie selbst, in einem asymmetrischen weißen Top und einer türkisblauen Hose, ihre blonden Haare zu ihrem üblichen Bob frisiert. Als Daniel sie ansah, errötete er. »Ich entschuldige mich für diesen spontanen Überfall. Ich hoffe, ich gehe dir nicht auf die Nerven.«

»Neuerdings geht mir ziemlich wenig auf die Nerven«, erwiderte Kristin.

Nicht ganz die Wahrheit. Rory ging ihr auf die Nerven.

»Du siehst bezaubernd aus«, sagte er in einem ernsten Ton.

Er wirkte so aufrichtig wie ein grundsolider, ehrlicher Mann, der nichts anderes kannte, als die Wahrheit zu sagen. Im Gegensatz zu Brett Rivers wüsste er nicht, wie man einem verunsicherten Klienten irgendeinen Blödsinn erzählte oder einem gereizten Geschäftsführer Honig um den Bart schmierte. Und trotzdem gab es etwas, in dem Brett und Daniel sich ähnelten. Vielleicht weil Rory das Gefühl hatte, dass beide im Kern anständig waren.

Als Daniel und Kristin sich zur Wohnungstür wandten, konnte Rory sich nicht zurückhalten. »Bevor Sie gehen, Mr. Hanbridge … Welche Absichten haben Sie in Bezug auf meine Stiefmutter?«

»Rory!« Kristin keuchte entsetzt. »Ignorier sie, Daniel. Sie provoziert gern.«

Aber er ignorierte sie nicht. Stattdessen sah er ihr direkt in die Augen. »Ich lasse mich von ihr verzaubern.«

Rory lächelte. »Das geht in Ordnung.«

Die Feier war morgen Abend. Rory musste noch die Hühnerfilets marinieren und das andere Fleisch vorbereiten und ein paar spezielle Lebensmittel besorgen, aber das alles würde warten müssen. Clint war wegen Mordes angeklagt. Wenn die Polizei ihre Arbeit nicht richtig machte, würde Rory das für sie erledigen. Und sie würde es alleine tun, ohne einen namhaften Sportagenten, der dazwischenfunkte.

Sie könnte Bretts Anziehungskraft auf seinen tollen Körper schieben oder auf seine leicht asymmetrischen Gesichtszüge, die ihn sogar noch attraktiver machten. Sie könnte es auf diese grauen Mörderaugen schieben oder auf sein volles Haar in der Farbe ihrer Irish-Cream-Pralinen, aber sie fühlte sich mehr als nur körperlich zu ihm hingezogen. Ihr imponierten sein Können, sein Selbstvertrauen, seine zupackende Art. Aber nun musste sie das alles ausblenden und ihre wachsenden Gefühle für ihn zügeln. Ihr jeweiliger Lebensstil war zu unterschiedlich, ihre Persönlichkeiten waren es auch. Eine Beziehung zwischen ihnen hatte keine Zukunft. Rory musste ihre ganze Konzentration auf ihre Arbeit richten.

»Ich habe einen Termin bei Mr. Padderson.«

Die Empfangsmitarbeiterin saß hinter einer grauen Granittheke in den vornehmen Geschäftsräumen von Immobilien Padderson, die sich in der dritten Etage befanden. Rory hatte den Termin gestern vereinbart, kurz bevor Brett bei ihr aufgetaucht war und ihr von Clints Verhaftung berichtete.

»Ich sage ihm Bescheid. Sie können gerne Platz nehmen.«

Statt sich hinzusetzen, betrachtete Rory die perfekt ausgeleuchteten Fotos an der Wand, die prachtvolle Häuser mit spektakulären Inneneinrichtungen zeigten, von denen kein einziges so aussah wie ein Ort, an dem man ein Flittchenposter aufhängen konnte.

Dank ihrer Stiefmutter, deren Koffer sie geplündert hatte, während Kristin mit dem attraktiven Abe Lincoln frühstücken war, fügte Rory sich in ihre Umgebung ein. Sie hatte sich einen wadenlangen Wickelrock aus einem seidigen Material ausgeliehen, in einem von Pollock beeinflussten Spritzmuster, den sie mit einem von Kristins langweiligen schwarzen Oberteilen kombinierte, zusammen mit noch langweiligeren Silbercreolen und hautfarbenen, halbhohen Sandalen, die ihr eine Nummer zu klein waren. Sie hatte sogar ihre Haare mit einem Diffusor, einem Glätteisen sowie einem von Kristins spießigen

Kopfbändern einigermaßen gebändigt und hoffte, dass sie aussah wie die Frau eines Mannes, der an der Börse von Chicago ein Vermögen gemacht hatte, aber sie kam sich albern vor. Warum sollte sich jemand so anziehen, wenn er aus der ganzen weiten Modewelt schöpfen konnte?

Sie zweifelte auch im Nachhinein nicht an ihrer Entscheidung, Brett den Namen von Ashleys Exfreund vorzuenthalten. Wäre er hier, würde er sofort das Zepter an sich reißen – das lag in seiner Natur –, und sie konnte auf seine Einmischung verzichten. Sie musste das hier alleine durchziehen.

»Mrs. Meadows? Ich bin Grant Padderson.«

Padderson war ziemlich klein, vermutlich Anfang vierzig, mit einem rasierten Schädel und einem gepflegten Dreitagebart. Seine Aufmachung ganz in Schwarz bestand aus einem Seidenhemd mit offenem Kragen, einer maßgeschneiderten Hose und glänzenden schwarzen Loafern ohne Socken. Wäre Ashley doch nur bei ihm geblieben, statt Clint ins Visier zu nehmen.

»Mr. Padderson.« Sie roch ein teures Parfüm, als er ihr die Hand schüttelte.

»Bitte, nennen Sie mich Grant. Ich habe das Gefühl, wir werden uns gut verstehen.«

Und ich habe das Gefühl, das werden wir nicht.

»Ist Mr. Meadows …«

»Bedauerlicherweise ist meinem Mann etwas Geschäftliches dazwischengekommen, aber ich bin ohnehin diejenige, die entscheidet.«

»Natürlich.«

Er führte sie in sein großzügiges Büro, in dem ein gewaltiger Schreibtisch aus schwarzem Granit auf vier kubusförmigen Säulen thronte. Graue Marmorfliesen, Originalgemälde und elegante Möbel im europäischen Stil taten deutlich kund, dass arme Leute hier ihre Zeit nicht zu vergeuden brauchten.

Während Padderson sie zu einem der stylishen Stühle vor dem Schreibtisch dirigierte, nahm sie eine Holzwand mit geschmackvoll angeordneten Ehrentafeln wahr, auf denen Padderson als großer Wohltäter gewürdigt wurde. Wäre Rory eine große Wohltäterin, würde sie kein Geld an Organisationen spenden, die ihre Unterstützer auf Ehrentafeln verewigten. Was sie daran erinnerte, dass es schon über eine Woche her war, dass sie den Obdachlosen, die unter der Unterführung kampierten, Essen vorbeigebracht hatte. Sie hasste die Vorstellung, dass die Leute hungerten, und sie versorgte sie, wann immer sie konnte, seit sie in Chicago wohnte.

»Möchten Sie einen Kaffee? Ich kann Ihnen auch einen Mimosa-Cocktail anbieten … Außer Sie trinken Ihren Schampus lieber pur?«

Schampus? Ernsthaft? Das Wort passte zu seinem Parfüm und seinen manikürten Fingernägeln. »Danke, ich möchte nichts.«

»Erzählen Sie mir von Ihren Vorstellungen.« Er verschränkte seine Hände auf seinem Schreibtisch und sah sie an, als wäre sie die faszinierendste Frau auf diesem Planeten, was sie ganz bestimmt nicht war. Seine stinkreiche Kundschaft kaufte ihm sein auffälliges Interesse vielleicht ab, aber eine Geringverdienerin wie sie hatte eine feinere Antenne für Heuchelei.

Sie legte ihre Knie und ihre Knöchel eng aneinander und kippte ihre Beine diagonal, wie eine Königin. »Wie ich am Telefon Ihrer Empfangsdame bereits gesagt habe, komme ich auf Empfehlung von Ashley Hart …« Ihr Hals schnürte sich tatsächlich zusammen, vor echten Emotionen, im Gegensatz zu allem anderen, das sich hier entfaltete. »Bevor sie … Sie wissen schon.«

»Ashley …« Er strich mit seiner Hand über sein Gesicht, und an seinem kleinen Finger funkelte ein Ring im Licht. »Was für eine schreckliche Geschichte.«

Seine Betroffenheit wirkte echt, aber was machte ihn betroffen? Dass man ihn erwischen könnte? »Das war sehr hart«, sagte sie.

»Hart für alle, die sie kannten. Und jetzt beschreiben Sie mir mal, was genau Sie suchen.«

Und einfach so war Ashleys Tod abgehakt. Rory musste das Thema wieder aufgreifen, aber vorerst wartete Padderson auf eine Antwort. Sie hätte sich im Voraus etwas überlegen sollen. »Nun …« Sie richtete eine Falte in ihrem Rock mit dem Pollock-Muster. »Mein Mann und ich suchen ein Haus an der Nordküste, vorzugsweise in Winnetka, aber Glencoe würde auch in Betracht kommen oder zur Not sogar Kennilworth.« Sie wurde mit dem Thema langsam warm und fuhr fort. »Es sollte nicht mehr als sieben Millionen kosten. Offene Raumaufteilung, mindestens sechs Schlafzimmer, Garage mit vier Stellplätzen und Fußbodenheizung.« Sie ließ sich vom Home-and-Garden-Kanal inspirieren. »Eine Profiküche mit Granitoberflächen und hochwertigen Edelstahlgeräten. Ein Pool und ein eingezäunter Garten für unsere Hunde. Mein Mann hätte gern einen privaten Strandzugang. Und natürlich reichlich Platz, um Gäste zu bewirten.«

»Sie haben einen exquisiten Geschmack.«

Was für ein Schleimer. Aber war er auch gefährlich? Sie musste das Gespräch wieder auf Ashley lenken, doch bevor sie dazu kam, wurde die Bürotür geöffnet, und die Empfangsmitarbeiterin erschien. »Mr. Meadows ist hier.«

Herein kam – wer auch sonst? – Brett »Heiß wie die Sünde« Rivers.

Grant Padderson schoss sofort von seinem Stuhl hoch, obwohl er größenmäßig schrumpfte – nicht, weil er so klein war, sondern weil der echte Player gekommen war, mit Gelfrisur und Designeranzug und allem.

Und der echte Player war nicht glücklich.

»Hallo, *Liebling.*« Seine Mörderaugen schossen Flammen auf Rory, als er den Raum durchquerte. »Ich habe es doch noch geschafft.«

»Yippie«, sagte sie schwach.

Padderson kam hinter seinem Schreibtisch hervor. Brett gab ihm seine Hand zur Begrüßung. »Luther Meadows.«

Er nannte sich Luther, nach Ashleys Kater?

»Entschuldigen Sie meine Verspätung. Ich habe vergessen, wann genau unser Termin war, und musste erst bei Ihrer Assistentin nachfragen. *DeeDee* ging ja nicht an ihr Telefon.« Sein Blick wanderte über Rorys ekelhaft brave Aufmachung und wurde, wenn überhaupt, sogar noch finsterer. Machte dieser Mann es sich zur Lebensaufgabe, alles schrecklich zu finden, was sie trug?

Der Immobilienmakler begrüßte ihn enthusiastisch. »Ihre bezaubernde Gattin und ich haben uns schon ein wenig kennengelernt.«

»Ich wollte Grant gerade wegen der Shiplap-Vertäfelung fragen«, sagte Rory in einem sehr vergnügten Ton. »Meinem Mann gefällt das ja sehr, aber ich finde, es sieht altmodisch aus. Du kannst halt nicht alles haben, was du willst, Bärchen.«

Brett schenkte ihr einen bösen Blick, bevor er geschmeidig antwortete. »Dann gibt es für dich auch keinen begehbaren Schuhschrank, DeeDee.« Er versuchte, auf dem stylishen Stuhl eine bequeme Position einzunehmen. »Sie wissen ja, Grant, Frauen und Schuhe. Man könnte meinen, ihre süßen kleinen Gehirne würden in ihren Füßen sitzen.«

Rory vermisste die Anfangszeit, als Brett wenigstens noch um Ausgleich bemüht war gegenüber der Schwester seines wichtigsten Klienten.

»Aber, aber, Schatz.« Sie tätschelte sein Knie. »Vergiss nicht, dass nur einer von uns einen Harvard-Abschluss hat.« Sie schenkte Grant ein verschwörerisches Lächeln, als er wieder hinter seinem Schreibtisch Platz nahm. »Mein Mann war gezwungen, an einer *staatlichen* Universität zu studieren, aber Sie sehen ja, was er aus sich gemacht hat.«

Brett warf ihr einen Blick zu, als wollte er fragen: »Hast du das gerade wirklich gesagt?«

Grant war ein diplomatisches Ass im Umgang mit zankenden Ehepaaren. »Zwei Erfolgsmenschen wie Sie verdienen eine absolut erstklassige Immobilie. Ich denke da an zwei Objekte, die ganz frisch auf dem Markt sind.

Das erste ist ein moderner Neubau, mit sechs Schlafzimmern und einem bewachten Eingang …«

Rory hörte kaum zu, als er eine schwimmende Treppe, versenkbare Glaswände und eine Außenterrasse mit einem ausfahrbaren Dach aufzählte. Wie konnte sie das Gespräch wieder auf Ashley bringen?

Brett kam ihr zuvor und übernahm wie immer das Kommando. »Ein interessantes Objekt. Hat meine Frau erwähnt, dass wir auf Empfehlung von Ashley Hart hier sind?«

So viel zu subtilem Vorgehen.

»Hat sie.« Grant schob sich ein Stück von seinem Schreibtisch zurück, als wollte er den Abstand zu ihnen vergrößern. »Eine Tragödie, was mit ihr passiert ist.«

Brett verlagerte sein Gewicht auf dem zu kleinen Stuhl. »Hat DeeDee auch erwähnt, dass Ashley meine letzte ernsthafte Beziehung war, bevor ich meine Frau kennenlernte?«

Was zum Teufel?

Er legte ein Bein über das anderes, in guter alter Plaudermanier. »Ich weiß, es klingt herzlos – niemand verdient, so zu sterben wie Ashley –, aber der Tag, an dem sie mir den Laufpass gab, war der glücklichste Tag in meinem Leben.«

Sie hatte Grant bereits erzählt, dass Ashley *ihre* Freundin war, und Brett war dabei, alles zu vermasseln. Sie schaltete sich rasch ein. »Das Paradoxe ist, dass Ashley und ich trotzdem eng befreundet blieben. Für mich ist es schwerer, mit ihrem Tod fertigzuwerden als für meinen Mann.«

»Dich hat sie auch nicht nach einem Siebenhundertdollarmenü in einem Spitzenrestaurant mit drei Michelin-Sternen eiskalt abserviert.« Er sah Padderson an. »Was sagen Sie, Grant? Sollen wir einen Club der Verflossenen von Ashley Hart gründen? Ich habe gehört, Sie hat vor nicht allzu langer Zeit dasselbe Schicksal ereilt.«

Padderson spielte mit einem Kugelschreiber auf seinem Schreibtisch. »Alles passiert aus einem bestimmten Grund.«

Jeder, der diesen Ausdruck verwendete, wusste nichts über die Grausamkeiten der menschlichen Existenz. »Sehr tapfer …«, begann sie.

»Zuerst war es schlimm für mich«, unterbrach sie Padderson. »Ich habe mich nicht gut benommen. Ich denke ungern daran zurück. Dann habe ich auf einer Konferenz in L. A. jemanden kennengelernt, der mein Leben verändert hat.« Sein Lächeln wirkte aufrichtig. »Ende gut, alles gut.« Er wurde wieder ernst. »Außer für die arme Ashley natürlich. Ich hatte nie die Gelegenheit, mich bei ihr dafür zu entschuldigen, dass ich sie belästigt habe. Nun gut, schauen wir uns das zweite Objekt an. Dieses Haus ist ideal, um Gäste zu empfangen. Es handelt …«

»Die Person, die Sie kennengelernt haben …« Rory beugte sich vor. »Sind Sie noch mit ihr zusammen? Ich mag es, wenn es am Schluss ein Happy End gibt.«

»Ja, bin ich.« Er drehte seinen Monitor, damit sie und Brett mit draufschauen konnten. »Also, es handelt sich hier um einen Prachtbau im Tudor-Stil mit einem angebauten Gäste…«

»Dann war die Trennung von Ashley im Nachhinein ein Segen?« Sie ließ nicht locker.

Brett schaltete sich ein. »Sie müssen meine Frau entschuldigen. Sie missachtet gerne mal persönliche Grenzen.«

Das sagte genau der Richtige.

»Das ist schon in Ordnung«, sagte Grant, während auf dem Bildschirm die Diashow von dem Tudor-Haus lief. »Ja, es war ein Segen. Als ich Jason kennenlernte, begriff ich endlich, dass meine Überreaktion auf die Trennung mehr damit zu tun hatte, dass ich mir selbst etwas vorgemacht habe, als mit echtem Liebeskummer.«

Rory sank auf ihrem Stuhl zurück. »Dann sind Sie und Jason also glücklich?«, fragte sie schwach.

»Sehr glücklich.« Er strahlte. »Wie sich herausstellte, hatte Ashley einen guten Grund, um mit mir Schluss zu machen, abgesehen von der Tatsache, dass der Footballspieler ihren Weg kreuzte.«

Danach war Rory gezwungen, sich eine ausführliche Beschreibung anzuhören von einem palastähnlichen Anwesen und einer hochmodernen Profiküche mit Gaggenau-Geräten, die sie sich niemals würde leisten können.

»Wann würde Ihnen ein Besichtigungstermin passen?«, fragte Padderson.

Sie zwinkerte. »Sorry. Ich war gerade abgelenkt. Ich muss ständig an Ashley denken.« Sie riskierte es. »Ich kann einfach nicht glauben, dass der Footballspieler sie ermordet hat. Er macht so einen netten Eindruck. Ich frage mich, ob sie Feinde hatte. Hat Sie Ihnen gegenüber jemals etwas erwähnt, Grant, das darauf hinweisen könnte?«

»Nein, hat sie nicht.« Grants kühler Ton verriet ihr, dass sie zu weit gegangen war. »Sind Sie von der Presse?«

»Ganz sicher nicht.« Brett wusste, dass das Spiel vorbei war, und stand auf. »DeeDee, du bist im Moment offensichtlich zu aufgewühlt wegen Ashley, um über ein neues Haus zu reden. Grant, bitte entschuldigen Sie, dass wir Ihre Zeit vergeudet haben. DeeDee ist … zartbesaitet.«

Grant führte sie beide hinaus.

»*Zartbesaitet*?« Sie standen auf der Straße und zankten sich wie das Paar, das sie nicht waren.

»Was hätte ich denn sonst sagen sollen?«, entgegnete er.

»Nichts! Du hättest nichts sagen sollen! Ich hatte alles wunderbar im Griff, bis du in deinen sauteuren Luxuslatschen hereingeplatzt bist.«

»Jemandem mit einem Harvardabschluss wäre sicher was Besseres eingefallen, als Fragen zu stellen, die ungefähr so subtil waren wie ein Autounfall.«

»*Ich?* Ich war nicht diejenige, die einen Club der Verflossenen von Ashley gründen wollte.«

»Okay, nicht mein bester Moment.«

Sie hasste es, wenn er sich nicht wehrte. Seine Ehrlichkeit ließ ihre Zuneigung für ihn sogar noch größer werden.

»Padderson ist kein Trottel«, sagte er. »Ich wette, er hat bereits DeeDee und Luther Meadows gegoogelt und nichts gefunden. Wir können froh sein, wenn er nicht die Polizei verständigt.«

Sie musterte die Spitzen der Sandalen, die nicht ihr gehörten.

Er musterte die Spitzen seiner Designerschuhe.

Ein brauner UPS-Transporter raste vorbei.

Er seufzte. »Sieh es ein, Rory. Wir sind lausige Amateurdetektive.«

»Im Fernsehen sieht das immer viel einfacher aus«, sagte sie. »Trotzdem, es stört mich, dass du bei Duncan Gilford warst, obwohl ich dir gesagt habe, dass er nichts weiß. Und du musst bei ihm gewesen sein. Es war die einzige Möglichkeit, um an Paddersons Namen zu kommen. Das beweist, dass du mir nicht vertraust.«

»Das beweist, dass dein Mundwinkel zu zucken anfängt, wenn du lügst. Hast du wirklich gedacht, ich würde dich mit Padderson alleine reden lassen? Er hätte ein kaltblütiger Mörder sein können.«

»Aber er ist keiner.«

»Jetzt wissen wir das mit ziemlicher Sicherheit, aber vorher nicht.«

Sie kramte in ihrer Tasche nach ihrer Sonnenbrille. »Woher hattest du die genaue Uhrzeit für meinen Termin bei ihm?«

»Ich habe angerufen und seiner Vorzimmerdame erklärt, dass ich vergessen habe, für wie viel Uhr meine *Frau* den Termin vereinbart hat. Ich dachte mir schon, dass du dich ›Meadows‹ nennen wirst. Zum Glück hat sie nicht nach deinem Vornamen gefragt, sonst hätte ich Julia gesagt.«

»Ich hatte alles unter Kontrolle. Deine Einmischung war unnötig.« Sie setzte ihre Sonnenbrille auf. »Und jetzt können wir Padderson von der Liste der Verdächtigen streichen.«

»Was uns wieder an den Ausgangspunkt zurückführt.«

»Zu Clint«, sagte sie düster.

»Ich werd mal schauen, ob er mich jetzt sehen will.« Er checkte sein Handy und sah sie wieder an. »Du hast gesagt, du musst nachher noch in meine Wohnung. Ich werde gegen sieben zu Hause sein. Warum treffen wir uns nicht dort, und ich zeige dir die Küche? Damit du dich schon mal mit allem vertraut machen kannst.«

Damit wir uns *miteinander vertraut machen können.* Genau das wollte der River, und sie wussten es beide. »Ich denk drüber nach.«

Brett war sauer. Sauer auf das Universum, weil es ihn in so eine Situation brachte. Sauer auf Rory, weil sie ein Splitter in seinem Finger war, den er nicht herausbekam. Sauer auf sich selbst, weil er seinen Verstand in seine Hose rutschen ließ und dafür Rory die Schuld gab.

Er hatte Nate Douglass für seine dumme Affäre mit Callie Capello verachtet, aber das hier war schlimmer. Callie lebte für Sex. Sie wusste, was sie tat. Rory dagegen lebte für Unbeschwertheit, Schokolade und die Unterstützung von Obdachlosen. Rory hatte nicht denselben Ehrgeiz wie er. Ihr Ehrgeiz bestand darin, tolle Pralinen zu machen, ein anständiger Mensch zu sein und ihn in den Wahnsinn zu treiben.

Er hätte ihr niemals das Treffen heute Abend in seiner Wohnung vorschlagen sollen. Er würde ihr schreiben, dass etwas dazwischengekommen sei und er nicht nach Hause käme. Er würde behaupten, dass er nach Green Bay fahren müsse, und da er sie nicht gern anlog, würde er es auch tun. Er würde zwei seiner Klienten besuchen und sich im Kohler Resort direkt am Stadion ein Zimmer für die Nacht nehmen, wo er sich in Erinnerung rufen konnte, was ihm in seinem Leben wichtig war.

Es war ein guter Plan. Er brauchte ihn nur durchzuziehen.

KAPITEL 16

Rory verließ Bretts Wohnung um sechs, um sicherzugehen, dass sie bereits fort war, wenn er nach Hause kam. Die Lasagne mit Waldpilzen lagerte in seinem nun wie neu funkelnden Kühlschrank, zusammen mit der Käseauswahl, den Oliven und dem Räucherlachs, die sie in ihrem Stammgeschäft für Delikatessen gekauft hatte. Das Fleisch war ordentlich verpackt und gestapelt, und auf der Anrichte warteten Beeren und Feigen auf sie. Sie hatte sich noch einmal beim Partyausstatter vergewissert, dass die Tische, Tischdecken und das Geschirr morgen rechtzeitig geliefert wurden. Sie hatte sogar einen Plan gezeichnet, nach dem das Büfett auf Bretts originellem Esstisch aus Glas und Olivenholz aufgebaut werden sollte, der sowohl Kunst war als auch Möbelstück. Von allen Gegenständen in seiner Wohnung war dieser der einzige, mit dem sie etwas anfangen konnte.

Der Tisch und der Eigentümer der Wohnung.

Was es umso notwendiger machte, rechtzeitig zu verschwinden, bevor er auftauchte.

Sie parkte den Foodtruck in der Garage und ging durch den Garten zum Hintereingang. Wäre Claudia gestern Abend nicht unerwartet aufgekreuzt, hätte diese leidenschaftliche Knutscherei ihren natürlichen Lauf genommen in der Art von unüberlegtem Geschlechtsverkehr, der passierte, wenn zwei Menschen ihren Verstand ausschalteten. Hinterher hätte Rory sogar jede Verantwortung leugnen und sich einreden können, dass sie keine bewusste Entscheidung getroffen hatte – es hatte sich halt so ergeben. Aber diese Ausrede konnte sie nicht verwenden, wenn sie in seiner Wohnung auf ihn wartete, weil sie genau wusste, was dann passieren würde, und Brett ebenso. Dieses Mal verhielt sie sich jedoch klug und hörte auf ihren Verstand. Sie konnte sich nicht eine Zukunft aufbauen und gleichzeitig mit einem wortgewandten Sportagenten herummachen. Zu verschwinden war das einzig Richtige gewesen, aber das bedeutete nicht, dass sie darüber glücklich war.

Sie ging die Treppe hoch zu ihrer Wohnung, setzte mit jedem Schritt härter auf. Oben knallte sie die Tür hinter sich zu und verharrte dann abrupt.

Hier brannte was.

Verschütteter Zucker knirschte unter ihren Sneakern, als sie in die Küche stürmte. Kristin stand vor dem offenen Fenster und wedelte mit einem Geschirrtuch den Qualm hinaus. Vollgespritzte Rührschüsseln übersäten die mit Mehl bedeckte Anrichte, und in einer braunen Pfütze, die aus Rorys Neunzigdollarfläschchen Vanilleextrakt stammte, schwammen Eierschalen. In der Spüle barg ihr Profiofenblech aus gehärtetem Edelstahl die verkohlten Überreste von Kristins Backdesaster.

Ihre Stiefmutter wirkte so schuldig wie ein Familienhund, der neben einem zerfetzten Couchpolster saß. »Ich wollte dich mit Chocolate Chip Cookies überraschen.«

Rory war wütend über die Entweihung ihrer Küche … aber gleichzeitig auch gerührt. Sie stolzierte zu dem Massaker im Spülbecken, ließ Wasser über das Blech laufen und warf einen bösen Blick über ihre Schulter. »Ich dachte, das hätten wir besprochen. Wenn Mami nicht da ist, hast du hier Kochverbot.«

»Ich habe vergessen, die Cookies rechtzeitig aus dem Ofen zu holen.«

»Warst du zu beschäftigt damit, von deinem neuen Verehrer zu träumen?«

»Natürlich nicht.« Kristins bissiger Ton ließ sie wie ihr altes Ich klingen. »Außerdem habe ich schon viele Male Chocolate Chip Cookies gemacht, ohne dass mir so was passiert ist.«

Klar hatte sie das. Kristin hatte Cookies gemacht, die innen roh waren oder außen verbrannt oder bei denen sie den Zucker vergessen hatte. Menschen, die für Süßes nicht viel übrig hatten, sollten sich nicht an der Zubereitung von Süßspeisen versuchen.

Und doch hatte Kristin genau das getan, um Rory eine Freude zu machen.

Ihre Stiefmutter wandte sich vom Fenster ab und begann, die Sauerei auf der Anrichte mit dem Geschirrtuch aufzutupfen. Rory schob sie sanft aus dem Weg. »Lass mich das machen und erzähl mir von deinem Frühstücksdate.«

»Das war kein Date.«

»Das war sehr wohl ein Date.« Rory rümpfte ihre Nase, als sie gekaufte Chocolate Chips von der Anrichte wischte, die in ihrer Küche nichts verloren hatten.

»Er ist nett, aber seltsam.«

»Inwiefern ist er seltsam?«

»Er nimmt alles sehr wörtlich. Er ist sehr direkt. Das ist … erfrischend.«

Rory musterte sie neugierig. »Im Gegensatz zu Dad?«

»Das habe ich nicht gesagt.« Kristin bürstete Mehl von ihrem schwarzen Top, das Rory sich gestern geliehen hatte. Sie hatte Kristins Sachen in den Koffer zurückgelegt, wohl ohne dass ihre Stiefmutter etwas davon bemerkt haben musste, obwohl Rory den Spritzmusterrock gerne behalten hätte. Kombiniert mit einer Jeansweste und Motorradstiefeln würde er toll aussehen. »Dein Vater war ein guter Mann«, fuhr Kristin fort. »Er hat deine Mutter sehr geliebt.«

Rory wunderte sich nicht wirklich über die Bitterkeit, die sie hinter Kristins Worten spürte, obwohl sie selbst erst ziemlich spät die unterschwelligen Spannungen in der zweiten Ehe ihres Vaters wahrgenommen hatte.

»Ich glaube, ich lasse dich lieber in Ruhe«, sagte Kristin. »Ich geh mal rüber zu Toby.«

»Zu Toby? Seit wann seid ihr befreundet?«

»Seit heute Nachmittag. Wir haben uns draußen vor dem Haus getroffen. Er hat mir geholfen, weil mein Handy rumgezickt hat, und ich habe ihm versprochen, einen Text Korrektur zu lesen, an dem er gerade arbeitet. Wahrscheinlich werde ich kein einziges Wort davon verstehen, aber ich weiß, wo man ein Komma setzen muss, und außerdem ist es schön, gebraucht zu werden.« Mit einem spitzen Blick stolzierte sie aus der Küche.

Rory machte den Rest sauber und begann anschließend mit der Zubereitung der langsam gegarten Hühnerfilets, mariniert in Apfelbutter, die sie morgen in Miniburger verwandeln wollte. Sie konnte gut kochen, aber sie war keine ausgebildete Köchin, und für das Geld, das Brett investierte, musste diese Feier etwas ganz Besonderes werden. Das Menü, das sie geplant hatte, war kreativ, aber nicht pompös, leicht veredelte Hausmannskost wie zum Beispiel Mac and Cheese mit Hummer und Kronfleischspieße mit Balsamico. Zum Spaß servierte sie außerdem Hotdogs mit geschmolzenem Gruyère, karamellisierten Zwiebeln und einer Prise frischen Thymian, alles Zutaten, bei denen sie sicher war, dass sie damit umgehen konnte.

Während Toby den Ausschank übernahm, würde Becky Evans, die Rory über Jon kennengelernt hatte, die Gäste bedienen. Becky würde morgen Mittag in Bretts Wohnung kommen, um die Tische aufzustellen und die Wurstpyramide aufzubauen, während Rory die Hauptgerichte vollendete und das Dessert in Angriff nahm. Wenn sich dann die Gäste das Büfett schmecken ließen, würde sie ihre feinen Pralinenkostproben auf dem Tisch neben der Wohnungstür aufstapeln und ein kleines Gebet sprechen.

Sie fragte sich, wie Brett wohl reagiert hatte, als er seine Wohnung leer vorfand. Vielleicht hatte auch er erkannt, dass es Wahnsinn war, wenn sie miteinander allein waren.

Statt den Kurztrip nach Green Bay zu machen, öffnete Brett um kurz vor sieben seine Wohnungstür, aber keine gelockte Chocolatière kam ihm zur Begrüßung entgegen. Sie war hier gewesen. Verdammt, und ob sie hier gewesen war. Seine Kühlschrankfächer waren prall gefüllt mit Speisen, auf der Anrichte standen Warmhalteplatten, und auf einem Blatt Küchenpapier lag eine einzelne Praline aus dunkler Schokolade, daneben ein Zettel, auf dem stand: *Harmoniert gut mit gesundem Menschenverstand.*

Er verschlang die Praline in einem Stück, stürmte in sein Schlafzimmer und schnappte sich seine Sporttasche.

Rory verbrachte wieder eine unruhige Nacht auf der Couch, gequält von einem Albtraum, in dem sie für die englische Königsfamilie ein Dinner zubereiten sollte aus lediglich einer Banane und einer Packung Pringles, während Brett und Callie auf einem Sandstrand im Nebenzimmer Sex miteinander hatten. Sie wachte mit Rückenschmerzen und einem nervösen Magen auf, aber nach einer Dusche war sie bereit, den Tag in Angriff zu nehmen. Bis eine neue Nachricht auf ihrem Handy erschien. Und einfach so fiel ihr Tag auseinander.

»Was ist los?« Kristin kam aus dem Schlafzimmer geschlurft, als Rory auf ihr Handy starrte und ihr Magen sich verkrampfte.

»Das glaube ich nicht … Meine Aushilfskellnerin lässt mich heute sitzen.« Rory dachte, sie hätte jede Eventualität eingeplant, aber diese nicht.

»Du machst ein Gesicht, als wär jemand gestorben.«

»Schlimmer!« Rory schoss von der Couch hoch. »Becky sollte heute Mittag in Bretts Wohnung kommen, um die Tische und das Büfett vorzubereiten. Brett möchte Tyler Capello unter Vertrag nehmen und hat dafür die Sportelite von Chicago eingeladen, um Tyler in den Kreis einzuführen. Ich kann nicht in der Küche stehen und gleichzeitig bedienen!« Rory umklammerte ihren Magen. Würde sie noch in Manhattan leben, könnte sie in ihrem Bekanntenkreis kurzfristig einen Ersatz auftreiben, aber hier in Chicago hatte sie niemanden.

»Ich werde dir helfen.«

Rory fuhr zu ihrer Stiefmutter herum. »Du?«

»Wenn Toby den Barkeeper spielen kann, kann ich wohl auch bedienen.«

»Toby hat während seines ganzen Studiums gekellnert.«

Kristin schürzte ihre Lippen. »Du hast gesagt, es gibt ein Büfett. Ich werde es sicher noch schaffen, ein paar saubere Teller rauszulegen.«

Kristin verstand nichts von Rorys Welt. »Mit dem Tellerrauslegen ist es nicht getan. Eine gute Bedienung sollte erklären können, woraus jede Speise besteht. Das Büfett muss immer wieder aufgefüllt und aufgefrischt werden. Fällt einem Gast eine Gabel runter, muss er eine neue bekommen, bevor er merkt, dass die alte weg ist.«

»Alles kein Hexenwerk.« Kristin schniefte.

»Was, wenn jemand dich erkennt? Wie soll ich erklären, dass die Mutter von Clint Garrett zum Cateringteam gehört?«

»Die Leute sehen nur, was sie sehen wollen. Wenn überhaupt, werden sie denken, dass bloß eine große Ähnlichkeit besteht.«

Brett würde das nicht denken. Wenn er sah, dass die

Mutter seines Starklienten Verschüttetes aufwischte, würde er ausflippen. »Eine gute Bedienung muss wissen, wann der richtige Zeitpunkt ist, um das Geschirr abzuräumen. Nichts Schlimmeres, als wenn einem Gast der Teller weggenommen wird, bevor er die Chance hat, den letzten Bissen zu verspeisen. Und ich brauche Unterstützung bei den Vorbereitungen heute Nachmittag. Jede Menge Unterstützung.«

»Willst du mich haben oder nicht?«, fragte Kristin in einem streitlustigen Ton.

Rory schluckte ihre Bedenken hinunter. »Du musst genau meinen Anweisungen folgen. Kein Ungehorsam. Keine Widerrede.«

Kristin schenkte ihr ein öliges Lächeln. »Solange du mich nicht zwingst, Leber zu essen, werden wir super zurechtkommen.« Ihr Lächeln verblasste. »Außerdem brauche ich etwas, um mich zu beschäftigen.«

Rory verstand, und sie wurde weicher. »Danke. Ich bin froh, dass du mir hilfst.«

Kristin war die übliche Katastrophe in der Küche. Sie ließ die Milch für die Mac-and-Cheese-Soße überkochen, sodass Rory wieder von vorn anfangen musste. Pistazienschalen landeten im Rohkostsalat, und ein Karton Eier endete auf dem Küchenboden. Rory traute sich nicht, ihrer Stiefmutter ein scharfes Messer zu geben, geschweige denn einen Küchenhobel, um an der Wurstpyramide zu arbeiten, aber als die Blumen und die Partyausstattung angeliefert wurden, war Kristin in ihrem Element.

Sie verwandelte Bretts nüchternes schwarz-graues Ambiente in eine gemütliche Partyoase und positionierte die Tische strategisch im Wohnzimmer, im Eingangsbereich und auf der Außenterrasse neben der Bar. Sie beschwatzte die Männer vom Partylieferanten, Bretts sperrigen Couchtisch aus Beton zur Seite zu räumen, etwas, woran Rory nicht gedacht hatte, und arrangierte die Esszimmerstühle zu losen Sitzgruppen, die sie mit kleinen Beistelltischen als Ablage für Gläser ergänzte.

»Beeindruckend.« Rory betrachtete die Blumen, die Kristin so gekonnt vor dem Gemälde mit dem rostigen Ölkanister angeordnet hatte, dass das Kunstwerk plötzlich interessant aussah statt albern. »Würde ich dich bezahlen, würde ich dir einen Bonus spendieren.«

»Geh zurück in die Küche, wo du hingehörst.«

»Ja, Ma'am.«

Als Rory sich für die Gäste umzog und zu ihrer weißen Bluse und schwarzen Hose eine jägergrüne Küchenschürze umband, die gut zu ihren halbhohen bunt karierten Sneakern passte, lauschte sie mit einem Ohr, ob Brett nach Hause kam. Er würde sich bestimmt aufregen, wenn er Kristin hier antraf. Sie fragte sich, ob er sich auch darüber aufregte, dass sie ihn gestern Abend versetzt hatte. Schließlich zog sie ihr Haarband straff und kehrte in die Küche zurück.

Sie hatte gerade das Dressing für den Rohkostsalat fertig, als Brett auf der Bildfläche erschien. Er riss seinen Blick von ihrem Po los und nahm sich ein paar Marcona-Mandeln von der Anrichte. »Wie viel kostet mich das alles?«

»Du hast mir kein Limit gesetzt.« Sie legte das Kronfleisch in die Marinade. »Du hast auch keinen einzigen Blick auf das Menü geworfen, das ich dir gemailt habe. Du sagtest was davon, dass ich dich nicht mit Details behelligen soll, weil du viel zu wichtig bist, um deine Zeit damit zu vergeuden, einer unbedeutenden Person wie mir zuzuhören, schließlich sollte ich doch wissen, wie man eine eindrucksvolle Feier ausrichtet, obwohl ich dir ausdrücklich erklärt habe, dass ich kein Caterer bin.«

»Ich weiß, dass ich das nicht gesagt habe.«

»Das war frei wiedergegeben. Was die Kosten betrifft, ich werde deinem Assistenten – der viel informativer ist als du – eine detaillierte Rechnung schicken.« Sie schlug mit einem Topflappen nach ihm, bevor einer von ihnen auf gestern Abend zu sprechen kommen konnte. »Und jetzt verlass bitte meine Küche.«

»Genau genommen ist es meine Küche.«

»Nicht heute Abend.«

Er lächelte, schnappte sich noch ein paar Mandeln und verschwand dann … nur um Sekunden später wieder hereinzustürmen. »Was zur Hölle macht Kristin hier?«

Rory hielt inne. »Das musst du sie selbst fragen. Ich habe keine Ahnung, was im Kopf dieser Frau vor sich geht.«

»Ich frage aber dich.«

Die beste Strategie war, auszuweichen und abzulenken. Sie betrachtete ihn, ließ ihren Blick von seinen zurückgegelten Haaren über seinen herrlichen Oberkörper bis zu seinem Schritt wandern. »Du siehst echt heiß aus. Und ich meine das auf eine absolut sexuelle Art.«

Er sah sie mit schmalen Augen an. »Du willst mich doch nur volllabern, Lady. Während gleichzeitig die Mutter meines Vierunddreißig-Millionen-Dollar-Quarterback meine Gästetoilette putzt.«

»Sei unbesorgt. Sie wird ihre Arbeit ordentlich machen.«

Die Person, die ihr momentaner Auftraggeber war, stieß einen Laut aus, der einem Knurren ähnelte. Rory überlegte fieberhaft, was sie sagen konnte, um das Thema »Kristin« abzuwürgen. »Wir können keine Affäre haben.«

»Das werden wir sehen. Im Moment möchte ich wissen, warum Kristin hier ist.«

Sie nahm einen weiteren Anlauf. »Es ist nicht so, als wollte ich keine Affäre mit dir haben. Natürlich will ich – schließlich reden wir hier von dir und so –, aber es würde nur damit enden, dass ich dich hasse.«

»In welchem verrosteten Winkel deines Gehirns bist du zu diesem Schluss gekommen?«

»Wir leben ganz klar in zwei verschiedenen Universen, und du würdest mich jederzeit für eine zwanzigjährige Beachvolleyballspielerin sitzen lassen. Hinzu kommt mein Kindheitstrauma. Es ist nicht gut für mich, wenn ich mich mit jemandem einlasse, der zu der Welt meines Bruders gehört. Was Kristin betrifft, wenn du ein Problem mit ihr hast, musst du dich an sie wenden. Sie und ich reden kaum noch miteinander.«

Er wusste, dass ihre Argumentation einen Fehler aufwies, aber er konnte ihn nicht wirklich festmachen. Er fluchte leise vor sich hin und stolzierte dann aus der Küche, um die Mutter seines Quarterback zu suchen.

Kristin sah ihn stirnrunzelnd an. »Rory hier zu unterstützen, ist genau die Ablenkung, die ich brauche. Ich werd sonst noch verrückt vor lauter Sorge um Clint.«

»Ich verstehe.« Brett griff auf sein ganzes diplomatisches Können zurück. »Aber Rory hätte nie zulassen dürfen, dass Sie …«

»Sie war knapp an Personal, und es war meine eigene Entscheidung.«

Er sah dieselbe Entschlossenheit in ihr, die er von ihrem Sohn und ihrer Stieftochter kannte. Diese Garretts-Meadows-Bande würde ihn noch zugrunde richten.

Sie deutete auf ihre schlichte weiße Bluse und ihre schwarze Hose. »Keine Sorge, niemand wird mich erkennen. Und falls doch, kläre ich das schon. So, ich muss mich jetzt wieder um das Büfett kümmern, bevor Rory mich herumtrödeln sieht. Sie wissen ja, wie unvernünftig sie ist.«

Und ob er das wusste. Und sie war nicht die Einzige, die unvernünftig war.

Er gab es auf und ging kurz unter die Dusche, schlüpfte anschließend in ein schwarzes Sportshirt und eine graue Hose. Dann machte er sich auf, um zu erkunden, was sonst noch passiert war, seit er heute Morgen seine Wohnung verlassen hatte.

Das Wohnzimmer hatte nie einladender gewirkt: locker zusammengestellte Sitzgruppen, dunkelblaue Tischdecken, Blumen überall. Der verführerische Duft, der aus der Küche kam, erinnerte ihn daran, dass er bis auf ein paar Mandeln seit der Schale Cheerios heute Morgen nichts gegessen hatte.

Er ging ins Esszimmer, wo Rory auf seinem Tisch als zentrales Element eine Art Vorspeisenpyramide errichtet hatte. Es war eine beeindruckende architektonische Leistung, die aus verschiedenen Glasplatten mit Servierschalen in allen Größen bestand. Und die Auswahl an Speisen … Ein Berg von Obst, Käse, Wurst, Oliven und Nüssen, neben Crackern, Fladenbrot und zahlreichen Dips, Lachsröllchen, Chorizoscheiben und Shrimpscocktails, die mit fein geriebenen Zitronenschalen und Zwiebeln bestreut waren. Wenn diese Feier heute Abend nicht genügte, um Tyler, Callie und seine anderen Gäste zu beeindrucken, dann wusste er auch nicht.

Auf der Außenterrasse standen eine Bar und große Topfpflanzen, die heute Morgen nicht da gewesen waren. Da er sich Gesichter gut merken konnte, erkannte er in dem Barkeeper den IT-ler, der direkt gegenüber von Rory wohnte. Er öffnete die Balkontür und ging hinaus. »Toby, richtig? Wir sind uns mal bei Rory begegnet. Freut mich, dass Sie ihr heute Abend unter die Arme greifen.«

»Das mach ich doch gern. Was möchten Sie trinken?«

»Einen Scotch. Mit viel Eis. Das wird ein langer Abend.« Während Toby das Getränk zubereitete, beschloss Brett, ihn ein bisschen auszuhorchen. »Rory macht der Mord an Ashley ziemlich fertig. Kannten Sie Ashley gut?«

Toby sah ihn nicht an. »Ich war verrückt nach ihr, aber sie hat mich nur als einen Freund betrachtet.«

Brett fragte sich, ob die Polizei überprüft hatte, wo Toby sich zur Tatzeit aufhielt. Als Toby ihm den Drink servierte, hörte Brett die Stimme von Callie Capello. Die ersten Gäste waren eingetroffen. Er nahm einen Schluck von seinem Scotch und ging dann wieder hinein, um seine Gäste zu begrüßen.

Callie trug einen hautengen weißen Jumpsuit, schwarze Hair Extensions und eine ganze Schminkpalette im Gesicht. Sie schlängelte sich an Bretts vorgestreckter Hand vorbei und gab ihm ein Küsschen auf die Wange, das zu dicht neben seinem Mund landete. Er zog rasch seinen Kopf zurück und hielt über Callies Schulter hinweg Ausschau nach ihrem Sohn. »Wo ist Tyler?« Er spürte, dass Callie im Begriff war, ihn in den Po zu kneifen, und machte rasch einen Schritt zur Seite.

»Er ist mit ein paar Freunden auf dem Navy Pier und kommt bald.«

Shit. Der ganze Zweck dieser Party war, Tyler zu beeindrucken, und der Bursche war nicht hier.

Callie leckte sich langsam über ihre Lippen. »Sie sehen wie immer gut aus, Brett Rivers.«

»Kommen Sie, besorgen wir Ihnen einen Drink.« Und dann, weil er der unmoralischste Mensch auf dieser Erde war … »Der Barkeeper wird Ihnen gefallen. Ein netter junger Mann namens Toby.«

»Lecker. Aber zuerst … Wo ist Ihre heiße Assistentin?«

Er war vielleicht unmoralisch, aber so unmoralisch auch wieder nicht. »Die steckt mitten in der Arbeit.« Er umfasste Callies Arm und dirigierte sie in Richtung Bar, als Kristin aus dem hinteren Flur erschien.

In den paar Minuten, seit er sie das letzte Mal gesehen hatte, hatte sie ihr Gesicht vollständig von Make-up befreit und eine Brille aufgesetzt. Ihre Haare waren streng in der Mitte gescheitelt, die Seiten hinter ihre Ohren mit Spangen festgesteckt. Mit nur wenigen Veränderungen hatte sie sich in eine dieser Personen verwandelt, von denen niemand groß Notiz nahm.

Es läutete. Kristin senkte ihr Kinn wie eine Bedienstete in einem englischen Herrenhaus und wandte sich zur Tür, um zu öffnen.

Um neun war die Party in vollem Gange. Brett mischte sich fleißig unter die Gäste, und nur wenige von ihnen waren dumm genug, Clints Verhaftung zu erwähnen. Rorys zerstörte Vorspeisenpyramide war durch ein spektakuläres warmes Büfett ersetzt worden, das für jeden etwas bot, ob Fleischliebhaber, Vegetarier oder Veganer. Es wurde reichlich getrunken und lebhaft geplaudert, und Rory hatte eine tolle Playlist zusammengestellt. Die Party könnte nicht besser laufen, abgesehen von einem gravierenden Problem: Tyler Capello war immer noch nicht erschienen.

»Vielleicht kannst du meinen Mann retten«, sagte Annabelle Granger Champion gerade, die Frau seines Chefs. Wie Rory hatte auch Annabelle Locken, aber ihre waren kastanienbraun statt honigblond, und sie war ein paar Zentimeter kleiner als Rory. »Mrs. Capello scheint ihm ziemlich dicht auf den Leib zu rücken.«

»Es wird wahrscheinlich besser funktionieren, wenn du ihn rettest«, antwortete Brett. »Aber pass auf, dass sie dich nicht küsst.« Nach kurzer Überlegung fügte er hinzu: »Außer du willst es.«

Sie lachte. Er war überrascht gewesen, als er Annabelle kennenlernte, weil er sich unter Heaths Frau immer ein aufregendes Model vorgestellt hatte und nicht diese zierliche Partnervermittlerin.

»Deine Party ist gelungen, Brett.«

Annabelle hatte recht. Es waren mehr gekommen als die vierzig Gäste, die er eingeladen hatte: Footballer der Chicago Stars und der Bears, Baseballer der White Sox und der Cubs und ein Eishockeyspieler der Blackhawks. Karloh Cousins hatte zwei Basketballer aus seinem Team mitgebracht. Und trotzdem hatte Rory genügend Essen vorbereitet, dass es für alle reichte. Brett wünschte, sie wäre jetzt hier bei ihm und würde die Party genießen, statt die ganze Zeit in der Küche zu schuften. Was Kristin betraf ... Jedes Mal, wenn er sie das schmutzige Geschirr abräumen sah, würde er am liebsten dazwischengehen und ihr die Arbeit abnehmen, aber das eine Mal, als er es versuchte, war sie ihm diskret auf den Fuß gestiegen. Bis jetzt hatte nicht einmal Heath sie erkannt. Ihre Variante einer Tarnkappe funktionierte.

Heath gelang es schließlich, Callie zu entkommen, und er stellte sich neben seine Frau. »Wo ist Tyler, Brett?«

»Noch nicht hier.« Heaths Unmut war nicht zu übersehen. »Wie bist du mit Callie zurechtgekommen?«

»Ich habe meine Hose noch an, also habe ich mich besser geschlagen als Nate. Die Frage ist: Wie kommst *du* mit ihr zurecht?«

»Ich bin unschuldig und rein wie Schnee.«

Annabelle sah stirnrunzelnd zu der Frau, die ihren Ehemann angebaggert hatte. »Tyler Capello unter Vertrag zu nehmen, scheint mehr Probleme zu bringen, als er wert ist.«

»Irrtum!«

»Auf keinen Fall!« Brett und Heath widersprachen ihr gleichzeitig.

Annabelle musterte Brett missbilligend. »Du bist noch jung, darum kann ich deine schiefe Sicht auf das Leben verstehen, aber *du* …« Sie starrte ihren Mann wütend an. »Du solltest es besser wissen, als dir selbst das Leben schwer zu machen.«

Heaths Blick wurde weich in der Art, die ausschließlich für seine Frau reserviert war. »Nicht mir selbst. Brett.«

Die Vertrautheit zwischen den beiden zu beobachten, verursachte Brett einen Stich im Innern. Er würde nie diese Form von Beziehung erleben.

Das Gefühl verflog so rasch wieder, wie es gekommen war. Die Art von stiller Kommunikation, die er mit Rory führte, bewies, dass man nicht heiraten musste, um eine enge Beziehung zu haben. Er konnte praktisch ihre Gedanken lesen und sie seine. Die Leute machten das Leben viel zu kompliziert.

Kristin kam aus der Küche mit einem sauberen Tablett. Annabelle starrte sie an, und Brett versuchte rasch, sie abzulenken. »Wie gehts den Kindern?«

Es war zu spät.

»Mrs. Garrett?«

Kristin blieb beim Klang von Annabelles Stimme stehen und drehte sich um. Bestimmt waren die beiden sich auf der Jahresfeier begegnet, die die Agentur regelmäßig für ihre Kunden ausrichtete. Kristin nickte Annabelle zu. Sichtlich verwirrt musterte Heaths Frau Kristins Kellnerkluft. Da sie wenig Sinn für Feinheiten hatte, kam sie direkt zur Sache. »Aber warum?«

Kristin ging zu ihr und antwortete in einem gedämpften Ton. »Ich helfe meiner Stieftochter. Sie ist für das Catering hier zuständig.«

Brett zuckte zusammen.

Heath wandte sich an Kristin und schlug einen so freundlichen Ton an, wie ein Python nur konnte, kurz bevor er sein Opfer erstickte. In diesem Fall war das Opfer Brett. »Ihre Stieftochter macht das Catering? Clints Schwester?«

»Halbschwester«, sagte Kristin. »Sie ist eine großartige Köchin, wie Sie sehen können.«

Annabelle nickte. »Und Sie möchten nicht erkannt werden.«

Kristin schenkte ihr ein mattes Lächeln. »Tja, klappt wohl nicht so ganz.«

»Von uns erfährt niemand was.«

Als Kristin sich wieder ihren Aufgaben zuwandte, landete Heaths Hand auf Bretts Schulter und umklammerte sie wie ein Schraubstock. »Montagmorgen in meinem Büro. Sofort als Erstes bei mir antreten.«

Rorys Füße schmerzten, ihr Rücken tat weh, sie hatte sich in den Finger geschnitten und ihre Hand versengt, aber nichts davon spielte eine Rolle. Der Abend war bis jetzt perfekt gelaufen. Die leicht verderblichen Überreste des Büfetts waren bereits im Kühlschrank verstaut, und alles andere stand in Behältern auf der Anrichte. Ihre French Onion Hotdogs waren schnell vergriffen gewesen, und auch von den Salatwraps waren nur noch ein paar wenige übrig, aber insgesamt hatte sie genug aufgefahren, dass jeder satt wurde. Die Pralinenkostproben warteten am Ausgang auf die Gäste. Rory betete, dass ihre Investition sich bezahlt machte. Nun musste sie nur noch ihr spektakuläres Dessert fertigstellen und präsentieren.

»Hier duftet es ja himmlisch.« Callie Capello stand im Kücheneingang.

Callie war nicht die Erste, die bei Rory in der Küche vorbeischaute, aber von den anderen Gästen war niemand lange geblieben. Tylers Mutter dagegen machte den Eindruck, als wollte sie sich für einen gemütlichen Plausch einrichten. Rory nickte ihr kurz zu. »Mrs. Capello.«

»Wir sind beim Du, schon vergessen?« Sie deutete auf das benutzte Geschirr, das darauf wartete, in der Spülmaschine Platz zu finden, die leise im Hintergrund lief. »Das Essen war köstlich. Du bist eine talentierte Frau.«

»Ich hoffe, du hast einen schönen Abend.« Rory beugte sich zum Backofen, um das letzte Blech mit ihren übergroßen Lavakuchen zu überprüfen. Die Backzeit musste genau stimmen, damit der Teig richtig durch war, ohne dass der Kuchen an den Rändern verbrannte oder der flüssige Schokoladenkern sich verfestigte.

»Das ist eine tolle Party«, sagte Callie.

Die Spülmaschine piepte, das Zeichen, dass sie fertig war. Rory öffnete die Klappe, und eine Dampfwolke entwich. Rory ließ die Maschine schon den ganzen Abend im Kurzprogramm laufen, sodass sie das heiße Geschirr von Hand trocknen musste, und sie schnappte sich ein Tuch. »Amüsiert Tyler sich auch?«

»Er ist nicht hier.«

Rorys Hände verharrten mitten in der Luft, als sie gerade nach einem Teller greifen wollte. »Was soll das heißen? Er ist gar nicht auf der Party erschienen?«

»Er hat sich am frühen Abend mit ein paar Freunden auf dem Navy Pier getroffen.« Callie richtete den Ausschnitt an ihrem hautengen weißen Jumpsuit und zupfte den Stoff ein bisschen tiefer statt höher. »Er wollte eigentlich später nachkommen, aber wahrscheinlich ist er abgelenkt worden.«

Kristin hatte bei keinem ihrer Ausflüge in die Küche erwähnt, dass der Ehrengast fehlte, aber sie waren viel zu beschäftigt gewesen, um mehr Informationen auszutauschen als kurze Anweisungen. »Ich verstehe nicht. Brett hat die Feier nur für ihn organisiert.«

Callie zuckte mit den Schultern.

Rory schnappte sich einen dampfenden Teller aus der Maschine. »Das ist echt uncool. Ruf ihn an und sag ihm, dass er herkommen soll.«

Callie zog ihre perfekt geformte dunkle Augenbraue hoch. »Du bist sehr dominant.«

»Sein Verhalten ist nicht richtig. Brett hat diese Party extra für ihn veranstaltet.«

»Du hast wahrscheinlich recht.« Während Rory den nächsten heißen Teller mit dem Geschirrtuch herausnahm, fischte Callie ihr Handy aus ihrer kleinen silbernen Handtasche und wählte eine Nummer. »Tyler, schaff deinen Arsch hierher. Sofort.«

Tyler war es offenbar nicht gewohnt, mit seiner Mutter zu diskutieren, weil sie auflegte, ohne eine Antwort abzuwarten. »Er wird gleich kommen.« Sie lehnte sich gegen die Theke, sodass ihre beeindruckenden Brüste noch weiter vorragten, und ihre Stimme verwandelte sich in ein Schnurren. »Also, wie ist es dir ergangen?«

Rory war müde, das Geschirr war heiß, und sie musste pinkeln. »Ehrlich gesagt, steh ich auf Männer, aber du kannst hervorragend küssen.«

Callie lachte. »Ich hatte in der letzten Zeit so viele Schwätzer um mich herum, da ist es erfrischend, mal mit jemandem zu reden, der offen und direkt ist.«

Rory stapelte den nächsten sauberen Teller in den Plastikkorb, in dem das Mietgeschirr transportiert wurde. »Das ist eine perfekte Gelegenheit für mich, um darauf hinzuweisen, dass Brett das genaue Gegenteil von einem Schwätzer ist. Jedenfalls bei seinen Klienten. Ob auch privat, weiß ich nicht genau. Nicht dass es mich interessieren würde.«

Callie lächelte. »Du bist hinreißend.«

»Danke.« Die Backofenuhr piepte. »Entschuldige. Ich muss mich um den Kuchen kümmern.«

»Ich lasse dich wieder alleine. Danke für die schöne Erinnerung.«

Rory musste lachen.

Brett hatte es aufgegeben, auf Tylers Erscheinen zu hoffen, als sein Ehrengast schließlich doch noch zur Tür hereinspazierte. Leider war er nicht allein. Tommy Landom war an seiner Seite.

»Nette Bude hast du hier, Rivers«, sagte Landom. Er lallte bereits leicht, und sein Gang war nicht mehr ganz sicher.

Ohne sich für seine Verspätung zu entschuldigen, löste Tyler sich von seinem Berater und steuerte schnurstracks auf einen Spieler der Chicago Cubs zu. Heath, der in der Nähe des Kamins stand, wurde sowohl auf Tyler als auch auf Landom aufmerksam. Er warf einen glühenden Blick zu Brett, den das Gefühl überkam, dass seine Vizepräsidentschaft in Gefahr war wegzuschmelzen.

Brett ging hinüber zu Landom. Der Kerl stank nach Rasierwasser und Whisky. »Was machst du hier, Tommy?«

»Ein Auge auf meinen Jungen haben, mehr nicht.«

»Sieht nicht so aus, als wäre er noch dein Junge.«

»Es ist erst vorbei, wenn es vorbei ist.«

Gerade als Brett sich bereit machte, Landom gewaltsam wieder hinauszubegleiten, kam Kristin aus der Küche mit einem dekorativen Serviertablett, auf dem viele kleine runde Schokokuchen in verschiedenen Größen arrangiert waren. Rory erschien als Nächste. Sie hatte ihren gelockten Pferdeschwanz straffer gezogen, seit er sie das letzte Mal gesehen hatte, und statt der dunkelgrünen Schürze trug sie nun eine blütenweiße. Was auch immer sie zuvor an Make-up aufgetragen hatte, war im Laufe des Abends zerflossen, aber sie sah immer noch höllisch süß aus.

Sie trug eine Schüssel, in der ein Drahtsieb lag, das allem Anschein nach mit Puderzucker gefüllt war, zu einem Tisch im Wohnzimmer, den Kristin zuvor freigeräumt hatte. Etwas Besonderes war im Gange, und die Gäste versammelten sich neugierig um den Tisch, selbst Tyler.

Kristin stellte das Tablett ab. Rory nahm das mit Puderzucker gefüllte Sieb aus der Schüssel und hielt es über das Dessert, um den Kuchen zu bestäuben. Aus ihrer Schürzentasche nahm sie einen kleinen Küchenbrenner. »Bereit für die Show?«

Sie erhielt laute Zustimmung von den Anwesenden, und jemand stieß sogar einen Pfiff aus. Sie hielt das Sieb in der einen Hand und den Küchenbrenner in der anderen. Mit einem kurzen Daumendruck entzündete sie die Gasflamme, der Zucker rieselte vom Sieb herunter, und ein grellroter Feuerball entlud sich über dem Kuchen.

Die Zuschauer jauchzten begeistert auf und brachen in Applaus aus, als der Feuerball wieder erlosch.

»Noch einmal!«

»Wie haben Sie das gemacht?«

»Wir wollen es noch mal sehen!«

Seine Gäste waren eindeutig beeindruckt.

Rory lächelte, klopfte den Zucker über den Kuchen – während sie gleichzeitig die Gasflamme zündete –, und erneut erschien ein Feuerball. Verdammt, sie war echt gut darin. Wenn nur sein Boss nicht mitbekommen hätte, dass Brett sie mit dem Catering beauftragt hatte und dass Clints Mutter dreckiges Geschirr wegräumte, wäre es eine rundum gelungene Party.

Nach ein paar weiteren Demonstrationen brachte Kristin die Schüssel mit dem Puderzucker weg, und Rory schnitt den ersten Kuchen an.

Flüssige Schokolade quoll aus der Mitte heraus.

Während die Gäste sich für das Dessert in einer Reihe aufstellten, wies Rory auf die separaten Schüsseln mit gerösteten Nüssen, Kokosnussraspeln, Himbeeren und Schlagsahne hin für alle, die ein Topping wünschten. Brett beabsichtigte, seinen Kuchen pur zu kosten.

»Alter, das ist eine geile Party.« Tyler Capello erschien an Bretts Seite. »Ich hätte schon viel früher kommen sollen.«

Findest du? »Freut mich, dass du es noch geschafft hast, Tyler. Kennst du eigentlich schon Akeem Deever? Ich werd ihn dir gleich mal vor…«

Brett verstummte mitten im Satz, als er sah, dass die luftige Gardine neben der Balkontür plötzlich in Flammen stand.

KAPITEL 17

Jemand schrie. Rory rannte in die Küche. Brett schnappte sich ein Kissen, um die Flammen zu ersticken. Annabelle Champion kam dazu, um zu helfen, aber Heath schob seine Frau zur Seite und schnappte sich selbst ein Kissen. Callie schleifte ihren Jungen in Sicherheit, als sich beißender Qualm im Raum ausbreitete.

Aus dem Augenwinkel sah Brett, dass der betrunkene Tommy Landom fassungslos auf den Küchenbrenner starrte, den er in seiner Hand hielt. *Dieses Arschloch!* Landom ließ den Brenner fallen und ergriff die Flucht.

Der Wind, der durch die offene Balkontür hereinwehte, fachte die Flammen zusätzlich an, während die Gäste zum Ausgang drängten. Karloh Cousins half einer Frau hoch, die auf dem Lavakuchen ausgerutscht war, der über dem Boden verteilt lag. Toby schob die mobile Bar an das äußerste Ende der Terrasse, um den Alkohol außer Reichweite des Feuers zu schaffen. Eine Tischdecke ging in Flammen auf, die Sprinkleranlage löste aus, und sämtliche Gäste, mit Ausnahme von Heath und Annabelle Champion, flohen aus der Wohnung.

Rory kam aus der Küche mit dem Feuerlöscher gestürmt, den Brett ganz vergessen hatte. »Geht zurück!« Sie richtete die Schaumdüse auf die Flammen, zog den

Stift heraus und drückte den Abzug durch, schwang dann den Schlauch so fachmännisch wie ein Ghostbuster einen Protonenstrahler. Das Feuer erlosch schließlich, aber die Sprinkleranlage lief weiter.

Rory stand in den Trümmern von Bretts Party und sah so elend aus, wie eine Frau nur aussehen konnte – die Kleidung durchnässt, das tropfende Haarband verrutscht bis zur Spitze ihres Pferdeschwanzes, der Feuerlöscher an ihrer Seite.

Als der Hausmeister die Sprinkleranlage abschaltete, waren nur noch Brett, Rory, Kristin, Toby und die Champions übrig. »Du weißt, wie man richtig feiert«, sagte Heath mit zusammengebissenen Zähnen.

Brett zog die Mutter seines Spitzenquarterback vom Boden hoch, die auf allen vieren durch den Lavakuchenmatsch kroch, um zerbrochene Teller einzusammeln. »Ab hier übernehme ich, Kristin.«

Im Gegensatz zu ihrem Mann tendierte Annabelle dazu, das Positive zu sehen. »Die gute Neuigkeit ist, dass man noch jahrelang über diese Party sprechen wird.«

»Das bestimmt.« Heath deutete mit einem ruckartigen Nicken, das nichts Gutes ahnen ließ, in Richtung Esszimmer. Brett folgte ihm und bewegte sich mit dem falschen Selbstvertrauen eines Mannes, dessen Karriere gerade um ihn herum in Trümmer fiel.

Der Python blieb vor dem Esstisch stehen und drehte sich zu ihm um. »Lass uns das mal kurz zusammenfassen: Dein Topklient ist wegen Mordes angeklagt, seine Mutter kriecht auf deinem Boden rum, um sauber zu machen, obwohl sie hätte Gast sein sollen. Seine *Schwes-*

ter schuftet sich in deiner Küche den Arsch ab, obwohl sie hätte Gast sein sollen. Und zur Krönung des Ganzen taucht Tyler Capello – ein Spieler, den du *nicht* unter Vertrag genommen hast – auf deiner Feier in Begleitung seines schmierigen Ex-Beraters auf, der deine Wohnung in Brand steckt. Kommt das ungefähr hin?« Er schleuderte die Worte heraus. »Habe ich etwas übersehen?«

Der River war nie um Worte verlegen. Bis jetzt.

»Ich habe im Laufe der Jahre einige haarsträubende Sachen erlebt«, fuhr Heath fort, »aber das hier stellt alles in den Schatten. Was ist eigentlich mit dir los? Ich erkenne dich nicht wieder.«

Jede Menge. »Das ist nur eine Reihe von unglücklichen Zufällen, mehr nicht.«

»Das hier sollte besser der letzte unglückliche Zufall gewesen sein.« Der Python war noch nicht mit ihm fertig. »Weißt du, was ich für morgen geplant habe? Ich wollte mit meiner Familie einen Segelausflug auf dem Michigansee machen und auf einer netten kleinen Zehnmeterjacht die Sonne genießen. Stattdessen werde ich den ganzen Tag Anrufe beantworten und bei meiner Frau in Ungnade fallen, was kein Zustand ist, in dem ich gerne bin und der mir erspart bleiben würde, hättest du nicht den Ball versemmelt!« Er straffte sich. »Ich hätte nie gedacht, dass ich das mal zu dir sagen muss, ausgerechnet zu dir, aber ich bin sehr enttäuscht.« Er wandte sich ab und kehrte ins Wohnzimmer zurück, nahm wahrscheinlich Bretts Zukunft mit sich.

Die Champions verabschiedeten sich, und Kristin nahm Tobys Angebot an, sie nach Ravenswood mitzunehmen. Auf ihrem Weg zur Tür stockte sie kurz und wandte sich dann noch einmal an Rory. »Es tut mir leid«, sagte sie. »Du hast so hart gearbeitet.«

Streng genommen war Brett derjenige, der Mitgefühl verdiente, schließlich war das hier seine Wohnung und seine Karriere, aber Rory wirkte vollkommen geknickt. Ihre Schultern hingen herunter, ihre Arme baumelten schlaff an ihren Seiten – ihr Kampfgeist, der so grundlegend für ihren Charakter war, hatte sie komplett verlassen. Bretts Herz zog sich schmerzhaft zusammen. »Hast du trockene Sachen hier?« Er klang schroff und sanft zugleich, nicht sicher, wie ihm zumute war.

Sie schüttelte den Kopf, kehrte ihm den Rücken zu und ging zurück in die Küche, wobei ihre durchweichten halbhohen Sneaker mit dem bunten Karomuster auf dem Boden quietschten.

Nur die Sprinkler im Wohnzimmer und in der Diele waren ausgelöst worden, aber die ganze Wohnung stank nach Rauch. Bretts Lunge brannte, und sie mussten dringend hier raus. Er ging in sein Schlafzimmer und stopfte Wechselkleidung in seinen Weekender.

Rory starrte auf die Plastikkörbe, die der Partyausstatter für das Geschirr und die Gläser bereitgestellt hatte, gelähmt vor Schock über das, was passiert war. Brett kam hinter ihr in die Küche. Sein Gesicht und sein Hals waren rußverschmiert, sein schwarzes Shirt war ruiniert, und seine Hose hatte ein großes Loch.

»Ich werde mich morgen um alles kümmern«, sagte er. »Lass uns gehen.«

»Ich kann das nicht alles so stehen lassen.«

Er griff von hinten um ihre Taille und band ihre nasse Schürze auf. »Für heute Abend können wir nichts mehr tun.«

Sie starrte ihn fassungslos an. »Aber ich verstehe das nicht. Ich habe den Küchenbrenner ganz nach hinten auf den Tisch gelegt. Da war nichts Brennbares in der Nähe.«

»Tommy Landom hat ihn gefunden. Er war betrunken, und ich nehme an, dass er deinen Zuckertrick selbst mal ausprobieren wollte.«

Sie rang verzweifelt ihre Hände. »Das ist alles meine Schuld.«

Brett betrachtete sie so mitleidig, dass sie Lust hatte, ihn zu erwürgen. »Du hast nichts falsch gemacht«, sagte er. »Es war eine tolle Party. Bis zum Schluss.« Er legte seinen Arm um sie und führte sie aus der Küche.

Sie hatte gedacht, das Schlimmste läge bereits hinter ihr, aber das war ein Irrtum. Auf dem Weg zur Tür sah sie, dass alle ihre Pralinenpackungen mit ihren vier feinsten Sorten in einem matschigen Haufen auf dem Boden lagen.

Da Brett Rorys alter Klapperkiste nicht traute, fuhr er ihr in seinem eigenen Wagen hinterher und brachte sie anschließend in ihre Wohnung hoch. Dort roch es immer noch nach den gekochten Speisen, die sie für die Party vorbereitet hatte. Diese schäbige Behausung mit ihren knarrenden Böden, der durchgesessenen Couch und den heimeligen Gerüchen fühlte sich einladender an, als seine Wohnung jemals gewesen war. Rorys Gesicht war blass, und er berührte ihre Wange. »Du wirst aber nicht vor mir anfangen zu heulen, oder?«

Sie zwinkerte heftig. »Ich bin ein Schlägertyp. Schlägertypen weinen nicht.«

Sie brach ihm das Herz. Beziehungsweise sie würde ihm das Herz brechen, wenn er eins hätte. Ihre schmutzige weiße Bluse hatte drei kleine Brandlöcher über ihrer Brust, sie hatte ihr Haarband verloren, und sie wirkte so niedergeschlagen wie ein Placekicker, der das Tor von der Zwanzig-Yard-Linie aus verfehlte.

»Was wirst du tun?«, fragte sie wie betäubt.

»Für ein paar Tage in ein Hotel einchecken. Ich kümmere mich morgen um den Versicherungskram.« Eine leichte Aufgabe verglichen damit, Heath wieder unter die Augen zu treten. Noch vor wenigen Wochen war Brett ganz oben auf dem Erfolg geschwommen, bereit für den nächsten Sprung in seiner von Sternen gesäumten Karriere, und nun stand er hier.

»Du kannst nicht in ein Hotel einchecken, so, wie du aussiehst«, sagte Rory. »Nimm erst mal eine Dusche.«

»Du zuerst. Du brauchst es dringender.«

Zwanzig Minuten später kam sie aus dem Bad und trug einen weißen samtartigen Hausmantel, der an einen altmodischen Bettüberwurf erinnerte, und um ihren Kopf war ein Handtuch gewickelt. Da sie keine saubere Kleidung mit ins Bad genommen hatte, nahm Brett an, dass sie unter dem Hausmantel nackt war, ein verführerisches Bild, das ihn die klammen Sachen an seinem eigenen Leib vergessen ließ. Er riss sich zusammen. »Fühlst du dich besser?«

»Das Bad gehört dir.«

Sie hatte seine Frage nicht beantwortet. Er schnappte sich seinen Koffer, den er gerade aus seinem Wagen hochgeholt hatte. »In der Küche wartet ein gegrilltes Käsesandwich auf dich. Ich wette, du bist den ganzen Abend nicht dazu gekommen, etwas zu essen.«

»Du hast mir ein Käsesandwich gemacht?«

»Ich habe einige Fähigkeiten.«

»Danke.« Ihr Lächeln war so kläglich, dass es kaum zu sehen war.

Das Brot war perfekt geröstet und der Cheddar delikat geschmolzen. Brett hatte das Sandwich sogar in zwei Dreiecke geschnitten. Brett Rivers machte alles gut, aber Rory brachte trotzdem nur ein paar Bissen hinunter. Das Bild von ihren kleinen, aufgeweichten Pralinenpackungen war für immer in ihrem Gedächtnis eingebrannt.

Sie stellte den Teller mit ihrem Sandwich auf den Couchtisch und sackte in das Polster zurück. So viel dazu, ihre Pralinen der reichen Sportelite von Chicago zu präsentieren. Sie hatte den Rest ihrer Vorräte aufgebraucht und war kläglich gescheitert, und es war Zeit, sich geschlagen zu geben. Zeit, den *Königspalast für Schleckermäuler* zu verkaufen, ihre Schulden zu bezahlen und sich mit Kellnerjobs über Wasser zu halten. Mit Jobs, die ihre ganze Zeit verschlingen würden und ihre Seele gleich mit. Wieder einmal würde sie davonlaufen. Wieder einmal würde sie beweisen, dass sie nicht zäh genug war, um durchzuhalten.

Trotzdem hatte sie nicht verlernt, hart zu arbeiten,

richtig? Und sie hatte auch nicht verlernt, wie man außergewöhnliche Pralinen herstellte. Was, wenn sie nicht aufgab? Was, wenn sie trotz dieser Pleite nicht davonlief? Was, wenn sie stattdessen erst recht weitermachte?

Brett kam aus dem Bad in der Aufmachung, in der sie ihn am liebsten sah – T-Shirt und Trainingsshorts –, und setzte sich neben sie. Sie war nackt unter ihrem Hausmantel, daher zog sie den Chenillestoff sorgfältig über ihre Beine, während sie die Ablenkung durch Bretts penibel zurückgekämmte feuchte Haare begrüßte. »Deine Frisur verursacht mir jedes Mal schlechte Laune.«

»Interessant. Deine Frisur verursacht mir gute Laune. Okay, warum kotzt du dich nicht einfach aus, bis du dich besser fühlst?«

»Tut mir leid.« Sie erwiderte seinen Blick. »Ich wollte, dass alles perfekt wird.«

»An dir lag es ganz sicher nicht«, erwiderte er. »Es ist meine Schuld. Ich hätte Tommy direkt rausschmeißen sollen, als er zur Tür hereinkam.«

»Du bist nicht derjenige, der beschlossen hat, das Dessert anzuzünden.« Sie ließ ihren Kopf in ihre Hände fallen. »Ich habe eine große Show abgezogen, und jetzt ist deine Wohnung zerstört.«

»Die Wohnung ist gegen die Schäden versichert und wird von einer Firma fachmännisch saniert.« Er nahm das Sandwichdreieck, das sie übrig gelassen hatte, vom Teller. »Setz dich mal richtig hin und hör auf, dich schuldig zu fühlen.« Er legte das Sandwich zurück, ohne davon zu kosten. »Ich mache mir mehr Sorgen um meine Karriere als um meine Wohnung.«

Er hatte noch nie ein Zeichen der Verwundbarkeit gezeigt, und sie betrachtete ihn genauer.

Er drehte seinen Kopf weg. »Vergiss es. Ich schaff das schon.«

Er bereute sogar dieses kleine Eingeständnis von Unsicherheit, und in Rory regte sich Mitgefühl. Würde ihm irgendetwas jemals genügen? Sie berührte seinen nackten Oberschenkel und sagte leise: »Weil du der River bist.«

Er starrte geradeaus. »Ganz richtig.«

Sie lehnte ihren Kopf an seine Schulter. »Du musst nicht unbesiegbar sein, weißt du. Flüsse trocknen manchmal aus oder treten über die Ufer. Shit happens.«

Er legte seinen Arm um sie. »Nicht dieser Fluss.«

Plötzlich schwang die Wohnungstür auf. Kristin erstarrte, als sie die beiden eng aneinandergeschmiegt auf der Couch sah. »Uups.«

Rory und Brett rückten schlagartig auseinander.

Ein peinliches Schweigen entstand.

Rory stand auf und versuchte abzulenken. »Wo bist du gewesen, junge Dame?«

»Toby und ich hatten Hunger. Wir waren bei Denny's. Augenblick, bin gleich wieder da.« Sie verschwand wieder im Hausflur.

Rory ließ sich zurück auf die Couch plumpsen. »Als wäre nicht alles schon schlimm genug. Jetzt wird sie mir auch noch vorhalten, was ich mir dabei denke, mich auf eine Affäre einzulassen, die keine Zukunft hat.«

Brett war auch aufgestanden. »Wir haben keine Affäre, und außerdem bist du vierunddreißig. Ich bezweifle ernsthaft, dass sie dir irgendwelche Vorhaltungen machen wird.« Trotzdem war er auf drei Meter Abstand zu ihr gegangen und schien sich genauso unbehaglich zu fühlen wie sie. Und je unbehaglicher er sich fühlte, umso trauriger machte sie das.

Sie und Brett waren ein klassisches Beispiel für eine verbotene Beziehung. Rory stellte eine Bedrohung für seine Karriere dar, und er war der direkte Weg zu einem gebrochenen Herzen. Der einzige Grund, warum sie es schon so lange miteinander aushielten, war ihr gemeinsames Ziel, Clint zu helfen. In einer idealen Welt wären sie vielleicht richtig gut befreundet. Das war das, was Rory fehlte. Ein guter Freund. Das war das, was ihnen beiden fehlte. Rory hatte ihre Freunde alle in New York zurückgelassen, und Brett hatte Klienten statt Freunde. Und er hatte Rory. Aber das erotische Feuer, das zwischen ihnen immer wieder aufflammte, machte alles zunichte.

Kristin kam wieder herein. »Toby stellt mir sein Gästezimmer zur Verfügung.«

»Du brauchst nicht umzuziehen«, sagte Mr. Cool im Küchendurchgang, so weit entfernt von Rory wie nur möglich. »Ich übernachte im Hotel.«

»Ich denke, es ist besser, wenn ich gehe«, sagte Kristin.

Rory zog den Gürtel ihres Hausmantels enger und widersprach. »Es ist nicht so, wie es scheint. Es ist – wir sind Freunde. Brett glaubt, seine Klienten wären seine Freunde, aber das sind sie nicht, weil er in ihrer Gegenwart immer wachsam sein muss. Aber mit mir geht er kein Risiko ein.«

Kristin hob ihre Hand. »Ich sehe nichts. Ich weiß nichts. Lass mich nur kurz ein paar Sachen holen, und ich bin wieder weg.«

Rory starrte Brett an. Zwei tiefe Furchen hatten sich zwischen seinen Augenbrauen gebildet. Kristin kehrte rasch zurück mit einer Zahnbürste in ihrer Hand und einem Pyjama über ihrem Unterarm. »Viel Spaß miteinander.«

»Wir werden keinen …«

Sie war bereits zur Tür hinaus.

Rory ballte ihre Hände zu Fäusten. »Alles, was ich will, ist, dass wir *Freunde* sind!«

»Nicht realistisch«, sagte er mit versteinerter Miene.

»Und ob das realistisch ist!« Sie sprang auf und marschierte zu ihm hinüber. »Wir müssen uns nur darauf verständigen.«

Er stellte sich ihr entgegen. »Und wie soll ich das machen, wenn du in meiner Nähe bist? Du mit deinen … mit deinen Augen wie Ginflaschen …«

»*Ginflaschen*?«

»Und deinen albernen weiten Klamotten, die nicht das Geringste verbergen!«

»Meine Klamotten verbergen *alles*!«

Er baute sich vor ihr auf. »Und mit deiner losen Zunge und diesen Beinen …«

»Wage es nicht, meine Beine zu kritisieren! Bloß weil meine Oberschenkel aneinanderreiben, heißt das nicht …«

»Und dann deine Haare!«

»Schon wieder meine Haare! Ich kann nichts …«

»All diese Locken, in die ich meine Hände vergraben möchte.« Zu ihrem Schreck tat er genau das. Es ziepte ein bisschen, ohne richtig wehzutun, und sein kantiges Gesicht wurde weich. »Und dieser kluge Mund.«

Sie sah in seine grauen Gangsteraugen. »Was stimmt nicht mit meinem Mund?«

Seine Stimme senkte sich zu einem Flüstern. »Mit deinem Mund stimmt alles.«

Ihre Lippen schwebten dicht voreinander. Seine Daumen hielten ihren Kiefer, streiften über ihre Mundwinkel. Sie waren ganz allein auf der Welt.

Er hob sanft ihr Kinn und küsste sie, der süßeste Kuss, den sie jemals bekommen hatte. Bis aus süß leidenschaftlich wurde.

Sie presste sich an ihn. Seine Hände glitten unter ihren Po, und er hob sie vom Boden hoch. Der Ausschnitt ihres Hausmantels klaffte auf, und die Innenseiten ihrer runden Brüste drückten sich an den weichen Stoff seines T-Shirts. Sie schlang ihren Arm um seinen Hals.

Er trug sie ins Schlafzimmer, und ihr Kuss wurde inniger, rastloser, ein ständiges Wechselspiel aus Stoßen und Parieren. Sie glitt an seinem Körper herunter. Als ihre Füße den Boden berührten, rutschte der Hausmantel von ihren Schultern und verfing sich in ihren Armbeugen, entblößte ihre Brüste. Er senkte seinen Blick darauf. Sie kaperte den Kuss. Er zerrte an ihrem Stoffgürtel, und der Hausmantel glitt auf den Boden.

Er betrachtete ihren Körper, als hätte er noch nie eine nackte Frau gesehen, und zum ersten Mal, seit sie sich begegnet waren, schien der wortgewandte River um

Worte verlegen zu sein. Bis er seine Sprache wiederfand. »Gott, du bist so schön.«

Sie sollte sich eigentlich gehemmt fühlen, tat sie aber nicht. Das hier war ihr Körper: schmale Taille, kurvige Hüften und Oberschenkel, ein leicht vorstehender Bauch. Sie hatte keinen Grund gehabt, sich zu waxen und zu rasieren, auch wenn es ihre Beine dringend nötig hatten. Aber ihr Körper war gesund und kräftig und gehörte ihr allein. »Ich bin nicht schön«, sagte sie. »Ich bin nur ich.«

»Das ist mehr als genug«, erwiderte er heiser. Seine Hände umfingen die Rückseite ihrer Oberschenkel und hoben sie wieder in die Luft. Sie schlang ihre Beine um seine Taille, öffnete sich für seine flinken, suchenden Finger.

Nun ging die Post ab. Wilde, wilde Küsse. Eine ungeschickte Landung im Bett. Sie umklammerte den elastischen Bund seiner Shorts. »Runter damit.«

Er setzte sich auf, zog aber nur sein T-Shirt aus. Mit glasigen Augen küsste er sie wieder.

Sie verhakten sich ineinander. Rorys Hände glitten unter den Bund seiner Shorts. Es dauerte nicht lange, bis sie fand, was sie suchte.

Er stöhnte, als sie ihn erkundete. Sie hatte keine Erinnerung an seinen Körper. Es war, als würde sie ihn zum ersten Mal sehen.

Die Shorts verschwanden, und seine Hände waren überall auf ihr, während er seine Superkraft des Gedankenlesens nutzte, um herauszufinden, was ihr am meisten Lust bereitete.

Beine wurden gespreizt. Nass. Offen. Finger. Mund.

Eine Ewigkeit verging in Minuten, Stunden. Rory fiel auseinander.

Er gab ihr kaum Zeit, sich zu erholen, bevor er sich auf sie legte. Sein Gesicht war gerötet, sein Blick verschleiert. »So schön«, flüsterte er.

Und dann war er in ihr, und es begann alles wieder von vorn.

Rory wachte am nächsten Morgen neben Brett auf, der noch schlummerte. Statt über die Herausforderungen nachzudenken, die vor ihr lagen, erlaubte sie sich, seinen Geruch auszukosten – nach Sex, Würze und einem Rest Aftershave. Sie stützte sich auf ihrem Ellenbogen auf und betrachtete seinen nackten Oberkörper, froh darüber, dass er ihn nicht rasierte. Sie war es nicht gewohnt, ihn ruhen zu sehen, aber selbst im Schlaf machte er subtile Bewegungen. Ein Zucken mit dem Fuß, das Flattern seiner Augenlider. In irgendeinem Teil seines Gehirns war er immer noch wachsam. Sie wollte ihn am liebsten noch einmal haben. Gott, sie liebte diesen Mann.

Sie fuhr senkrecht im Bett hoch. Sie liebte diesen Mann ganz bestimmt *nicht*!

Bloß dass sie ihn doch liebte. Trotz aller Warnungen an sich selbst hatte sie sich in ihn verknallt. Was stimmte nicht mit ihr? Sie schnappte sich ihr Kissen und schlug es ihm auf den Kopf. »Aufwachen!«

Er stöhnte und öffnete langsam ein Auge. »Sehr … ruppig.«

Seine raue Stimme am Morgen machte ihn sogar noch

unwiderstehlicher. Sie unterdrückte das Bedürfnis, mit ihrem Finger die Konturen seiner Wangenknochen nachzuzeichnen. Er legte seinen Arm hinter seinen Kopf und musterte sie mit halb geöffneten Lidern.

Sie sprang aus dem Bett und schnappte sich ihren weißen Hausmantel vom Boden. »Du überlegst gerade, wie du schnell von hier verschwinden kannst, richtig?«

»Falsch.« Er setzte sich auf, lehnte sich gegen das Kopfbrett und beobachtete, wie sie ihre Arme in die Ärmel gleiten ließ. »Es ist kompliziert, das ist alles.« Er streifte mit seiner Hand seine zerwühlten Haare zurück. »Ich habe kein Kondom benutzt. Ich habe nicht einmal daran gedacht.«

Sie schnappte sich das Kissen vom Bett und schlug damit wieder nach ihm. »Ich nehme die Pille! Und wir haben beide keine Geschlechtskrankheiten. Das weißt du alles, also krieg dich wieder ein!«

Er konfiszierte das Kissen und warf es auf die andere Bettseite, außerhalb ihrer Reichweite. »Ich benutze immer ein Kondom.«

»Ich werde es dich ganz bestimmt wissen lassen, wenn ich schwanger bin.« Sie zog den Gürtel ihres Hausmantels mit einem Ruck fest. »Du kannst es dann großziehen.«

»Nicht lustig.«

Rory ärgerte sich mehr über sich selbst als über ihn und wandte sich zur Tür, stieg über seine Trainingsshorts und seine Nikes hinweg. Sie hielt inne und drehte sich zu ihm um, fest entschlossen, eine unüberwindbare Barriere zwischen ihnen zu errichten. »Ich liebe dich nicht«, sagte sie. »Nicht einmal ein bisschen. Schlag dir diese Vorstellung aus deinem egoistischen Kopf.«

»Sie war nicht gerade in meinem Kopf, aber danke für die Aufklärung.«

»Ich meine es ernst. Deine Arschlochpersönlichkeit interessiert mich nicht im Geringsten. Nur dein Körper.«

Die Anspannung um seinen Mund wich einem trägen Grinsen. Er glitt aus dem Bett. »Da wir gerade von Körpern sprechen …« Der Mann war sexuelles Dynamit, splitterfasernackt, heiß und muskulös, mit seinen teuflischen Augen. »Lass mich deinen noch mal sehen.« Die Schleife, die sie gerade mit dem Gürtel ihres Hausmantels gebunden hatte, löste sich mit einem Ruck seiner Hand.

Nur noch einmal. Ein einziges Mal und danach nie wieder.

Sie versuchte nicht, ihn aufzuhalten, als er das Kommando übernahm, sie zurück ins Bett warf, dahin und dorthin bewegte und auf die aufregendste Art dominierte.

Aber er war nicht der Einzige, der wusste, wie man die Initiative übernahm, und nachdem er ihr sein Bestes gegeben hatte, schob sie alle ihre Bedenken beiseite und löste ihn ab. »Leg dich auf den Rücken.«

Sie war fast schockiert, als er gehorchte, obwohl er misstrauisch wirkte.

»Und nun«, sagte sie, mit ihrer neu entdeckten Dominastimme, »machst du genau das, was ich dir sage.« Sie spreizte ihre Finger auf seiner nackten Brust. »Anderenfalls …«

Nach einer ausgiebigen Dusche wickelte Rory ihre Haare zu einem Messy Bun und schlüpfte, ohne sich mit Schminken aufzuhalten, in ein verwaschenes schwarzes Tanktop und eine Caprihose. Sie begutachtete besorgt ihre Unterlippe, als Kristin ins Bad kam, ohne anzuklopfen, noch in ihrem Pyjama. »Ich habe gehört, dass Brett gegangen ist.«

»Zwischen uns ist nichts passiert«, log Rory und ging barfuß in die Küche, um Kaffee zu kochen. Brett hatte ihr keinen Abschiedskuss gegeben, als er vor einer halben Stunde verschwand, um Donuts zu besorgen, aber sie hatten mehr als genug Küsse im Schlafzimmer ausgetauscht.

Kristin folgte ihr in die Küche und machte dasselbe Gesicht wie damals, als Rory ihr erzählt hatte, dass sie mit Jenna Willis im Einkaufszentrum gewesen sei, obwohl sie in Wahrheit in Jennas Keller gehockt und mit Will Gibson herumgeknutscht hatte. Aber dieses Mal kam ihr Kristin nicht wie der Feind vor, und sie anzulügen schien wieder einmal ein Beispiel dafür zu sein, dass sie den einfachen Weg wählte. Sie ging mit der Kaffeekanne zur Spüle. »Na schön. *Alles* ist zwischen uns passiert, und Brett ist kurz rausgegangen, um Donuts zu besorgen, und ich will nicht darüber reden.«

»O Rory …« Kristins Seufzer klang eher besorgt als missbilligend.

»Du konntest meine Männer noch nie leiden.«

Rorys kläglicher Versuch, einen Scherz zu machen, verpuffte, und Kristins Miene wirkte nur noch besorgter. Rory ließ die Kanne stehen und wandte sich von der

Spüle ab. »Ich weiß, ich weiß. Sich mit ihm einzulassen, ist dämlich. Er ist Clints Agent, und ihn interessiert nur, Karriere zu machen und Geld zu verdienen. Hinzu kommt, er ist er, und ich bin ich.«

»An dir ist nichts verkehrt«, sagte Kristin scharf, »aber an ihm schon.«

Rory reagierte gereizt, aber bevor sie ihn verteidigen konnte, fuhr Kristin fort. »Ich mag Brett Rivers. Er ist klug und anständig, er kennt das Geschäft, und er kümmert sich hervorragend um seine Klienten. Aber als Partner für eine Liebesbeziehung? Der Mann ist doch ständig am Arbeiten.« Sie lehnte sich gegen den Kühlschrank und verschränkte ihre Arme. »Rory, du hast was viel Besseres verdient.«

»Wer hat was von einer Beziehung gesagt?« Rorys Mitteilsamkeit hatte Grenzen. »Hier geht es nur um Sex«, murmelte sie.

»Der Mann verströmt pures Testosteron. Das verstehe ich. Aber Frauen haben in seinem Leben keine Bedeutung. Und wenn er mal eine in sein Leben lässt, kommt sie weit abgeschlagen hinter seiner Karriere.«

»Das war mir immer klar.«

Kristin nickte, und ihre Hand legte sich sanft auf Rorys Schulter. Rory hatte das Bedürfnis, ihre Wange dagegenzulehnen. Stattdessen drehte sie den Wasserhahn auf und befüllte die Kaffeekanne.

Kristin wandte sich ab. »Ich muss mich anziehen. Ich habe Daniel für heute Mittag zu einem Picknick im Millenium Park eingeladen, aber vorher muss ich noch meine Sachen in Tobys Wohnung rüberbringen.«

Rory starrte sie an. »Wovon redest du?«

»Toby muss beruflich für eine Woche nach Washington, und ich werde bei ihm wohnen, solange er weg ist.«

»Du brauchst das nicht zu tun.«

»Jemand muss sich um Luther kümmern, und es ist Zeit, dass du dein Schlafzimmer zurückbekommst.«

Kurz nachdem Kristin gegangen war, kehrte Brett zurück. »Ich war nicht sicher, was du gerne magst, also habe ich einen von jeder Sorte mitgebracht.« Er stellte eine große Schachtel Donuts auf den Couchtisch. »Außer Schokolade. Ich will ja deinen Gaumen nicht beleidigen.«

»Sehr aufmerksam. Ich geh den Kaffee holen.« Sie füllte zwei Tassen und kehrte ins Wohnzimmer zurück. Brett saß auf der Couch, die Beine ausgestreckt, und starrte vor sich hin. Die Leichtigkeit zwischen ihnen war verschwunden. Sie gab ihm seine Tasse und setzte sich neben ihn, ohne ihn zu berühren. »So lange habe ich dich noch nie ohne dein Handy gesehen, außer in Michigan, wo du keine andere Wahl hattest.«

»Ich habe unterwegs ein paar Anrufe gemacht, als ich die Donuts besorgt habe.«

»Gut zu wissen, dass du deinen Geschäftssinn nicht verloren hast.« Als er den Deckel von der Schachtel abnahm, musterte sie den Inhalt. »Zwei Dutzend?«

»Du hast alle Optionen.«

Wie gestern Abend, dachte sie. So viele Optionen. Sie überging einen glasierten Vanilledonut mit Streuseln zugunsten eines Spritzkuchenkringels, nur um ihn wieder zurückzulegen und so zu tun, als könnte sie sich nicht entscheiden, obwohl ihr in Wirklichkeit die unbehagliche Stimmung zwischen ihnen den Appetit verdorben hatte.

Auf seiner dunkelblauen Tasse stand *Hast du Schokolade?* geschrieben. Er trank einen Schluck daraus. »Ich hab gesehen, was mit deinen kleinen Pralinenschachteln passiert ist. Die waren als Abschiedsgeschenk für die Gäste gedacht, richtig?«

»Eigentlich eine super Idee von mir.« Sie zwang sich, nicht bitter zu klingen. »Das war reine Eigenwerbung für mein Geschäft. Ich werde dir dafür keine Kosten berechnen.«

»Für dein Geschäft?«

»Im Gegensatz zu dem, was du wahrscheinlich denkst, mache ich keine halben Sachen.«

»Das habe ich auch nicht gesagt.«

»Aber genau das denkst du.« Sie starrte in ihre Tasse, auf ihr verzerrtes Spiegelbild auf der Kaffeeoberfläche. »Ich habe einen Plan. Die Umsetzung wird ein bisschen länger dauern, als ich gehofft hatte, aber ich werde es knallhart durchziehen.«

»Erzähl mir davon.«

Sie bereitete sich innerlich vor und betete, dass er nicht lachte. »Ich werde meinen Foodtruck auf Vordermann bringen und meine Pralinen daraus verkaufen«, sagte sie hastig.

Er nickte. »Interessant.«

Sie wollte nicht hören, wie er sämtliche Hürden aufzählte, und sie fuhr eilig fort. »Ab Montag fange ich an, mich auf jeden Cateringjob zu bewerben, den ich finden kann, damit etwas Geld reinkommt. Und ich werde mein

Schlafzimmer untervermieten. Sobald ich das Bußgeld abbezahlt habe, spare ich für die Reparatur des Foodtrucks. Bis zum Winter will ich zurück auf der Straße sein. Nicht die beste Jahreszeit, um mit einem Foodtruck zu starten, ich weiß, aber ich werde ein paar originelle Kakaovariationen auf die Karte setzen, neben ein paar anderen Sachen.«

Noch runzelte er nicht die Stirn, also erzählte sie ihm von der Webseite, die sie aufbauen wollte, von der gewerblichen Küche, in der sie ihre Pralinen herstellen wollte, von den Spezialzutaten, die sie schließlich kaufen konnte, um die Art von Pralinen zu machen, von der sie träumte.

»Du hast für die Party tolle Arbeit geleistet«, sagte er. »Warum gründest du nicht deine eigene Cateringfirma?«

»Ich bin als Köchin nicht gut genug, um aufwendigere Speisen anzubieten als das, was ich bei dir serviert habe. Für eine Cateringfirma braucht man außerdem Kapital, und die Gewinnspanne ist eher niedrig. Und … ich wäre unglücklich.«

»Ich bezahle dir die Pralinen, die du verloren hast«, sagte er entschlossen.

»O nein, das wirst du nicht tun. Die Pralinen waren kein Bestandteil unseres Vertrags.«

Er hob seine Tasse an seine Lippen und musterte sie über den Rand hinweg. »Hör mal, Rory … Wenn du Geld brauchst …«

Sie sprang von der Couch hoch. »Kein weiteres Wort!« Sie zwang sich, ihren Ton wieder zu mäßigen. »Ich weiß dein Angebot zu schätzen, aber ich krieg das selbst hin.«

Er nickte. »Dessen bin ich mir sicher.«

Aber er war sich nicht sicher, und sie genauso wenig.

Als Brett beobachtete, wie sie einen auf knallhart machte, fragte er sich, welcher Bereich in seinem Gehirn beschlossen hatte, dass es eine gute Idee wäre, ihr nur wenige Stunden, nachdem sie miteinander geschlafen hatten, Geld anzubieten.

Gestern Abend hatte nichts einstudiert gewirkt. Rory hatte nicht versucht, künstliche Pornoposen zu imitieren. Er hatte sich keine Gedanken darüber gemacht, ob seine Hände immer an den richtigen Stellen waren. Alles hatte sich … echt angefühlt.

Sie legte ihren Donut zur Seite, ohne davon zu kosten. »Heute Nachmittag kommen die Leute vom Partylieferanten, um die ganzen Sachen in deiner Wohnung wieder abzuholen. Ich sollte präsent sein, damit ich ihnen erklären kann, dass du einen Tisch und zwei Tischdecken erstatten musst.«

»Ich kümmere mich darum.«

»Das ist meine Aufgabe. Und keine Sorge. Ich werde nicht über dich herfallen, während ich da bin.«

Er machte sich mehr Sorgen, dass er über sie herfiel.

Sie sah direkt durch ihn hindurch, in der Art, wie nur sie es konnte. »Du bereust es. Was zwischen uns passiert ist.«

»Ich bereue es nicht …« Er schenkte ihr das routinierte Lächeln, das er für seine Klienten benutzte. »Wie könnte ich etwas so Schönes bereuen?«

»Weil bei dir das Geschäftliche immer an erster Stelle steht. Bis gestern Abend.«

Er besaß die Gabe, Menschen zu beruhigen, in jeder Situation die richtigen Worte zu finden, aber alles, worauf er hingearbeitet hatte, schien ihm zu entgleiten – zwei Jahrzehnte harter Arbeit und mörderischer Selbstdisziplin. Er rieb sich über den Nacken. »Was willst du von mir hören, Rory? Wenn ich sage, du hast recht, bin ich ein Idiot. Wenn ich sage, dass wir gestern Abend nicht sämtliche Grenzen überschritten haben, bin ich ein Lügner. Grenzen, die für uns beide wichtig sind.«

Ihr Gesicht war ausdruckslos. »Für mich emotional wichtig. Für dich rational wichtig.«

»Vielleicht bin ich ja auch emotional beteiligt«, erwiderte er aufbrausend. »Ich bin kein Roboter, und du bedeutest mir eine Menge.«

»Natürlich bedeute ich dir eine Menge! Ich bin deine einzige echte Freundin. Wie erbärmlich ist das denn?«

Eine arbeitslose, verschuldete Pralinenmacherin hatte ihn gerade als erbärmlich bezeichnet. Eigentlich hätte es ihn in Wut versetzen müssen, aber sie traf damit einen empfindlichen Nerv. Wie sie so scharfsinnig beobachtet hatte, beschränkten sich seine Freundschaften auf seine Klienten. Mit ihnen kam er nicht in den Genuss, sich richtig locker zu machen. Nicht so wie mit dieser eigenwilligen, blond gelockten Frau.

Offenbar hatte sie sich in etwas hineingesteigert – oder vielleicht hatte er dazu beigetragen –, weil sie plötzlich aufsprang. »Schreib dir Folgendes hinter die Ohren: Der sexuelle Teil unserer Beziehung war großartig – mehr als großartig –, aber wir haben das Bedürfnis gestillt, und das war's mit uns.«

Es widerstrebte ihm, dass sie recht hatte, aber seine Optionen waren eindeutig. Er konnte entweder seine Karriere haben oder Sex mit Rory Garrett, aber nicht beides zusammen. Die Regeln für erfolgreiche Sportagenten waren in Stein gemeißelt. Keine persönlichen Verstrickungen mit der Mutter, Tante, Cousine und vor allem nicht mit der Schwester eines Klienten – nicht, solange er weiterhin für Champion Sports Management tätig sein wollte.

Ihr Kussmund bildete ein leichtes Oval. »Wenn du Bedenken hast, mit mir allein in deiner Wohnung zu sein, geh ins Gym oder spring in deinen Privatjet und flieg mit ein paar deiner Klienten nach Vegas.«

Sie litt. Er konnte es sehen. Und er war dafür verantwortlich. »Ich habe keinen Privat…«

Sie stieß mit ihrem Finger in seine Richtung. »Was auch immer du tust, eins musst du verstehen: Ich werde nicht dein schmutziges kleines Geheimnis sein, das deine Karriere beendet.«

Das war ein Schuss mitten in sein Herz. »Rory, es war nie meine Absicht, dass das Ganze so weit geht.«

»Du bist nicht derjenige, der das allein entschieden hat, Rivers. Und jetzt nimm deine Sachen und scher dich raus.«

KAPITEL 18

Es tat weh. Es tat so furchtbar weh. Rory zog ihre Knie eng an ihre Brust und versuchte, nicht zu weinen, weil den heißen Tränen nachzugeben, die von innen gegen ihre Augenlider drückten, konnte nur bedeuten, dass ihr Herz gebrochen war. Und das wollte sie nicht zugeben. Sie wollte sich nicht eingestehen, wie heftig sie sich in dieses Arschloch Brett Rivers verliebt hatte, der eigentlich gar kein Arschloch war, sondern ein großartiger, freundlicher, großzügiger, unerträglicher und alles in allem anständiger Mensch. Mit verdrehten Werten.

Ihr Hals schnürte sich zu, und die Tränen quollen über. Sie hatte ihn von Anfang an verstanden. Intelligent und willensstark, der klassische leistungsorientierte Workaholic. Trotz ihrer Unterschiede hatten sie einen starken Draht zueinander, und das nicht nur sexuell. Ihre Beziehung hatte etwas Ungefiltertes. Etwas Rohes und Echtes. Sie hatten das Beste und das Schlimmste voneinander gesehen und beides akzeptiert.

Die zerwühlten Laken verspotteten sie durch die offene Schlafzimmertür. Sie hätte so tun können, als würde sie nicht bemerken, dass er die letzte Nacht bereute – dass er sie wegen ihr bereute. Sie hätte diese Affäre heimlich weiterlaufen lassen können, hätte sich mit ihm noch ein paar Tage, Wochen, einen Monat erlauben können, aber statt daran festzuhalten, hatte sie das Richtige getan. Sie hatte den schwereren Weg eingeschlagen und ihn rausgeworfen.

Aber die Tränen wollten nicht versiegen. Sie hatte sich dämlicherweise in ihn verliebt, und ihr Herz war in tausend Stücke zerbrochen. Sie konnte sich nicht einmal verkriechen. Sie musste nachher in seine Wohnung gehen und sich um das Chaos von gestern Abend kümmern, um den Partyausstatter, um die übrig gebliebenen Speisen, um ihre Pfannen und ihr Küchenwerkzeug. Sie würde nichts davon tun. Sie würde sich in ihrer Wohnung einschließen, die Vorhänge zuziehen und sich erlauben, um das zu trauern, was sie nicht haben konnte.

Sie gab einem hässlichen Schluchzen nach. Als sie fertig war mit Weinen, wusch sie sich ihr Gesicht und schnappte sich ihren Schlüsselbund.

Sie war eine Person, die schwierige Dinge bewältigen konnte, und sie hatte einen Auftrag, den sie zu Ende bringen musste.

Kristin fand für sie beide einen Picknickplatz auf einer Bank, die sich in eine Nische der hohen Hecke schmiegte, die den Lurie Garden im Millenium Park abgrenzte. Der Park mit einer Fläche von mehr als hunderttausend Quadratmeter war früher einmal ein hässlicher Rangierbahnhof gewesen, aber nun, mit der prachtvollen Skyline von Chicago im Hintergrund, bildete er eine der schönsten öffentlichen Grünanlagen in der Region. Kristin bot Daniel ein Schinken-Käse-Sandwich an, das sie im Feinkostladen gekauft hatte, zusammen mit einem frischen Maissalat, Früchtekompott und Toffee Bars. Eine Flasche Wein wäre schön gewesen, aber die Parkaufsicht hier sah Alkohol gar nicht gern.

Daniel schluckte einen akkuraten Bissen von seinem Sandwich hinunter. »Hast du gewusst, dass wir gerade auf einem der weltgrößten begrünten Dächer sitzen?«

»Ja, das ist mir bekannt.« Es war nicht ihre Absicht gewesen, so schroff zu klingen, aber sie war nervös wegen dem, was sie heute sagen musste. Sie versuchte es noch einmal. »Den meisten Touristen hier ist nicht bewusst, dass sich unter ihnen Tiefgaragen und Bahngleise befinden. Chicago ist wie eine größere Version von Minneapolis. Die Stadt macht eine Menge Dinge falsch, aber sie macht auch eine Menge Dinge richtig.«

Daniel deutete leicht mit seinem Sandwich in ihre Richtung. »Es war nett von dir, dieses Picknick zu organisieren.«

»Gern geschehen.« Sie beschloss, sich in Small Talk zu flüchten. »Ich bin froh, dass es nicht regnet, obwohl wir wahrscheinlich dringend etwas Regen gebrauchen könnten. Der Vermieter meiner Stieftochter hat mir neulich sein Leid geklagt, weil er seine Tomaten jeden Tag wässern muss.«

»Ich möchte mich nicht über das Wetter unterhalten.«

Sie auch nicht, aber sie wollte auch nicht darüber reden, worüber sie reden musste. »Du siehst heute richtig gut aus.« Sein weißes Poloshirt und die olivfarbenen Shorts waren ideal aufeinander abgestimmt und sahen ziemlich neu aus, genau wie seine weißen Converse-

Sneaker. »Deine Tochter hat das Outfit für dich ausgesucht, nicht wahr?«

Er lächelte. »Sie hat versucht, mich zu überreden, dass ich die Socken weglasse, aber ich habe meine Grenzen.«

»Verständlich.« Sie betrachtete den ausgedehnten Garten mit seinem Flickenteppich aus Ziergräsern und Blütenstauden. Einige Arten waren ihr fremd, andere nicht, wie der Sonnenhut, der hier in Pink und Violett blühte, oder Salbei und Silberstrauch, alles kräftige Gewächse, die im Mittleren Westen heimisch waren.

Daniel stützte seine Arme auf seine Oberschenkel. »Kristin, ich muss wissen, wo wir stehen mit unserer … Beziehung.«

Direkt wie immer. Sie zupfte ein Stück Kruste von ihrem Sandwich. »Ich mag dich sehr, aber du solltest wissen, dass mein Leben im Moment ziemlich kompliziert ist.«

Er setzte sich gerade hin. »Du willst nichts mehr von mir wissen.«

»Nein, ich …«

»Ich verstehe. Es gefällt mir nicht, aber ich verstehe.« Er legte sein Sandwich auf das Papier, in das es eingewickelt gewesen war, und stand auf. »Ich werde jetzt gehen.«

»Nein! Nein, das wollte ich damit nicht …«

»Ich möchte lieber nicht mehr reden.« Er wandte sich ab, in aufrechter Haltung, würdevoll.

Sie sprang auf und stieß versehentlich den Behälter mit dem Maissalat um, griff rasch nach Daniels Arm. »Warte!«

Er betrachtete sie ernst, und nur seine angeborenen guten Manieren hinderten ihn daran, ihre Hand abzuschütteln. »Ich bin ein Mensch, der zu viel nachdenkt, und es fällt mir schwer, soziale Signale richtig zu deuten. Das kann sehr anstrengend sein für eine Frau.«

»Du bist nicht anstrengend. Du bist offen und ehrlich. Du bist nicht ganz einfach, aber gleichzeitig bist du der aufrichtigste Mann, der mir jemals begegnet ist.«

»Aber du willst mich nicht mehr sehen. Oder habe ich wieder etwas falsch interpretiert?«

Seine Verwirrung zerrte an ihrem Herz und ließ sie sagen, was sie nicht sagen sollte, noch nicht. »Ich bin verrückt nach dir.« Ein Lächeln umspielte seine Mundwinkel, als er sie ansah, ihr direkt in die Augen schaute. Sie gab ihm die Zeit, die er brauchte, um ihre Worte zu verarbeiten, bevor sie fortfuhr. »Ich weiß, es ist noch zu früh für ein solches Bekenntnis. Wenn man das Picknick heute mitzählt, hatten wir genau drei Dates, und ich kann verstehen, wenn ich dich damit verschrecke.«

»Warum ist das so? Warum bist du verrückt nach mir?«

»Weil ich bei dir nicht auf der Hut sein muss. Wenn ich nicht sicher bin, wie du etwas findest oder was du denkst, brauche ich nur zu fragen, und du wirst mir eine ehrliche Antwort geben.« Sie ließ seinen Arm los. »Bei meinem Mann musste ich immer vorsichtig sein. Ich hatte das Gefühl, ich müsste etwas wiedergutmachen, weil ich nicht seine verstorbene Frau war. Seine richtige Frau. Das war sehr anstrengend.«

Er nickte, während er ihre Antwort verarbeitete. »Das

ist sehr kompliziert. Dann willst du mich nicht loswerden?«

»Nein. Aber es gibt etwas, das ich dir sagen muss.« Nun war sie diejenige, die sich etwas Zeit geben musste. Sie begann, mit dem Deckel des Behälters den Maissalat vom Boden aufzuschaufeln. Daniel bückte sich, um ihr zu helfen, aber sie hielt ihn davon ab. »Lass mich das machen. Das ist ein ziemliches Chaos.«

Ein Chaos, genau wie die anderen wichtigen Beziehungen in ihrem Leben.

Er setzte sich auf die Bank und nahm sie beim Wort. Ein Paar mit einem Kinderwagen schlenderte vorbei, eine Gruppe schnatternde Teenager und Frauen in bunten Sommerkleidern. Ein paar Maiskörner waren irgendwie auf Daniels Sneaker gelandet. Kristin klaubte sie von dem weißen Stoff, aber sie hinterließen einen Fettfleck.

Nachdem das größte Chaos beseitigt war, setzte sie sich neben ihn auf die Bank und nahm das Desinfektionsmittel heraus, das sie immer in ihrer Tasche hatte. Sie ließ sich Zeit damit, ihre Hände zu reinigen, weil bei einem Mann wie Daniel kein Grund bestand, blitzschnell zu überlegen oder zu handeln.

Als sie fertig war, schaute sie in den Garten hinaus. Zwischen den Blüten der Wolfsmilchstauden flatterten Monarchfalter, und in den Bäumen trällerten Rotflügelstärlinge. »Du hast mich gefragt, ob ich Kinder habe«, sagte sie. »Ich habe dir von Rory erzählt.«

»Sie ist eine interessante junge Frau.«

»Auf jeden Fall interessant. Aber das ist nicht das,

was ich dir sagen wollte.« Sie verschränkte ihre Hände im Schoß. »Ich habe auch noch einen Sohn.«

Daniel sah sie fragend an. »Stimmt etwas nicht mit ihm?«

»Nein. Mit ihm stimmt alles. Er ist wunderbar. Aber ich habe gelernt, vorsichtig zu sein, was ihn betrifft. Besonders jetzt.«

»Ich verstehe nicht.«

»Mein Nachname ... Ich heiße nicht Meadows, sondern Garrett.« Sie sah ihn direkt an. »Daniel, mein Sohn ist Clint Garrett.«

Daniel blinzelte, mit fokussiertem Blick, während die Rädchen in seinem Kopf ratterten. »Clint Garrett?«

»Der Quarterback der Chicago Stars.«

»Ich weiß, wer Clint Garrett ist.« Er grübelte kurz. »Das ist toll. Aber warum wolltest du mir das nicht sagen?«

»Weil andere mich zu oft benutzt haben, um an meinen Sohn heranzukommen. Und bei allem, was gerade los ist ...«

Seine Augenbrauen zogen sich zusammen. »Das hast du von mir gedacht? Dass ich dich benutzen würde?«

»Ich wusste es nicht. Ich musste erst mehr Zeit mit dir verbringen und dich besser kennenlernen.«

Er musterte sie lange und intensiv, und es war unmöglich, seine Gedanken zu lesen. Schließlich stand er auf. »Kristin, ich muss gehen.«

»Aber ...«

»Es ist schwierig für mich, wenn man mir nicht die Wahrheit sagt.«

»Das glaube ich.« Sie stand auch auf. »Aber ich muss auf mich selbst aufpassen, und ich werde mich nicht dafür entschuldigen.«

Er nickte langsam und wandte sich dann von ihr ab, um sich zu entfernen.

Wenn Gregg früher mitten in einem wichtigen Gespräch davongegangen war, hatte ihr das immer den Rest gegeben. Sie verkroch sich dann im Bad und weinte stumm, weil er nicht sehen sollte, wie tief er sie verletzt hatte. Aber Daniel Hanbridge war nicht Gregg Garrett, und sie setzte ihren Lunch fort. Das Essen ging nicht gerade leicht hinunter, weil sie es an dem Kloß in ihrer Kehle vorbeischieben musste. Aber es war ein herrlicher Sommertag, und sie hatte getan, was sie tun musste.

Rory manövrierte den *Königspalast für Schleckermäuler* auf einen der Besucherparkplätze. Ihr Kopf pochte noch dumpf von ihrem Weinanfall, als sie mit dem Aufzug zu Bretts Wohnung hochfuhr, aber Gott war gnädig, denn der Herr des Hauses war nicht da. Sie räumte das restliche Chaos in der Küche auf, sammelte ihr Serviergeschirr ein und rechnete mit dem Partylieferanten ab. Als sie mit dem Foodtruck nach Hause fuhr und eine rußgeschwärzte Abgasfahne hinter sich herzog, fragte sie sich, wie sie die nächsten Tage überstehen sollte.

Sie lud den Wagen aus und trug alles nach oben, vorbei an Tobys offener Tür und in ihre Küche. Auf dem Weg erhaschte sie einen Blick auf ihr Spiegelbild. Sie sah schlimm aus, aber wenigstens waren ihre Augen nicht mehr verquollen. Sie musste nach Kristin schauen.

Jeder, der Tobys Apartment betrat, konnte sich angesichts der Einrichtung sofort denken, dass hier ein Junggeselle lebte: schwarze Ledercouch mit passendem Sessel, nackter Holzboden, keine Vorhänge und Industrieregale, die mit Kabeln und elektronischem Zubehör vollgestopft waren. Luthers Katzenklo hatte einen Ehrenplatz unter einem rechteckigen Spiegel, der mit Tetris-Aufklebern verziert war.

Kristin kam aus dem kleinen Gästezimmer, wo Toby sein Rad unterstellte und sie vermutlich geschlafen hatte. Es war seltsam, aber gleichzeitig auch wenig überraschend, dass sie eine Küchenrolle und eine Flasche Glasreiniger in ihren Händen hielt. Toby war ungefähr in Clints Alter, Kristin hatte sich mit ihm angefreundet, und sie bemutterte gern junge Männer.

Sie musterte Rorys äußere Erscheinung, während Luther mit einem hohen Buckel um ihre Knöchel strich. »Was ist passiert? Du siehst schrecklich aus.«

»Nicht genügend Schlaf.« Rory deutete auf die Küchenrolle. »Warum machst du in Tobys Wohnung sauber?«

»Ich muss mich ablenken«, sagte sie angespannt. »Ich bin abserviert worden.«

Rory hatte endlich etwas, auf das sie sich konzentrieren konnte, statt ständig um ihre eigenen Probleme zu kreisen. »Daniel hat dich abserviert? Aber er vergöttert dich.«

Kristin knallte den Glasreiniger auf Tobys schwarzen Metalltisch. »Er vergöttert mich eindeutig nicht genug. Wie sich herausstellt, hat er ein Problem mit Frauen, die nicht die Wahrheit sagen.«

Rory brauchte nur ein paar Sekunden, um zu verstehen. »Du hast ihm schließlich offenbart, dass du Clints Mutter bist.«

»Und ich sah keinen Grund, mich dafür zu entschuldigen, dass ich es ihm nicht von Anfang an gesagt habe.«

»Du hast das Richtige getan. Er weiß nicht, wie das ist.«

»Er sieht das anders. Für Daniel gibt es nur Schwarz oder Weiß. Ich bin Grautöne gewohnt. Viel Grau.«

Wie in ihrer Ehe mit Rorys Vater?

»Ich kann nicht glauben, wie staubig es hier ist.« Kristin nahm Tobys Schreibtisch in Angriff. »Jedenfalls ist es mit Daniel aus. Wir haben uns ohnehin erst dreimal getroffen, es ist also kein Weltuntergang.«

»Aber du bist verrückt nach ihm.«

»Vielleicht.« Kristin wischte unter der Computertastatur. »Schau uns an. Beide verlieben wir uns in unzugängliche Männer.«

Rory überlegte, ob sie widersprechen sollte, aber sie war vollkommen leer. »Zwischen Brett und mir ist es auch aus. Nicht dass wir jemals richtig zusammen gewesen wären, aber … Egal, es ist vorbei.«

Kristin stellte die Sprühflasche zur Seite. »Ich muss kurz meine Kontaktlinsen reinmachen, und dann lass uns zu dir rübergehen und quatschen.« Luther folgte ihr ins Bad.

Rory ließ ihren Blick durch Tobys Wohnzimmer wandern. Er hatte eine große Schallplattensammlung und, wie Kristin erwähnt hatte, eine Abneigung gegen Staubwischen. Rory hatte noch nie gesehen, dass seine Schlafzimmertür offen stand, und sie riskierte einen Blick hinein. Ein ungemachtes Doppelbett in einem einfachen Metallgestell. Eine Kommode und ein Nachttisch, auf dem eine Lampe, ein Wecker und ein gerahmtes Bild standen. Nach Rorys Erfahrung dienten Fotos neben dem Bett als ein nettes Andenken, zum Beispiel an eine hübsche Landschaft oder an eine lustige Situation mit Freunden oder an einen romantischen Moment mit einem Liebespartner, aber selbst von der Tür aus konnte sie erkennen, dass dieses Foto eine Frau hinter dem Haus zeigte, weil eine Ecke der alten Holzgarage am Rand zu sehen war.

Sie nahm das gerahmte Bild genauer unter die Lupe. Die Frau entfernte sich von der Kamera zu den Stellplätzen, und ihr Gesicht und ihr Körper waren aus einem ungünstigen Winkel fotografiert. Die Aufnahme war verwackelt. Warum stellte Toby ein so unspektakuläres Foto …

Rory lief es kalt den Rücken hinunter. Die Frau auf dem Foto war Ashley.

Bei glasierten Donuts und einer Flasche Zinfandel, eine Kombination, die zu nichts passte außer zu Niedergeschlagenheit, erzählte Rory ihrer Stiefmutter, was sie gesehen hatte. »Man stellt nur Fotos neben das Bett, die von Bedeutung sind, aber keinen unscharfen Schnappschuss von seiner Nachbarin.«

Kristin zog auf der Couch ihre Beine unter sich. »Was willst du damit sagen?«

Rory schüttelte den Kopf. »Ich weiß nicht, was ich damit sagen will.«

»Toby würde keiner Fliege was zuleide tun.«

»Das hat man von Ted Bundy auch behauptet. Ich meine, ich weiß nicht genau, ob man das von Ted Bundy behauptet hat, aber es ist gut möglich.«

»Toby ist kein Ted Bundy.«

»Du musst zugeben, das mit dem Foto ist unheimlich.«

»Sie waren befreundet. Vielleicht ist es das einzige Foto, das er von ihr hat, und da sie vor Kurzem erst gestorben ist, möchte er es in seiner Nähe haben.«

»Vielleicht.«

Kristin tauschte ihren Erdbeerdonut gegen einen Schluck Zinfandel. Schließlich brach sie das kurze Schweigen, das zwischen ihnen entstanden war. »Was ist mit dir und Brett passiert?«

»Schwachsinn. Das ist passiert. Du weißt, darin bin ich gut.«

»Hör auf, dich selbst runterzumachen, Rory. Ich kann das nicht leiden.«

Rory wischte ihre Finger an einer Serviette ab. »Ich bin zu impulsiv, was Beziehungen betrifft, etwas, das Clint und ich offenbar gemeinsam haben. Obwohl, im Gegensatz zu Ashley hat Brett einen tadellosen Charakter, abgesehen von seiner Arbeitssucht.«

»Und du liebst ihn.«

Rory begann, akribisch Donutkrümel von ihrer Caprihose zu klauben, nur um gleich darauf wieder aufzuhören und ihren Kopf zu heben. »Das hatte ich nie so geplant. Ich habe immer genau verstanden, wo seine Prioritäten liegen, aber du kennst ihn selbst. Wie hätte ich ihm widerstehen sollen?«

»Er ist definitiv ein beeindruckender Mann.«

»Wäre es nicht für Clint gewesen, hätten wir niemals so viel Zeit zusammen verbracht, aber da keiner von uns darauf vertraut, dass die Polizei auch gegen andere Tatverdächtige ermittelt, haben wir uns zusammengetan.« Sie erzählte Kristin von der Reise nach Michigan, von dem Gespräch mit Ashleys Chef und von ihrem Treffen mit Grant Padderson.

Kristin stellte ihr Weinglas mit einem dumpfen Geräusch ab. »Ich hatte ja keine Ahnung, was da alles gelaufen ist. Du hast konkret etwas unternommen, nachdem Clint verhaftet wurde, während ich nur dasaß und meine Hände im Schoß geknetet habe.«

»Du hast auch kein schlechtes Gewissen, das dich verfolgt.«

»Wovon redest du?«

Rory hatte die Heimlichtuerei lange genug durchgehalten. Sie ließ den Wein und die Donuts stehen, drehte sich auf der Couch zu Kristin und beichtete ihr alles.

»Oh, Rory …« Eine Träne hing zitternd zwischen Kristins Wimpern am Unterlid. »So etwas wäre mir auf die Schnelle niemals eingefallen.«

»Es war eine schreckliche Tat!«

»Schrecklich?« Kristin streifte rasch die Träne ab, die nun über ihre Wange rann. »Er hat dir nicht zugehört, als du versucht hast, ihm die Wahrheit zu sagen. Inwiefern ist das, was du getan hast, schrecklich?«

»Ashley ist deswegen gestorben!«

»Das weißt du nicht. Wer auch immer sie umgebracht hat, hat auf eine günstige Gelegenheit gewartet, die er –

oder vielleicht sie, obwohl ich das bezweifle – in Clints Haus vorfand.«

Kristin konnte nicht wissen, ob das stimmte, trotzdem beruhigte es Rory. »Du findest nicht, dass ich mich abscheulich verhalten habe?«

»Ich finde, du bist ein guter Mensch und die beste Schwester, die Clint sich wünschen kann. Überleg nur, was du und Brett alles unternommen habt, um Clints Namen reinzuwaschen.«

»Ohne Ergebnis.«

»Das würde ich nicht sagen.« Sie schenkte Rory ein ironisches Lächeln. »Ihr habt euch ineinander verliebt.«

»Eine von uns hat es schlimmer erwischt als den anderen, und gestern Abend hätte nicht passieren dürfen. Können wir jetzt über was anderes reden? Über dich und Daniel zum Beispiel.«

»Ich will nicht über ihn reden. Erzähl mir, was aus deinem Geschäft geworden ist. Zuerst hast du Süßigkeiten aus diesem Truck verkauft und dann nicht mehr.«

Da Rorys Widerstand bereits gebrochen war, erzählte sie ihrer Stiefmutter die ganze Geschichte. Kristin war erfreulicherweise aufgebracht. »Was für ein mieser Typ, dieser Jon! Du solltest ihn verklagen.«

»Ich sollte mich selbst verklagen, weil ich mich überhaupt auf seine Geschäftsidee eingelassen habe.«

»Du bist zu streng mit dir selbst.«

»Bin ich das? Weißt du, warum ich beschlossen habe, dass der Verkauf von Kaugummis ein sinnvoller Weg ist, um eine Chocolatière zu werden? Weil ich nicht den Mut hatte, das zu verfolgen, was ich wirklich wollte.«

»Hör auf, Rory. Du gibst dein Bestes.« Kristin rieb ihre Hände. »Die beste Medizin gegen Liebeskummer ist, sich zu beschäftigen. Neue Pläne zu schmieden und sich weiterzuentwickeln.«

»Ich habe bereits neue Pläne geschmiedet«, sagte sie zögernd. Kristin etwas über ihr Leben zu offenbaren, öffnete sie für Kritik, aber da sie Wein tranken zu den Donuts, sprang Rory über ihren Schatten. »Ich werde den *Königspalast für Schleckermäuler* in ein Pralinenimperium auf Rädern verwandeln.«

»Wieder ein Foodtruck?« Kristin legte ihren Donut weg. »Das überrascht mich.«

»Bedeutet, du findest es nicht gut.«

»Du benötigst meine Zustimmung nicht. Hör auf, immer gleich auf Abwehr zu schalten.«

»Aber ich habe viele Jahre Übung darin.«

Kristin schob ihr Kinn vor. »Rory, ich meinte damit bloß, dass ich von selbst nicht darauf gekommen wäre, aber ich habe eben so gut wie keine Vorstellung davon, was alles dazugehört oder ob man überhaupt davon leben kann.«

»Vergiss, dass ich was gesagt habe.«

Kristin seufzte. »Können wir noch mal von vorn anfangen? Ich würde gerne mehr erfahren. Erzähl mir, wie du dir dein zukünftiges Geschäft vorstellst.«

Rory wägte ab zwischen ihrer mangelnden Bereitschaft, sich Kristins Kritik auszusetzen, und ihrem Bedürfnis, über ihre Idee zu sprechen. Sie holte tief Luft. »Stell dir vor, du hattest einen langen Arbeitstag. Oder vielleicht hast du dich gerade mit deinem Freund gestritten, oder du warst einkaufen, und deine Füße tun dir weh. Jedenfalls hast du dir eine kleine feine Wohltat verdient, und da bin ich – bezahlbarer Luxus, der direkt vor deiner Nase parkt. Eine Auslage voller köstlicher, handgefertigter Pralinen. Wenn du auf Nummer sicher gehen willst, nimmst du Buttercreme oder Meersalz-Karamell, aber wenn du experimentierfreudig bist, wählst du etwas Exotischeres. Brombeere-Amaretto vielleicht, oder Zimt-Chili – Kombinationen der besonderen Art, tief und voll im Geschmack, die nicht auf den bloßen Effekt abzielen. Sobald du eine Praline gekostet hast, beschließt du, dass eine nicht genug ist, oder vielleicht fällt dir ein, dass deine Schwester oder deine Freundin Schokolade über alles liebt, also kaufst du gleich ein paar Viererpackungen. Vielleicht kommst du danach wieder und kaufst eine größere Packung, als Dankeschön für eine Einladung oder als Geschenk zum Muttertag.«

Während sie mit dem Thema richtig warm wurde, beschrieb sie die Geschäftsviertel, die sich als Standorte eigneten, und ihre Ideen für heiße Kakaospezialitäten im Winter beziehungsweise für in Schokolade getauchte Eisbällchen im Sommer, vorausgesetzt, sie fand eine Lösung für die Kühlung. »Das Geschäft wird mich nicht reich machen«, sagte sie abschließend, »aber es sollte reichen, dass ich *davon leben kann*. Und vielleicht, eventuell, verdiene ich ja genug, um später meinen eigenen Laden zu eröffnen.«

Kristin ignorierte den Seitenhieb. »Wann willst du loslegen?«

»Zuerst muss ich das erforderliche Startkapital ansparen. Der Foodtruck muss repariert werden und braucht eine neue Lackierung. Ich muss Vorräte einkaufen, Verpackungsmaterial. Ich muss mich in einer gewerblichen Küche einmieten. Ich werd das alles hinkriegen, aber es wird eine Weile dauern.«

»Kompliziert.«

Rory hätte ihr das übel nehmen können, aber Kristin wirkte eher nachdenklich als kritisch, also sah sie darüber hinweg. Sie verzehrten ihre Donuts und den Wein, jede ihren eigenen Gedanken nachhängend.

Kurz nachdem Rory am nächsten Morgen aufgestanden war, erhielt sie per E-Mail eine Bestätigung von der Stadt Chicago, dass das Bußgeld online bezahlt worden sei. Sie hatte Kristin nichts von dem Bußgeld gesagt, darum konnte es nur eine Person getan haben.

Sie schnappte sich ihre Baseballmütze und machte sich auf den Weg zum Friedhof. Die Häuser, an denen sie vorbeikam, hatten gepflegte briefmarkengroße Vorgärten und große Vorderveranden, die mit Schwertfarnen, Geranien und buntem Springkraut in Hängekörben geschmückt waren. In einigen Hauseingängen hingen amerikanische Flaggen, in anderen Regenbogenfahnen. Rory genoss es normalerweise, durch diese Straßen zu wandern, aber heute war ihr Herz so schwer wie die feuchte Luft.

Sie betrat den schattigen Friedhof und schlenderte auf den Wegen entlang, spürte die volle Last der Machtungleichheit, die Teil ihrer Beziehung mit Brett war seit dem Moment, als sie in diesem Hotelzimmer zu sich gekommen war und die fünfhundert Dollar auf dem Tisch vorgefunden hatte. Nun hatten sie direkt nach dem Sex ihr Verhältnis beendet, und Brett fühlte sich schuldig deswegen. Er hatte beschlossen, dass er sein schlechtes Gewissen, das er nicht haben sollte, am besten beruhigte, wenn er sein Portemonnaie zückte.

Sie konnte die Zahlung nicht stornieren, also hatte sie nur zwei Möglichkeiten: Entweder sie machte ihm eine Szene, oder sie bewahrte ihre Würde, indem sie ihm ein höfliches Dankeschön zukommen ließ und auf den Moment hinarbeitete, in dem sie ihre Schulden zurückbezahlen konnte.

Sie hatte ihm ein verdammtes *Dankschreiben* geschickt!

Lieber Brett,

ich habe heute Morgen eine Mitteilung von der Stadt erhalten, dass das Bußgeld, das mein ehemaliger Geschäftspartner mir hinterlassen hat, beglichen wurde. Ich werde dir das Geld natürlich erstatten, sobald ich kann. Danke für deine unnötige Großzügigkeit.

Mit besten Grüßen
Rory Meadows Garrett

Was zum Teufel? »Rory Meadows Garrett«, als wüsste er nicht, wer zur Hölle sie war! Der Umschlag hatte keine Briefmarke, also hatte sie den Brief wohl unten am

Empfang abgegeben. Sie wollte nicht einmal persönlich mit ihm reden.

Er zerknüllte das Blatt in seiner Hand und warf es in den Papierkorb.

Das Bußgeld zu bezahlen, hatte nicht mal eine Delle auf seinem Bankkonto hinterlassen, aber für Rory war es von großer Bedeutung. Das Mindeste, was sie tun konnte, war, persönlich bei ihm zu erscheinen, um es zu würdigen. Nicht um ihm zu danken. Gott, nein. Das Letzte, was er wollte, war ihr Dank. Er wollte …

Er wusste nicht, was er anderes wollte, als sie zu sehen. Aber zwischen ihnen war es aus. Diese Bürde war er los.

Er hatte sich noch nie schlechter gefühlt.

Rory kehrte von ihrem dritten Job an diesem Tag um ein Uhr nachts nach Hause zurück. Sie hatte morgens ein Frühstücksbüfett in einer Firma angerichtet, nachmittags ein Grillfest vorbereitet und abends bei einem Wohltätigkeitsdinner serviert. Sie taumelte erschöpft in ihr Schlafzimmer, streifte ihre Sneaker ab und überlegte, ob sie noch genügend Energie hatte, um sich die Zähne zu putzen oder gar ihre allerletzten Vorräte zusammenzukratzen und mit dem Tiramisu-Konfekt zu experimentieren, über das sie sich den ganzen Tag Gedanken gemacht hatte. Mit ungeputzten Zähnen ins Bett zu gehen, war der erste Schritt dazu, ihr Hab und Gut zukünftig in einem Einkaufswagen aufzubewahren. Nur für ein paar Minuten ausruhen, dann würde sie sich aufraffen und …

»Du hast deine Tür nicht abgeschlossen. Wieder einmal.«

Rory öffnete mühsam ihre Augen und nahm im trüben Morgenlicht eine empörte Kristin wahr, die im Türrahmen ihres Schlafzimmers stand. Sie grapschte nach ihrem Wecker. Viertel nach sieben. Erleichtert plumpste sie zurück in ihr Kissen. Sie musste erst in eineinhalb Stunden auf der Arbeit sein.

»Rory, wo bleibt dein gesunder Menschenverstand?«, fuhr ihre Stiefmutter fort. »Du musst deine Tür nachts abschließen. Und warum bist du noch angezogen?«

Rory stöhnte und rollte sich auf die andere Seite, und ihre Muskeln brüllten wie ein verzweifelter Politiker. Eineinhalb Stunden reichten nicht, um an ihrer neuen Rezeptidee zu arbeiten. Sie hob ihre Hand, um die Stiefmutter aus der Unterwelt abzuwehren, und schleppte sich ins Bad, wo sie sich kurz unter die Dusche stellte.

Kristin war immer noch da, als Rory aus dem Bad kam, eingehüllt in den weißen Hausmantel, den sie erst vor fünf Tagen für Brett abgestreift hatte. Bei der Erinnerung zog sich ihr Herz schmerzhaft zusammen. Sie musste jetzt einen Schritt nach dem anderen machen und sich auf ihre Arbeit konzentrieren, sonst nichts.

Kristin reichte ihr einen Kaffee, der sich beim ersten Schluck als fast genießbar erwies. »Wir müssen reden.«

»O Gott.« Rory steuerte die Couch an. »Du willst mich auch loswerden.«

»Wenn ich das nur könnte.«

Kristin schaute so gequält drein, dass Rory lachen würde, wäre ihr das Lachen nicht gründlich vergangen. Kristin kam zu ihr herüber und wedelte mit einem blauen Spiralheft in der Luft. »Das hier hast du auf dem Couchtisch liegen gelassen.«

»Was willst du damit?«

»Rumschnüffeln. So wie damals in deinem Tagebuch. Wodurch ich erfahren habe, dass du mit Ryan Amos viel zu weit gegangen bist. Und nimm bitte zur Kenntnis, dass ich deinem Vater nie etwas davon gesagt habe.«

»Mit Dank zur Kenntnis genommen. Ryan war ein Idiot. Ich hätte mir höhere Ziele stecken sollen.«

»Das ist nicht der Punkt.« Kristin setzte sich neben sie mit der aufgeschlagenen Seite, auf der Rory eine grobe Finanzkalkulation erstellt hatte. Kristin deutete auf die Zahlen. »Diese Summe hier brauchst du, um den Foodtruck wieder flottzukriegen für den Einsatz auf der Straße. Habe ich recht?«

Rory krümmte ihre Finger um ihre Kaffeetasse. »Die Zahl ist großzügig geschätzt, was der Grund ist, warum ich momentan für Satans Cateringfirma schufte.«

»Du brauchst Investoren.«

»Eine scharfsinnige Beobachtung, Veronica Mars. Bedauerlicherweise kann ich nicht die Art von Erfolgsbilanz vorweisen, die entsprechende Investoren anlockt.«

»Du hättest mich fragen sollen.«

Rory ruckte mit dem Kopf. »Dich fragen? Warum?«

Kristin sah sie mit geschürzten Lippen an. »Weil du es hättest tun sollen.«

»Aber warum solltest du mir helfen? Du kannst mich nicht mal leiden.«

»Wie auch? Du bist respektlos, kratzbürstig und generell schwierig.«

»Und das sind meine guten Eigenschaften.«

Aber Kristin ließ sich nicht von einem witzigen Spruch beirren. »Egal, was ich sage, du reagierst beleidigt.«

Rory könnte ihrer Stiefmutter dasselbe vorwerfen, aber sie hielt den Mund.

Kristin holte tief Luft. »Außerdem kannst du mich auch nicht leiden.«

Rory dachte darüber nach. »Das stimmt nicht ganz. Wir haben beide eine Schwäche für Sarkasmus, und wir verstehen uns in letzter Zeit erstaunlich gut.«

Kristin rieb sich die Augen. »Früher, als du noch klein warst, konntest du mich mal eine Zeit lang gut leiden, aber dann …« Sie machte eine dieser Vergiss-es-Gesten, aber ihre Augen füllten sich mit Tränen. »Ich habe zu früh aufgegeben. Es tut mir leid.«

Rory wollte Kristin nur ärgern und nicht gleich aus der Fassung bringen. »Vor fünf Tagen bist du auf allen vieren auf dem Boden rumgekrochen und hast zermantschten Lavakuchen aufgesammelt. Das würde ich kaum als zu früh aufgeben bezeichnen.«

»Ich rede nicht von dem Kuchen.« Kristins Stimme stockte kurz. »Ich hätte es von Anfang an besser machen müssen. Du warst ein Kind, das seine Mutter verloren hatte, und ich war die fremde Frau, die zu schnell bei euch eingezogen ist. Natürlich hast du jemanden gebraucht, an dem du deine Wut auslassen konntest.«

Rory sah Kristin, wie sie mit einer Reihe von Barbies unter dem Esszimmertisch kauerte, wie sie auf dem

Spielplatz die Schaukel anschob. *Höher, Kissy! Höher!* Kristin, wie sie Rory tröstete, wenn sie gehänselt wurde, und wie sie mit ihr ruhig und offen über Sex und Verhütungsmittel sprach. »Du hast dein Bestes gegeben. Schließlich hattest du es mit einem vorlauten, unverschämten Gör zu tun.«

»Mein Bestes war nicht gut genug.«

Rory missfiel Kristins Reue. »Hör auf. Du warst gerade mal einundzwanzig, als du Dad geheiratet hast. Du hast viel Verantwortung übernommen.«

Kristin knetete ihre Hände in ihrem Schoß. »Ich war zweiundzwanzig, schwanger und unsterblich in einen Mann verliebt, der noch an seiner toten Frau hing.« Sie hob ihren Blick wieder zu Rory. »Deine Mutter war sein Ein und Alles. Sie war nie frustriert, sie hat nie ihre Stimme erhoben, hat nie was von ihm verlangt. Sie war perfekt.«

»Glaubst du das wirklich?«

»Nein«, antwortete sie leise. »Aber *er* hat es geglaubt.«

Rory musste daran denken, wie oft ihr Vater Kristin herablassend behandelt hatte, wie oft er ihre Meinung einfach abgetan hatte. »Dad konnte ein richtiger Idiot sein.«

»Er hat dich sehr geliebt.«

»Das hat er mir aber nie gezeigt. Für ihn drehte sich alles um Clint.«

»Du hast zu sehr deiner Mutter geähnelt. Dieses Kreuz musste Clint nie tragen.«

Rory fiel eine Sache ein, die sie fast vergessen hatte. »Dad hat nie über Mom gesprochen, aber du schon. Du hast mir gesagt, wie sehr sie mich geliebt hat. Du hast mich an die niedlichen Kosenamen erinnert, die sie mir gegeben hatte, und daran, dass sie mit mir zusammen einen Garten angelegt hat. Du hast sie nie kennengelernt. Woher hast du diese Dinge gewusst?«

»Von ihren Freundinnen. Sie haben mir von ihr erzählt. Zu viel. Ich war die Jüngste von den Frauen in unserem Viertel, und sie wollten mich in meine Schranken weisen.« Kristin lächelte. »Du ähnelst ihr nicht nur äußerlich. Nach allem, was ich gehört habe, war sie eine einmalige Persönlichkeit – witzig, großherzig, künstlerisch begabt.«

Für Rory war es seltsam, die Vergangenheit aus Kristins Perspektive zu betrachten. »Du bist hübscher als sie, und du besitzt ebenfalls ein großes Herz. Und du kannst ziemlich witzig sein.«

»Nicht so witzig wie du.«

»Das schafft wohl kaum jemand.«

Kristin lachte und tippte auf die unterste Zahl in Rorys Notizheft. »Ist das genug für einen guten Start?«

»Ja, aber …«

»Dann lass es uns tun. Ich werde dir das Geld leihen.«

Rory brauchte ein paar Sekunden, um ihre Sprache wiederzufinden. »Das würdest du ernsthaft machen?«

»Ja, aber …« Kristin hob ihre Hand. »Ich habe Bedingungen.«

»Nämlich?«, fragte Rory misstrauisch.

»Ich möchte in das Geschäft mit einsteigen. Wir werden zusammenarbeiten.«

»Du willst dich in einen Foodtruck stellen? Die Arbeit

kann ganz schön hart sein. Außerdem würden wir uns die ganze Zeit streiten.«

»Wir haben auf der Feier zusammengearbeitet, oder nicht? Du hast dein Ding gemacht und ich meins.«

»Du hast null Ahnung davon, wie man Schokolade herstellt.«

»Aber ich habe Ahnung davon, wie man Theken und Auslagen sauber hält und Kunden bedient.«

»Du wohnst in Minneapolis.«

»Ich ziehe hierher.«

Rory starrte sie an. »Seit wann?«

»Seit – keine Ahnung. Vielleicht seit der Feier. Es gefällt mir, wenn ich was zu tun habe.«

»Du hast bei dir zu Hause auch was zu tun. Du hast Freundinnen. Ein Haus.«

»Meine Freundinnen kann ich jederzeit besuchen. Was das Haus betrifft ... Ich werde es verkaufen.«

»Du willst unser Haus verkaufen?«

»Dein Haus und Clints Haus, Gregg und Debras Haus, aber nie mein Haus. Ich habe lange genug mit einem Geist gelebt, und ich habe es satt. Außerdem bin ich zu jung dafür, mir jeden Morgen nach dem Aufstehen zu überlegen, wie ich den Tag rumkriege.«

»Ich weiß nicht. Ich ...«

»Dann ist ja alles klar. Ich gebe dir das Startkapital im Austausch für einen Job und eine Umsatzbeteiligung, bis der Kredit abbezahlt ist.«

»Aber es könnte sein, dass das niemals passiert.«

»Dann werde ich wohl meine Anlagestrategie in Zukunft überdenken müssen, nicht wahr?«

Sie wirkte so süffisant, so zufrieden mit sich selbst, dass Rory sie am liebsten umarmt hätte. Nicht dass sie es auch tat. Sie und Kristin umarmten sich nicht. Obwohl sie nun Geschäftspartnerinnen waren.

Und so was wie Freundinnen.

KAPITEL 19

Brett war ein Chaos, das in einem Chaos saß. Die Sanierungsfirma hatte die verbrannten Vorhänge, einen Teppich und einen Polstersessel entsorgt. Sie hatte den Bodenbelag in den wassergeschädigten Bereichen und den Putz von einer verrußten Wand entfernt, aber noch war nichts erneuert worden, und Brett pfiff sowieso darauf. Er hasste diese Wohnung. Er wollte ein Zuhause mit einer gemütlichen Einrichtung, vielleicht mit einem Garten, um den sich jemand kümmerte, aber in den er sich mit einem Bier raussetzen konnte. Er wollte einen Couchtisch, an dem er sich nicht ständig das Schienbein stieß, und Kunst an den Wänden, die er gern anschaute, vielleicht so was wie ein Flittchenposter.

Definitiv kein Flittchenposter. Er musste aufhören, ständig an sie zu denken.

Sein Handy summte. Es war Heath. Brett meldete sich beim vierten Klingeln.

Sein Boss verschwendete keine Zeit. »Tyler Capello hat bei CAA unterschrieben.«

Das war die größte Schlappe in Bretts Karriere, und es sollte ihm nicht egal sein. Es war ihm auch nicht egal. »Der Bursche ist ein Luftikus«, sagte er.

»Das hat dich vorher auch nie abgehalten.«

»Seine Mutter ist ein Albtraum.«

»Nichts, womit du nicht umgehen könntest, wenn du in Bestform wärst. Er hätte uns gehören müssen, Rivers. Und jetzt gehört er uns nicht.«

Damit war die Leitung tot.

Kristin wollte den zerbrechlichen Frieden, den sie und Rory geschlossen hatten, nicht auf die Probe stellen, indem sie sich nach Tobys Rückkehr wieder bei ihrer Stieftochter einquartierte, also sprach sie mit Mr. Reynolds, dem Hausbesitzer, und mietete schließlich Ashley Harts Wohnung, monatlich kündbar zumindest so lange, bis Mr. Reynolds einen dauerhaften Nachmieter gefunden hatte. Sie hätte sich etwas Hübscheres leisten können – und vor allem etwas, das nicht so einen makabren Bezug hatte –, aber direkt unter Rory zu wohnen, war im Moment arbeitstechnisch sinnvoll. Außerdem brauchte Rory sie auf eine Art, auf die ihr Sohn sie offenbar nicht brauchte. Und vielleicht brauchte sie umgekehrt Rory genauso.

Während der Foodtruck in der Werkstatt auf Vordermann gebracht wurde, fand Kristin einen Möbelverleiher und begann, sich in der Wohnung einzurichten. Rory erfüllte in der Zwischenzeit ihren Vertrag mit der Cateringfirma, bestellte Vorräte und bastelte – in ihrer knappen Freizeit – an ihrer Homepage.

Kristin machte in der Nähe eine Bäckerei ausfindig, wo sie die zulässige Produktionsfläche mieten konnten, die Rory benötigte, und das zu einem Viertel des Preises, den eine gewerbliche Mietküche kostete. Der Haken war, dass Rory die Räume nur außerhalb der Geschäftszeit nutzen konnte – immer von vier Uhr nachmittags bis vier Uhr morgens. Kristin gefiel das nicht, aber Rory wollte nichts davon hören, eine komfortablere – und kostspieligere – Lösung zu suchen. »Ich weiß bessere Möglichkeiten, wie wir dein Geld verwenden«, sagte sie.

Kristin hörte nichts mehr von Daniel, aber dafür schrieb Clint ihr fast jeden Tag und versicherte ihr, dass es ihm gut ging, während er gleichzeitig deutlich machte, dass er seine Ruhe haben wollte. Ihm Raum zu geben, fiel Kristin unendlich schwer, und wäre sie nicht so beschäftigt, würde sie es vielleicht nicht schaffen, sich von ihm fernzuhalten.

Sie informierte sich über Foodtruck-Design und fand heraus, dass die beste und billigste Möglichkeit, den Truck zu einem markanten Blickfang zu machen, darin bestand, die Originalfarbe mit einer maßgeschneiderten Folie zu überkleben und eine auffällige Beschriftung zu wählen. Rory schickte sie zusammen mit einer frischen Schachtel Pralinen zu Duncan Gilford, Ashleys letztem Chef, der einen Tag später ein elegantes Design in Kakaofarben präsentierte, das sowohl Kristin als auch Rory begeisterte. Sie gaben den fertigen Entwurf bei einem Chicagoer Folienwerk, das eine schnelle Abwicklung versprach, in Auftrag und ließen sich von Toby nach Burr Ridge fahren, um Kristins Volvo abzuholen.

Toby setzte sie vor Clints Grundstück ab, wo die Belagerung seitens der Presse mit ihren Fahrzeugen inzwischen geendet hatte. Kristin ging ins Haus, um ihre restlichen

Sachen zu holen, aber Rory weigerte sich, jemals wieder einen Fuß über diese Schwelle zu setzen.

Sie entdeckte den Gärtner, der ihr schon vor zwei Wochen aufgefallen war. Er war geschätzt Mitte dreißig, muskulös, mit volltätowierten Armen. »Die Blumen sind wunderschön«, sagte sie, als sie sich ihm näherte. »Arbeiten Sie schon lange hier?«

Er schaute nicht auf von dem Strauch, den er gerade zurückschnitt. »Zwei Jahre.«

»Ich bin eine Freundin von Clint.«

Er musterte sie mit kleinen, blutunterlaufenen Augen. »Schon hart, was passiert ist.«

»Wirklich hart.« Sie hatte ihre Sonnenbrille vergessen, und sie blinzelte gegen die Helligkeit. »Haben Sie jemals mit ihr gesprochen? Mit Ashley?«

»Warum sollte sie mit mir reden?«

»Keine Ahnung. Hat sie?«

»Einmal lag im Pool ein totes Streifenhörnchen, als sie schwimmen gehen wollte, und sie hat mich gebeten, es rauszufischen.«

»Warum hat sie nicht Clint gefragt?«

»Er war nicht da.«

»Dann kam sie auch hierher, wenn er nicht zu Hause war?«

»Darüber weiß ich nichts.« Er wischte sich mit seinem Unterarm den Schweiß von der Stirn und verzog sich dann.

Kristin hasste es, auf den Stadtautobahnen von Chicago zu fahren, also übernahm Rory das Steuer und parkte den Volvo schließlich auf Ashleys altem Stellplatz.

Während Kristin ihre Sachen in ihre neue Wohnung hochbrachte, rief Rory aus dem Garten Detective Strothers an. »Haben Sie gewusst, dass Ashley zu Clint rausgefahren ist, wenn er gar nicht zu Hause war?«

»Wer hat Ihnen das erzählt?«

»Der Gärtner – dieser muskulöse Kerl. Ich weiß seinen Namen nicht, aber er wirkt irgendwie verdächtig. Als würde er etwas verschweigen.«

»Ich habe Sie gebeten, die Ermittlungsarbeit der Polizei zu überlassen.«

»Das mache ich auch. Sobald Sie die Anklage gegen meinen Bruder fallen lassen.«

»Miss Garrett …«

»Meadows. Und der Umstand, dass Ashley Clints Ring in ihrer Hand hielt, als sie starb, hat nichts zu bedeuten. Ich sagte es Ihnen bereits. Clint trug ihn nur für das Treffen mit seinen ehemaligen Mitspielern. Davor hat er ihn jahrelang nicht getragen, und zu Hause würde er ihn sofort abnehmen.«

»Das wissen Sie nicht mit Sicherheit.«

»Ich kenne meinen Bruder.«

Der Bruder, der sie nie wieder sehen wollte.

Kristin ließ ihren Blick durch das Wohnzimmer mit seinen weißen Wänden und den unauffälligen beigen Mietmöbeln schweifen. Alle Spuren von Ashley Hart waren verschwunden. Die Wohnung wirkte vollkommen unpersönlich. Auf dem Tisch neben der Couch standen keine Fotos, an den Wänden hingen keine Bilder, die den persönlichen Geschmack der Bewohner widerspiegelten. Die Wohnung war eine leere Leinwand, die keine Ansprüche an Kristin stellte, im Gegensatz zu dem großen Haus in Minneapolis.

»Die Tür ist offen!«, rief sie als Antwort auf ein dreifaches Klopfen.

Aber es war nicht Rory, die geklopft hatte. Stattdessen stand Daniel im Eingang, den er mit seinem schlaksigen Körper ausfüllte, die dunklen Haare aus seiner hohen Stirn gekämmt, die langen Beine in einer hellbraunen Schlabberhose, die bestimmt nicht von seiner Tochter ausgesucht worden war. Kristins Herz machte einen verräterischen kleinen Hüpfer.

»Ich war oben bei deiner Stieftochter, um dich zu besuchen. Sie war nicht besonders freundlich zu mir, aber nachdem sie meine Absichten verstanden hatte, hat sie mir gesagt, dass ich dich hier finde.« Er machte einen einzelnen Schritt ins Wohnzimmer hinein. »Ich habe nachgedacht, und obwohl ich wünschte, du hättest mir von Anfang an die Wahrheit gesagt, bin ich zu dem Schluss gekommen, dass dein Zögern verständlich ist.«

Sein festes, entschlossenes Nicken schien auszudrücken, dass er alles gesagt hatte, was er zu sagen hatte, und dass die Angelegenheit für ihn erledigt war. Kristin verschränkte ihre Arme vor der Brust. »Ach, bist du das? Du hast nur neun Tage gebraucht, um *zu dem Schluss zu kommen*, dass mein Zögern *verständlich* war.«

Ihre Reaktion war nicht das, was er sich erhofft hatte, und er stockte kurz. »Es gab sicher viele Fälle, in denen andere Menschen versucht haben, dich auszunutzen, weil du die Mutter eines berühmten Sportlers bist.«

»Ja, die gab es.«

»Nachdem ich diesen Umstand verarbeitet hatte, konnte ich deiner Logik folgen.«

»Schade, dass du diesen Umstand nicht *verarbeiten* konntest, ohne mich im Millenium Park sitzen zu lassen und für anderthalb Wochen von der Bildfläche zu verschwinden.«

Sein Adamsapfel hüpfte nervös auf und ab. »Ich hatte nicht die Absicht, unhöflich zu sein. Ich hatte viel Stoff zum Nachdenken, und ich kann besser denken, wenn ich alleine bin. Das ist eine Angewohnheit von mir.«

»Nun, es ist eine Angewohnheit von *mir*, Leute aus meinem Leben zu werfen, die mich so stehen lassen. So, jetzt haben wir das geklärt, und du kannst wieder gehen.«

Das war überhaupt keine Angewohnheit von ihr. Wie oft hatte Gregg sie stehen gelassen, wenn er fand, dass sie zu emotional wurde? Aber sie hatte die Geduld mit der Frau verloren, die sie früher einmal war.

Sie schenkte Daniel ihren eisigsten Blick und alle Zeit, die er brauchte, um den Umstand zu *verarbeiten*, dass er gerade rausgeschmissen wurde.

Er begriff erstaunlich schnell. »Du bist wütend.«

»Ich bin wütend, aber noch mehr bin ich enttäuscht. Enttäuscht von dir.«

Seine Schultern krümmten sich in seiner Not. »Das war nicht meine Absicht. Ich würde dich niemals bewusst enttäuschen.«

»Aber du hast mich enttäuscht. Es hätte keine neun Tage dauern sollen, um zu verstehen, warum ich vor neuen Bekanntschaften nicht offen über meinen Sohn reden kann, und schon gar nicht in Anbetracht der momentanen Umstände. Falls du keine Zeitung liest, Clint wird fälschlicherweise ein Mord zur Last gelegt.«

»Ich verstehe das jetzt. Es ist sehr klug von dir, vorsichtig zu sein.«

»Was willst du dann noch? Sag schon, Daniel.«

Er kam näher, und seine großen Hände baumelten unbeholfen an seinen Seiten. »Kristin, du bedeutest alles für mich. Ich bin kein impulsiver Mensch, aber an jenem Tag im Bistro fühlte ich mich auf eine Art zu dir hingezogen, die ich nicht erklären kann. Du hast von deinem ersten Lächeln an Licht in mein Leben gebracht, und in dieses Lächeln habe ich …« Sein Adamsapfel hüpfte wieder, als er schwer schlucken musste. »Ich glaube, ich habe mich in dich verliebt.« Er atmete tief durch. »Ich weiß, es ist schwer zu verstehen, wie etwas so Bedeutendes so rasch passieren kann. Für mich ist es auch schwierig, was der Grund ist, warum ich so lange gebraucht habe, um zu dieser Erkenntnis zu gelangen. Bitte versteh, dass ich nicht von dir erwarte, dass du meine Gefühle erwiderst.«

Daniel würde nicht sagen, dass er sie liebte, wenn er nicht davon überzeugt wäre, aber sie brauchte mehr als das. Gregg hatte ihr auch gesagt, dass er sie liebte, aber er liebte mehr die Vertrautheit, als dass er echte Leidenschaft für sie empfand.

Ihre ausbleibende Reaktion schien Daniel nicht zu entmutigen. »Angenommen, du wärst irgendwann doch noch an mir interessiert – obwohl ich nicht davon ausgehe –, dann gäbe es ein logistisches Problem. Ich habe hier eine Firma, die ich nicht aufgeben kann. Du hast ein Haus in Minneapolis und dein Leben dort. Warum solltest du in Erwägung ziehen, das alles hinter dir zu lassen? Natürlich war mir bis heute nicht bekannt, dass du diese Wohnung hier gemietet hast, was mir ein wenig Hoffnung gibt, auch wenn ich es nicht genau verstehe.«

»Du hast dir neun Tage lang über das alles Gedanken gemacht, und dir kam nicht einmal in den Sinn, dass wir das gemeinsam besprechen sollten?«

»Es erschien mir vermessen, mich zu offenbaren, wenn ich weiß, dass deine Gefühle nicht so stark sind wie meine.«

»Woher willst du wissen, wie es um meine Gefühle bestellt ist, wenn du mich nicht fragst?«

»Reine Logik. Schau dich an. Du könntest jeden Mann haben, der dich interessiert.«

»Die Männer, die mich interessieren, sind Männer, die in der Lage sind zu kommunizieren.«

Er nickte ruckartig. »Falls möglich, möchte ich das in Ordnung bringen.«

»Ich bin nicht sicher, ob es möglich ist.«

Er schob sein Kinn vor, weigerte sich aufzugeben. »Ich bin Ingenieur. Es ist mein Job, Probleme zu lösen.«

»Das hier ist ein menschliches Problem, kein technisches, und ich kann mit niemandem eine Beziehung führen, der mich einfach stehen lässt, so wie du es getan hast, statt offen mit mir zu reden. Ich habe jahrelang das Schweigen meines Mannes ertragen, und so etwas werde ich mir nie wieder antun.«

»Ich verstehe das jetzt.«

»Das reicht nicht. Ich brauche einen Partner, der bereit ist, über Dinge zu sprechen, noch während sie passieren, statt sich aus dem Staub zu machen.«

»Ein berechtigtes Argument.« Er nickte knapp. »Das bekomme ich hin.«

»Ach ja? Da bin ich mir nicht sicher.«

»Ich schon«, sagte er ernst. »Weil ich es im Moment hinbekomme. Statt zu verschwinden, was ich am liebsten tun würde, werde ich hierbleiben, um über alles zu reden, falls du deine Meinung änderst und mich doch nicht rauswirfst.« Als sie zögerte, schloss er mit zwei Schritten die restliche Distanz zwischen ihnen und sah ihr direkt in die Augen. »Ich kann nicht ändern, wer ich bin, Kristin. Ich weiß, ich werde nie dasselbe Gespür für emotionale Zwischentöne haben wie du, aber nachdem du mir nun erklärt hast, worauf es dir ankommt, verstehe ich, dass ich dich gekränkt habe und dass ich in Zukunft besser kommunizieren muss. Kannst du Geduld mit mir haben?«

Er war so ernst, so anrührend, und sein Gesicht spiegelte all seine Emotionen wider, aber Kristin war immer noch skeptisch. »Ich weiß nicht. Ich muss darüber nachdenken.«

»Dann lass uns zusammen nachdenken.« Statt zu gehen, deutete er auf die Couch. »Ich werde nichts sagen, sondern nur deine Hand halten und dir alle Zeit geben, die du brauchst, um die Hürden abzuwägen, die ich genannt habe.«

Er hatte es irgendwie geschafft, den Spieß umzudrehen,

und es machte ihr überhaupt nichts aus. »Ich schätze, das könnten wir machen.«

Sie gingen zur Couch und setzten sich.

»Deine Stieftochter hat mir gesagt, dass du eine Schusswaffe besitzt. Falls das zutrifft, was ich bezweifle, hoffe ich, dass du sie sicher verwahrt hast. Studien haben gezeigt, dass in Haushalten, die über Schusswaffen verfügen, doppelt so viele Tötungsdelikte passieren wie in denen ohne Waffen.«

»Ich habe keine Waffe. Meine Stieftochter stiftet gern Unruhe.«

»Sie sorgt sich um dich.«

»Wahrscheinlich.«

»Ich mag sie. Sie erinnert mich an dich.«

»Ich dachte, wir würden jetzt nicht plaudern?«

»Das habe ich gesagt, aber ich fürchte, wenn ich dir zu viel Zeit zum Nachdenken gebe, wirst du erkennen, wie schwierig ich bin.«

»Oh, das habe ich schon bei unserer ersten Begegnung erkannt.«

Er nahm ihre Hand und rieb sanft über die Innenfläche. »Ich werde jetzt still sein.«

»Gut. Es gibt nämlich nichts Schlimmeres, als einen Mann zu küssen, der die ganze Zeit quasselt.« Und es gab nichts Besseres, als einen aufrichtigen Mann zu küssen, der bereit war, aus seinem Herzen keine Mördergrube zu machen.

Zwischen den Küssen sah er ihr tief in die Augen auf eine Art, die ihr das Gefühl gab, die schönste und verführerischste Frau zu sein, die ihm jemals begegnet war. Er war auf so viele Arten ein Gentleman der alten Schule, und sie war diejenige, die ihn ins Schlafzimmer führte. Sie war froh, dass sie keine Zeit hatte, um darüber nachzudenken, was als Nächstes passierte, anderenfalls hätte sie sich Sorgen gemacht wegen der schlaffen Haut an ihren Oberschenkeln, wegen der blassen Dehnungsstreifen an ihrem Bauch, wegen ihres nicht mehr ganz taufrischen Körpers. Aber als Daniel sie auszog, lag in seinem Blick nichts als Bewunderung.

Er verhielt sich als Liebhaber genauso bewusst wie in allem anderen. Er achtete auf jede Nuance ihres Körpers und war akribisch, was Details betraf. Und er war langsam. Unerträglich langsam. Am liebsten hätte sie ihn angeschrien, dass er sich beeilen sollte, bloß dass sie eigentlich gar nicht wollte, dass er sich beeilte, weil sie auf die köstlichste Art um ihren Verstand gebracht wurde.

Am Ende, kurz bevor es vorbei war, sagte er zu ihr: »Ich liebe dich«, und sie hörte sich dieselben Worte zurückflüstern.

Rory stand in einem Lichtkreis und tat das, wofür sie geboren war. Obwohl die Backstube ziemlich groß war, wirkte sie in der alles einnehmenden Stille der Nacht gemütlich. Im Hintergrund sang Harry Styles von einer verlorenen Liebe, während Rory einen frischen Vorrat an Schokoladencallets in ihre neue, größere Temperiermaschine füllte. Dank Kristins Unterstützung hatte sie, was sie brauchte, um größere Mengen zu produzieren.

Mitten in der Nacht in dieser Küche zu stehen mit ihren glänzenden Edelstahloberflächen, dem mehrteiligen Spültisch und der industriellen Rührmaschine, war alles, was Rory sich wünschen konnte. Am liebsten würde sie Brett davon berichten. Sie wollte ihm erzählen, welche Sorten sie als Erstes für den Verkauf ausgewählt hatte, sie würde ihm das Logo beschreiben, das Duncan Gilford für die Verpackungen entworfen hatte, sie würde ihm den Namen nennen, auf den sie sich geeinigt hatten, und sie würde ihn darüber informieren, dass der generalüberholte ehemalige *Königspalast für Schleckermäuler* in zwei Tagen einsatzbereit war. Brett würde aufrichtiges Interesse zeigen. Er würde sinnvolle Fragen stellen, auf etwas Nützliches hinweisen, das sie übersehen hatte, und sich für sie freuen.

Aber sie brauchte ihn nicht, um sich für sie zu freuen. Sie freute sich für sich selbst. Sie arbeitete gerade härter als jemals zuvor – mit so viel Konzentration, so viel Kreativität, dass sie überhaupt nicht mehr an ihn dachte. Nur manchmal, da schon.

Brett kam sich vor wie ein Stalker, als er sich um ein Uhr nachts in den Hinterhof von Benik's Bakery schlich, statt brav im Bett zu liegen. Durch das vergitterte Fenster auf der Rückseite konnte er sehen, wie Rory an der glänzenden Anrichte arbeitete. Ihre Locken wurden von einem roten Haarband zurückgehalten, und sie trug ein weißes Tanktop zu einer Jeanslatzhose, die aussah, als hätte sie früher einmal, in den Fünfzigern, einer heißen Milchbäuerin gehört. Ihr Werkzeug lag um sie herum auf der Arbeitsplatte verteilt: Gießformen, Quetschflaschen mit unterschiedlich eingefärbter Kakaobutter zum Dekorieren, eine Airbrushpistole, eine improvisierte Sprühkabine aus Pappe, um die unmittelbare Umgebung zu schützen, wenn sie ihre Pralinen verzierte.

Am frühen Abend hatte er sich mit Toby, ihrem Nachbarn, auf ein Bier getroffen, vordergründig, um ihm für seinen Einsatz als Barkeeper nachträglich ein Trinkgeld zu geben – was im Chaos jenes Abends verständlicherweise untergegangen war –, aber in Wirklichkeit wollte Brett sich vergewissern, dass Rory nicht auf der Straße saß, weil sie ihre Miete nicht bezahlen konnte. Die Bäckerei war weniger als eine Meile von ihrer Wohnung entfernt, aber die Vorstellung, dass sie mitten in der Nacht allein nach Hause ging, behagte ihm überhaupt nicht. Das hier war schließlich Chicago!

Er klopfte stärker an das Fenster als beabsichtigt. Sie fuhr erschrocken hoch, und ihre Hand flog an ihre Brust, aber als sie ihn erkannte, nahmen ihre Augen einen mörderischen Ausdruck an. Sie stürmte zu der Hintertür aus Metall. Sekunden später wurde sie aufgerissen. »Was willst du?« Sie schien sich nicht einmal ein bisschen über seinen Anblick zu freuen.

Manchmal war Angriff die beste Verteidigung. Er stürmte an ihr vorbei, und die schwere Tür fiel hinter ihm ins Schloss. »Ich möchte wissen, was das soll, dass du mitten in der Nacht ganz alleine hier arbeitest, wo dich jeder Ganove von der Straße überfallen könnte.«

»So wie du?« Sie blickte ihn finster an und zog ihre Unterlippe zwischen ihre Zähne, was seine Aufmerksamkeit auf ihren Mund lenkte, den er noch nicht oft genug zu küssen bekommen hatte.

Sein Leben war so viel einfacher gewesen, bevor er sich mit Rory Garrett eingelassen hatte. Bevor er sie kannte, hatte es auf seinem Weg keine Schlaglöcher, Abzweigungen oder Umleitungen gegeben. Nun war er auf seinem geradlinigen Kurs in ein totales Verkehrschaos geraten, aus dem er sich wieder befreien musste.

Er verschaffte sich Zeit, indem er sich in der Backstube umsah. Im Hintergrund lief leise Musik, und eine größere Version der Temperiermaschine, die sie zu Hause hatte, brummte vor sich hin. Drei verschiedene Sorten Pralinen standen in Reih und Glied auf der Anrichte, bereit, verpackt zu werden: Eine Sorte war weiß und in unterschiedlichen Grüntönen besprüht, die zweite hatte eine metallisch glänzende, purpurfarbene, schwarz-weiß gesprenkelte Außenhülle, und die dritte war bonbonrosa und mit Schokoladenschnörkeln verziert.

»Greif schon zu«, sagte sie widerwillig. »Ich weiß, dass du scharf drauf bist.«

Der Umstand, dass sie ihn nicht wegschickte, gab ihm Hoffnung, dass ein vernünftiges Gespräch zwischen ihnen möglich war. Ihre »Ganz oder gar nicht«-Haltung in Bezug auf ihre Beziehung war unnötig. Unsinnig. Aus diesem Grund war er hier. Er musste ihr begreiflich machen, dass sie sich immer noch heimlich sehen konnten.

Obwohl sein Appetit ihn seit einiger Zeit verlassen hatte, der bloße Anblick ihrer Kreationen brachte ihn zurück. Jede einzelne Praline war ein exquisit ausgeführtes Kunstwerk, und sie zu verzehren, kam ihm vor wie eine Entweihung. Nicht dass ihn das abhalten würde. Er wählte eine Praline mit weißem Überzug und spürte das markante Knacken der glänzenden Hülle, als er hineinbiss. Eine minzige zartbittere Trüffelmasse entfaltete sich in seinem Mund, gefolgt von einem scharfen Whiskyaroma. Es war unglaublich. »Du hast einen perfekten Mint Julep erschaffen.«

Sie vergaß, ihn finster anzusehen. »Das war meine Absicht. Nur für Erwachsene.«

Er legte die unverzehrte Hälfte zur Seite und nahm sich eine von den purpurfarbenen Pralinen. Dieses Mal erlebte er eine Explosion aus Brombeere und cremiger Vanille, eine simple und gleichzeitig absolut erlesene Kombination. Er war nie ein fantasievoller Mensch gewesen, aber in allem, was Rory hervorbrachte, schien eine besondere Art von Zauber zu wohnen. »Ich werde nie wieder billige Schokolade essen können.«

Ihr Blick hielt seinen nur für einen Moment fest, bevor sie wieder wegschaute. »Danke für den Geschmackstest. Du kannst jetzt gehen.« Sie richtete ihre Aufmerksamkeit auf ein großes Tablett mit leeren Teddybärformen, das vor ihr auf dem Arbeitstisch stand. Jede Gießform hatte eine Aussparung für einen Stiel, um Teddybärlollis herzustellen. Rory hatte bereits die Augen, die Nasen und die Pfoten in den Formen eingefärbt. Nun nahm sie einen Pinsel, tauchte ihn in die leuchtend blaue Kakaobutter, die auf einer Art Ministövchen stand, und begann, die Vertiefung auszumalen, die das Halstuch des Bären darstellte.

Statt zu gehen, verzehrte Brett in Ruhe seine zwei anderen Pralinenhälften und beobachtete, wie sorgfältig sie arbeitete, eine Meisterin ihres Fachs, bei der jeder

Handgriff stimmte. Schließlich brach er das Schweigen. »Wann machst du Feierabend?«

»Wenn ich anfange, Fehler zu machen.« Ihre Hand wackelte leicht. »Verdammt! Würdest du bitte rausgehen, damit ich mich konzentrieren kann?«

Er spielte auf Zeit und griff nach einer rosa Praline mit braunen Schnörkeln. »Ich muss erst noch diese Sorte hier probieren.«

Sie hielt in ihrer Arbeit inne und beobachtete ihn. Ihr gespannter Blick hätte ihn warnen müssen, tat es aber nicht.

Seinen Gaumen traf es als Erstes, gefolgt von seiner Zunge, bis hoch in seine Nebenhöhlen – ein Inferno, das Schweißperlen auf seiner Stirn erzeugte. Er rang pfeifend nach Luft. »Für dieses Ding brauchst du einen Warnhinweis!«

»Den bekommt es«, sagte sie süffisant. »Das ist eine Spezialanfertigung.«

Als er wieder normal atmen konnte, nahm er unter der Schärfe eine Spur Espresso wahr, einen Hauch Orange. Das hier war die perfekte Vermengung von süß und scharf, von Schmerz und Freude, alles in einem einzigen feurigen Bissen. Er wollte noch ein Stück kosten. Er wollte sie kosten. Die Pralinen waren ein Aphrodisiakum. Er hatte das Bedürfnis, Rory auf den Tisch zu legen und auszuziehen, ihre nackte Haut mit Schokolade vollzuschmieren und alles wieder abzulecken.

Brett drehte sich rasch weg, um seine Erektion zu verbergen, und stieß versehentlich einen Spatel auf den Boden. Er hob ihn auf und brachte ihn zur Spüle, wo eine

Ansammlung von schmutzigen Töpfen und Schüsseln darauf wartete, gereinigt zu werden, und wo er seinem Körper Gelegenheit geben konnte, sich wieder zu beruhigen, bevor sie etwas merkte, und wo er sich seinen nächsten Schritt überlegen konnte. Er musste ihr begreiflich machen, dass sie sich unnötig stur stellte.

Er fand das Spülmittel und ließ eins der drei Becken mit heißem Wasser volllaufen.

»Du musst das nicht tun«, sagte sie.

»Ich weiß.« Er warf einen Blick über seine Schulter, ohne sich umzudrehen. Ihre steife Körperhaltung hatte sich gelockert. Ihre Hände ruhten, ihre Schultern waren entspannt, ihre Lippen leicht geöffnet, und diese ginflaschenblauen Augen wirkten nicht mehr eisig.

Als sie merkte, dass er sie beobachtete, zog sie sich wieder in ihren Panzer zurück. »Wie du willst.«

Er verschaffte sich zusätzlich Zeit, indem er seine Aufmerksamkeit auf das Geschirr richtete, und überlegte, worüber anderes er reden konnte als darüber, wie sehr er sie vermisste und wie leer seine Welt ohne sie geworden war. »Ich habe mich vorhin mit deinem Nachbarn Toby auf ein Bier getroffen – ich hatte vergessen, ihm am Abend der Feier ein Trinkgeld zu geben. Er hat mir erzählt, dass du und Kristin jetzt Geschäftspartnerinnen seid.«

Ein Blick über seine Schulter verriet ihm, dass sie gerade die Falten der Bärenhalstücher mit purpurroter Kakaobutter nachzeichnete. Offenbar waren rein blaue Halstücher nicht speziell genug für eine Meister-Chocolatière.

»Du hättest Toby das Trinkgeld überweisen können«, sagte sie. »Warum musstest du dich mit ihm treffen?« Die Art, wie sie das Tablett mit den Bärenformen zur Seite schob, verriet ihm, dass sie mit ihrer Arbeit nicht zufrieden war.

»Ich wollte mich vergewissern, dass es dir gut geht.«

Sie trug die unvollendeten Gießformen zur Spüle und kippte sie in das Seifenwasser. »Warum sollte es mir nicht gut gehen?«

Er entdeckte auf ihrer Wange einen Klecks blaue Kakaobutter und hatte das Bedürfnis, ihn wegzuküssen. »Weil ein Mörder frei herumläuft und weil du Fragen gestellt hast.«

Sie schob ihn mit ihrem Ellenbogen zur Seite und tauchte ihre Hände in das Spülwasser. »Toby soll sich um seinen eigenen Kram kümmern, statt über mich zu tratschen. Und ich komme mit Kristins Wagen hierher, trotz der kurzen Strecke. Nicht meine Entscheidung. Kristin gibt sich gern alle möglichen Unternehmenstitel, wie es ihr gerade einfällt, und seit Kurzem ist sie unsere selbst ernannte Managerin für Arbeitssicherheit.«

»Ich war überrascht, als ich von eurer geschäftlichen Zusammenarbeit erfahren habe, in Anbetracht eurer Vergangenheit.«

»Nicht so überrascht wie ich.«

»Und, klappt es?«

»Immerhin haben wir uns noch nicht gegenseitig umgebracht, falls du das meinst.« Sie nahm einen Schwamm, um die Gießformen auszuwischen. »Übermorgen machen wir unsere Jungfernfahrt, weshalb ich heute Nacht fertig werden muss. Ich kann mich nicht konzentrieren, wenn du hier bist.«

Er nickte. »Diese Sache mit uns … Ich habe viel darüber nachgedacht, und Weglaufen ergibt keinen Sinn.« Er schlug einen entschlossenen Ton an, der River am Verhandlungstisch. »Wir sind gern zusammen. Wir haben Spaß. Wir verstehen uns fantastisch im Bett.«

Sie schnappte sich ein Küchentuch, um ihre Hände abzutrocknen. »Du hast hier in der ganzen Stadt eine bunte Auswahl an Sexualpartnerinnen, die auf dich warten. Du brauchst mich nicht.«

»Du weißt, dass ich nicht nur von Sex spreche. Wir können Freunde sein, wenn es das ist, was du willst. Gute Freunde. Wir verstehen uns gegenseitig.« Er log gerade. Er konnte nicht einfach nur mit ihr befreundet sein, und das wussten sie beide. Er log nie am Verhandlungstisch, und er hasste sich dafür, selbst als er seine Hand vorstreckte, um sie zu berühren.

Rorys Haut kribbelte, als seine Hand ihren Nacken streifte. Aus dem Hahn tropfte Wasser ins Spülbecken mit einem langsamen *Plitsch … Plitsch … Plitsch.* Die Klimaanlage röchelte, und der alte Zauber stellte sich wieder zwischen ihnen ein. Statt sich von ihm abzuwenden, schmiegte Rory ihre Wange an sein Handgelenk. Aber nur für einen Moment, bevor sie sich von ihm löste. »Ich kann nicht mit dir befreundet sein. Und so, wie du mich ansiehst, kannst du auch nicht mit mir befreundet sein.«

»Wie sehe ich dich denn an?«

Ihre Stimme klang heiser. »Als wäre ich eine weitere Hürde, die du bezwingen musst.«

»Das ist nicht fair.« Sein Daumen fand den Saum ihrer Lippen. Sie schloss ihre Augen. Seine Hand roch nach Spülwasser, Schokolade und Ehrgeiz. Es wäre so leicht, sich von seinem unbeirrbaren Lauf in Richtung Ziellinie mitreißen zu lassen – von diesem Mann, der in allem gewinnen musste.

Sie wich zurück. »Ich kann nicht. Das hier ist kein Spiel. Du quälst mich.«

Sie hätte ihn genauso gut ohrfeigen können. Er zuckte zusammen, und etwas, das vielleicht Scham war, ließ ihn seine Augen niederschlagen. »Du hast recht. Ich hätte nicht herkommen sollen.«

Innerhalb von Sekunden war Rory wieder allein in der Backstube.

KAPITEL 20

Kristin lief von Zimmer zu Zimmer auf der Suche nach Shoulder Pads, damit sie auf das Footballfeld stürmen und Rory warnen konnte, dass sie ihre Hausschildkröte nicht gefüttert hatte. Ein klopfendes Geräusch holte sie nach und nach aus ihrem Traum. Rory hatte nie eine Hausschildkröte besessen. Etwas stimmte hier nicht. Der Druck kurz vor der Eröffnung des Foodtruck hatte sie offenbar im Schlaf eingeholt.

Sie schüttelte die Überbleibsel ihres Traums ab, kletterte benommen aus dem Bett und öffnete, ohne sich mit einem Bademantel aufzuhalten, im Pyjama die Tür. Vor ihr stand ihr zerzauster Sohn.

»Clint ...« *Mein Junge ... Mein Herzblatt ... Mein kleiner Liebling* ... Ihre Hand flog an ihre Wange.

Er ragte vor ihr auf, über einen Kopf größer als sie, breitschultrig, mit Greggs blauen Augen und Wangenknochen. Er nahm sie zu kurz in den Arm, und seine Bartstoppeln streiften ihre Stirn. »Hey, Mom. Sorry, dass ich dich so spät störe.« Er wich zu früh von ihr zurück. »Ich kann momentan nur nachts rausgehen. Wie ein Vampir. Sonst habe ich die Presse am Hacken.«

Ihr Herz zog sich vor Mitgefühl zusammen. »Natürlich. Du störst nicht. Komm rein.«

Er war ihr Junge, aber sie fühlte sich nervös. Solange die Kinder noch klein waren, hatten Eltern die Kontrolle, aber mit zunehmendem Alter bestimmten die Kids, wo es langging, und wenn sie gluckte, das Falsche sagte, würde Clint vielleicht wieder auf Abstand zu ihr gehen.

Sie schloss die Tür hinter ihm und ging barfuß voraus, um die Lampen einzuschalten. Laut Rory hatte Clint Ashley hier nie besucht, also dürfte die Wohnung keine Erinnerungen bei ihm auslösen.

»Ich habe deine Nachricht erhalten«, sagte er.

Welche Nachricht? Sie hatte ihm so viele geschickt. Zu viele. Vielleicht meinte er die von gestern, als sie ihm schrieb, dass sie sich in Rorys Haus eine Wohnung gemietet hatte, obwohl sie nicht erwähnte, welche genau.

»Sorry, dass ich so lange gebraucht habe, um mich bei dir zu melden«, sagte er. »Ich war nicht gerade in einer guten Verfassung.«

»Das verstehe ich.« Sie verstand es nicht. Sie war seine Mutter. Er konnte mit ihr über alles reden. »Ich mach dir rasch was zu essen. Ein Sandwich. Ich habe noch einen Rest Thunfischsalat.« Rory fand, dass Clint von Kristin erdrückt wurde, aber war das Erdrücken, wenn man sein Kind füttern wollte?

»Ich habe keinen Hunger.«

»Ich habe Bier da.« Sie eilte in die Küche. Sie hatte für Daniel ein Sixpack Guinness gekauft. Er war am frühen Abend hier gewesen, und sie vermisste ihn bereits. Sie fand es schön, mit ihm zu schlafen, aber sie fand es auch schön, wenn sie sich einfach nur in den Armen lagen. Sie redeten stundenlang, erzählten sich ihre Geschichten, ihre Geheimnisse, ihre Stärken und Schwächen.

»Du trinkst kein Bier«, sagte Clint hinter ihr.

»Ich habe einen Freund, der gern Bier trinkt.« Sie würde ihm später von Daniel erzählen, wenn sie nicht mehr so nervös war. Sie nahm eine Flasche aus dem Kühlschrank und stellte sie auf die Anrichte. Sie hatte keine Biergläser – sie hatte ohnehin kaum Geschirr –, aber irgendwo gab es einen Flaschenöffner. Wo hatte sie ihn hingelegt? Sie musste ihn finden.

»Mom, was soll das hier? Das war vorher Ashleys Wohnung. Warum hast du sie gemietet?«

Die Frage hatte sie befürchtet. »Ich hoffe, es macht dir nichts aus. Von Ashley ist hier nichts zurückgeblieben. Es ist nur vorübergehend, bis ich was Dauerhaftes gefunden habe.«

Er runzelte die Stirn. »Was ist mit dem Haus? Was machst du hier eigentlich?«

In deiner Nähe sein. In Rorys Nähe. Mit Daniel zusammen sein. »Um das Haus kümmert sich jemand.«

Sie vermisste das Haus nicht im Geringsten. Obwohl die Küche modernisiert worden war und es einen neuen Anbau auf der Rückseite gab, obwohl die Wände frisch gestrichen waren und die Böden renoviert – obwohl Debra nur vier Jahre dort gelebt hatte, während Kristin es auf achtundzwanzig brachte –, trotz allem war das nicht ihr Haus.

Sie öffnete die nächste Schublade. Vielleicht hatte sie gar keinen Flaschenöffner. Vielleicht hatte sie sich nur vorgenommen, einen zu besorgen.

»Bist du noch hier wegen mir? Meinetwegen brauchst du nicht in Chicago zu bleiben.«

»Das weiß ich.«

»Du hast mir geschrieben, dass du jetzt mit Rory zusammen Pralinen verkaufst? Das ist crazy.«

Sie nahm sich die letzte Schublade vor und begann dann mit ihrer Suche von vorn, und ihre Bewegungen wurden zunehmend ungeschickter. Er hatte nicht gesagt, dass er ein Bier wollte, aber wenn sie ihm keins gab, würde er vielleicht keine Zeit mit ihr verbringen. Während sie die Schubladen und Küchenschränke durchsuchte, beschrieb sie ihm unkonzentriert, was Rory und sie zusammen auf die Beine gestellt hatten, allerdings wiederholte sie sich ständig, brachte Ereignisse durcheinander, ließ Schranktüren und Schubladen aufklaffen.

Clint musterte sie unbehaglich. »Mom, bist du okay?«

Der besorgte Ausdruck in seinem Gesicht brachte sie zur Besinnung. Sie sah sich, wie er sie gerade sah – mit zitternden Händen, schwer atmend, auf der verzweifelten Suche nach einem Flaschenöffner, als wäre er der Heilige Gral. Mit Rory zusammen ein Unternehmen zu gründen, war nicht crazy. Das hier war crazy – zu glauben, dass ihr Verhältnis zu ihrem Sohn davon abhing, einen Flaschenöffner zu finden.

Sie streifte sich die Haare aus dem Gesicht. Rory hatte recht. Clint wurde von ihr erdrückt. Seit er auf der Welt war, hatte ihr Lebensinhalt darin bestanden, seine Mutter zu sein. Jetzt, wo sie Daniel kennengelernt hatte, würde sie auch anfangen, in seinem Schatten zu leben?

Die gemeinsame Zeit mit Rory, zu sehen, mit wie viel

Hingabe sie ihre Arbeit ausübte, hatte etwas in Kristin geweckt, und ihr altes Selbstbild passte nicht mehr. Sie war eine fähige Frau mit Energie und Ehrgeiz, eine Frau, die es in Sachen Schlagfertigkeit mit Rory aufnehmen konnte, die einen Palisadenzaun überwand und die sich gegen den genialen, exzentrischen Mann, der ihr Herz erobert hatte, behaupten konnte. Schockartig erkannte sie, wie sehr sie sich in diese neue Version von sich selbst verliebt hatte.

Sie entdeckte den Flaschenöffner, eingezwängt zwischen dem Toaster und der Kaffeemaschine, sagte aber nur: »Tut mir leid. Ich kann den Flaschenöffner nicht finden.«

Er zuckte mit den Achseln. »Du und Rory habt euch nie gut verstanden. Ich kapier nicht, warum du beschlossen hast, mit ihr ein Foodtruck-Business zu starten. Brauchst du Geld? Falls es um Geld geht, kann ich dir gern …«

»Ich brauche kein Geld. Du weißt, dass dein Vater gut für mich vorgesorgt hat. Und ich habe einfach Lust auf das Business. Ich finde es interessant. Eine spannende Herausforderung.«

Er schob sein Kinn vor. »Zu Hause hast du auch interessante Dinge. Deine ganzen Freunde sind dort.«

»Ich finde hier gerade neue.« Mr. Reynolds plauderte mit ihr über seinen Gemüsegarten, Toby vertraute ihr seine Probleme mit seinem Vater an, aber ihre beste Freundin war im Moment ihre Stieftochter. Sie erwiderte Clints streitlustigen Blick. »Rory ist deine Schwester. Ich weiß, du findest ihr Verhalten schlimm, aber sie hat in guter Absicht gehandelt.«

»Und jetzt ist Ashley tot!«

»Mach Rory nicht für Ashleys Tod verantwortlich! Du warst drauf und dran, eine Blitzhochzeit in Las Vegas zu feiern mit einer Frau, die eindeutig nur hinter deinem Geld her war. Rory sah sich gezwungen, rasch einzuschreiten.«

Clint schob seine Hände in seine Hosentaschen und verließ die Küche. Sie ging ihm hinterher. »Hast du eine Ahnung, wie viele Male Rory am Telefon mit dem Detective diskutiert hat, der gegen dich ermittelt?« Die Straßenbeleuchtung zeichnete ein trapezförmiges Muster auf den Teppich vor dem Fenster, wo Clint stand. Sie näherte sich ihm. »Rory hat auf eigene Faust einen verdächtigen Exfreund von Ashley ausfindig gemacht – hast du das gewusst? Sie hat mit Ashleys Chef gesprochen, mit deiner Haushälterin, selbst mit deinem Gärtner. Sie ist extra nach Michigan gefahren, um dich zu finden!«

»Das hätte sie sich alles sparen können«, murmelte er.

»Sieh mich an. Rory hat nie an deiner Unschuld gezweifelt. Sie hat kein einziges Mal die Möglichkeit in Betracht gezogen, dass du für Ashleys Tod verantwortlich bist. Und du revanchierst dich, indem du sie aus deinem Leben ausschließt.«

»Ashley hat es nicht verdient zu sterben!«, stieß er wütend hervor.

»Natürlich hat sie es nicht verdient. Und Rory hat nicht verdient, wie du sie behandelst. Normalerweise hast du eine gute Menschenkenntnis, aber du hast dich in Ashley getäuscht, und du täuschst dich in deiner Schwester.«

Er zog seine Hände ruckartig aus seinen Hosentaschen. »Ich kann nicht glauben, dass du sie verteidigst.«

Kristin erkannte schließlich, was sie versäumt hatte, und ihr Herz schmerzte für ihn. »Du bist ein geborener Anführer. Es ist dir noch nie leicht gefallen zuzugeben, dass du im Unrecht bist. Aber du hast Ashley vollkommen falsch eingeschätzt, und statt deinen Fehler zu akzeptieren, machst du lieber Rory und Brett zu deinen Sündenböcken.«

Sie hatte noch nie erlebt, dass ihr Sohn sie so ansah – weniger mit Wut, sondern eher, als hätte sie ihn verraten. Ihr Magen verkrampfte sich, aber als Clint zur Tür stürmte, sagte sie kein Wort. Er war ihr Sohn. Sie liebte ihn über alles, aber das hier musste er mit sich selbst ausmachen.

An ihrem ersten Tag mit dem runderneuerten Foodtruck fand Rory einen Stellplatz in der Nähe der Union Station. Kristin, die sich mit einem Etuikleid von Lilly Pulitzer, einer Sonnenbrille und einem Strohhut schick gemacht hatte, stand auf dem Gehweg und sah aus, als wäre sie auf dem Weg zu einer Gartenparty in den Hamptons statt auf Kundenfang. Rory beobachtete durch das Verkaufsfenster die Morgenpendler, die aus dem Bahnhof kamen und achtlos an ihr vorbeigingen. Es war nicht überraschend, dass Kristin als die Mutter des berühmtesten – jetzt berüchtigtsten – Quarterback der Stadt von niemandem erkannt wurde. Wer würde schon erwarten, Clint Garretts Mutter vor einem Foodtruck für Pralinen werben zu sehen?

Rory war um sechs aufgestanden, nach nicht einmal drei Stunden Schlaf, und hatte Kristin bereits wach und angezogen vorgefunden. Sie waren zur Backstube gefahren, um die Pralinen zu holen, die dort lagerten, und hatten sich anschließend auf den Weg in die Innenstadt gemacht, Rory am Steuer des Foodtrucks.

»Verzeihung, Sir.« Kristin wandte sich höflich an einen Mann, der sein Jackett über dem Arm trug. »Möchten Sie unsere köstlichen handgefertigten Pralinen probieren?«

Der Mann ging weiter, ohne ihr eine Antwort zu geben.

»Entschuldigen Sie, Miss. Wir verkaufen selbst gemachte Pralinen. Möchten Sie unsere Buttercremetrüffel probieren?«

Die junge Frau hatte nicht einmal einen Blick für sie übrig.

Rory hatte gewusst, dass es Zeitverschwendung war, den Foodtruck schon so früh am Morgen zu öffnen, aber Kristin bestand darauf, und Rory wollte den Frieden zwischen ihnen nicht gefährden.

»Verführerische Sorten«, erklärte Kristin einem jungen Mann mit Earbuds und einer Tasche im Leopardenmuster.

»Handgefertigte Meersalz-Karamell-Pralinen.« Das richtete sich an einen Millennial in einer Kakihose.

Je länger das so weiterging, umso verzweifelter klang sie, aber Rory sagte sich, dass es zu früh war, um sich entmutigen zu lassen. Sie checkte die Videos, die sie gestern Abend auf ihren neuen TikTok- und Instagram-Seiten hochgeladen hatte. Mit gerade einmal einem Dutzend Follower war sie weit davon entfernt, eine Influencerin zu sein, aber sie hatte echte Influencer angeschrieben und sie eingeladen, beim Foodtruck für eine kostenlose Genussprobe vorbeizuschauen.

Selbst mit der neuen gestreiften Markise über dem Verkaufsfenster war es im Wagen schon richtig heiß. Sobald die Klimaanlage repariert war, konnte Rory anfangen, tagsüber hier Pralinen zu machen und abends die Backstube nur zu nutzen, wenn es unbedingt nötig war. Aber trotz der fehlenden Kühlung war sie begeistert davon, was sie aus dem Foodtruck gemacht hatten. Nicht nur, dass er jetzt lief wie am Schnürchen, auch hatte das originelle Design von Duncan Gilford für die Folierung den einst kitschigen *Königspalast für Schleckermäuler* in ein elegantes Pralinenimperium verwandelt.

Ein kakaobrauner Baum veredelte nun die Außenlackierung, mit Ästen, die sich bis zum Dach emporschlängelten und das Verkaufsfenster umrankten. Statt Blätter blühten bunte Pralinen an den Zweigen. Und darunter stand in nussbrauner Farbe groß der Name, auf den sie sich schließlich festgelegt hatten:

Simply The Best
Exquisite Pralinen
Luxus zu einem erschwinglichen Preis

Kristin erschien vor dem Fenster und nahm ihre übergroße Sonnenbrille ab. »Wir brauchen einen anderen Standort.«

»Der Standort ist gut, und wir fahren erst weiter, wenn unsere vier Stunden um sind.«

»Aber niemand bleibt stehen!«

»Es ist acht Uhr morgens. Die Leute sind noch bei ihrer ersten Tasse Kaffee. Ich habe es dir gesagt. Morgen machen wir um zehn auf.« Kristin wirkte völlig niedergeschlagen, und Rory wünschte, sie hätte den Mund gehalten. Sie schlug einen sanfteren Ton an. »Am späten Vormittag wird es besser laufen. Du wirst sehen.« Sie betete, dass das stimmte.

Kristins Gesicht nahm einen trotzigen Ausdruck an. »Nicht gut genug.« Sie entfernte sich vom Fenster und begann zu rufen wie eine Marktschreierin. »Versüßen Sie sich Ihren Morgen und Ihren Kaffee mit einem Schokoladentrüffel! Veredeln Sie Ihren Kaffee mit unseren Pralinen! Für einen gelungenen Start in den Tag!«

Rorys Trüffel waren dafür gedacht, auf der Zunge zu zergehen statt in einem gewöhnlichen Kaffee, aber sie wollte nicht pingelig sein.

Einer der geschäftigen Pendler schaute in Kristins Richtung, und sie marschierte direkt auf ihn zu. »Sie, Sir! Möchten Sie eine Praline in Ihrem Kaffee, oder freuen Sie sich einfach nur, mich zu sehen?«

Rory lachte, das erste Mal, seit Brett fluchtartig die Backstube verlassen hatte.

Der Mann, den Kristin angesprochen hatte, eilte davon, aber sie ließ sich nicht entmutigen. »Madam! Eine Praline in Ihrem Kaffee garantiert einen produktiven Arbeitstag! Das war Warren Buffetts Geheimnis zum Erfolg!«

Das erste Mal, dass Rory davon hörte.

Die Frau hastete an ihr vorbei. Kristin nahm schwungvoll ihren Strohhut ab und schwenkte ihn wie eine Fahne. »Die besten Pralinen in der Stadt! Ein Trüffel in Ihren Morgenkaffee, und Ihr Tag ist gerettet! Zwei zum Preis für einen!«

Sie mussten sich wirklich über diese einseitigen Entscheidungen unterhalten, die Kristin traf.

Eine Frau, die einen Rucksack trug, wurde langsamer. Mit ihrem Starbucks-Becher in der Hand näherte sie sich zögernd dem Verkaufsfenster. »Ich möchte die da mal probieren.«

Sie stellte ihren Becher auf die Fensterbank und nahm den Deckel ab, während Rory zwei Trüffel für sie aussuchte und mit einem Lächeln auf einer Tortenspitze überreichte. »Kommen Sie gerne morgen wieder und erzählen Sie mir, wie es Ihnen geschmeckt hat.«

Die Frau nickte, gab beide Pralinen in ihren Kaffeebecher und bezahlte – die Hälfte dessen, was sie eigentlich hätte bezahlen sollen, aber das erste Geld klingelte in der Kasse.

Ein älterer Mann mit einem Bart erschien als Nächster, und Rory kam in Schwung. »Das ist ein großer Becher. Dafür brauchen Sie wahrscheinlich drei Pralinen.«

Kristin hörte das. »Je mehr Sie reintun, umso größer der Schmackofatz!«

Rory streckte ihren Kopf aus dem Fenster. »Der *Schmackofatz*?«

»Kümmere dich um deine eigenen Angelegenheiten.«

Kristins Enthusiasmus war ansteckend, und als

Nächstes kam eine Frau vom Typ Managerin, die zum Glück die Trüffel verzehren wollte, statt sie in ihrem Kaffee zu ertränken. Als die vier Stunden um waren, hatten Rory und Kristin sämtliche Kakaotrüffel verkauft, neben achtzehn Einzelpralinen und zwei Probierpackungen. Es war ein Anfang, und es war außerdem Zeit, den Standort zu wechseln.

Brett hatte keine Mühe, Rorys Foodtruck mit seiner neuen Farbgestaltung und dem auffälligen Design zu finden. Sie hatte sich klugerweise auf der meistgenutzten Foodtrucks-App registriert, und ihr Standort in der Innenstadt, nicht weit vom Rathaus entfernt, profitierte von den vielen Berufstätigen in der Mittagspause.

Seit gut zehn Minuten ignorierte er den Benachrichtigungston seines Handys, während er von der anderen Straßenseite durch das Schaufenster eines 7-Eleven zuschaute. Zuerst stand Kristin auf dem Gehweg und versuchte, Kunden anzulocken, dann tauschte sie mit Rory die Plätze.

Rory zeigte ihre kräftigen, geschmeidigen Beine in den vertrauten kanariengelben Shorts, und ihre rotweiß karierte ärmellose Bluse trug sie auch an jenem Tag, als sie und Brett sich bei Clint wiederbegegnet waren. Ihre Locken bildeten eine schimmernde Wolke um ihren Kopf, als sie Passanten ansprach, und obwohl er nicht verstehen konnte, was sie sagte, machte sie oder machten ihre Beine ihre Sache gut, weil viele Leute sich dem Verkaufsfenster näherten.

Die Last auf seinen Schultern drückte immer schwerer. Er hatte den Gedanken verinnerlicht, dass Rory eine originelle, verführerische, faszinierende Frau war, die halt nicht so richtig die Kurve kriegte. Aber nun, während sein Handy nicht stillstand und er beobachtete, wie sie vollkommen in ihrem Job aufging und vor Energie nur so sprühte und das tat, wofür sie geboren war, war er derjenige, der sich wie ein Loser fühlte.

In letzter Zeit war er nicht richtig bei der Sache, und er hatte permanent schlechte Laune. Hatten ihn die Ansprüche seiner Klienten vorher nie gestört, gingen sie ihm jetzt auf die Nerven. Am Spiel teilzunehmen, nur um zu gewinnen, kam ihm bedeutungslos vor, wenn er sich mit Rory verglich, die nicht einmal wusste, dass es ein Spiel gab. Sie legte keinen Wert darauf, die größte Wohnung zu besitzen, den schnellsten Wagen zu fahren oder mit einem heißen neuen Klienten in den Sportnachrichten von ESPN aufzutauchen. Sie wollte nur erstklassige Pralinen herstellen.

Gestern hatte er sich zu einem Meeting verspätet, weil seine Gedanken immer wieder zu ihr abdrifteten – zu einer Bemerkung von ihr, die ihn zum Lachen gebracht hatte, zu der Art, wie sie eine widerspenstige Locke aus ihrem Gesicht streifte, dazu, wie ihre Haut sich anfühlte, welche Laute sie von sich gegeben hatte, als er in ihr war.

Er war glücklich gewesen, bevor er sie traf. Oder vielleicht nicht glücklich, aber zufrieden. Oder vielleicht nicht zufrieden, da er nicht genau verstand, was das Wort bedeutete. Er war ständig auf Achse, immer auf der Jagd nach dem nächsten großen Ding – dem bedeutendsten Klienten, dem fettesten Abschluss. Unter seinen

Gucci-Schuhen wuchs kein Gras. Aber worauf lief er zu, beziehungsweise, wovor lief er weg?

Während einer kurzen Kundenflaute ging Rory zu dem mexikanischen Foodtruck hinüber, der neben ihrem stand, und gab dort einen Stapel Zettel ab. Später wiederholte sie das Ganze mit einem Foodtruck, der Hummerbrötchen verkaufte. Brett verstand nicht, was es damit auf sich hatte, bis er einen Mann beobachtete, der sich ein Hummerbrötchen gekauft hatte und zu Rorys Truck hinüberwanderte, wo er einen Zettel übergab. Sie hatte an die benachbarten Foodtrucks Gutscheine verteilt – eine geniale Idee. Plötzlich hatte er das Bedürfnis, mit ihr zusammen Pralinen zu verkaufen. Er wollte der Marktschreier auf der Straße sein, der die Leute in ihrer Mittagspause davon überzeugte, ihr Geld gegen die besten Pralinen der Stadt einzutauschen.

Aber sein Handy hörte nicht auf zu piepen, und er musste sich um seinen eigenen Job kümmern. Er musste im Spiel bleiben und der Beste sein.

Erschöpft und glücklich über ihren Erfolg in den ersten paar Tagen verschlangen Rory und Kristin die gedämpften Teigtaschen, die sie von einem Foodtruck mit asiatischer Fusionsküche gegen ihre Pralinen eingetauscht hatten. Kristin tupfte den letzten Rest Sojasoße von ihren Fingern ab und sah zu Rory hinüber, die an der Küchenspüle stand. »Heute Abend fährst du nicht in die Backstube.«

»Ich muss. Wir haben keine Kakaotrüffel mehr.«

»Dank meiner anhaltend brillanten Marketingstrategie«, sagte Kristin selbstgefällig.

»Dank dir.« Rory lächelte, obwohl sie die Müdigkeit bis in ihre Knochen spürte, dabei war es noch nicht einmal halb acht. Sie spülte den Behälter für die Teigtaschen unter dem Wasserhahn aus und warf ihn anschließend in den Recyclingmüll. »Ich brauche nicht so viele zu machen, es wird also nicht lange dauern. Vor Mitternacht werde ich wieder zu Hause sein. Von allem anderen haben wir noch genug für die nächsten zwei Tage.«

Kristins Blick wurde nüchtern. »Rory, das ist auf Dauer nicht gesund für dich.«

»Es ist ja nur, bis die Klimaanlage repariert ist. Dann kann ich im Truck vorarbeiten.«

»Was noch ein paar Wochen dauern könnte. Du kannst nicht die halbe Nacht durchklotzen und am nächsten Morgen um acht wieder auf der Straße stehen. Du hattest recht. Wir sollten später aufmachen.«

»Wir können nicht beliebig auftauchen und wieder verschwinden. Die frühen Kunden kommen jetzt täglich und kaufen mehr statt nur ein bisschen, um ihren Kaffee aufzupeppen.« Sie nahm Kristins ungeöffnete Essstäbchen vom Tisch und legte sie in ihre Krempelschublade. »Falls es am frühen Morgen weiter so gut läuft, sollten wir uns überlegen, ob wir nicht zusätzlich einen Premiumkaffee und mehr Trüffelsorten anbieten.« Sie unterdrückte ein Gähnen. »Ahornsirup, Amaretto. Vielleicht etwas Ausgefallenes wie Kardamom.«

»*Bah.*« Kristin zog eine Grimasse.

»Ich interpretiere das als ein Nein zu Kardamom.« Sie ging hinüber ins Wohnzimmer und versuchte, sich zu erinnern, wo sie ihre Tasche abgelegt hatte.

Kristin folgte ihr. »Du machst mich ganz schwindelig.«

Es war schwer, diese neue Version von Kristin mit der zurückhaltenden, nervösen Frau in Verbindung zu bringen, bei der Rory aufgewachsen war. »Du liebst jede Sekunde davon.« *Und ich liebe dich.* Die Erkenntnis war neu, unerwartet und fühlte sich richtig an.

»Das tu ich, trotzdem schläfst du schon seit Tagen höchstens vier Stunden pro Nacht.«

Rory gähnte. »Ich komme schon klar.«

Kristin schob entschlossen ihr Kinn vor. »Morgen früh werde ich alleine rausfahren, während du ausschläfst. Du kannst dann später mit der Bahn nachkommen.«

»Das schaffst du nicht alleine. Du wagst dich ja nicht mal mit deinem eigenen Wagen durch den Stadtverkehr, geschweige denn mit dem Truck.«

»Ich bin es leid, mich von meiner Angst ausbremsen zu lassen.«

Rory sah sie an, und ihre Kehle wurde eng. »Wenn ich groß bin, möchte ich so werden wie du.« Kristin legte ihren Kopf schief und wartete darauf, dass dem Kompliment ein Seitenhieb folgte, aber stattdessen nahm Rory sie fest in den Arm. »Wir werden Schritt für Schritt das Fahren üben. Es besteht kein Grund zur Eile. Ich werde dir helfen, dich an den Truck zu gewöhnen.«

»Ich habe schon jemanden, der mir hilft. Daniel kennt sich mit großen Fahrzeugen aus. Er begleitet mich morgen früh.«

»Daniel? Du hast mit ihm bereits darüber gesprochen? Hat er nicht eine Firma, um die er sich kümmern muss?«

»Er hat umdisponiert.« Kristins Mund verzog sich zu einem albernen Lächeln. »Es ist ja nur für einen Vormittag.«

Rory verstand jetzt so viel mehr. »Dad hätte so etwas nie getan.«

»Er mochte es nicht, wenn man ihm Umstände machte. Und Daniel ist nicht wie dein Vater.«

Rory lächelte. »Nein, das ist er nicht.«

Während im Hintergrund der Backstube die Imagine Dragons liefen, spritzte Rory eine extracremige Ganache in großzügige, gleichmäßige Hohlkugeln, die sie über der Arbeitsfläche auf Pergamentpapier ausgelegt hatte. Sie genoss es, eine Fülle von Zutaten zu haben, mit denen sie arbeiten konnte. Sobald die Ganachefüllung fest war, würde sie die einzelnen Kugeln von Hand in flüssige Schokolade tauchen und zum Schluss mit ihrem edlen französischen Kakaopulver bestäuben.

Es war erst zehn Uhr. Sie war hundemüde, aber sie beschloss, noch eine separate Ganachevariante mit Amaretto zu machen und Kristin beim Wort zu nehmen. Selbst wenn sie um acht aus den Federn kletterte, käme es ihr fast schon dekadent vor. Sie ging in den Lagerraum der Bäckerei und schnappte sich einen frischen Beutel Callets. Eines Tages würden sie sich eine Röstmaschine leisten können und ihre Kakaobohnen selbst rösten.

Als sie aus dem Lagerraum kam, klopfte jemand an die Hintertür. Sofort wurde sie wieder von ihrem Liebesschmerz eingeholt. Wie sollte sie aufhören, an Brett zu denken, wenn er immer wieder auftauchte?

Aber als sie die Backstube durchquerte, sah sie, dass das Gesicht, das durch das vergitterte Fenster zu ihr zurückstarrte, nicht Brett gehörte, sondern Clint, ihrem Bruder, der gesagt hatte, dass er sie nie wieder sehen wollte.

Sie öffnete vorsichtig die Tür. Er begrüßte sie mit einem knappen, höflichen Nicken. »Kann ich reinkommen?«

Sie zuckte mit den Achseln und trat zur Seite.

»Hier riecht es gut.«

Die Imagine Dragons sangen nun »Demons«. Rory legte den Beutel Callets auf den Vorbereitungstisch und griff nach ihrem Handy, um die Musik auszuschalten. Clint ließ seinen Blick über die Arbeitsflächen und Backöfen wandern. »Wie alt warst du, als du versucht hast, mich im Park an diese Frau zu verscherbeln?«

Sie konzentrierte sich auf ihr Handy, statt ihn anzusehen. »Sechseinhalb. Alt genug, um es besser zu wissen.«

Er schob seine Hände in die Taschen seiner Shorts. »Meine Lieblingsgeschichte. So was erfordert Eier.«

»So was erfordert Dummheit.« Sie legte ihr Handy weg und fragte sich, warum er hergekommen war. »Eine Sechsjährige, die einen Säugling über einen asphaltierten Gehweg trägt. Ich hätte dich fallen lassen können.«

»Hast du aber nicht.«

Sie tat so, als würde sie die Trüffelfüllungen auf der Anrichte inspizieren. »Danach hat Kristin mich jahrelang nicht mehr mit dir allein gelassen.«

»Sie hätte dich gar nicht erst mit mir allein lassen sollen. Du warst eine beschissene Babysitterin.« Er lehnte sich mit seiner Hüfte gegen den großen Gasherd.

»Total beschissen.« Sie öffnete den Beutel mit den Callets und wünschte, er würde verschwinden.

»Einmal ging eine Tornadowarnsirene los, und du hast mir erklärt, dass wir jetzt eine Zombieinvasion hätten. Du hast gesagt, dass Zombies Jalapeños hassen, und dass ich mich nur davor schützen kann, dass sie mir mein Gehirn aussaugen, indem ich eine roh esse.«

Sie sah ihn schließlich an. »Es hätte auch funktioniert, wenn du dir nicht die Augen gerieben und laut losgebrüllt hättest. Dafür habe ich einen Riesenärger bekommen.«

»Verdientermaßen.« Er durchquerte die Küche und steckte seinen Kopf in den Lagerraum. »An Heiligabend, als ich fünf war, hast du mir erklärt, dass der Weihnachtsmann versehentlich das Hubbleteleskop gerammt hat und getötet wurde.«

»Ich weiß, ich war eine schreckliche Schwester, und ich kann verstehen, warum du von mir genug hast. Es gibt nichts, was du sagen kannst, damit ich mich noch schlechter fühle. Es tut mir leid. Gut, würde es dir was ausmachen, wieder zu gehen?«

Er näherte sich den Kugeln aus klebriger Ganache. »Kann ich eine davon haben?«

»Sie sind noch nicht fertig, aber bedien dich ruhig.«

Er nahm sich einen unvollendeten Trüffel, steckte das ganze Ding in seinen Mund und fuhr kauend fort. »Am besten war das eine Mal, als du mich mit Klebeband in Luftpolsterfolie eingewickelt hast und mich dann von dem großen Hügel hinter dem Haus der Slaters runtergeschubst hast.« Er schob sich noch einen Trüffel in den

Mund, kostete den Geschmack nicht sorgfältig aus, wie Brett es tat, genoss es einfach. »Du hast mich erst wieder rausgeschnitten, als du wusstest, dass Mom und Dad gleich nach Hause kommen würden.«

Sie erinnerte sich nur allzu gut. »Ich habe nie verstanden, warum du mich nicht verpetzt hast.«

»Es hat Spaß gemacht, und ich mochte es, deine Aufmerksamkeit zu haben. Auf Mom und Dad konnte ich immer zählen, aber nicht auf dich.«

Sie sah ihn endlich an. »Offenbar warst du ein Masochist.«

»Schon möglich.« Seine Stimme wurde weicher. »Weißt du noch, als Frankie gestorben ist?«

Rory würde das nie vergessen. Frankie Spravic war Clints bester Freund in der dritten Klasse. Er kam bei einem schlimmen Hausbrand um, und die ganze Gemeinde war in Trauer vereint. »Das war schrecklich.«

»Du hast mindestens zwei Wochen lang jede Nacht bei mir geschlafen. Ich habe dir gesagt, dass ich Angst habe, im Schlaf zu sterben, und du hast mir versprochen, die ganze Nacht wach zu bleiben und mich zu wecken, falls ich nicht mehr atme.«

»Ich bin bestimmt gleich nach dir eingeschlafen.«

»Aber das wusste ich nicht.« Er ging hinüber zum Spülbecken, um seine klebrigen Finger abzuwaschen. »Ich war immer neidisch auf dich.«

Sie starrte ihn an. »Auf mich? Wie konntest du auf mich neidisch sein?«

»Du durftest Scheiße bauen. Ich nicht.«

»Aber dafür warst du Papis und Mamis Liebling.

Du wurdest vergöttert. Du konntest nichts falsch machen.«

»Und ich hatte das Gefühl, als müsste ich allen ihren Erwartungen gerecht werden – vor allem denen von Dad. Ich musste in allem gut sein. Ich durfte keinen Mist bauen. Aber du hattest diesen Druck nicht. Du konntest einen Test verhauen, und Dads einzige Reaktion war, dir zwei Tage Hausarrest zu geben. Aber wenn ich mich mal hängen ließ – im Unterricht, im Sport, bei uns zu Hause –, hielt Dad mir immer diese langen Vorträge über Verantwortung, Leistung, mein Potenzial, das ich ausschöpfen müsse. Er erinnerte mich an all die Vorteile, die ich hatte, an das Talent, mit dem ich geboren war. Ihn zu enttäuschen, war viel schlimmer als Hausarrest. Und als du weg warst, um aufs College zu gehen, und ich der Einzige war, auf den er sich konzentrieren konnte, wurde es noch schlimmer.«

Sie begriff verstandesmäßig, was er sagte, aber nicht, was es emotional bedeutete. »Du warst eifersüchtig auf mich?«

»Scheiße, ja. Ich schätze, ich bin es immer noch.«

Sie hatte das Gefühl, als würde der Boden unter ihren Füßen nachgeben.

Er lehnte sich an den großen Industriekühlschrank. »Du musst nicht ständig Höchstleistungen bringen. Du wirst nicht getrollt in den sozialen Medien oder musst irgendeinen erfundenen Mist über dich in der Presse lesen. Du kannst dich frei bewegen, ohne dass du ständig um ein Selfie gebeten wirst.« Er streifte mit beiden Händen seine Haare zurück. »Ich Armer, nicht wahr? Millionen Menschen hätten gern, was ich habe, und hier stehe ich und bemitleide mich selbst. Okay, ist Jammern auf hohem Niveau.«

Sie dachte an den permanenten Druck, unter dem er stand. An den unaufhörlichen Kontrollblick der Öffentlichkeit. Und nun wurde ihm ein Mord zur Last gelegt, den er nicht begangen hatte. »Ich schätze, der Goldjunge zu sein ist doch nicht das Gelbe vom Ei.«

»Mitleid ist hier fehl am Platz. Ich spiele Football mit Leidenschaft.«

»Das weiß ich. Aber dir gefällt nicht alles, was dazugehört.«

»Wie gesagt, Millionen Menschen würden gern meine Probleme haben.«

»Für einen Mord beschuldigt zu werden, den sie nicht begangen haben? Wohl kaum.«

»Ich habe mich idiotisch verhalten, was Ashley betrifft. Du hast versucht, mich zu warnen. Und Brett genauso. Aber ich kann es nicht leiden, im Unrecht zu sein, und ich wollte es nicht hören.«

Sie fragte sich, was ihn schließlich dazu gebracht hatte, die Wahrheit zu erkennen.

Er starrte ins Leere, dann richtete er seine Aufmerksamkeit wieder auf sie. »Das mit Ashley war nicht das einzige Mal, dass du gelogen hast, um mich zu schützen.«

»Was meinst du?«

»Ich war ungefähr acht, und Dad hat mich immer gewarnt, dass man mir mein Fahrrad klauen würde, wenn ich es nachts nicht in der Garage einschließe.«

»Klingt ganz nach ihm.«

»Es ist genau so gekommen, wie er es prophezeit hat. Ich habe abends vergessen, das Fahrrad in die Garage zu stellen, und am nächsten Morgen war es weg. Als er das mitbekam, hat er mich zur Sau gemacht. Er hat mich angebrüllt, wie sehr er sich für mich schämt, dass er von mir etwas Besseres erwarten würde, wie er denn auf mich stolz sein kann, wenn ich dumme Sachen mache? Ich fing an zu weinen. In diesem Moment kamst du die Treppe herunter, hast gesehen, was los war, und hast Dad erklärt, dass es deine Schuld war. Du hast behauptet, du hättest dir mein Rad ausgeliehen und danach vergessen, es zurück in die Garage zu stellen.«

»Ich glaube, ich erinnere mich vage.«

»Du musst ungefähr vierzehn gewesen sein. Offenbar hat Dad sich nie gefragt, warum du auf ein Kinderfahrrad gestiegen bist, weil ich mich noch erinnern kann, dass er zu Mom etwas in der Art gesagt hat, dass er es aufgibt und sie sich um dich kümmern soll.«

»Klingt vertraut.«

»Ich wusste damals schon, dass es nicht stimmte, aber ich habe nichts gesagt. Ich habe zugelassen, dass du die Schuld auf dich nimmst.«

Sie lächelte. »Deine Charakterlosigkeit ist Musik in meinen Ohren.«

Er erwiderte ihr Lächeln. »Weißt du noch, wie ich dir überallhin gefolgt bin, wie ich dir ständig an den Fersen klebte, damit du mir nicht entkommen konntest, und alles wiederholt habe, was du gesagt hast? Mann, das war lustig. Du bist richtig sauer geworden. Das Beste war, wenn ich mich unter deinem Bett versteckt habe, um dich zu erschrecken. Du hast mich dann immer schreiend durch das ganze Haus verfolgt.«

»Ich habe dich nie erwischt.«

»Das war ein gutes Training für meine spätere Karriere. Als du dich bei Mom beschwert hast, meinte sie, ich sei doch noch ein Kind und dass du dich reifer verhalten sollst.«

»Da werde ich heute noch wütend.«

»Es war definitiv unfair.« Er grinste.

Sie lächelte, obwohl sie das Brennen von Tränen spürte. »Ich habe ganz vergessen, was für ein kleines Aas du warst. Warum habe ich mich so viele Jahre mit einem schlechten Gewissen gequält?«

»Keine Ahnung.« Er wurde ernst. »Ich habe Ashley nicht umgebracht.«

Sie schnappte sich ein Papiertaschentuch aus ihrer Tasche, plötzlich zornig. »Warum sagst du mir das? Ich weiß, dass du sie nicht umgebracht hast!«

»Woher willst du das wissen? Ich habe kein Alibi, und ich hatte ganz sicher ein Motiv.«

Sie warf ihre Hände hoch. »Gott, Clint, jeder, der dich kennt, weiß, dass du zu einem Mord gar nicht fähig bist. Darum ist das alles ja so schrecklich.«

Er rieb über seine Bartstoppeln. »Mom hat mich zusammengeschissen, weil ich dich zum Teufel gejagt habe nach deiner Beichte wegen Ashley.«

»Hat sie das?«

»Sie hat gesagt, du hättest auf eigene Faust ermittelt.«

»Und es hat null gebracht. Die Polizei nimmt mich nicht für voll.«

Er senkte seinen Kopf, dann hob er ihn wieder und sah sie an. »Es tut mir leid, was ich neulich zu dir gesagt habe. Ich hatte unrecht. Du hast auf mich aufgepasst, so wie früher schon immer.«

Diese neue Sicht auf die Vergangenheit überraschte sie. Sie hatte ganz vergessen, wie viel Druck ihr Vater auf Clint ausgeübt hatte und dass Kristin versuchte, es wiedergutzumachen, indem sie ihren Sohn vergötterte. Aber Rory hatte ihn auch vergöttert, auf ihre eigene Art. Er war ihr kleiner Bruder, und trotz ihrer kindischen Streiche war sie als Schwester nicht ganz so schrecklich gewesen, wie sie geglaubt hatte. Sie liebte ihren Bruder – hatte ihn immer geliebt. Es war sie selbst, die sie nicht hatte akzeptieren können. »Wir wollten beide das, was der andere hatte«, sagte sie.

»Aber wir haben nie darüber gesprochen.«

»Jetzt schon. Du bist ein guter Mann, Clint Garrett.« Das Letzte, was er brauchte, war noch eine Frau, die ihn vergötterte. »Selbst wenn du dich wie ein Arschloch benommen hast, als ich bei dir war.«

»Schuldig.« Er legte seinen Kopf schief. »Ich will, dass zwischen uns alles anders wird.«

»Ich auch.« Sie machte eine kurze Pause. »Solange du nicht anfängst, mir ständig nachzulaufen und alles nachzuplappern, was ich sage.«

Er stupste sie mit seinem Ellenbogen in die Seite. »Solange du nicht anfängst, mir ständig nachzulaufen und alles nachzuplappern, was ich sage.«

»Ich werde dich töten!«

»Ich werde dich töten!«

Sie stieß mit ihren Fingern gegen seine Brust. »Ich besorge dir Jalapeños.«

Er lachte und zog sie in seine Arme.

Sie erwiderte seine Umarmung ganz fest.

KAPITEL 21

Rory lächelte immer noch, als sie die frischen Trüffel für den nächsten Tag in die Lebensmittelbehälter packte, die sie für den Transport verwendete. Was für eine schiefe Sicht sie auf ihre Kindheit gehabt hatte. Clint hatte ihr heute Abend ein Geschenk gemacht, und sie hoffte, sie hatte auch ihm eins gemacht. Obwohl ihr Leben sich momentan nicht gerade stabil anfühlte, wenigstens hatte ihr Verhältnis zu ihrem Bruder eine Zukunft.

Außer er wanderte für einen Mord ins Gefängnis.

Sie schob den Gedanken beiseite, verschloss die Behälter mit den Deckeln und schaltete das Licht in der Backstube aus. Sie balancierte ihr gestapeltes Abendwerk vorsichtig auf ihren Armen und ging hinaus in den Hinterhof.

Eine dunkle Gestalt kam aus dem Nichts auf sie zu.

Sie zuckte erschrocken zusammen, und der oberste Behälter – der vier Dutzend frisch gemachte Trüffel enthielt – kam ins Rutschen.

Die Gestalt machte einen Hechtsprung …

»Hab ihn!« Brett rollte sich auf seinen Rücken und hielt irgendwie den Behälter sicher in der Luft. »Nichts passiert.«

Sie starrte auf ihn herab. Er sah nicht aus wie er selbst,

und das nicht nur, weil er rücklings auf dem bröckelnden Asphalt lag, mit einer Plastikbox voller Trüffel, die er in die Höhe reckte. Das Licht der beiden Außenstrahler rechts und links neben der Hintertür zeigte einen Mann, der sich länger nicht rasiert hatte und dessen Gelfrisur nur eine Erinnerung war. Nun fielen ihm seine Haare struppig in die Stirn und standen am Hinterkopf ab. In seiner misslichen Lage war sein T-Shirt grotesk verzogen, und ihm fehlte ein Schuh. Niemand würde diesen zerknitterten Gammler mit dem großspurigen Titan der Sportindustrie verwechseln, dem sie vor einem Monat auf diesem Hotelbalkon zum ersten Mal begegnet war.

Sie stellte ihren Stapel ab und riss ihm den Behälter aus den Händen. »Was soll das, dich so an mich heranzuschleichen?«

Immer noch auf dem Boden, begann er, Steinchen von seinen nackten Beinen zu bürsten. »Ich hatte nicht die Absicht, dich zu erschrecken.«

Ihr Herzschlag normalisierte sich langsam wieder. »Und was wolltest du dann?«

Ein bisschen Blut schimmerte zwischen seiner Beinbehaarung, aber er ignorierte es und stemmte sich vom Boden hoch, nur um sich gleich wieder zu bücken und weiter seine Beine abzubürsten – vielleicht, weil es nötig war, vielleicht, weil er Rory nicht ansehen wollte. »Ich konnte nicht schlafen«, murmelte er.

»Also hast du beschlossen, hier im Hinterhof mit den Ratten abzuhängen?«

»Ich wollte dich sehen.« Er schaute sich nach dem

Schuh um, den er bei seinem Rettungseinsatz verloren hatte.

»Zwischen uns ist es aus, Brett. Es gibt nichts mehr zu sagen.«

»Das stimmt nicht.« Er musterte die Schürfwunde an der Innenseite seines Arms und schien den Schuh völlig vergessen zu haben.

Sie bemerkte schließlich seinen Wagen, der nahe der Einfahrt parkte. »Brett, bist du betrunken?«

Sie hatte ihn noch nie so erlebt – unbeholfen, unsicher –, und trotz ihres festen Vorsatzes, Abstand zu halten, ließ sie ihre Pralinen stehen und ging zu ihm. »Was ist los?«

»So ziemlich alles.« Er zog schließlich seinen Schuh an, nur um ihn gleich wieder auszuziehen und Kieselsteinchen herauszuschütteln, bevor er ihn erneut überstreifte.

»Du blutest am Bein.«

»Ist mir egal. Ich habe eine Entscheidung getroffen.«

»Was für eine Entscheidung?«

»Ich werde Heath alles erzählen.«

»Du wirst was?« Sie sah ihn mit wachsender Beunruhigung an. »Nein, das wirst du nicht tun.«

Er strich mit seiner Hand über sein Gesicht. »Du hast gesagt, ich habe dir das Gefühl gegeben, als wärst du ein schmutziges kleines Geheimnis. Ich hasse das.«

»Lass gut sein. Lass alles gut sein.« Sie musste dem hier ein Ende setzen. »Ich kann mit dir keine Beziehung haben. Gerade du solltest das verstehen. Im Moment ist für mich nur meine Arbeit wichtig. Ich kann mich nicht von allen möglichen chaotischen Gefühlen ablenken lassen, die mich nirgendwohin führen außer in die Gosse.«

»Denkst du, ich habe keine chaotischen Gefühle?«

»Nicht so chaotisch wie meine.« Sie konnte entweder an ihrem Stolz festhalten, oder sie konnte sich outen und das hier ein für alle Mal beenden. Sie zwang sich, seinen Blick zu erwidern. »Die einzige Zukunft, die wir haben, ist ein gebrochenes Herz. Obwohl ich was anderes behauptet habe, liebe ich dich, Brett.«

Er bewegte sich nicht. Blinzelte nicht einmal.

»Ich wusste, dass es ein Riesenfehler war, mich in dich zu verlieben, aber es ist trotzdem passiert.« Sie holte tief Luft. »Für dich ist alles ein Wettkampf. Das liegt in deiner DNA. Aber ich bin nicht so. Und sei ehrlich zu dir selbst: Sobald du mich sicher hättest, würdest du dich langweilen, das weißt du. Du ziehst deinen Spaß aus Angriff und Verteidigung und trickreichen Spielzügen. Genau darum geht es in deinem Leben. In deinen Beziehungen.«

»Du bist keine Trophäe!«, stieß er hervor.

»Was bin ich dann?«

Er öffnete seinen Mund, um zu antworten. Schloss ihn wieder. Sie legte nach. »Bedeute ich dir genug, um das Wichtigste in deinem Leben zu sein? Noch vor deiner Karriere? Vor deinem Ehrgeiz? Dann sieh mir in die Augen und sag mir, dass du mich liebst.« Ihre Stimme zitterte. Sie wartete. »Mach schon«, flüsterte sie. »Tu es.«

Ein ohrenbetäubendes Schweigen breitete sich aus, und etwas in ihr brach. »Das dachte ich mir.« Sie schnappte sich die Trüffelbehälter, stieg in Kristins Wagen und ließ Brett im Hinterhof stehen.

Brett starrte auf die Rücklichter ihres Wagens, der aus der Einfahrt rollte. Seine Beine fühlten sich an wie in Beton gegossen. Er hatte immer schnelle Reflexe gehabt, aber die Art, wie sie damit herausgeplatzt war – die Art, wie sie ihn herausgefordert hatte … Er war in einer brenzligen Situation gewesen. Hätte sie ihm ein paar Minuten mehr Zeit gegeben, hätte er …

»*Du Wichser!*«

Clint schoss hinter einem Müllcontainer hervor und packte Brett am Ausschnitt seines T-Shirts. »Du hast dein Spielchen mit ihr getrieben!« Er stieß ihn hart gegen die Backsteinmauer der Bäckerei. »Mit meiner Schwester!« Er lockerte seinen Griff nur so weit, dass er Brett wieder gegen die Mauer rammen konnte. »Du Hurensohn!« Der nächste Stoß. »Du bist eine hinterhältige Schlange! Selbst sie hätte das rechtzeitig erkennen müssen.«

Es war das Wörtchen »selbst«, das ihn rotsehen ließ. Als hätte Rory irgendein Defizit, als wäre sie nicht die klügste Frau, die er kannte. Er riss sich los, stieß Clint gegen die Brust und warf sich auf ihn.

Sie wälzten sich zusammen im Dreck. Ratten flitzten hoch in den Container, und in der Ferne heulte die Sirene eines Rettungswagens. Sie rappelten sich vom Boden hoch. Clint traf ihn an der Schulter, am Kinn. Brett schlug ihn überall dort, wo er rankam. Befeuert von seinem Elend hatte er die Zielscheibe, die er brauchte für all das, was er vermasselt hatte.

Clint war sieben Jahre jünger, ein trainierter Profisportler, und brachte fünfzig Pfund mehr auf die Waage, aber der Kampf dauerte trotzdem länger, als er hätte dauern sollen. Schließlich jedoch, als Brett erneut mit dem Rücken gegen die Mauer gedrückt wurde und Clints Arm quer über seiner Brust lag, ergab er sich.

»Du bist gefeuert, du Hurensohn! Und wehe, du wagst dich jemals wieder in Rorys Nähe!«

Clint raste mit seinem Wagen aus der Seitengasse und spürte einen heftigen Adrenalinschub, sodass er sich mit aller Macht beherrschen musste, um nicht Rivers' Mercedes zu rammen. Die Ehre seiner Schwester zu verteidigen, war vielleicht altmodisch, aber es fühlte sich gut an, eine kleine Wiedergutmachung dafür, dass er sich wie ein Idiot verhalten hatte. Gott sei Dank war er zurückgekommen. Nachdem er sich von Rory verabschiedet hatte, fuhr er in der Gegend herum. Fühlte sich fast beschwingt. Er wollte Rory etwas richtig Gutes tun. Sie hatte es immer abgelehnt, Geld von ihm zu nehmen, aber sie hatte gerade ein Business gestartet. Vielleicht konnte er sie überzeugen, dass er in ihr Startup investierte?

Tagsüber konnte er sie nicht besuchen, und er wollte nicht bis morgen Abend warten, um mit ihr zu reden, also war er zur Backstube zurückgefahren in der Hoffnung, dass Rory noch da war. Aber als er in die Zufahrt zum Hinterhof bog, hatte er Rivers' roten Daimler in der Einfahrt stehen gesehen. Irgendetwas hatte sich nicht richtig angefühlt. Er hatte den Motor abgestellt und war den restlichen Weg durch die Hintergasse zu Fuß gegangen, bis er Rory hörte. Ein gebrochenes Herz war etwas, mit dem er sich viel zu gut auskannte, und er benötigte nur Sekunden, um den Schmerz in ihrer Stimme zu hören und zu begreifen, was sich hinter seinem Rücken abgespielt hatte. Um zu begreifen, dass Rivers mit ihr gespielt hatte.

Sein Bein verkrampfte sich. Rivers hatte sich stärker gewehrt, als ein verweichlichter Sportagent sich hätte wehren sollen, und das machte Clint sogar noch wütender.

Als er in Thad und Olivias Garage fuhr, hatte sein Krampf sich gelegt, nicht jedoch seine Wut. Er schnappte sich sein Handy. Es war ihm egal, dass es mitten in der Nacht war. Er wollte, dass Heath Champion genau erfuhr, warum seine Agentur einen Klienten verloren hatte.

Brett betrank sich still in einer Kneipe, die die ganze Nacht geöffnet hatte. Auf dem Boden fehlten ganze Fliesen, und an der Wand zwischen einem Hirschgeweih und einem Bild vom Papst verkündete ein Schild, dass nur Barzahlung möglich sei. Der Lack hatte sich schon vor gut zwei Jahrzehnten von der klebrigen Theke abgelöst, und Gewebeband hielt die Sitzpolster der Barhocker zusammen. Das Blut an Bretts Bein war getrocknet, sein Kiefer war geschwollen, und sein verschmutztes T-Shirt war an der Schulter eingerissen. Niemand kannte ihn hier, und niemand wollte ihn kennen.

Um vier Uhr morgens beglich er schließlich seine Rechnung und torkelte hinaus. Er hatte vergessen, wo sein Wagen stand, und er war ohnehin zu betrunken, um zu fahren, also ließ er sich von einem Uber nach Hause bringen. Dreckig und ungewaschen fiel er auf die Couch in der Wohnung, die er hasste.

Gegen Mittag wurde er mit einem heftigen Brummschädel und einem schmerzenden Kiefer wach. Der Geruch von frischer Farbe und abgestandenem Schweiß ließ seinen bereits empfindlichen Magen rebellieren. Niemand feuerte den River, und doch hatte Clint Garrett genau das getan.

Brett musste das in Ordnung bringen. Darin hatte er Erfahrung. Normalerweise beseitigte er Schwierigkeiten schon im Ansatz, bevor sie zu einem größeren Problem werden konnten. Aber nun stand seine Karriere auf dem Spiel. Er rollte sich von der Couch und schleppte sich unter die Dusche. Er war immer noch der River. Er würde das wieder hinbiegen.

Drei Tassen Kaffee später war er auf dem Weg, um gegen die unumstößliche Regel zu verstoßen, die für alle Mitarbeiter von Champion Sports Management galt: Der Boss durfte am Wochenende, wenn er mit seiner Familie Zeit verbrachte, nicht gestört werden. Aber Brett konnte die Sache nicht bis Montag gären lassen. Er musste jetzt handeln. Er musste Heath überzeugen, dass das alles nur passiert war wegen des Stresses, unter dem Clint stand.

Er hatte keine Zeit, um seinen Wagen zu suchen, und fuhr mit dem Taxi zum Haus der Champions in Lincoln Park. Annabelle öffnete die Tür, warf einen einzigen Blick auf ihn und zog eine Grimasse. »O-oh.«

Sie trug ein türkisblaues Strandkleid, das mit tanzenden Äffchen bedruckt war, wahrscheinlich eine Anspielung auf ihre Kinder, von denen das jüngste hinter ihr in der Diele stand und mit seinem Finger in der Nase bohrte, während es mit seiner anderen Hand einen Wasserball festhielt, aus dem die Luft entwich.

Brett erhaschte einen Blick auf sich selbst in dem Spiegel hinter Annabelle. Unrasiert und lädiert, mit einem blauen Auge und einem geprellten Kinn, hatte er vergessen, sich zu kämmen, und irgendwas stimmte nicht mit seinem Hemd. Er schaute an sich herunter und sah, dass es schief zugeknöpft war.

Annabelle trat rasch zu ihm hinaus auf die Vorderveranda und zog die Tür fest hinter sich zu. »Es ist keine gute Idee, jetzt mit ihm zu reden.«

»Ich muss aber.«

Das Licht spiegelte sich in ihrer Sonnenbrille, die in ihre kastanienbraunen Locken hochgeschoben war. »Clint hat ihn mitten in der Nacht angerufen.«

Ein weiterer Tiefschlag. Brett hatte gehofft, Clint würde bis Montag warten. Statt als Erster mit Heath zu reden und den Schaden zu begrenzen, musste Brett nun eine gefährliche Aufholjagd starten. »Das ist umso mehr ein Grund, dass ich ihn sofort sprechen muss.«

»Ich empfehle dir dringend, dass du ihm das Wochenende gibst, damit er sich wieder beruhigen kann.«

»Bei allem gebotenen Respekt, aber das wird nicht funktionieren.«

Sie zuckte mit den Achseln. »Deine Entscheidung.«

Als sie ihn durch den langen Flur in die Küche führte, knöpfte er hastig sein Hemd richtig zu und streifte seine Haare zurück.

Heath stand in T-Shirt und Badehose vor der Anrichte und füllte Studentenfutter in einzelne Vespertüten aus Plastik. Als er Brett wahrnahm, wurden seine Augen so kalt wie Chicago im Januar. Annabelle musterte die beiden mit einem besorgten Blick und stellte sich neben ihren Mann. »Ich übernehme das.«

Heath deutete mit dem Kopf auf einen Nebenflur. Brett folgte ihm, vorbei an einem Paar Kindergummistiefel und einem Stuhl, der mit Strandtüchern beladen war, in Heaths Arbeitszimmer, ein heller Raum mit gerahmten Kinderzeichnungen an den hellgrauen Wänden.

Heath stellte sich ans Fenster und forderte ihn nicht auf, Platz zu nehmen. »Garrett hat mich heute Morgen um zwei Uhr angerufen.«

Brett musste cool bleiben. »Er steht unter großem Druck. Er musste seinen Frust an jemandem auslassen, und ich kam ihm gerade recht. Das ist alles.«

Heath ging hinter seinen Schreibtisch und setzte sich, während er Brett stehen ließ wie einen Schuljungen im Büro des Rektors. »Du solltest mein Stellvertreter werden. Derjenige, an den ich vertrauensvoll das Zepter übergeben kann. Der Thronfolger. Der Mann, der mit jeder Situation fertig wird. Du warst der Mann, der mir helfen sollte, Champion Sports Management in die Zukunft zu führen.«

»Ich bin immer noch dieser Mann«, sagte Brett, nicht so entschlossen, wie er wollte. »Das ist nur ein kleiner Durchhänger, mehr nicht. Schau, Heath, ich werde diese Phase überwinden. Das tu ich immer.«

Heath schoss hinter seinem Schreibtisch hoch. »Du

hast keinen blassen Schimmer, wie du da wieder rauskommen sollst. Und weißt du, warum?« Er stieß mit seinem Finger in Bretts Richtung. »Weil du keine verdammte Übung darin hast! Du hast noch nie Mist gebaut – bis letzten Monat. Aber Mann, nachdem du einmal auf den Geschmack gekommen bist, warst du nicht mehr zu halten! Zuerst wird Garrett wegen Mordes angeklagt, und du kannst ihn nicht finden. Dann beschließt du, eine Party für Tyler Capello zu veranstalten, der erst zum bitteren Ende erscheint und dann bei CAA unterschreibt. Und diese Party – das war nicht nur irgendeine Party, richtig? Mit einem sensationellen Mangel an gesundem Menschenverstand beauftragst du Clints Schwester und Mutter für das Catering und krönst das Ganze zum Schluss mit dem Versuch, die halbe Sportelite in dieser Stadt bei lebendigem Leib zu verbrennen!«

»Das ist nicht fair. Es war …«

»Sei still!« Er kam hinter seinem Schreibtisch hervor. »Es hätte für dich kinderleicht sein müssen, Tyler unter Vertrag zu nehmen. Und nun hat Garrett – einer der besten Spieler der NFL – dich gefeuert!«

»Er macht gerade eine schwierige …«

»Weißt du, was sogar noch schlimmer ist? Jetzt muss ich – nicht du – *ich* muss vor Garrett zu Kreuze kriechen, um ihn zu überzeugen, dass er bei uns bleibt. Und die einzige Möglichkeit, wie ich ihn überzeugen kann, ist, indem ich ihm verspreche, dass ich ihn von nun an persönlich vertreten werde. Indem ich ihm verspreche, dass er nie wieder deine Visage zu sehen braucht, und dann hoffe ich, dass das reicht, um ihn zu halten!«

»Heath …«

»Ich will Garrett nicht vertreten«, fuhr er laut fort. »Ich will mir die Arbeit einfacher machen, nicht schwerer, aber jetzt steh ich hier und darf wieder einmal nach der Pfeife eines anstrengenden Jungmillionärs tanzen. Vorausgesetzt, ich habe das Glück, dass ich ihn zum Bleiben überreden kann.«

»Garrett ist kein anstrengender …«

»Still!« Dieses Mal landete der Finger direkt auf Bretts Brust, knapp neben einer geprellten Rippe, sodass Brett zusammenzuckte. »Ich sage dir jetzt genau, wie wir weitermachen. Statt dich rauszuwerfen – und glaub mir, ich hätte große Lust dazu –, werde ich dich in unser Büro an der Westküste versetzen. Ab sofort arbeitest du für Portia Powers und Brodie Gray in L.A. Du wirst dich in Chicago nicht mehr blicken lassen – du wirst dich in ganz Illinois nicht mehr blicken lassen, außer ich gebe dir meine schriftliche Erlaubnis dazu.«

Brett wollte nicht nach Los Angeles, Chicago war seine Stadt. Hier waren seine Leute. Hier war seine hässliche Wohnung. Hier war Rory.

»Du hattest die Welt in deiner Hand, aber du hast es versaut. Und weswegen? Wegen einer *Frau*!«

Die verächtliche Art, mit der er dieses Wort betonte – als wäre Rory Dreck –, brachte Bretts Blut zum Kochen. Er ballte seine Hände an seinen Seiten zu Fäusten. »Pass auf.«

»Du sagst mir, ich soll aufpassen? Du – das Arschloch, das beschlossen hat, Garretts Schwester zu vögeln? Ja, ich weiß Bescheid! Du sagst mir …«

Brett packte Heath an seinem T-Shirt-Ausschnitt und stieß ihn gegen die Wand, genau so, wie Clint es mit ihm gemacht hatte. »Rory Garrett ist nicht nur *irgendeine Frau*!« Von glühendem Zorn übermannt, streckte Brett sein Gesicht an das von Heath. »Fahr zur Hölle! Du und dein Job und diese ganze abgefuckte Branche, ihr könnt alle zur Hölle fahren, weil *ich* kündige!«

Er stürmte aus dem Zimmer, vorbei an Annabelle und zwei Kindern mit weit aufgerissenen Augen, und floh aus dem Haus, als wäre der Teufel persönlich hinter ihm her.

Die Haustür fiel mit einem lauten Rums ins Schloss. Annabelle zog ihre Augenbrauen hoch und wandte sich zum Arbeitszimmer, näherte sich langsam ihrem Mann. Sie strich sein T-Shirt glatt, tätschelte seine Brust und streifte mit ihren Lippen über seine. »Das war ja mal interessant.«

Rory starrte durch ihr Küchenfenster in den dunklen Garten. Es war halb zwei am Sonntagmorgen, und sie sollte dringend schlafen. Stattdessen stand sie hellwach in ihrer dunklen Küche und dachte an Brett.

Die Freundschaft, nach der er sich sehnte, war etwas, das sie ihm nicht geben konnte. Sie strich mit ihrem Finger über die abgeplatzte Farbe auf dem Fensterrahmen. Brett würde ihre Liebe nie im selben Maß erwidern, würde seinen Job immer mehr lieben als sie. Er würde außerdem Heath nie etwas von ihrer Beziehung sagen. Die Regeln in seinem Beruf waren in Stein gemeißelt, und mit Familienmitgliedern eines Klienten intim zu werden, war strengstens verboten. Man brauchte nur zu schauen, was mit Tyler passiert war.' Brett konnte nichts gewinnen, wenn er zu Heath ehrlich war, aber alles verlieren.

Sie musste dringend Schlaf nachholen, aber als sie sich vom Fenster abwandte, nahm sie eine Bewegung im Garten wahr. Sie schaute genauer hin und sah eine dunkle Gestalt, die in Mr. Reynolds' Geräteschuppen verschwand. Drinnen flackerte das Licht auf und erlosch wenig später wieder. Die Tür wurde geöffnet, ein Mann kam heraus und ging zurück zum Haus. Als er in das schwache gelbe Licht von der Veranda trat, sah sie, dass es Toby war.

Auf ihren Armen bildete sich eine Gänsehaut. Warum sollte Toby sich um halb zwei Uhr morgens in Mr. Reynolds' Schuppen schleichen, außer er wollte dort etwas verstecken? Sie bohrte ihre Fingernägel in ihre Handflächen. Sie hatte mit Clints Haushälterin und dem Gärtner gesprochen. Sie hatte Duncan Gilford und Grant Padderson ausgefragt. Aber weil sie Toby mochte, hatte sie ihr ungutes Gefühl seinetwegen verdrängt, das ungute Gefühl, das nicht mehr wegging, seit sie das verwackelte Foto auf seinem Nachttisch gesehen hatte. Sie konnte es nicht länger ignorieren.

Sie horchte auf seine Schritte im Treppenhaus. Schließlich hörte sie, wie seine Tür geöffnet wurde und sich hinter ihm schloss. Dann holte sie aus der Küche eine Taschenlampe und verließ leise ihre Wohnung, dämpfte das Geräusch der Tür, indem sie sie ganz sanft hinter sich zuzog.

Sie bewegte sich lautlos die Treppe hinunter und

durch den Hausflur im Erdgeschoss. Vor der Hintertür zögerte sie kurz und wägte das Risiko ihres Vorhabens ab, aber Tobys Wohnung ging zur Straße raus und nicht zur Rückseite. Selbst wenn er zufällig aus dem Fenster schaute, würde er sie nicht sehen. Sie überquerte leise die Holzveranda und holte sich den Schlüssel für den Schuppen unter dem hässlichen Keramikfrosch, der am unteren Ende der Treppe stand. Ganz offensichtlich war sie nicht die Einzige, die beobachtet hatte, dass Mr. Reynolds den Schlüssel dort versteckte.

Begleitet vom hellen Zirpen der Zikaden durchquerte sie den Garten zum Schuppen und öffnete das Vorhängeschloss an der Tür. Statt an der Schnur für die nackte Deckenglühbirne zu ziehen, wie Toby es getan hatte, benutzte sie ihre Taschenlampe und begann, den Innenraum abzusuchen.

Im Schuppen roch es nach Erde, Dünger und Benzin von dem roten Plastikkanister neben dem Rasenmäher. Eine Wand wurde von einer kleinen Werkbank eingenommen, eine andere hing voller Werkzeuge. Regale waren gefüllt mit Schlauchdüsen und Gartenscheren und genug Insektengift, um das Ökosystem eines Naturschutzgebiets zu zerstören. Tontöpfe und Säcke mit Blumenerde reihten sich auf dem Betonboden, und in einer Ecke waren Tomatenkisten zu einem Turm gestapelt.

Toby schien nichts aus dem Schuppen mitgenommen zu haben. Hatte er hier etwas zurückgelassen? Es irgendwo versteckt? Aber warum sollte er diesen Gegenstand, was immer es war, nicht in seiner Wohnung aufbewahren?

Rory musste an Kristin und ihren Glasreiniger denken, daran, dass sie Tobys Sachen bewegt hatte, um darunter sauber zu machen. Vielleicht hatte er befürchtet, sie könnte etwas finden, das sie nicht sehen sollte, und brachte es, was es auch war, hierher, um das zu verhindern.

Im Schuppen stand noch die Hitze des Tages, und Schweiß bildete sich auf Rorys Haut, als sie begann, systematischer vorzugehen und in den Pflanztöpfen und Gießkannen nachschaute, hinter den Säcken mit Düngemittel. Sie durchsuchte ein Sortiment an Bewässerungszubehör und einen Karton mit Eisenwaren, stellte einen Stapel Plastikeimer auf den Kopf. Gerade als sie ihre Suche aufgeben wollte, entdeckte sie einen kleinen Werkzeugkasten aus Metall, der in die dunkelste Ecke unter der Werkbank geschoben war.

Sie kniete sich auf den schmutzigen Boden, um den Kasten vorzuziehen, und stellte ihn auf die Werkbank. Während sie mit einer Hand die Taschenlampe hielt, öffnete sie mit der anderen den Verschluss und klappte den Deckel hoch.

Das Licht fiel auf ein seidiges, schwarzes Stück Stoff. Sie berührte es. Ihr Magen zog sich zusammen, als ihr bewusst wurde, dass es ein Halbschalen-BH aus schwarzer Spitze war. Daneben lagen, ordentlich gefaltet, zwei Stringtangas. Ihr Magen rebellierte vor Abscheu. Der Werkzeugkasten enthielt außerdem ein elfenbeinfarbenes Mieder, einen Make-up-Pinsel und ein Haarband, in dem noch ein paar lange rote Haare hingen. Ganz unten lag ein iPhone mit einer Prada-Hülle aus weißem Leder. Ashleys verschollenes Handy.

Wieder rebellierte ihr Magen. Alle diese Gegenstände hatten Ashley gehört. Das hier war die groteske Trophäensammlung des Mannes, der sie ermordet hatte.

Alles fügte sich zusammen. Toby hatte nicht nur für Ashley geschwärmt. Er war von ihr besessen gewesen. Rory stellte sich vor, wie Ashley zu ihrem Wagen gelaufen war … Sie hatte es eilig, zu Clint zu kommen, damit sie alles wieder in Ordnung bringen kann. Aber ihr Auto springt nicht an. Sie fragt Toby, ob er sie fahren kann, so wie Rory ihn gefragt hat, ob er sie und Kristin zu Clints Haus fahren könne. Deshalb konnte die Polizei keinen Hinweis darauf finden, dass Ashley ein Taxi oder eine Mitfahrgelegenheit genutzt hatte. Weil Toby sie gefahren hatte.

Sie stellte sich vor, wie Ashley neben ihm im Wagen sitzt und ihm erklärt, dass sie und Clint nicht wirklich getrennt sind, sondern nur eine Beziehungspause eingelegt haben. Sie malte sich aus, wie Toby sich zunehmend innerlich aufregt, aber nichts sagen kann. Sie sah, wie er sich in Clints Haus schleicht, nachdem Ashley sich mit ihrem Schlüssel, den sie behalten hat, Zutritt verschafft. Vielleicht hat sie die Eingangstür nicht richtig geschlossen, oder vielleicht hat Toby eine Ausrede erfunden, um sie hineinzubegleiten – für einen Schluck Wasser zur Erfrischung oder so. Aber statt danach zu verschwinden, hat er sich irgendwo versteckt und folgt ihr schließlich nach oben ins Schlafzimmer. Wenn er Ashley nicht haben kann, soll Clint sie auch nicht haben.

Es passte alles zusammen.

Die Türangeln quietschten. Rory fuhr herum und

wurde schwach vor Erleichterung, als sie sah, dass es bloß Mr. Reynolds war.

»Was machen Sie hier?«

Sie straffte sich. »Ich muss die Polizei verständigen.«

»Sie dürfen hier nicht sein.«

»Ich werde es Ihnen später erklären. Zuerst …«

Mr. Reynolds riss seinen Arm hoch. Er hielt etwas in seiner Hand. Etwas, das er nicht …

Er traf sie seitlich am Kopf, und um sie herum wurde alles schwarz.

KAPITEL 22

Es war zwei Uhr am Sonntagmorgen, und Brett konnte nicht wieder einschlafen. Eigentlich sollte er deprimiert sein. Er hatte keinen Job mehr und eine ungewisse Zukunft, aber statt aus den Gleisen zu springen, war sein Leben endlich in der richtigen Spur, und er fühlte sich gut. Er fühlte sich großartig!

Gestern Nachmittag, als er Heath in dessen Arbeitszimmer gegen die Wand gestoßen hatte, hatte sich sein gesamtes Selbstverständnis in Luft aufgelöst. Heath war ein anständiger Kerl, ein toller Chef und ein aufrechter Mann, der sich um seine Mitarbeiter kümmerte. Brett würde sich eines Tages bei ihm entschuldigen. Es war nicht Heaths Schuld, dass Brett ein planloser Idiot gewesen war, der nicht wusste, was er wollte.

Nach seinem Auftritt in Heaths Haus hatte er seinen Wagen geholt, war nach Hause gefahren und anschließend eine große Runde gelaufen, um alles von sich abzuschütteln. Frisch geduscht und umgezogen, besuchte er danach drei Juwelierläden, bis er fand, wonach er suchte: einen eineinhalbkarätigen quadratförmigen Saphir in der Farbe von Rorys Augen. Am liebsten hätte er ihr einen viel größeren Ring gekauft, aber er kannte sie zu gut.

Bevor er ins Bett ging, hatte er seine erste anständige Mahlzeit des Tages zu sich genommen und sein weiteres Vorgehen geplant. Bis morgen sollte Rory genügend Zeit gehabt haben, um sich zu beruhigen. Er würde vor dem Foodtruck auftauchen, ihr sagen, wie sehr er sie liebte, sie voller Leidenschaft küssen und diesen Ring über ihren Finger streifen, bevor sie widersprechen konnte. Sie bedeutete ihm alles. Er hatte sich schon in Michigan in sie verliebt, aber das Gefühl war für ihn so ungewohnt, dass er bis jetzt gebraucht hatte, um es zu erkennen. Rory war wichtiger als seine Karriere, sein Geld, wichtiger als das hektische, adrenalingeladene Leben, das er sich geschaffen hatte. Nun verstand er, was sie so klar erkannt hatte, nämlich dass er das Spiel des Lebens gespielt hatte, statt richtig zu leben.

Sein Handy klingelte. Er war es gewohnt, mitten in der Nacht angerufen zu werden, aber er stand nicht länger zur Verfügung für irgendeinen betrunkenen Klienten, der sich an seiner Schulter ausheulen wollte, weil er von seiner Frau mit einer anderen erwischt worden war, oder schlimmer noch, der eine saubere Urinprobe verlangte, die Brett ihm verweigerte.

Er konnte ohnehin nicht schlafen, also beugte er sich zum Nachttisch rüber und warf einen Blick auf das Display, statt das Klingeln zu ignorieren. Es war Kristin.

»Was ist los?«

»Ist Rory bei dir?«

Sie klang atemlos, panisch, und er schoss aus seinem Bett hoch. »Nein. Warum? Wo ist sie?«

»Nicht in ihrer Wohnung und auch nicht in der Backstube. Da bin ich nämlich gerade. Der Foodtruck ist verschwunden, darum dachte ich, sie wäre vielleicht hierhergefahren für eine Extraschicht, obwohl sie normalerweise meinen Wagen nehmen würde. Aber sie ist nicht hier. Ich habe keine Ahnung, wie lange sie schon weg ist oder wo sie steckt.« Kristins Stimme zitterte. »Ich hatte diesen schrecklichen Traum von ihr und konnte nicht wieder einschlafen, also bin ich in ihre Wohnung hochgegangen, um mich zu vergewissern, dass alles okay ist. Zuerst kam ich mir albern vor, aber jetzt … Vielleicht fährt sie gerade durch die Gegend. Aber es ist zwei Uhr morgens, und in ein paar Stunden müssen wir schon wieder arbeiten.«

Panik traf ihn wie ein Fausthieb, als er daran dachte, wie unvorsichtig Rory bei ihrer Suche nach Ashleys Mörder gewesen war. Sie war zu klug, um sich absichtlich in Gefahr zu bringen, aber er hatte das schreckliche Gefühl, dass genau das passiert war.

Die Stadt war riesig. Sie konnte überall sein. Und er hatte keine Ahnung, wie er sie finden sollte.

Rorys Kopf hämmerte dumpf, und der Geruch von Benzin stach ihr in die Nase. Sie öffnete mühsam ihre Augen. Sie lag zusammengekrümmt auf dem Boden des Foodtrucks, und das Licht der Straßenlaternen blitzte durch die Scheiben auf. Ihre Hände und ihre Füße waren mit schwarzem Isolierband gefesselt. Kalte Angst durchströmte sie. Der Schuppen … Der Werkzeugkasten mit Ashleys Dessous und ihrem Handy … Mr. Reynolds, der im Türrahmen stand und etwas in seiner Hand hielt. Damit ausholte und …

Der Wagen fuhr durch ein Schlagloch, und ihre Schulter knallte hart auf das Bodenblech. Sie keuchte und reckte ihren Hals, um den Mann am Steuer zu sehen, dessen Hände in Gartenhandschuhen steckten. Nicht Toby war derjenige, der diese makabre Sammlung von Ashleys Sachen zusammengetragen hatte, sondern Mr. Reynolds. Er war Ashleys Mörder.

Panik lähmte sie. Sie hatte seine perverse Kollektion gesehen, und nun musste er sie als Zeugin beseitigen. Dieser Benzinkanister konnte nur bedeuten, dass er vorhatte, den Wagen in Brand zu stecken, während sie gefesselt darin lag.

Sie zog ihre Knie eng an ihre Brust, als wäre sie sicherer, je kleiner sie sich machte. Aber sie war nicht sicher. Niemand würde ihr zu Hilfe kommen, und sich verängstigt zusammenzukauern, würde ihr nicht das Leben retten.

Ihr Verstand konzentrierte sich auf das Nebensächliche. Reynolds hatte seinen Zweitschlüssel benutzt, um den Zündschlüssel für den Foodtruck aus ihrer Wohnung zu holen, während sie bewusstlos im Schuppen lag. Auf dieselbe Art hatte er sich in Ashleys Wohnung geschlichen, um ihre Sachen zu stehlen. Sie musste an Ashleys Schwester Stacy denken, die gesagt hatte, dass Ashley ausziehen wollte, weil etwas sie beunruhigte. Rory hatte angenommen, dass sie sich wegen Grant Padderson Sorgen machte, aber tatsächlich wollte sie Reynolds entkommen.

Der Benzingeruch löste Brechreiz in ihr aus. Sie wimmerte, ein kläglicher, hilfloser Laut, den nur sie selbst hören konnte. Sie war nicht bereit zu sterben, noch nicht. Nicht, wenn sie köstliche Pralinen machte und ein neues Verhältnis zu ihrem Bruder und ihrer Stiefmutter hatte. Nicht, wenn sie Brett zurücklassen würde. Sie würde es niemals bereuen, dass sie ihn liebte, ihren Businesskrieger in Gucci-Slippern, der überzeugt war, dass man jedes Hindernis mit harter Arbeit und eiserner Willenskraft überwinden konnte. Wenn sie sich kampflos ergab, würde er ihr das nie verzeihen.

Sie zog ihre Knie weit genug hoch, um an ihre Fußknöchel zu kommen, und tastete nach dem Ansatz des Isolierbands. Der Wagen bog scharf um eine Ecke, und sie wurde gegen die Unterschränke geschleudert, verlor den Ansatz und fand ihn wieder. Stückchen für Stückchen begann sie, das Band abzuknibbeln. Es blieb an ihren Fingern kleben, aber während der Truck über den Asphalt holperte und durch die Windschutzscheibe willkürlich Straßenlaternen aufblitzten, machte sie weiter, Zentimeter für Zentimeter, bis sie ihre Füße schließlich befreit hatte.

Sie hielt ihre Beine weiter geschlossen für den Fall, dass Mr. Reynolds nach hinten schaute. Wenn es ihr gelang, ihre Hände freizubekommen, konnte sie sich den Hammer aus dem Unterschrank schnappen, denjenigen, den sie für die widerspenstigen Scharniere der Markise über dem Verkaufsfenster benutzte. Sie reckte ihren Hals und hielt fieberhaft Ausschau nach etwas, mit dem sie das Isolierband durchtrennen konnte, aber da war nichts, kein griffbereites Küchenmesser, keine scharfe Metallkante.

Mit einem verzweifelten Schluchzen rollte sie sich fester zusammen.

Mr. Reynolds warf einen Blick über seine Schulter und sagte zum ersten Mal etwas. »Es wäre für dich einfacher gewesen, wenn du nicht aufgewacht wärst.«

Sie lag still da und sagte nichts.

»Du bist selbst schuld, wenn du in meinem Schuppen rumschnüffelst.« Er klang wie sein normales griesgrämiges Ich, genau so, wie er klang, wenn er sich über volle Mülltüten beschwerte, die über Nacht im Hausflur abgestellt wurden.

Sie musste es unbedingt wissen, und sie presste die Worte hervor. »Sie waren in Ashley verliebt.« *Das war keine Liebe. Sondern Besessenheit.*

»Dieses rothaarige Luder hat allen Männern schöne Augen gemacht und mit jedem so getan, als wäre er etwas Besonderes. Auch bei mir kam sie immer wieder anscharwenzelt. Erzählte mir, dass sie auf ältere Männer stehen würde, obwohl es ihr bloß darum ging, die Miete runterzuhandeln. Und ich Idiot bin darauf reingefallen. All die anderen Männer, mit denen sie es trieb, haben ihr nichts bedeutet. Das hat sie mir gesagt. Aber dann traf sie diesen Footballspieler, kam aus dem Schwärmen nicht mehr heraus und hatte plötzlich überhaupt keine Zeit mehr für mich.«

Rory drehte ihre gefesselten Hände, auf der Suche nach einer Stelle, wo sie ansetzen konnte. »Das muss hart gewesen sein.«

»Als sie sich von ihm trennte, hat sie sich bei mir ausgeheult, und um sie aufzumuntern, habe ich den Restkredit für ihren Wagen übernommen, und sie sagte immer wieder: ›Danke, Oscar. Du bist der beste Mann der Welt.‹ Aber es stellte sich heraus, dass der Footballer derjenige war, dem die ganze Zeit ihr Herz gehörte.«

Die Straßen wurden holpriger, die Lichter seltener. Rorys kleiner Finger fand den Ansatz des Isolierbands.

»›Oscar, mein Wagen springt nicht an.‹ Das hat sie an jenem Morgen zu mir gesagt – sie war kurz davor, einen Fahrdienst anzurufen und sich zu Garretts Haus bringen zu lassen, um sich mit ihm zu versöhnen. Da sind mir die Sicherungen durchgebrannt, weil sie mich die ganze Zeit an der Nase rumgeführt hat, obwohl ich ihren Wagen abbezahlt habe.« Reynolds redete weniger mit ihr als mehr mit sich selbst. »Ich habe ihr angeboten, sie zu fahren. Ich sah ihr an, dass sie nervös war, aber ihr war nur wichtig, zu ihrem Schatzi zu kommen, und sie hat während der ganzen Fahrt über nichts anderes geredet als darüber, wie sehr sie in ihn vernarrt war. Sie gab mir zu verstehen, dass ich für sie ein Niemand war, und als wir ankamen, sagte ich zu ihr, dass ich mal für kleine Jungs müsse. Es hat sie nicht gekümmert. Sie lief ins Haus und rief seinen Namen und eilte die Treppe hoch, während sie meine Anwesenheit völlig vergaß. Ich wusste von ihrem Plan, auszuziehen, aber ich konnte das nicht zulassen. Ich hatte mir bereits was überlegt – sie sollte zu Hause die Kellertreppe hinunterstürzen. Aber hier bot sich eine bessere Gelegenheit.«

Rorys Kopf pochte unaufhörlich, und ein brennender Schmerz durchzuckte ihre Schulter. Reynolds hatte also schon vorher geplant, Ashley umzubringen. Sie drehte ihre Handgelenke hin und her, bearbeitete das Isolierband.

»Ich bin ihr nach oben gefolgt und sah, wie sie in seinem Schlafzimmer herumstöberte, wie sie ihre Würde verlor. Als sie die Balkontür öffnete und hinausging, musste ich fast lachen, weil sie nun nicht in meinem Haus zu sterben brauchte.«

Er fuhr langsamer, und der grelle bläuliche Schein eines Flutlichts drang durch die Scheiben. Rory erhaschte einen Blick auf die Mauer eines Backsteingebäudes – eine Lagerhalle oder eine Fabrik, ein Ort, der um diese Uhrzeit verwaist sein würde. Sie schmeckte Blut, als sie sich auf ihre Unterlippe biss. Das war's. Reynolds waren die Worte ausgegangen, und ihr ging die Zeit aus. Das Klebeband um ihre Handgelenke wollte sich nicht lösen. Ihr Kopf hämmerte wie verrückt. Sie hatte keine Waffe. Aber dann durchdrang eine kalte Klarheit ihre Panik, und plötzlich wusste sie ganz genau, was sie zu tun hatte. Etwas Groteskes. Etwas Widerliches. Aber nicht so widerlich, wie angezündet und verbrannt zu werden.

Sie rückte zentimeterweise vor in Richtung Fahrerkabine. Während Reynolds sich darauf konzentrierte, zwischen den dunklen Fabrikgebäuden durchzufahren, erreichte sie den Fahrersitz. Der Wagen wurde jetzt noch langsamer, Sekunden davon entfernt, stehen zu bleiben. Sie rappelte sich hoch und tat das Undenkbare: Mit einem Satz sprang sie vor, schlang ihre gefesselten Hände von hinten um Reynolds' Hals und zog so fest zu, wie sie konnte.

Er krallte sich in ihre Arme. Der Wagen kam ins Schlingern, und sie verlor das Gleichgewicht, aber sie konnte nicht umfallen, nicht solange ihre Arme um Reynolds' Hals geschlossen waren. Sie benutzte ihre Handfessel wie eine Würgeschlinge und zog mit aller Kraft, und Tränen schossen ihr aus den Augen, Rotz lief aus ihrer Nase, Galle stieg in ihr auf. Reynolds' Kopf fiel nach hinten, und seine Fingernägel zerkratzten ihre Haut. Er gab einen grauenhaften, gurgelnden Laut von sich, und das Weiß in seinen Augen trat hervor. Sie schluchzte. Zog fester. Noch fester. Schließlich wurde sein Körper schlaff.

Sie ließ trotzdem nicht los. Sein Fuß landete auf dem Gaspedal. Der Wagen brach aus und krachte in das nächste Gebäude.

Brett sah, wie der Foodtruck seitlich die Ecke der Lagerhalle rammte. Er bremste scharf, sprang aus seinem Wagen und rannte schneller, als er jemals gerannt war. Durch das Seitenfenster sah er Rorys Vermieter, zusammengesunken auf dem Fahrersitz, während Rory ihre Arme von seinem Hals löste.

Er packte den Griff der Beifahrertür und riss sie auf, als Rory auf den Boden sackte und sich zusammenrollte. Ihre Hände waren mit Klebeband gefesselt, und sie stieß tierähnliche Laute aus, die ihm für den Rest seines Lebens Albträume verursachen würden.

Er kniete sich neben sie und zog sie in seine Arme. »Alles ist gut. Es ist alles in Ordnung. Du bist in Sicherheit. Ich bin hier.« Als würde es jetzt noch einen Unterschied machen, dass er hier war. Er hätte bei ihr bleiben müssen. Er hätte sie niemals alleine lassen dürfen.

Sie schnappte nach Luft, und ihre Wangen waren tränennass. »Ich … ich glaube, ich habe ihn umgebracht.«

»Gut.« Was immer dieser Bastard ihr angetan hatte, er hatte den Tod verdient.

»Du bist hier«, krächzte sie heiser, und er hatte sich in seinem Leben nie schlechter gefühlt, weil sie sich selbst retten musste. Er hatte lediglich das Naheliegende getan und sie über die Foodtrucks-App, bei der sie gelistet war, zu lokalisieren. Aber obwohl er bei der Verfolgung des Trucks sämtliche Tempolimits ignoriert hatte – obwohl er Kristin angewiesen hatte, die Polizei zu alarmieren –, war er nicht rechtzeitig gekommen, um diesen Horror zu verhindern.

In der Ferne heulten Sirenen. »Ich liebe dich«, sagte er. »Ich liebe dich so sehr.«

Sie kniff ihre Augen zu. »Das ist schön.«

Er berührte ihre gefesselten Hände. Echte Männer trugen immer ein Taschenmesser bei sich, aber jedes einzelne, das er einmal besessen hatte, war ihm beim Sicherheitscheck am Flughafen abgenommen worden, und er hatte kein Werkzeug, um Rory von ihrer Fessel zu befreien. »Ich habe dich nicht verdient.«

»Ich weiß«, murmelte sie, während die Sirenen immer näher kamen. »Mein Kopf tut weh.«

Unter ihren Locken entdeckte er eine hässliche Beule an ihrer Schläfe. Wäre Reynolds nicht bereits tot, würde Brett ihm jetzt den Rest geben. Er durfte Rory keine Sekunde länger hier im Wagen lassen, also nahm er sie in seine Arme und trug sie hinaus.

Während die Sanitäter sich um Rory kümmerten, barg die Polizei Reynolds aus dem Truck. Als man ihn auf einer Trage festschnallte, sah Brett, dass er noch lebte. Er stürmte vor. »Wehe, Sie verfrachten diesen Bastard in denselben Krankenwagen wie die Frau!«

»Tun wir nicht«, erwiderte ein Sanitäter. »Treten Sie bitte zurück, und machen Sie den Weg frei.«

Als Rory in den zweiten Rettungswagen geschoben wurde, ließen sie ihn nicht mitfahren.

Das CT zeigte keine Schädelfraktur, keine Hirnblutung. Rory hatte eine Gehirnerschütterung, aber ihre Sicht war nicht verschwommen, sie hatte kein Klingeln in den Ohren und litt auch nicht an Gedächtnisverlust. Sie spürte nur Übelkeit, wenn sie sich in Erinnerung rief, was passiert war.

Detective Strothers erwartete sie, als sie in ihre durch einen Vorhang abgetrennte Kabine in der Notaufnahme zurückgerollt wurde. Sie war nicht in der Stimmung dafür, ihm zu vergeben. »Ich habe Ihnen von Anfang an gesagt, dass Clint nicht der Mörder von Ashley ist!«

»Wie sich herausstellt, hatten Sie recht«, erwiderte er ausdruckslos.

»Was ist mit …« Sie brachte seinen Namen nicht über die Lippen. »Habe ich ihn getötet?«

»Er ist am Leben und spuckt Gift und Galle. Wie wär's, wenn Sie mal von Anfang an erzählen?«

Er machte sich Notizen, als sie ihm den Ablauf der Ereignisse schilderte. Sie schluckte, als sie zum Ende kam. »Ich glaube, er wollte den Foodtruck in Brand setzen. Und mich gleich mit.«

Strothers nickte. »Das war offenbar seine Absicht. Danach wollte er zu Fuß zur Irving Park Station gehen und mit der Bahn nach Hause fahren.«

Die Bahn fuhr vierundzwanzig Stunden, was Reynolds sicher gewusst hatte.

Strothers klappte sein Notizbuch zu. »Das genügt fürs Erste«, sagte er sanft. »Ich danke Ihnen, dass Sie so entgegenkommend waren.« Er stand von seinem Stuhl auf und zögerte. »Sie scheinen sich für den Tod Ihrer Freundin verantwortlich zu fühlen, aber nach dem, was Reynolds uns erzählt hat, haben wir Grund zu der Annahme, dass Ashley Hart nicht sein erstes Opfer war. Sie haben wahrscheinlich einen Serienmörder zur Strecke gebracht.« Während Rory versuchte, das zu verarbeiten, klapperte ein Rollwagen auf der anderen Seite des Vorhangs. Strothers tätschelte ihren Fuß durch die Decke. »Sollten Sie jemals den Wunsch verspüren, bei der Polizei anzufangen, lassen Sie es mich wissen. Ich stelle Ihnen gern ein Empfehlungsschreiben aus.«

Brett wanderte im Wartebereich vor der Notaufnahme auf und ab. Obwohl eine Krankenschwester ihm erklärt hatte, dass es Rory gut ging, musste er sich mit eigenen Augen davon überzeugen. Aber die Polizei wollte ihn erst zu ihr lassen, wenn die Befragung abgeschlossen war.

Kristin und Clint kamen angestürmt. Kristin war als Erste bei Brett. »Wie geht es ihr?«

Clint ging ihn sofort an. »Was zur Hölle machst du hier?«

Brett ignorierte ihn und legte seine Hand auf Kristins Schulter. »Sie hat eine leichte Gehirnerschütterung, aber es geht ihr gut. Im Moment ist die Polizei bei ihr.«

Ein paar der anderen Wartenden erkannten Clint. Brett konzentrierte sich ausschließlich auf Kristin. »Sie soll noch ein paar Stunden zur Kontrolle hierbleiben, aber nach dem, was sie durchgemacht hat, ist sie wohl glimpflich davongekommen.«

»Wir übernehmen ab hier«, erklärte Clint kategorisch.

Brett nahm seinen ehemaligen Klienten schließlich zur Kenntnis. »Ich gehe nirgendwohin.«

»Du hast kein Recht, hier zu sein!«

»Ich denke, das soll Rory entscheiden«, sagte Brett.

Kristin umklammerte Bretts Arm. »Erzähl uns genau, was passiert ist.«

Brett führte sie in eine ruhige Ecke und beschrieb ihnen leise, was er wusste, während er die anderen Anwesenden ignorierte, die zu ihnen herüberstarrten.

»Oscar Reynolds.« Kristin presste ihre Finger an ihre Lippen. »Ich kann es nicht glauben. Ich habe öfter mit ihm über seinen Garten geplaudert. Ich wünschte, sie hätte ihn umgebracht!«

»Diesem Wunsch kann ich mich anschließen, aber wahrscheinlich ist es besser, dass sie es nicht getan hat. Sie hat ein überentwickeltes Gewissen.«

Clint zischte mit zusammengebissenen Zähnen. »Und du, Alter, hast gar keins.«

Brett schoss zurück. »Gewöhn dich an mich, Garrett, weil ich nämlich nirgendwohin gehen werde.«

Clints Augen wurden schmal vor Angriffslust.

Brett starrte zurück, ohne mit der Wimper zu zucken, und dachte daran, wie Rory die Leere in ihm füllte, die er versucht hatte, auf alle möglichen falschen Arten zu befriedigen. Rory war sein großes Glück. Nun musste er sie nur noch davon überzeugen, dass sie ihn genauso brauchte.

Detective Strothers, der durch die automatische Tür herauskam, beendete ihren Wettkampf im Anstarren. Strothers hatte Bretts Aussage aufgenommen, als Rory ärztlich behandelt wurde. »Sie können jetzt zu ihr«, sagte er.

Clint hielt Brett fest, als alle drei zur Tür losstürmten. »Du wartest hier draußen!«

Kristin mischte sich ein. »Geben wir Brett ein paar Minuten.«

»Auf keinen Fall«, widersprach Clint. »Jemand muss auf sie aufpassen.«

»Ich weiß, das wird dich jetzt schockieren«, konterte Brett, »aber Rory ist vollkommen fähig, auf sich selbst aufzupassen, selbst mit einer Gehirnerschütterung. Ich bin derjenige, um den du dir Sorgen machen solltest.« Er drängte sich an ihm vorbei durch die Tür.

Rory war eingeschlafen. Brett zog den einzigen Stuhl in der Kabine an ihr Bett und nahm ihre Hand. Er saß still da, während die Geräte leise im Hintergrund piepten, und beobachtete sie im Schlaf, und sein Herz füllte sich mit Dankbarkeit über jeden Atemzug, den sie machte.

Als Kristin und Clint hereinkamen, öffnete Rory langsam ihre Augen.

Ihre Kopfschmerzen hatten sich zu einem dumpfen Pochen abgeschwächt. Brett saß auf einem Stuhl an ihrem Bett und hielt ihre Hand. Kristin stand auf der anderen Seite, Clint am Fußende. »Die ganze Bande ist hier«, murmelte sie, dann wurde sie schlagartig hellwach. »Der Truck!«

»Mach dir keine Sorgen wegen des Trucks«, sagte Kristin. »Du bist das Einzige, was wichtig ist.«

Brett verstand Rorys Prioritäten besser als Kristin. »Der Truck hat ein paar Beulen und Kratzer abbekommen. Nichts, was man nicht wieder in Ordnung bringen kann.«

Sie sah ihn an, und ihre Erinnerung kehrte zurück. Brett, wie er neben ihr kniete, sie in seinen Armen hielt, ihr seine Liebe gestand.

»Ich liebe dich.« Er sagte es gerade wieder, aber dieses Mal vor Gott und der ganzen Welt, und der intensive Ausdruck in seinen Augen verriet ihr, dass er nicht von freundschaftlicher Liebe sprach.

Sie erwiderte seinen Blick. »Sag das noch mal.«

»Ich wiederhole es gern für den Rest meines Lebens. Ich liebe dich, Rory Garrett, und du hast es hoffentlich ernst gemeint, als du sagtest, dass du mich auch liebst.«

Sie hatte eine Kopfverletzung, ihr Foodtruck war kaputt, sie hätte fast einen Menschen getötet, und sie war nicht in der besten Stimmung. »Wenn ich erst beinahe sterben muss, damit dir einfällt, dass du mich liebst, dann vergiss, was ich gesagt habe.«

Er küsste ihre Finger. »Ich verstehe.«

Auf keinen Fall würde sie zulassen, dass er sich herauswand. »Das meine ich ernst.«

»Natürlich.«

Auf der anderen Seite schnaubte Clint angewidert.

Ohne Rorys Hand loszulassen, drehte Brett seinen Kopf zu ihm. »Ob es dir gefällt oder nicht – und offensichtlich gefällt es dir nicht –, ich liebe deine Schwester, und trotz des ganzen Blödsinns, den ich verzapft habe, liebt sie mich auch. Oder zumindest hat sie mich vor zwei Tagen geliebt. Tut mir leid, wenn dich das ärgert, Clint Garrett, aber ich arbeite nicht mehr für dich oder für Champion, und du hast kein Mitspracherecht.«

»Bitte was?« Rory setzte sich ruckartig im Bett auf, und ihr wurde prompt schwindelig. Sie umklammerte das Bettgitter, um sich zu stabilisieren. »Was soll das heißen, du arbeitest nicht mehr für Champion?«

Brett drückte sie sanft wieder herunter. »Ich habe gekündigt.«

»Das kannst du nicht machen!«, rief sie.

»Ich muss Prioritäten setzen, Süße. Und du bist meine erste.« Er hatte es so nicht geplant, aber da er sie nicht unter vier Augen kriegen konnte … »Willst du meine Frau werden?«

Sie streifte die Locken aus ihrem Gesicht. »Ernsthaft? Du willst heiraten?«

»Ja.« Er drückte sanft ihre Hand.

»Nicht in einer Million Jahre.« Sie riss ihre Hand zurück und starrte Clint an. »Begleite ihn bitte hinaus.« Sie zögerte kurz. »Aber tu ihm nichts.«

Clint kratzte sich am Kinn. »Unter normalen Umständen würde ich dir liebend gern den Gefallen tun, aber er wird garantiert eine Prügelei anfangen, und ich kann mir im Moment keine weiteren Schwierigkeiten erlauben.«

Rory sah Kristin an, die mit den Achseln zuckte. »Er ist stärker als ich.«

Brett hatte mit den mächtigsten Leuten in der NFL verhandelt. Er wusste, wann er nachsetzen und wann er einen Rückzieher machen musste. »Reg dich nicht auf, mein Schatz. Du brauchst Ruhe. Ich werde gehen.«

Gab er wirklich so einfach auf?

»Wir reden später«, sagte er.

»Verlass dich nicht darauf!«, erwiderte sie.

Er küsste sie auf ihre gute Schläfe und wandte sich dann zum Gehen.

Die Polizei gab am Nachmittag eine Pressekonferenz, in der Clint vollständig entlastet wurde. Kristin weigerte sich, Rory nach ihrer Entlassung aus dem Krankenhaus in ihrer Wohnung allein zu lassen, und schlief in jener Nacht bei ihr im Bett.

»Du schnarchst«, sagte Rory, als sie spät am nächsten Morgen aufstand. Sie hatte immer noch Kopfschmerzen, aber sie begannen nachzulassen.

»Das sagt Daniel auch.«

Rory lächelte und drückte sie kurz, was zu einer Angewohnheit zwischen ihnen geworden war. Sie setzte sich an den Küchentisch, um die Micky-Maus-Pfannkuchen zu essen, die Kristin für sie gemacht hatte. Die Mausohren waren an den Rändern verbrannt, genau wie früher, als Rory noch ein Kind war, aber Rory genoss sie trotzdem.

Kristin dagegen stocherte in ihren Pfannkuchen nur herum. »Ich mache mir Sorgen, was passiert, wenn du wieder in den Foodtruck steigst. Das könnte retraumatisierend wirken. Wir müssen alles gut überdenken.«

Rory winkte ab. »Das ist unser Truck, und es ist ein großer Unterschied, ob man freiwillig einsteigt oder ob man bewusstlos hineingeschleift wird. Ich werde mir das von diesem Perversling nicht kaputtmachen lassen.«

Wenig später beobachteten sie durch das Küchenfenster, dass die Polizei Mr. Reynolds' Gemüsebeete umgrub. »Das lässt nichts Gutes ahnen«, sagte Kristin. »Wir müssen uns definitiv eine neue Unterkunft suchen.«

»Sobald der Foodtruck wieder einsatzbereit ist.«

Kristin goss sich eine Tasse von Rorys frisch gebrühtem Kaffee ein. »Ich habe ein paar hochinteressante Bücher zum Thema Marketing gelesen, und ich habe ein paar Ideen. Wir könnten einen Etsy-Shop eröffnen. Gezielt Luxuskäufer ansprechen. Wir sollten ein Marketingbudget festlegen. Es gibt viel zu besprechen, wenn es dir wieder besser geht.«

Nach allem, was Rory durchgemacht hatte, lauerten ihre Emotionen dicht unter der Oberfläche, und sie schluckte einen Kloß in ihrem Hals hinunter. »Du liebst das hier, nicht wahr?« *Du liebst mich.*

»Ich habe gerade die beste Zeit meines Lebens.« Kristins Augen nahmen einen versonnenen Ausdruck an. »Heute lerne ich Daniels Tochter kennen, aber ich weiß jetzt schon, dass ich sie sympathisch finden werde.« Sie berührte sanft Rorys Wange. »Brett ist auch ziemlich wundervoll. Wenn du gesehen hättest, wie aufgewühlt er im Krankenhaus war, bevor er zu dir durfte, wüsstest du, dass du keinen Grund zur Sorge hast.«

»Ich bin nicht unbedingt besorgt«, erwiderte Rory. »Eher vorsichtig.«

Am Tag darauf war Rorys Energie zurückgekehrt, und ihre Kopfschmerzen waren verschwunden. Sie konnte das unangenehme Gespräch nicht länger hinausschieben, und sie überquerte den Flur, um an Tobys Tür zu klopfen.

»Ich habe Ashley geliebt!«, stieß Toby entrüstet aus, nachdem sie ihm alles erzählt hatte. »Ich hätte ihr niemals etwas zuleide getan. Wie konntest du mir so was zutrauen?«

»Zu meiner Verteidigung möchte ich sagen, dass du ein Motiv hattest, und dass du dich mitten in der Nacht in den Geräteschuppen geschlichen hast, war definitiv verdächtig.«

Toby machte ein beleidigtes Gesicht. »Du weißt, ich bin eine Nachteule. Reynolds wollte mir nie sein Werkzeug leihen, und ich brauchte dringend eine Isolierzange. Ich verlege nämlich gerade neue Lautsprecherkabel.«

»Es tut mir leid, Toby. Wirklich.«

Er zupfte an seinem T-Shirt. »Ich schätze, nach allem, was du hinter dir hast, kann ich dir nicht wirklich böse sein.«

»Danke.« Sie besserte ihre Entschuldigung mit einem Dutzend Minztaler auf und kehrte in ihre Wohnung zurück, wo sie sah, dass Brett ihr endlich geschrieben hatte.

B: Wie fühlst du dich?

R: Gut. Wo ist mein Truck?

B: In der Werkstatt.

R: §§§?

B: Die Versicherung übernimmt den größten Teil der Kosten.

R: Wer macht die Reparatur?

B: Ein Bekannter von mir, der mir einen Gefallen schuldet. Übrigens, du bekommst einen neuen Fahrersitz. Der alte wurde versehentlich aufgeschlitzt.

R: Wie ist das passiert?

B: Das Leben ist seltsam manchmal.

Sie wusste genau, warum er noch nicht bei ihr vorbeigeschaut hatte. Er verstand, wie sehr sie es hasste, wenn alle an ihr zogen, und er wollte ihr so viel Raum geben, wie sie benötigte. Aber wie viel genau war das?

Der Mann, der sie liebte, kam sie nicht besuchen, meldete sich nicht. Das war sehr schlau von ihm. Aber am nächsten Morgen schrieb er ihr wieder.

B: Die Klimaanlage ist repariert. Der Wagen ist am Freitag fertig.

R: Mit Klimaanlage? Wie hast du das alles so schnell hingekriegt?

B: Ich bin verdammt gut. Du solltest mich heiraten.

Sie lächelte und steckte ihr Handy weg, nur um gleich darauf die nächste Nachricht zu bekommen.

B: Ich liebe dich.

R: Seit wann?

Es schien wichtig, das zu wissen.

B: Seit Michigan. Den genauen Moment weiß ich nicht mehr. Du?

Lange bevor sie es sich eingestand.

R: Weiß ich nicht mehr. Was machst du heute Abend?
B: Mich besaufen und mit Callgirls vergnügen. Ohne dich ist das Leben doof.

Sie lachte.

R: Grüß die Callgirls von mir.

Am Nachmittag kam ein Brief per Kurierdienst, der Rory darüber informierte, dass *Simply The Best* nun der offizielle Pralinenlieferant der Chicago Stars war.

Sie rief sofort Clint an. »Das hättest du nicht tun sollen.«

»Warum nicht? Du machst die besten Pralinen im ganzen Land.«

»Ich will es aus eigener Kraft schaffen, Clint.«

»Dann hättest du eine Waise sein sollen.« Er legte auf.

Kristin kehrte mit einem strahlenden Gesicht von ihrem Treffen mit Daniels Tochter zurück. »Sie ist wunderbar. Klug und freundlich. Sie hat einen tollen Humor. Wir hatten uns jede Menge zu erzählen.«

Rory schürzte ihre Lippen. »Klingt nach einer schrecklichen Person.«

Kristin lachte und drückte sie. »Kein Grund, eifersüchtig zu werden. Du wirst immer mein erstes Mädchen sein.«

»Vergiss das bloß nicht.«

B: Der neue Fahrersitz ist braun mit rosa Steppnähten. Habe ich selbst ausgesucht.

R: Klingt gut.

B: Muss wieder los. Kaufvertrag für meine Wohnung unterschreiben.

R: Du verkaufst deine Wohnung?

B: Ich brauche einen Ort, wo du glücklich bist. Außerdem gefällt sie mir nicht.

Sie war froh, dass er nicht in ihrer Nähe war und sah, wie ihre Augen feucht wurden. Sie legte ihr Handy zur Seite, nur um sofort die nächste Nachricht zu erhalten.

B: Möchtest du Kinder, wenn wir verheiratet sind?

R: Ich will nicht heiraten!!!

B: Sehr unreife Einstellung.

R: Wir kennen uns kaum!

B: Du bist lustig.

Clint kam zum Abendessen. Im Gegensatz zu seinem erbärmlichen Zustand in der letzten Zeit strahlte er nun eine neue Reife aus. »Ich habe mit Heath gesprochen. Dein neuer Freund ist für keinen von uns beiden telefonisch erreichbar.«

»Er hat gerade eine Midlife-Crisis.«

»Er ist noch keine vierzig, und er hat eine Rory-Krise. Erlös ihn endlich von seinem Elend, damit er wieder seine Arbeit aufnehmen kann.«

»Du bist derjenige, der ihn gefeuert hat.«

»Ja, nun, ich habe es mir anders überlegt. Brett versteht mich.«

Clint ließ nicht locker. »Du musst zu ihm gehen und ihm sagen, dass du ihn liebst, damit er mit Heath und mir wieder spricht und das Leben zur Normalität zurückkehren kann.«

Sie schürzte ihre Lippen. »Vielleicht.«

»Du bist dumm. Und ich sage das mit Liebe. Der Mann hat alles für dich aufgegeben.«

Er hatte recht. Sie liebte Brett dafür, dass er seinen Job gekündigt hatte, und gleichzeitig widerstrebte es ihr. Er musste wieder an die Arbeit gehen.

Sie wusste, was sie zu tun hatte. Brett Rivers war der verschlossenste Mann der Welt, aber er liebte sie, und sie liebte ihn, und genug war genug.

R: Ich komme jetzt sofort zu dir, um zu reden.

B: Schlechte Idee.

R: Warum?

B: Weil du sexverrückt bist, und ich halte nichts von Sex außerhalb einer festen Beziehung.

R: Seit wann?

B: Seit jetzt.

R: Definiere »feste Beziehung«.

B: Eine verbindliche Partnerschaft vom Typ wahre Liebe, unbefristet. Sechs Monate, und dann heiraten wir.

R: Zwei Jahre, und dann können wir darüber reden.

B: Ein Jahr.

R: Abgemacht. Aber erst mal nur darüber reden.

B: Ich komme vorbei, dann können wir es per Handschlag besiegeln.

Er kam vorbei, aber statt ihr die Hand zu geben, war er so hungrig nach ihrem Anblick, dass sie in seinen Armen lag, bevor einer von ihnen ein Wort sagen konnte. Sie küssten sich – er ganz vorsichtig, um ihr nicht wehzutun, und sie kein bisschen vorsichtig. Er hatte keinen Job, keine Wohnung, keinen Plan, aber sie liebte ihn, und er war noch nie glücklicher.

»Du bist mein Ein und Alles.« Er vergrub sein Gesicht in honigblonden Locken, die nach Erdbeeren und Schokolade dufteten.

Sie wich zurück, eine ganze Welt von Emotionen in ihren blauen Augen. »Das ist schön zu hören, aber du musst deinen Job zurückbekommen.«

Er küsste sie wieder. »Ist Arbeit eigentlich alles, woran du denken kannst?«

Sie zupfte mit ihren Zähnen sanft an seiner Unterlippe. »Ich unterstütze keinen Lover, der nur herumgammelt.«

Lover. Er schnaubte innerlich. Sie hatte vergessen, mit wem sie es zu tun hatte. Er knabberte an ihrem Ohrläppchen. »Du bedeutest mir mein Leben.«

Sie küsste seinen Mundwinkel. »Zu viel Verantwortung.«

Er lachte und dankte dem Universum, dass es ihm diese Frau geschickt hatte.

Sie küssten sich wieder, aber als er seine Finger unter ihr Oberteil gleiten ließ, umfasste sie sein Gesicht mit ihren starken, tüchtigen Händen. »Ich experimentiere gerade an etwas Neuem, und ich würde gern deine Meinung dazu hören.«

»Jetzt?« So gern er ihr auch helfen wollte, aber er hatte im Moment etwas Besseres im Sinn, als irgendwas Neues zu testen.

»Jetzt.« Sie deutete auf das Schlafzimmer und verschwand in Richtung Küche. »Vielleicht ziehst du dich schon mal aus!«, rief sie.

Er stürmte ins Schlafzimmer. »Nur, wenn du dich auch ausziehst!« Er stieß sich seinen Ellenbogen an der Tür, als er sich sein Hemd herunterriss.

Ein paar Minuten später erschien sie mit einem ziemlich gewöhnlichen runden Behälter in ihrer Hand und nackt bis auf eine extrem verführerische Oma-Unterhose aus lila Spitze. Er würde sie ihr am liebsten vom Leib reißen und alles andere vergessen.

Sie kam näher und musterte seinen erregten, sehr nackten Körper mit einem anerkennenden Blick, der jede einzelne Sekunde, die er sich im Gym gequält hatte, lohnenswert machte.

»Ich benötige natürlich eine bessere Verpackung«, sagte sie, »aber fürs Erste …« Sie verbarg den Behälter hinter ihrem Rücken und näherte sich dem Bett. »Leg dich hin.«

Er wusste nicht genau, was hier gerade passierte,

aber er hatte die Absicht, jeden Moment davon zu genießen.

Sie kniete sich neben ihn auf das Bett. »Schließ deine Augen.«

Er gehorchte und spürte bald einen warmen, feuchten Finger über die Mitte seiner Brust gleiten. Er roch Schokolade und öffnete seine Augen.

Sie hielt den Behälter hoch. »Selbst gemachte Körpermalfarbe aus Schokolade.« Sie sah ihm tief in die Augen und schöpfte mit ihrem Finger eine frische Ladung von der zähflüssigen braunen Masse, um den Strich auf seiner Brust nach unten fortzusetzen. Sie tauchte ihren Finger in den Behälter. Malte. Tauchte ihn wieder hinein. »Ich habe eine Prise Cayennepfeffer hinzugefügt, damit es extra scharf wird«, sagte sie mit heiserer Stimme.

Er stöhnte, als ihr schokoladengetränkter Finger Schlangenlinien auf seiner Haut zog. Schließlich fand sie ihr Ziel, und er verlor beinahe seinen Verstand.

Sie malte eine Reihe von berauschenden Schleifen, und er bohrte seine Fingernägel in die Matratze. Auf seiner Stirn brach Schweiß aus. Sie beugte sich nah über ihn. »Es gibt viele Körpermalfarben auf dem Markt, aber keine in dieser Qualität.«

Und keine Frau wie diese, die sie auftrug.

Mit einem unartigen Blick leckte sie ein bisschen von ihm ab. »Könnte ein klein wenig Whisky vertragen.« Ihr Atem reizte seine Haut. »Nicht zu viel. Nur einen kleinen Schuss.«

Sie leckte wieder und wieder. Kreiste. Streichelte. Er biss seine Zähne zusammen. Das Zimmer begann sich zu drehen, und er packte sie an den Schultern, bevor es zu spät war.

Innerhalb von Sekunden hatte er die lila Oma-Unterhose auf den Boden befördert und Rory auf den Rücken. Er schnappte sich den Behälter, tauchte zwei Finger hinein und begann, ihren nackten Körper zu bemalen, genau wie er es sich schon einmal vorgestellt hatte.

Er umkreiste ihre Brüste, fand ihre Spitzen, umschloss sie mit seinen Lippen und kostete die beste Schokolade, die jemals jemand gemacht hatte. Nun war Rory diejenige, die sich auf dem Bett wand. Er malte Ovale auf ihren Bauch. Kostete. Zeichnete Pfeile auf die Innenseite ihrer Oberschenkel. Kostete. Und dann ihr Herzstück, bis es ihnen beiden zu viel wurde.

Er legte sich auf sie, verschmierte alles mit Schokolade. Sie hob ihm ihre Hüften entgegen, um ihn aufzunehmen, und sie fanden den uralten Rhythmus aus Stoßen und Ziehen. Flüsterten Liebesworte. Versprechungen. Wünsche. Sie schlang ihre Beine um seine Hüften. Grub ihre Fingernägel in seinen Rücken. Schrie auf. Mit einem Stöhnen folgte er ihr in das Mysterium.

Sekunden später attackierte ein unterdrückter Schrei sein Trommelfell. »Cayennepfeffer!«, jaulte sie. »Großer Fehler!«

Er kam ausreichend wieder zu sich, um zu realisieren, was passiert war, hob sie vom Bett und stürmte mit ihr ins Bad, wo er nun am eigenen Leib die Wirkung dieser unüberlegten Zutat spürte. Rory lachte und stöhnte, als er sie beide unter der Dusche abbrauste und sie küsste und gleich noch einmal liebte.

Mit Rory Garrett würde das Leben immer ein Abenteuer sein.

Sie brauchten eine Ewigkeit, um die Sauerei zu beseitigen. Verschmierte Laken, Decken, Kissenbezüge. Schokolade auf dem Teppich, dem Holzboden, dem Badewannenrand. Wenn sie ihr Produkt irgendwann auf den Markt bringen wollte, sollte sie besser eine Plastikplane dazulegen.

Mitten in ihrer Aufräumaktion wurde er von ihren vom Küssen geschwollenen Lippen abgelenkt, und sie liebten sich, dieses Mal bedächtiger, auf dem Boden unter dem Flittchenposter. Sie war ein besserer Mensch als er. Freundlicher. Klüger. Mutiger. Und sie hatte weiß Gott ein starkes Wertebewusstsein. Sie war die Liebe seines Lebens, und er würde sicherstellen, dass er sie niemals enttäuschte.

Als er die Kellertreppe hochging, nachdem er das Bettzeug in die Waschmaschine gesteckt hatte, dachte er über die Tatsache nach, dass Rory hier nicht mehr lange wohnen bleiben konnte. Er fragte sich, wie lange es dauern würde, sie davon zu überzeugen, dass sie sich gemeinsam eine Wohnung suchten. Nicht lange, vermutete er. Sie mochte die beste Chocolatière im Land sein, aber er war auf immer und ewig der River. Hochkonzentriert. Zielorientiert. Und bis über beide Ohren verliebt.

So oder so, er würde den Deal seines Lebens machen.

EPILOG

Sonnenlicht fiel schimmernd auf die porzellanblauen Wände, die weiß lackierten Schränke mit Glastüren, den großen, runden Marmortisch und die mit Chintz bezogenen Stühle. Aber das hier war nicht das Pralinengeschäft ihrer Träume, sondern ihre Privatküche. Rory liebte das altmodische Design – den gemütlichen Fensterplatz, die großzügige Arbeitsfläche und die hochwertigen Geräte. Am besten war der Blick auf den großen Garten, eine weitläufige Wiese, die sich vom Pavillon bis zu einem gewundenen Bach mit farnbedeckten Ufern und einer schmalen Holzbrücke erstreckte.

Eine Frau war nie zu alt, um neue Dinge über sich zu lernen, und Rory hatte schließlich erkannt, dass ein eigener Laden nur in der Fantasie reizvoll war. In der Realität würden der Betrieb eines Geschäfts und das Bedienen der Kunden sie von dem wegführen, was sie eigentlich machen wollte: herausragende Pralinen erschaffen.

Heath Champion saß an ihrem Marmortisch mit einer Tasse von ihrem besten Kaffee und den Krümeln von einem der Biscotti, die sie heute Morgen gebacken hatte. Jetzt, da sie ihre eigene Röstmaschine für Kakaobohnen hatte, war sie besessen vom Experimentieren. Für die Biscotti hatte sie ein eigenes Biokakaopulver verwendet, für das sie den erdigen Geschmack von Fair-Trade-Bohnen aus Ecuador mit den fruchtigeren peruanischen Bohnen aus den östlichen Anden kombiniert hatte. Wenn sie die Rezeptur perfektioniert hatte, würde sie Kristin vorschlagen, die Kakaomischung in ihr wachsendes Sortiment aufzunehmen.

Der Umstand, dass Heath Bretts Chef war, hätte eine enge Freundschaft zwischen den beiden Paaren erschweren müssen, aber das Gegenteil war der Fall. Rory und Brett hüteten sogar die Kinder der Champions, wenn ihre Eltern sich ein Wochenende freinehmen wollten. Brett meinte, das sei eine gute Vorbereitung für später, wenn sie eigene Kinder hatten.

Rory nippte an ihrem Kaffee. Sie und Brett führten eine erschreckend unkomplizierte Ehe. Sie lachten deutlich mehr, als dass sie sich stritten, liebten sich statt sich zu bekämpfen und waren immer füreinander da. An ihrem ersten Jahrestag hatte Brett ihr das beste Geschenk gemacht, das sie sich jemals hätte vorstellen können – die rote Handtasche ihrer Mutter, sorgfältig restauriert. Aber in letzter Zeit hatte er mehr als seinen gerechten Anteil an der Last getragen, etwas, das sie in Ordnung bringen musste.

Die Nachmittagssonne spiegelte sich in dem Saphir an ihrem Hochzeitsring, als sie einen Tonkrug mit Blumen aus dem Garten zur Seite schob, damit sie und Heath sich in die Augen sehen konnten. Es war Zeit für die ernste Unterhaltung, die sich seit Monaten zwischen ihnen zusammenbraute. Sie erwiderte Heaths stählernen Blick mit ihrem eigenen, noch härteren stählernen Ausdruck. »Ich brauche ihn.«

Der Python kräuselte seine Lippen. »Ich brauche ihn auch.«

Sie kräuselte ebenfalls ihre Lippen. »Was du brauchst, ist, ihn loszulassen. Seine Loyalität dir gegenüber hindert ihn daran, das zu tun, was er wirklich will.«

»Sagst du.«

Seine kindische Reaktion verriet ihr, dass sie im Vorteil war. »Es ist der nächste logische Schritt für ihn.«

»Der nächste logische Schritt für ihn ist, die Leitung von Champion Sports Management zu übernehmen, wenn ich mich zur Ruhe setze.«

»Nein, er wird die Leitung von *Simply The Best* übernehmen, damit ich die Aufgaben loswerde, die ich hasse, und mich wieder um die kümmern kann, die ich liebe.«

Er zog seine Beine unter seinen Stuhl. »Du brauchst ihn nicht. Du kriegst das super hin mit der Geschäftsführung.«

»Ich schlage mich mit Ach und Krach durch, und das auch nur, weil Brett seine ganze Freizeit opfert, um mich zu coachen. Ich hasse jede Minute davon, eine Geschäftsführerin zu sein. Ich möchte Pralinen herstellen und neue Kreationen erfinden und nicht eine Firma leiten. Ich halte uns auf.«

Der Kampf um das Herz und die Seele von Brett Rivers ging weiter, obwohl Rory streng genommen sein Herz und seine Seele bereits gehörten. Es waren sein Verstand und sein Talent, um das sie verhandelten.

Heath versuchte es auf einem anderen Weg. »Er liebt die Sportwelt zu sehr, um ihr den Rücken zu kehren.«

»Nicht mehr so wie früher. Er fand es spannender, mit

meinem letzten Lieferanten einen Deal auszuhandeln, als an Clints neuem Vertrag zu arbeiten.«

Die Augen des Pythons schweiften zu dem Servierteller ab.

»Greif zu«, sagte sie. »Du weißt, dass du es willst.«

Er wählte einen Keks mit Mandel-Schokolade-Überzug und deutete damit auf sie. »Ich will, dass du meinen Vizepräsidenten in Ruhe lässt.«

»Brett ist bereit für eine neue Herausforderung, und das Einzige, was ihn zurückhält, ist seine Loyalität zu dir.« Sie legte nach. »Du hast mindestens drei weitere Agenten, die sich für eine Führungsposition bei Champion Sports eignen – dank Bretts hervorragendem Mentoring. Im Gegensatz zu dir war *er* nie gezwungen, jemanden *wiedereinzustellen*, den er zuvor gefeuert hat.«

»Das war unter die Gürtellinie.« Er nahm sich einen Moment, um den Mandelkeks auszukosten.

Sie stützte sich auf den Tisch. »Hör auf dein Gewissen, Heath. Du hast jahrelang davon profitiert, dass Brett Bestleistung abgeliefert hat. Jetzt bin ich an der Reihe. Wir bauen hier gerade ein Familienunternehmen auf.«

»Wohl eher ein Familienimperium«, brummte er. »Innerhalb von zweieinhalb Jahren hast du zusammen mit Kristin aus einem Foodtruck ein Kleinunternehmen gemacht mit achtzehn Mitarbeitern und einem neuen Gebäude.«

»Ein bescheidenes, runtergekommenes Gebäude«, sagte sie.

»Acht Büros, ein angeschlossenes Lager und eine

große Versuchsküche kann man wohl kaum bescheiden nennen. Bei dem Tempo, das ihr vorlegt, werdet ihr bald was Größeres benötigen.«

Rory verschränkte ihre Arme vor der Brust. »Das ist Kristins Schuld. Wer hätte gedacht, dass in ihr ein solches Marketinggenie schlummert?«

»Die beste Marketingstrategie der Welt hilft nicht, wenn man nicht ein gutes Produkt hat.« Er zeigte mit der nicht verzehrten Hälfte seines Gebäcks auf sie. »Das ihr habt.«

Es war so schnell gegangen. Clint hatte ihnen den ersten großen Aufschwung verschafft, indem er mehr als hundert Geschenkboxen für seine Mitspieler und den Trainerstab bestellte. Viele der Empfänger fanden die Qualität der Produkte so überzeugend, dass sie selbst größere Bestellungen aufgaben. Rory und Kristin mussten rasch die Tatsache akzeptieren, dass sie aus ihrem Foodtruck herausgewachsen waren.

Sie verkauften ihn an einen Zuckerbäcker, stellten zwei Helfer für die Produktion ein und engagierten außerdem Daniels kluge Tochter Chloe, die sich um das Onlinegeschäft kümmerte. Kristin umwarb unermüdlich die Einkäufer von ausgesuchten Feinkostläden, deren Bestellungen größer wurden, je mehr Produkte sie in ihr Sortiment aufnahmen: neben einer Vielfalt an Schokoladenriegeln, Trüffeln und bunten Pralinenmischungen inzwischen auch Körpermalfarbe aus feinster Gourmetschokolade. Eine der eleganten, cupcakegroßen Porzellandosen landete in den Händen einer berühmten Schauspielerin, die auf ihren Social-Media-Kanälen für das sinnliche Erlebnis warb, und von da an ging das Geschäft durch die Decke.

Aber schnelles Wachstum bedeutete weniger Zeit in der Küche, bis Rory kaum noch dort anzutreffen war. Wenn das so weiterging, würden irgendwann die Produkte darunter leiden. Und um weiter zu expandieren, brauchten sie eine professionellere Finanzplanung, wofür Rory die Erfahrung fehlte und auch die Lust, um sich näher damit zu befassen.

Heath wurde nicht umsonst »Der Python« genannt, und er bohrte seine Fangzähne in die größte Schwachstelle ihres Plans. »Dein Geschäft wächst, aber Brett müsste trotzdem eine Gehaltskürzung hinnehmen, wenn er mich verlässt.«

»Das motiviert ihn nur noch mehr, hart zu arbeiten.« Sie trank einen Schluck von ihrem Kaffee, der inzwischen kalt geworden war. »Wir überlegen gerade, ob wir auf den großen Flughäfen Verkaufsstände aufstellen sollen, aber ich bin eine Chocolatière und keine Großindustrielle, und ich kann das nicht umsetzen ohne ihn.«

Heath kam zurück auf seinen ursprünglichen Punkt. »Ich brauche ihn.«

Sie beugte sich vor. »Du *willst* ihn, aber du kommst auch gut ohne ihn klar. Ich nicht.« Sie spielte ihren Trumpf aus. »Ich bin schwanger.«

Heath sprang von seinem Stuhl auf und verteilte Kekskrümel auf ihrem Küchenboden. »Das ist das Hinterhältigste, Unmoralischste, Unprofessionellste, Manipulativste … Wie soll ich damit konkurrieren?«

»Ganz einfach.« Sie stand auch auf. »Du brauchst

ihn bloß daran zu erinnern, wie viel du für ihn getan hast, und er wird bleiben. Du weißt, wie viel Wert er auf Loyalität legt.« Sie legte ihren Kopf schief. »Aber nicht einmal du bist so herzlos, oder?«

Als er einen langen Stoßseufzer ausstieß, wusste sie, dass sie gewonnen hatte. »Ich werde heute Nachmittag mit ihm reden.«

Es war nicht nett zu triumphieren, und sie waren noch nicht fertig. »Was wäre ein günstiger Zeitpunkt, um ihn gehen zu lassen?«

»Wie schnell brauchst du ihn?«

»Lieber gestern als heute. Aber ich bin fair. Zwei Wochen.«

»Ein Monat.«

Besser als das, was sie sich erhofft hatte. »Abgemacht.«

Sie besiegelten den Deal mit Handschlag, als Brett und Annabelle von einem Ausflug in die Eisdiele mit den Champion-Kindern zurückkehrten, die sofort zu ihrem Tipi im Garten hinausstürmten.

Brett sah Rory mit hochgezogener Augenbraue an.

Sie antwortete mit einem schwachen Nicken und lächelte.

Er lächelte zurück.

Heath schnaubte verächtlich. »Das war ein abgekartetes Spiel! Du hast deine Frau vorgeschickt, um die Drecksarbeit zu erledigen.«

Brett legte seinen Arm um sie. »Sie ist unbarmherziger als ich. Selbst ich habe Angst vor ihr.«

Vollkommen unwahr, aber Rory gefiel dieses Bild der

toughen Verhandlungsführerin. »Ich habe vom Besten gelernt.«

Heath schüttelte den Kopf. »Mit der hast du alle Hände voll zu tun.«

»Als wenn ich das nicht wüsste.« Brett gab ihr einen Kuss auf die Nasenspitze.

Sie tranken ihren Kaffee, verzehrten die restlichen Biscotti und spielten mit den Kindern, während Rory über eine neue Pralinenkreation nachdachte – »The Empire Builder« – Bitterschokolade mit einem Überzug aus vierundzwanzigkarätigem Blattgold und einer Füllung aus einer edlen Vanille-Cognac-Creme. Sie stellte sich vor, die Luxuspraline zu einem unerhörten Preis in individuell gestalteten Etuis zu verkaufen, die nur zwei Stück enthielten, jeweils eingebettet in einen Cup aus marmorierter Schokolade auf einem Bett aus glitzernden Zuckerperlen. Doch sie wartete bis zur Schlafenszeit, um die Idee mit ihrem neuen Geschäftsführer zu besprechen. Als sie fertig war, legte er seine Hand auf ihren Bauch und küsste ihre Locken. »Überzeug mich«, flüsterte er.

Sie streichelte seine Brust. »Ich werde mein Bestes tun.«

Er sah ihr lächelnd in die Augen. »Ich könnte nicht mehr verlangen.«

Früh am nächsten Morgen, gesättigt von dem, was in der Nacht zuvor passiert war, glitt Rory leise aus dem Bett. Sie musste ein Baby heranwachsen lassen, einen Ehemann lieben und Pralinen machen. Vor ihr lag ein arbeitsreicher Tag.

Danksagung

Im Laufe einer Schriftstellerkarriere ist es üblich, mit vielen verschiedenen Lektoren zusammenzuarbeiten, aber ich war in den letzten dreißig Jahren mit einer einzigen Lektorin gesegnet, der großartigen Carrie Feron. Wie so oft, wenn zwei Frauen mit vielen gemeinsamen Interessen (abgesehen von meiner Person ☺) sich lange kennen, hat sich zwischen uns eine tiefe Freundschaft entwickelt. Wir haben zusammen Geburten und Todesfälle durchgestanden, haben zusammen gelacht und geweint. Wir haben erlebt, wie unsere Familien größer und unsere Kinder flügge wurden.

Carrie beendet nun ihre herausragende Karriere bei HarperCollins / Avon Books und nimmt ein Stück Geschichte mit sich. Mit ihrer Vision, ihrer Innovationskraft und ihrem Wissen hat sie die Verlagsbranche nachhaltig geprägt.

Am besten für immer ist das letzte meiner Bücher, das wir zusammen machen, und gleichzeitig der Beginn eines neuen Kapitels in unserer langjährigen privaten Freundschaft. Mir gefällt die Vorstellung, dass wir uns gegenseitig zu einem besseren Menschen gemacht haben. Ich weiß jedenfalls, dass Carrie mich nicht nur zu einer besseren Schriftstellerin gemacht hat, sondern auch zu einem einfühlsameren Menschen.

Danke, meine liebe Freundin und Lektorin, du wirst für immer einen Platz in meinem Herzen haben.

Susan Elizabeth Phillips
Naperville, Illinois
susanelizabethphillips.com

Über die Autorin

Susan Elizabeth Phillips ist eine mehrfach ausgezeichnete Bestsellerautorin, deren Romane in mehr als dreißig Sprachen erschienen sind. Treu nach dem Motto »Das Leben ist schöner mit einem Happy End« schreibt sie mit Leidenschaft über die Liebe in all ihren Formen. Zu ihren Verdiensten gehört, dass sie mit ihrer Chicago-Stars-Buchreihe die Gattung Sports Romance begründet hat.